LES
AUTEURS GRECS

EXPLIQUÉS D'APRÈS UNE MÉTHODE NOUVELLE

PAR DEUX TRADUCTIONS FRANÇAISES

L'UNE LITTÉRALE ET JUXTALINÉAIRE PRÉSENTANT LE MOT A MOT FRANÇAIS
EN REGARD DES MOTS GRECS CORRESPONDANTS

L'AUTRE CORRECTE ET PRÉCÉDÉE DU TEXTE GREC

avec des arguments et des notes

PAR UNE SOCIÉTÉ DE PROFESSEURS

ET D'HELLÉNISTES

SOPHOCLE

PHILOCTÈTE

EXPLIQUÉ LITTÉRALEMENT ET ANNOTÉ
PAR M. BENLOEW

ET TRADUIT EN FRANÇAIS
PAR M. BELLAGUET

PARIS

LIBRAIRIE HACHETTE ET Cⁱᵉ

79, BOULEVARD SAINT-GERMAIN, 79

LES

AUTEURS GRECS

EXPLIQUÉS D'APRÈS UNE MÉTHODE NOUVELLE

PAR DEUX TRADUCTIONS FRANÇAISES

Celte tragédie a été expliquée littéralement et annotée par M. Benloew, ancien doyen de la Faculté des lettres de Dijon, et traduite en français par M. Bellaguet, ancien professeur de rhétorique.

47426. — Imprimerie LAHURE, rue de Fleurus, 9, à Paris.

LES
AUTEURS GRECS

EXPLIQUÉS D'APRÈS UNE MÉTHODE NOUVELLE

PAR DEUX TRADUCTIONS FRANÇAISES

L'UNE LITTÉRALE ET JUXTALINÉAIRE PRÉSENTANT LE MOT A MOT FRANÇAIS
EN REGARD DES MOTS GRECS CORRESPONDANTS
L'AUTRE CORRECTE ET PRÉCÉDÉE DU TEXTE GREC

avec des arguments et des notes

PAR UNE SOCIÉTÉ DE PROFESSEURS

ET D'HELLÉNISTES

SOPHOCLE

PHILOCTÈTE

PARIS
LIBRAIRIE HACHETTE ET Cie
79, BOULEVARD SAINT-GERMAIN, 79

1902

AVIS

RELATIF A LA TRADUCTION JUXTALINÉAIRE

On a réuni par des traits les mots français qui traduisent un seul mot grec.

On a imprimé en *italique* les mots qu'il était nécessaire d'ajouter pour rendre intelligible la traduction littérale, et qui n'ont pas leur équivalent dans le grec.

Enfin, les mots placés entre parenthèses, dans le français, doivent être considérés comme une seconde explication, plus intelligible que la version littérale.

ARGUMENT ANALYTIQUE

DE PHILOCTÈTE.

Philoctète, fils de Péan, suivit les Grecs au siége de Troie. Pendant la traversée, descendu dans l'île de Chrysa, voisine de Lemnos, il fut mordu au pied par un serpent caché près de l'autel de la déesse à qui cette île était consacrée. Dès ce moment les cris que lui arrachait la douleur, et surtout l'odeur infecte de sa blessure le rendirent insupportable à ses compagnons de voyage. Ils résolurent de l'abandonner. Ulysse l'emmena à Lemnos sous quelque prétexte; le malheureux s'endormit sur le rivage, et le roi d'Ithaque, profitant de son sommeil, remonta sur son vaisseau et partit. Philoctète resta dix ans dans ces lieux déserts, jetant ses plaintes aux rochers et employant les flèches dont Hercule lui avait fait présent à tuer des oiseaux et quelques animaux sauvages, pour soutenir sa misérable existence. Cependant les Grecs poursuivaient sans fruit le long siége de Troie, lorsque enfin, s'étant emparés du devin Hélénus, l'un des fils de Priam, ils apprirent de lui que tous leurs efforts seraient vains, tant qu'ils ne posséderaient pas les flèches fatales qui étaient entre les mains de Philoctète. Ulysse s'offrit pour aller les chercher, et cette expédition est le sujet du drame de Sophocle.

Fidèle à sa prudence ordinaire, le roi d'Ithaque, qui craignait la vengeance de celui qu'il avait si lâchement abandonné, s'était fait accompagner par le jeune Néoptolème, fils d'Achille; il le charge de gagner la confiance de Philoctète par un récit mensonger. Néoptolème se résout avec peine à cette perfidie; mais enfin, entraîné par les conseils d'Ulysse, il y consent, et le héros infortuné, joyeux, après tant d'années de solitude, de revoir le visage d'un homme, d'entendre le langage d'un Grec, lui donne bientôt toute son amitié, surtout quand il a appris que ce jeune homme est le fils d'Achille, de son ancien compagnon d'armes. Néoptolème lui conte qu'irrité de l'injustice des Atrides, qui l'avaient privé des armes de son père, pour les donner à Ulysse, il repart pour ses États; et il lui promet de le ramener dans sa patrie. Le héros crédule ne soupçonne aucune ruse, et, pendant un accès de sa terrible maladie, il laisse sans défiance son arc et ses flèches aux mains de son jeune ami. Alors Ulysse, caché dans les environs, accourt, et Philoctète, revenu à lui, voit le visage odieux du roi d'Ithaque. Il accable le fils d'Achille de justes imprécations. Ulysse lui déclare qu'il faut qu'il s'embarque avec eux pour le rivage troyen, et que, s'il s'y refuse, Néoptolème et lui remonteront dans leur navire et emporteront ses flèches. A ces mots, le désespoir de Philoctète ne connaît plus de bornes; mais, touché de compassion et de repentir, le fils d'Achille annonce à Ulysse qu'il veut rendre à Philoctète ses armes. Il les lui rend en effet, et Ulysse se retire, en le menaçant du courroux des Grecs, quand tout à coup Hercule, apparaissant sur un nuage, ordonne à son ancien ami de partir pour Troie avec les armes qu'il lui a léguées, et qui doivent prendre Ilion une seconde fois.

L'habileté d'Ulysse, qui conduit toute l'intrigue, la franchise de Néoptolème et son généreux repentir, enfin le ressentiment inflexible de Philoctète, tels sont les éléments qui composent cette tragédie simple, sans péripétie, et belle par sa simplicité.

Sophocle a adopté, au sujet de la blessure de Philoctète, une tradition qui n'est pas celle que Fénelon a suivie dans son *Télémaque*. (Voyez *Télémaque*, liv. XV.)

ΣΟΦΟΚΛΕΟΥΣ
ΦΙΛΟΚΤΗΤΗΣ

SOPHOCLE.
PHILOCTÈTE

ΣΟΦΟΚΛΕΟΥΣ

ΦΙΛΟΚΤΗΤΗΣ.

ΤΑ ΤΟΥ ΔΡΑΜΑΤΟΣ ΠΡΟΣΩΠΑ.

ΟΔΥΣΣΕΥΣ.
ΝΕΟΠΤΟΛΕΜΟΣ.
ΧΟΡΟΣ.
ΦΙΛΟΚΤΗΤΗΣ.
ΣΚΟΠΟΣ ὡς ΕΜΠΟΡΟΣ.
ΗΡΑΚΛΗΣ.

ΟΔΥΣΣΕΥΣ.

Ἀκτὴ μὲν [1] ἥδε τῆς περιρρύτου χθονὸς
Λήμνου [2], βροτοῖς [3] ἄστιπτος οὐδ' οἰκουμένη,
ἔνθ', ὦ κρατίστου πατρὸς [4] Ἑλλήνων τραφεὶς [5]
Ἀχιλλέως παῖ Νεοπτόλεμε [6], τὸν Μηλιᾶ [7]
Ποίαντος υἱὸν ἐξέθηκ' ἐγώ ποτε,   5
ταχθεὶς τόδ' ἔρδειν τῶν ἀνασσόντων ὕπο,
νόσῳ [8] καταστάζοντα διαβόρῳ πόδα·
ὅτ' οὔτε λοιβῆς [9] ἥμιν οὔτε θυμάτων
παρῆν ἑκήλοις προσθιγεῖν, ἀλλ' ἀγρίαις
κατεῖχ' ἀεὶ πᾶν στρατόπεδον δυσφημίαις,   10

ULYSSE. Voici le rivage désert et inhabité de Lemnos que les flots environnent; fils d'Achille, du plus vaillant des Grecs, Néoptolème, c'est ici que, par l'ordre des chefs de l'armée, j'abandonnai autrefois le fils de Péan, dont le pied était dévoré par un affreux ulcère. Nous ne pouvions plus offrir en paix les libations et les sacrifices; tout le camp retentissait sans cesse de ses cris, de ses

SOPHOCLE.

PHILOCTÈTE.

PERSONNAGES DE LA PIÈCE.

ULYSSE.
NÉOPTOLÈME.
LE CHOEUR.
PHILOCTÈTE.
UN ESPION, se disant UN MARCHAND.
HERCULE.

ΟΔΥΣΣΕΥΣ. Ἥδε μὲν
ἀκτὴ ἄστιπτος βροτοῖς
οὐδὲ οἰκουμένη
τῆς χθονὸς περιρρύτου
Λήμνου, ἔνθα,
ὦ τραφεὶς πατρὸς
κρατίστου Ἑλλήνων,
Νεοπτόλεμε, παῖ Ἀχιλλέως,
ἐγὼ ἐξέθηκά ποτε
υἱὸν Ποίαντος, τὸν Μηλιᾶ,
καταστάζοντα πόδα
νόσῳ διαβόρῳ,
ταχθεὶς ἔρδειν τόδε
ὑπὸ τῶν ἀνασσόντων,
ὅτε παρῆν ἡμῖν
προσθιγεῖν ἐκήλοις
οὔτε λοιβῆς οὔτε θυμάτων
ἀλλὰ βοῶν, στενάζων
κατεῖχεν ἀεὶ
πᾶν στρατόπεδον
δυσφημίαις

ULYSSE. Celui-ci *est* en effet
le rivage non foulé par les mortels
et non habité
de la terre entourée-des-flots (l'île)
de Lemnos, où,
ô nourrisson d'un père
le plus brave des Grecs,
Néoptolème, fils d'Achille,
moi j'ai exposé un jour
le fils de Pœan, le Malien,
distillant *de l'humeur* par le pied
à cause d'une maladie qui-ronge,
ayant été chargé de faire cela
par ceux qui-commandent,
attendu qu'il *n*'était permis à nous
de toucher tranquilles
ni libation ni sacrifices ;
mais criant, gémissant,
il remplissait toujours
tout le camp
de paroles-de-mauvais-augure

βοῶν, στενάζων. Ἀλλὰ ταῦτα μὲν τί δεῖ
λέγειν; ἀκμὴ γὰρ οὐ μακρῶν ἡμῖν λόγων,
μὴ καὶ [1] μάθῃ μ' ἥκοντα κἀκχέω [2] τὸ πᾶν
σόφισμα τῷ νιν αὐτίχ' αἱρήσειν δοκῶ.
Ἀλλ' ἔργον [3] ἤδη σὸν τὰ λοίφ' ὑπηρετεῖν [4],   15
σκοπεῖν θ' ὅπου 'στ' ἐνταῦθα δίστομος πέτρα [5]
τοιάδ', ἵν' ἐν ψύχει μὲν ἡλίου διπλῆ
πάρεστιν ἐνθάκησις, ἐν θέρει δ' ὕπνον
δι' ἀμφιτρῆτος αὐλίου πέμπει πνοή.
Βαιὸν δ' ἔνερθεν [6] ἐξ ἀριστερᾶς τάχ' ἂν   20
ἴδοις ποτὸν κρηναῖον, εἴπερ ἐστὶ σῶν.
Ἅ [7] μοι προσελθὼν σῖγα σήμαιν' εἴτ' ἔχει
χῶρον πρὸς αὐτὸν τόνδ' ἔτ' εἴτ' ἄλλῃ κυρεῖ,
ὡς τἀπίλοιπα τῶν λόγων σὺ μὲν κλύῃς,
ἐγὼ δὲ φράζω, κοινὰ δ' ἐξ ἀμφοῖν ἴῃ.   25

ΝΕΟΠΤΟΛΕΜΟΣ.

Ἄναξ Ὀδυσσεῦ, τοὔργον οὐ μακρὰν λέγεις·
δοκῶ γὰρ οἷον εἶπας ἄντρον εἰσορᾶν.

gémissements et de ses sauvages imprécations. Mais à quoi bon
rappeler ce souvenir? Ce n'est pas le moment des longs discours :
Philoctète pourrait découvrir mon arrivée, et je trahirais en même
temps le piége où j'espère bientôt le prendre. C'est à toi maintenant de me seconder et de chercher des yeux une caverne à deux
ouvertures, que le soleil échauffe de deux côtés pendant l'hiver, et
où, durant l'été, le zéphyr envoie le sommeil par un double passage. Un peu au-dessous de l'antre, à gauche, tu verras une source
d'eau limpide, si toutefois elle coule encore. Avance sans bruit et
indique-moi si tout cela se trouve dans le lieu où nous sommes, ou
s'il faut le chercher ailleurs, afin que tu apprennes ce que j'ai encore à te dire, et qu'après cet entretien nous agissions de concert.

NÉOPTOLÈME. Roi Ulysse, il est aisé de te satisfaire; je crois
apercevoir la caverne dont tu parles.

ἀγρίαις.	sauvages.
Ἀλλὰ τί δεῖ λέγειν	Mais qu'est-il besoin de dire
ταῦτα μέν;	ces choses à-la-vérité?
ἀκμὴ γὰρ	car *le* temps-opportun
μακρῶν λόγων	pour de longs discours
οὐχ ἡμῖν,	n'*est* pas à nous,
μὴ καὶ	de-peur-que justement
᾿μάθῃ μὲ ἥκοντα	il apprenne moi étant venu
καὶ ἐκχέω	et que je *ne* laisse-échapper
τὸ πᾶν σόφισμα	tout l'artifice
τῷ δοκῶ αἱρήσειν	par lequel je pense devoir prendre
αὐτίκα νιν.	tout-à-l'heure lui.
Ἀλλὰ ἤδη σὸν ἔργον	Mais maintenant *c'est* ton affaire
ὑπηρετεῖν τὰ λοιπά,	de *m'*aider dans le reste
σκοπεῖν τε ὅπου ἐστὶν ἐνταῦθα	et de voir où est ici
πέτρα δίστομος τοιάδε,	un rocher à-deux-issues, tel :
ἵνα διπλῆ ἐνθάκησις ἡλίου	où un double siége *exposé* au soleil
πάρεστιν ἐν ψύχει μὲν,	se trouve pendant le froid d'un côté,
ἐν θέρει δὲ	et où pendant l'été
πνοὴ πέμπει ὕπνον	la brise envoie le sommeil
διὰ αὐλίου	à travers la grotte
ἀμφιτρῆτος.	ouverte-de-deux-côtés;
Ἴδοις δὲ ἄν τάχα	Et tu verras probablement
ποτὸν κρηναῖον	une boisson (une eau) de-source
βαιὸν ἔνερθεν	un peu au-dessous *de l'antre*
ἐξ ἀριστερᾶς,	à gauche,
εἴπερ ἐστὶ σῶν.	si-toutefois elle est sauve.
Ἃ προσελθὼν	Lesquelles choses, t'étant approché
σῖγα	en silence
σήμανέ μοι	indique à moi
εἴτε ἔχει ἔτι	si elles sont encore
πρὸς τόνδε αὐτὸν χῶρον,	près de ce même endroit,
εἴτε κυρεῖ ἄλλῃ,	*ou* si elles se trouvent ailleurs,
ὡς σὺ μὲν κλύῃς,	afin que toi d'un côté tu entendes,
ἐγὼ δὲ φράζω	et moi de l'autre côté je dise
τὰ ἐπίλοιπα τῶν λόγων,	le reste des paroles,
ἴῃ δὲ	et *que l'entreprise* procède
κοινὰ ἐξ ἀμφοῖν.	en commun par *nous*-deux.
ΝΕΟΠΤΟΛΕΜΟΣ. Ἄναξ Ὀδυσσεῦ,	NÉOPTOLÈME. Roi Ulysse,
λέγεις τὸ ἔργον οὐ μακράν·	tu dis la chose *étant* non loin :

ΟΔΥΣΣΕΥΣ.
Ἄνωθεν, ἢ κάτωθεν; οὐ γὰρ ἐννοῶ.
ΝΕΟΠΤΟΛΕΜΟΣ.
Τόδ' ἐξύπερθε, καὶ στίβου γ' οὐδεὶς κτύπος[1].
ΟΔΥΣΣΕΥΣ.
Ὅρα[2] καθ' ὕπνον μὴ καταυλισθεὶς κυρῇ.   30
ΝΕΟΠΤΟΛΕΜΟΣ.
Ὁρῶ κενὴν οἴκησιν ἀνθρώπων δίχα.
ΟΔΥΣΣΕΥΣ.
Οὐδ' ἔνδον οἰκοποιός ἐστί τις τρυφή;
ΝΕΟΠΤΟΛΕΜΟΣ.
Στιπτή γε φυλλὰς ὡς ἐναυλίζοντί[3] τῳ.
ΟΔΥΣΣΕΥΣ.
Τὰ δ' ἄλλ' ἔρημα, κοὐδέν ἐσθ' ὑπόστεγον;
ΝΕΟΠΤΟΛΕΜΟΣ.
Αὐτόξυλόν γ' ἔκπωμα, φλαυρουργοῦ τινος   35
τεχνήματ' ἀνδρὸς, καὶ πυρεῖ' ὁμοῦ τάδε.
ΟΔΥΣΣΕΥΣ.
Κείνου τὸ θησαύρισμα σημαίνεις τόδε.
ΝΕΟΠΤΟΛΕΜΟΣ.
Ἰοὺ ἰού· καὶ ταῦτά γ'[4] ἄλλα θάλπεται
ῥάκη, βαρείας του νοσηλείας πλέα.
ΟΔΥΣΣΕΥΣ.
Ἀνὴρ κατοικεῖ τούσδε τοὺς τόπους σαφῶς,   40
κἄστ' οὐχ ἑκάς που. Πῶς γὰρ ἂν νοσῶν ἀνὴρ

ULYSSE. En haut ou en bas? Je ne distingue point.

NÉOPTOLÈME. La voilà là-haut, et je n'entends aucun bruit de pas.

ULYSSE. Regarde : il est peut-être couché ou endormi.

NÉOPTOLÈME. Je vois une retraite vide et déserte.

ULYSSE. N'y a-t-il pas dans l'intérieur quelque luxe qui fasse de la caverne une habitation?

NÉOPTOLÈME. Non, mais du feuillage foulé, qui semble servir de lit.

ULYSSE. Est-ce tout? n'y vois-tu rien de plus?

NÉOPTOLÈME. Une coupe de bois, ouvrage de quelque artiste inhabile, et de plus ces matières combustibles.

ULYSSE. C'est à lui sans doute que tous ces objets appartiennent.

NÉOPTOLÈME. Ah dieux! je vois encore étendus au soleil quelques lambeaux teints d'un sang impur.

ULYSSE. Il n'en faut plus douter, c'est ici qu'il habite, et il n'est

δοκῶ γὰρ εἰσορᾶν
ἄντρον οἷον εἶπας.
ΟΔΥΣΣΕΥΣ. Ἄνωθεν,
ἢ κάτωθεν ;
οὐ γὰρ ἐννοῶ.
ΝΕΟΠΤΟΛΕΜΟΣ. Τόδε
ἐξύπερθε,
καὶ οὐδεὶς κτύπος στίβου γε.
ΟΔΥΣΣΕΥΣ. Ὅρα
μὴ κυρῇ καταυλισθεὶς
κατὰ ὕπνον.
ΝΕΟΠΤΟΛΕΜΟΣ. Ὁρῶ
οἴκησιν κενὴν
δίχα ἀνθρώπων.
ΟΔΥΣΣΕΥΣ. Οὐδέ ἐστιν ἔνδον
τρυφή τις
οἰκοποιός;
ΝΕΟΠΤΟΛΕΜΟΣ. Φυλλάς γε
στιπτὴ ὥς τῳ
ἐναυλίζοντι.
ΟΔΥΣΣΕΥΣ. Τὰ δὲ ἄλλα
ἔρημα, καὶ οὐδέν
ἐστιν ὑπόστεγον;
ΝΕΟΠΤΟΛΕΜΟΣ. Ἔκπωμά γε
αὐτόξυλον,
τεχνήματά τινος ἀνδρὸς
φλαυρουργοῦ,
καὶ ὁμοῦ
τάδε πυρεῖα.
ΟΔΥΣΣΕΥΣ. Σημαίνεις τόδε
τὸ θησαύρισμα κείνου.
ΝΕΟΠΤΟΛΕΜΟΣ. Ἰοὺ ἰού ·
καὶ ταῦτά γε ῥάκη ἄλλα
θάλπεται πλέα
νοσηλείας του βαρείας.
ΟΔΥΣΣΕΥΣ. Ὁ ἀνὴρ κατοικεῖ
τούσδε τοὺς τόπους σαφῶς,
καί ἐστί που οὐχ ἑκάς.
Πῶς γὰρ ἀνὴρ
νοσῶν κῶλον

car je pense voir
une grotte telle que tu as dit.
ULYSSE. En haut,
ou en bas?
car je ne distingue pas
NÉOPTOLÈME. Celle-ci
est en haut,
et aucun bruit de pas.
ULYSSE. Vois
s'il ne se trouve pas couché
pour *le* sommeil.
NÉOPTOLÈME. Je vois
une habitation vide
sans hommes.
ULYSSE. Et il n'y a pas dedans
quelque luxe
formant-une-habitation?
NÉOPTOLÈME. Du feuillage certes
foulé comme par quelqu'un
qui-prépare-*sa*-couche.
ULYSSE. Mais les autres *parties*
sont-elles vides, et rien
*n'*est-il sous-le-toit?
NÉOPTOLÈME. *Il y a* une coupe
de-bois-brut,
ouvrage de quelque homme
ouvrier-maladroit,
et en-même-temps
ces matières-combustibles.
ULYSSE. Tu indiques ceci
étant le trésor de lui.
NÉOPTOLÈME. Hélas! hélas!
et ces lambeaux en-outre
qui sèchent, pleins
d'une maladie (d'un pus) grave
ULYSSE. L'homme habite
ces lieux évidemment,
et il est quelque-part non loin.
Car comment un homme
souffrant au pied

ιῶλον παλαιᾷ κηρὶ προσβαίη μακράν;
Ἀλλ' ἢ 'πὶ φορβῆς νόστον ἐξελήλυθεν,
ἢ φύλλον εἴ τι νώδυνον κάτοιδέ που.
Τὸν οὖν παρόντα [1] πέμψον εἰς κατασκοπὴν,   45
μὴ καὶ [2] λάθῃ με προσπεσών· ὡς μᾶλλον ἂν
ἕλοιτό μ' ἢ τοὺς πάντας Ἀργείους λαβεῖν

ΝΕΟΠΤΟΛΕΜΟΣ.

Ἀλλ' ἔρχεταί [3] τε, καὶ φυλάξεται στίβος.
Σὺ δ' εἴ τι χρῄζεις, φράζε δευτέρῳ λόγῳ [4]

ΟΔΥΣΣΕΥΣ.

Ἀχιλλέως παῖ, δεῖ σ', ἐφ' οἷς ἐλήλυθας,   50
γενναῖον εἶναι μὴ μόνον τῷ σώματι,
ἀλλ' ἢν τι καινὸν, ὧν πρὶν οὐκ ἀκήκοας,
κλύῃς, ὑπουργεῖν, ὡς ὑπηρέτης πάρει.

ΝΕΟΠΤΟΛΕΜΟΣ.

Τί δῆτ' ἄνωγας;

ΟΔΥΣΣΕΥΣ.

Τὴν Φιλοκτήτου σε δεῖ
ψυχὴν ὅπως [5] λόγοισιν ἐκκλέψεις λέγων.   55
Ὅταν σ' ἐρωτᾷ τίς τε καὶ πόθεν πάρει,
λέγειν [6], Ἀχιλλέως παῖς· τόδ' οὐχὶ κλεπτέον·

pas éloigné. Boiteux et souffrant depuis tant d'années, pourrait-il faire une longue marche? Peut-être est-il sorti pour aller chercher de la nourriture, ou quelque plante, s'il en connaît, propre à calmer ses douleurs. Envoie donc cet homme à la découverte, de peur que Philoctète ne me surprenne; car il aimerait mieux s'emparer de moi que de tous les Grecs ensemble.

NÉOPTOLÈME. Il t'obéit et observera le sentier. A présent achève de m'apprendre ce que tu attends de moi.

ULYSSE. Fils d'Achille, pour l'œuvre qui t'amène, il ne suffit pas de faire preuve de courage, il faut encore me seconder, quand même tu entendrais quelque chose d'étrange parmi les choses qu'il me reste à te dire; car c'est pour cela que tu m'accompagnes.

NÉOPTOLÈME. Eh bien, qu'ordonnes-tu?

ULYSSE. Il faut par un adroit langage tromper Philoctète. Lorsqu'il te demandera qui tu es et d'où tu viens, réponds-lui que tu es fils d'Achille : il n'est pas besoin de le lui cacher. Mais ajoute

κηρὶ παλαιᾷ

d'une maladie invétérée

προσβαίη ἂν μακράν;

s'avancerait-il (irait-il) loin?

Ἀλλὰ ἢ ἐξελήλυθεν

Mais, ou il est sorti

ἐπὶ νόστον

pour le voyage (pour aller chercher)

φορβῆς,

de la nourriture,

ἢ εἴ κάτοιδέ που

ou, s'il connaît quelque part

φύλλον τι

quelque herbe

νώδυνον.

calmant-la-douleur.

Πέμψον οὖν τὸν παρόντα

Envoie donc l'homme ici présent

εἰς κατασκοπήν,

à la découverte,   [nant

μὴ καὶ προσπεσών

de peur que justement lui surve-

λάθῃ με·

ne me soit caché;

ὡς ἕλοιτο ἂν λαβεῖν με

car il choisirait de prendre moi

μᾶλλον ἢ

plutôt que

τοὺς πάντας Ἀργείους.

tous les Argiens.

ΝΕΟΠΤΟΛΕΜΟΣ. Ἀλλὰ ἔρχεταί τε

NÉOPTOLÈME. Mais et il y va

καὶ στίβος φυλάξεται.

et le sentier sera surveillé.

Σὺ δὲ, εἰ χρῄζεις τι,

Mais toi, si tu désires quelque chose,

φράζε δευτέρῳ λόγῳ.

dis-le dans un second discours.

ΟΔΥΣΣΕΥΣ. Παῖ Ἀχιλλέως,

ULYSSE. Fils d'Achille,

δεῖ σε εἶναι γενναῖον,

il faut toi être courageux

ἐπὶ οἷς

dans les choses pour lesquelles

ἐλήλυθας,

tu es venu,   [bras),

μὴ μόνον τῷ σώματι,

non-seulement avec le corps (le

ἀλλὰ ὑπουργεῖν,

mais prêter-ton-ministère

ἢν κλύῃς

quand-bien-même tu entendrais

καινόν τι

quelque chose de nouveau

ὃν οὐκ ἀκήκοας πρίν,

que tu n'as pas entendu auparavant,

ὡς πάρει ὑπηρέτης.

car tu es-ici mon aide.

ΝΕΟΠΤΟΛΕΜΟΣ. Τί δῆτα

NÉOPTOLÈME. Quoi donc

ἄνωγας;

ordonnes-tu?

ΟΔΥΣΣΕΥΣ. Δεῖ σε,

ULYSSE. Il faut toi,   [parleras)

ὅπως λέγων

qu'en lui parlant (lorsque tu lui

ἐκκλέψεις

tu dérobes (tu trompes)

λόγοισι

par les discours

τὴν ψυχὴν Φιλοκτήτου.

l'âme de Philoctète.

Ὅταν σε ἐρωτᾷ,

Lorsqu'il t'interroge,

τίς τε καὶ πόθεν πάρει,

et qui étant et d'où venant tu es-ici,

λέγειν, παῖς Ἀχιλλέως·

dis que tu es le fils d'Achille

τόδε οὐχὶ κλεπτέον·

cela n'est pas à dérober,

πλεῖς δ' ὡς πρὸς οἶκον, ἐκλιπὼν τὸ ναυτικὸν
στράτευμ' Ἀχαιῶν, ἔχθος ἐχθήρας μέγα [1],
οἵ σ' ἐν λιταῖς στείλαντες ἐξ οἴκων μολεῖν,   60
μόνην ἔχοντες τήνδ' ἅλωσιν Ἰλίου,
οὐκ ἠξίωσαν [2] τῶν Ἀχιλλείων ὅπλων
ἐλθόντι δοῦναι κυρίως αἰτουμένῳ,
ἀλλ' αὔτ' Ὀδυσσεῖ παρέδοσαν· λέγων ὅσ' ἂν
θέλῃς καθ' ἡμῶν ἔσχατ' ἐσχάτων κακά.   65
Τούτῳ γὰρ οὐδέν μ' ἀλγυνεῖς· εἰ δ' ἐργάσει
μὴ ταῦτα, λύπην πᾶσιν Ἀργείοις βαλεῖς.
Εἰ γὰρ τὰ τοῦδε τόξα μὴ ληφθήσεται,
οὐκ ἔστι πέρσαι σοι τὸ Δαρδάνου [3] πέδον.
Ὡς δ' ἔστ' ἐμοὶ μὲν οὐχί, σοὶ δ' ὁμιλία   70
πρὸς τόνδε πιστὴ καὶ βέβαιος, ἔκμαθε.
Σὺ μὲν πέπλευκας οὔτ' ἔνορκος οὐδενὶ [4],
οὔτ' ἐξ ἀνάγκης οὔτε τοῦ πρώτου στόλου,
ἐμοὶ δὲ τούτων οὐδέν ἐστ' ἀρνήσιμον.
Ὥστ' εἴ με τόξων ἐγκρατὴς αἰσθήσεται,   75
ὄλωλα καὶ σὲ προσδιαφθερῶ ξυνών [5].

que tu retournes dans ta patrie, après avoir abandonné la flotte des Grecs, animé contre eux d'une violente haine : les ingrats, diras-tu, leurs prières me font quitter ma patrie; ils ne pouvaient sans moi prendre Ilion, et lorsqu'à mon arrivée je réclame les armes d'Achille, les armes de mon père, ils me les refusent et les livrent à Ulysse. Là tu pourras à ton gré m'accabler d'invectives ; elles ne me feront aucune peine ; mais en agissant autrement tu affligerais tous les Grecs. Car, tant que les armes de Philoctète ne seront pas en notre pouvoir, tu ne pourras pas détruire la ville de Dardanus. Or voici pourquoi tu peux l'aborder avec assurance, tandis que je ne puis le faire sans danger. Tu es venu à Troie sans être lié par un serment ni conduit par la nécessité, et tu n'étais pas de la première expédition : moi, je ne puis rien nier de tout cela. Si donc Philoctète, encore maître de ses armes, apprend mon arrivée, je suis mort et je te perds avec moi. Ainsi, il faut employer

πλεῖς δὲ ὡς πρὸς οἶκον	et *que* tu navigues comme vers *la*
ἐκλιπὼν	ayant abandonné [maison,
τὸ στράτευμα ναυτικὸν Ἀχαιῶν,	l'armée navale des Achéens,
ἐχθήρας ἔχθος μέγα,	*les* haïssant d'une haine grande,
οἳ στείλαντές σε	*eux* qui, ayant mandé toi
ἐν λιταῖς	avec des supplications,
μολεῖν ἐξ οἴκων,	pour venir de *tes* demeures,
ἔχοντες	ayant
τήνδε μόνην ἅλωσιν Ἰλίου,	cette unique prise d'(moyen de pren-
οὐκ ἠξίωσαν	n'ont pas jugé-digne [dre) Ilion,
τῶν ὅπλων Ἀχιλλείων	des armes d'-Achille
δοῦναι ἐλθόντι	*pour les* donner à *toi* étant venu
αἰτουμένῳ κυρίως,	*et les* demandant avec-justice,
ἀλλὰ παρέδοσαν αὐτὰ Ὀδυσσεῖ·	mais ont donné elles à Ulysse ;
λέγων κατὰ ἡμῶν	en disant contre nous
κακὰ ἔσχατα ἐσχάτων	les injures dernières des dernières,
ὅσα ἂν θέλῃς.	toutes-celles-que tu voudras.
Ἀλγυνεῖς γάρ με	Car tu n'offenseras moi
οὐδὲν τούτῳ·	nullement par cela :
εἰ δὲ μὴ ἐργάσει ταῦτα	mais si tu ne fais pas ces choses
βαλεῖς λύπην	tu jetteras de la douleur
πᾶσιν Ἀργείοις.	à tous les Argiens.
Εἰ γὰρ τὰ τόξα τοῦδε	Car si les flèches de celui-ci
μὴ ληφθήσεται,	ne sont pas prises,
οὐκ ἔσται σοι πέρσαι	il ne sera pas en toi de dévaster
τὸ πέδον Δαρδάνου.	la plaine de Dardanus.
Ἔκμαθε δὲ,	Mais apprends
ὡς ὁμιλία πρὸς τόνδε	que l'entretien avec celui-ci
ἐστὶ πιστὴ καὶ βέβαιος	est sans-défiance et sûr
ἐμοὶ μὲν οὐχί, σοὶ δέ.	à moi certes non, mais à toi.
Σὺ μὲν πέπλευκας	D'une part toi tu as navigué
οὔτε ἔνορκος οὐδενὶ	ni lié-par-serment à personne,
οὔτε ἐξ ἀνάγκης	ni forcé par la nécessité,
οὔτε τοῦ πρώτου στόλου	ni *étant* de la première expédition ;
οὐδὲν δὲ τούτων	d'autre part aucune de ces choses
ἐστὶν ἀρνήσιμον ἐμοί.	n'est niable à moi.
Ὥστε ὄλωλα,	De-sorte-que je suis perdu,
εἰ ἐγκρατὴς τόξων	si étant-maître de *ses* flèches
αἰσθήσεταί με καὶ ξυνὼν	il aperçoit moi, et étant-avec *toi*
προσδιαφθερῶ σε.	je perdrai-en-outre toi.

Ἀλλ' αὐτὸ τοῦτο δεῖ σοφισθῆναι, κλοπεὺς
ὅπως γενήσει τῶν ἀνικήτων ὅπλων.
Ἔξοιδα, παῖ, φύσει σε μὴ πεφυκότα
τοιαῦτα φωνεῖν μηδὲ τεχνᾶσθαι κακά.   80
Ἀλλ' ἡδὺ γάρ τοι κτῆμα¹ τῆς νίκης λαβεῖν,
τόλμα· δίκαιοι δ' αὖθις ἐκφανούμεθα.
Νῦν δ' εἰς ἀναιδὲς ἡμέρας μέρος βραχὺ
δός μοι σεαυτὸν, κᾆτα τὸν λοιπὸν χρόνον
κέκλησο πάντων εὐσεβέστατος βροτῶν.   85
              ΝΕΟΠΤΟΛΕΜΟΣ.
Ἐγὼ μὲν οὓς ἂν τῶν λόγων ἀλγῶ κλύων,
Λαερτίου² παῖ, τούσδε καὶ πράσσειν στυγῶ·
ἔφυν γὰρ οὐδὲν ἐκ τέχνης πράσσειν κακῆς,
οὔτ' αὐτὸς οὔθ', ὥς φασιν, οὑκφύσας ἐμέ.
Ἀλλ' εἴμ' ἕτοιμος πρὸς βίαν τὸν ἄνδρ' ἄγειν   90
καὶ μὴ δόλοισιν· οὐ γὰρ ἐξ ἑνὸς ποδὸς
ἡμᾶς τοσούσδε³ πρὸς βίαν χειρώσεται.
Πεμφθείς γε μέντοι σοὶ ξυνεργάτης ὀκνῶ
προδότης καλεῖσθαι· βούλομαι δ', ἄναξ, καλῶς
ὁρῶν ἐξαμαρτεῖν μᾶλλον ἢ νικᾶν κακῶς.   95
              ΟΔΥΣΣΕΥΣ.
Ἐσθλοῦ πατρὸς παῖ, καὐτὸς ὢν νέος ποτὲ

la ruse pour lui soustraire ces armes invincibles. Je sais que ton
caractère se refuse à tenir ce langage et à user d'artifice ; mais la
victoire est douce à obtenir. Ose seulement ; nous serons justes
une autre fois. Livre-toi à moi sans réserve pour quelques instants
de la journée, et, pendant le reste de ta vie, sois appelé le plus
vertueux des hommes.

NÉOPTOLÈME. Ce que je n'aime pas à entendre, fils de Laërte,
je répugne à l'exécuter. Je ne suis pas né pour employer de lâches
artifices ; ce n'était pas non plus, dit-on, le caractère de celui à
qui je dois la vie. Je suis prêt à emmener Philoctète par la force
et non par la ruse. Faible et boiteux, il ne pourra vaincre des ad-
versaires aussi nombreux. Envoyé pour te seconder, je ne veux
pas être appelé traître ; mais j'aime mieux échouer en agissant
avec honneur, que de réussir par une perfidie.

ULYSSE. Fils d'un héros, et moi aussi dans ma jeunesse j'étais

Ἀλλὰ δεῖ σοφισθῆναι τοῦτο αὐτὸ,
ὅπως γενήσει κλοπεὺς
τῶν ὅπλων ἀνικήτων.
Ἔξοιδα, παῖ, σε
μὴ πεφυκότα φύσει
φωνεῖν τοιαῦτα κακὰ,
μηδὲ τεχνᾶσθαι. Ἀλλὰ τόλμα,
ἡδὺ γάρ τοι λαβεῖν
κτῆμα τῆς νίκης·
ἐκφανούμεθα δὲ
δίκαιοι αὖθις.
Νῦν δὲ δὸς σαυτόν μοι
εἰς ἀναιδὲς
μέρος βραχὺ ἡμέρας
καὶ εἶτα κέκλησο
εὐσεβέστατος πάντων βροτῶν
τὸν λοιπὸν χρόνον.
ΝΕΟΠΤΟΛΕΜΟΣ. Ἐγὼ μὲν,
παῖ Λαερτίου, τῶν λόγων οὓς
ἀλγῶ ἂν κλύων,
τούσδε καὶ στυγῶ
πράσσειν·
ἔφυν γὰρ πράσσειν οὐδὲν
ἐκ τέχνης κακῆς,
οὔτε αὐτὸς, οὔτε, ὥς φασιν,
ὁ ἐκφύσας ἐμέ.
Ἀλλὰ εἰμὶ ἕτοιμος
ἄγειν τὸν ἄνδρα πρὸς βίαν,
καὶ μὴ δόλοισιν·
οὐ γὰρ χειρώσεται πρὸς βίαν,
ἐξ ἑνὸς ποδὸς, ἡμᾶς τοσούσδε.
Πεμφθείς γε μέντοι
ξυνεργάτης σοι,
ὀκνῶ καλεῖσθαι προδότης·
βούλομαι δὲ μᾶλλον, ἄναξ,
ἐξαμαρτεῖν δρῶν καλῶς
ἢ νικᾶν κακῶς.
ΟΔΥΣΣΕΥΣ. Παῖ πατρὸς ἐσθλοῦ,
καὶ αὐτὸς εἶχον
γλῶσσαν μὲν ἀργὸν,

Mais il faut inventer ceci même,
comment tu deviendras voleur
des armes invincibles.
Je sais-bien, enfant, toi
n'étant pas fait de *ton* naturel
pour proférer de telles injures,
ni pour *les* inventer. Mais ose,
car certes *il est* doux de prendre
possession de la victoire :
et nous paraîtrons
justes une-autre-fois.
Mais à présent donne toi à moi,
pour une *action* effrontée,
une partie courte de la journée,
et après sois appelé
le plus pieux de tous les mortels
pendant le reste du temps.
NÉOPTOLÈME. Pour moi,
fils de Laërte, des discours *ceux* que
je souffre en entendant,
ceux-là aussi je déteste
de *les* accomplir ;
car je suis-né pour ne rien faire
avec un art mauvais,
ni moi-même, ni, comme ils disent,
le ayant engendré moi.
Mais je suis prêt
à emmener l'homme par la force,
et non pas par des ruses ;
car il ne vaincra pas par la force,
avec un seul pied, nous si nombreux.
Ayant été envoyé cependant
collaborateur à toi,
je crains d'être appelé traître
mais je veux plutôt, ô roi,
échouer en-agissant bien
que vaincre en *agissant* mal.
ULYSSE. Fils d'un père honnête,
moi aussi j'avais
d'un côté une langue oisive,

γλῶσσαν μὲν ἀργὸν, χεῖρα δ' εἶχον ἐργάτιν·
νῦν δ' εἰς ἔλεγχον ἐξιὼν ὁρῶ βροτοῖς
τὴν γλῶσσαν, οὐχὶ τἄργα, πάνθ' ἡγουμένην

NEOΠTOΛEMOΣ.

Τί οὖν μ' ἄνωγας ἄλλο πλὴν ψευδῆ λέγειν;   100

ΟΔΥΣΣΕΥΣ.

Λέγω σ' ἐγὼ δόλῳ Φιλοκτήτην λαβεῖν.

NEOΠTOΛEMOΣ.

Τί δ' ἐν δόλῳ δεῖ μᾶλλον ἢ πείσαντ' ἄγειν;

ΟΔΥΣΣΕΥΣ.

Οὐ μὴ πίθηται· πρὸς βίαν δ' οὐκ ἂν λάβοις.

NEOΠTOΛEMOΣ.

Οὕτως ἔχει τι δεινὸν ἰσχύος θράσος;

ΟΔΥΣΣΕΥΣ.

Ἰοὺς ἀφύκτους καὶ προπέμποντας φόνον.   105

NEOΠTOΛEMOΣ.

Οὐκ ἄρ' ἐκείνῳ γ' οὐδὲ προσμῖξαι θρασύ;

ΟΔΥΣΣΕΥΣ.

Οὔ, μὴ δόλῳ λαβόντα γ', ὡς ἐγὼ λέγω.

NEOΠTOΛEMOΣ.

Οὐκ αἰσχρὸν ἡγεῖ δῆτα τὸ ψευδῆ λέγειν;

ΟΔΥΣΣΕΥΣ.

Οὔκ, εἰ τὸ σωθῆναί γε τὸ ψεῦδος φέρει.

NEOΠTOΛEMOΣ.

Πῶς οὖν βλέπων τις ταῦτα τολμήσει λαχεῖν;   110

.ent à parler et prompt à agir. Aujourd'hui l'expérience m'a appris que c'est la langue et non le bras qui conduit tout parmi les hommes.

NÉOPTOLÈME. Que m'ordonnes-tu, sinon de mentir?

ULYSSE. Je veux que tu prennes Philoctète par la ruse.

NÉOPTOLÈME. Pourquoi la ruse plutôt que la persuasion?

ULYSSE. Tu ne le persuaderas pas, et la violence sera sans succès.

NÉOPTOLÈME. Qu'a-t-il pour compter ainsi sur sa force?

ULYSSE. Des flèches inévitables et qui lancent au loin la mort.

NÉOPTOLÈME. Il n'est donc pas sûr même de l'aborder?

ULYSSE. Non, à moins de le prendre par ruse, comme je le dis.

NÉOPTOLÈME. N'est-ce pas à tes yeux une honte de mentir?

ULYSSE. Non, si le mensonge peut nous sauver.

NÉOPTOLÈME. De quel front oserai-je tenir ce langage?

χεῖρα δὲ ἐργάτιν — de l'autre une main active,
ὢν νέος ποτέ — étant jeune autrefois;
νῦν δὲ — mais à présent,
ἐξιὼν εἰς ἔλεγχον — sortant à (faisant) l'épreuve,
ὁρῶ τὴν γλῶσσαν ἡγουμένην — je vois la langue conduisant
πάντα βροτοῖς, — toutes choses parmi les mortels,
οὐχὶ τὰ ἔργα. — et non pas les actions.

ΝΕΟΠΤΟΛΕΜΟΣ. — NÉOPTOLÈME.
Τί οὖν ἄλλο — Quoi d'autre donc
ἀνωγάς με λέγειν — ordonnes-tu moi dire
πλὴν ψευδῆ; — sinon des mensonges?

ΟΔΥΣΣΕΥΣ. Ἐγὼ λέγω σε — ULYSSE. Moi je t'ordonne
λαβεῖν δόλῳ Φιλοκτήτην. — de prendre par ruse Philoctète.

ΝΕΟΠΤΟΛΕΜΟΣ. Τί δὲ δεῖ — NÉOPTOLÈME. Mais pourquoi faut-il
ἄγειν μᾶλλον ἐν δόλῳ — l'emmener plutôt par ruse
ἢ πείσαντα; — que l'ayant persuadé?   [suader,

ΟΔΥΣΣΕΥΣ. Οὐ μὴ πίθηται· — ULYSSE. Il ne se laissera pas per-
λάβοις δὲ οὐκ ἂν — et tu ne pourrais-le-prendre
πρὸς βίαν. — de force.

ΝΕΟΠΤΟΛΕΜΟΣ. Ἔχει — NÉOPTOLÈME. A-t-il
τι θράσος — une confiance
δεινὸν οὕτως ἰσχύος; — tellement grande en sa force?

ΟΔΥΣΣΕΥΣ. — ULYSSE.
Ἰοὺς ἀφύκτους — Il a des flèches inévitables
καὶ προπέμποντας φόνον. — et lançant-au-loin la mort.

ΝΕΟΠΤΟΛΕΜΟΣ. — NÉOPTOLÈME.
Οὐκ ἄρα θρασὺ — Il n'est donc pas sûr
οὐδὲ προσμῖξαι ἐκείνῳ γε; — même d'aborder lui?

ΟΔΥΣΣΕΥΣ. Οὐ, — ULYSSE. Non,   [ruse,
μὴ λαβόντα γε δόλῳ, — du moins en ne le prenant pas par
ὡς ἐγὼ λέγω. — comme je dis.

ΝΕΟΠΤΟΛΕΜΟΣ. Ἡγεῖ δῆτα — NÉOPTOLÈME. Tu crois sans doute
τὸ λέγειν τὰ ψευδῆ — le dire des mensonges
οὐκ αἰσχρὸν; — n'être pas honteux?   [teux),

ΟΔΥΣΣΕΥΣ. Οὐκ — ULYSSE. Non (cela n'est pas hon-
εἴ γε τὸ ψεῦδος — si du moins le mensonge
φέρει τὸ σωθῆναι. — apporte le être sauvé.

ΝΕΟΠΤΟΛΕΜΟΣ. Πῶς οὖν — NÉOPTOLÈME. Comment donc
τολμήσει τις — quelqu'un osera-t-il (oserai-je)
λακεῖν ταῦτα βλέπων; — dire ces choses en regardant?

ΟΔΥΣΣΕΥΣ.
Ὅταν τι δρᾷς εἰς κέρδος, οὐκ ὀκνεῖν πρέπει.
ΝΕΟΠΤΟΛΕΜΟΣ.
Κέρδος δ' ἐμοὶ τί τοῦτον ἐς Τροίαν [1] μολεῖν;
ΟΔΥΣΣΕΥΣ.
Αἱρεῖ τὰ τόξα ταῦτα τὴν Τροίαν μόνα.
ΝΕΟΠΤΟΛΕΜΟΣ.
Οὐκ ἆρ' ὁ πέρσων, ὡς ἐφάσκετ', εἴμ' ἐγώ;
ΟΔΥΣΣΕΥΣ.
Οὔτ' ἂν σὺ κείνων χωρὶς οὔτ' ἐκεῖνα σοῦ.   115
ΝΕΟΠΤΟΛΕΜΟΣ.
Θηρατέ' οὖν γίγνοιτ' ἂν, εἴπερ ὧδ' ἔχει.
ΟΔΥΣΣΕΥΣ.
Ὡς τοῦτό γ' ἔρξας δύο φέρει δωρήματα.
ΝΕΟΠΤΟΛΕΜΟΣ.
Ποίω; μαθὼν γὰρ οὐκ ἂν ἀρνοίμην τὸ δρᾶν.
ΟΔΥΣΣΕΥΣ.
Σοφός τ' ἂν αὐτὸς κἀγαθὸς κεκλῇ' ἅμα.
ΝΕΟΠΤΟΛΕΜΟΣ.
Ἴτω [2] · ποιήσω, πᾶσαν αἰσχύνην ἀφείς   120
ΟΔΥΣΣΕΥΣ.
Ἦ μνημονεύεις οὖν ἅ σοι παρήνεσα;
ΝΕΟΠΤΟΛΕΜΟΣ.
Σάφ' ἴσθ' [3], ἐπείπερ εἰσάπαξ συνήνεσα.
ΟΔΥΣΣΕΥΣ.
Σὺ μὲν μένων νῦν κεῖνον ἐνθάδ' ἐκδέχου,
ἐγὼ δ' ἄπειμι, μὴ κατοπτευθῶ παρών,

ULYSSE. Quand une action est avantageuse, il ne faut pas hésiter.
NÉOPTOLÈME. Et quel avantage pour moi d'emmener Philoctète à Troie?
ULYSSE. Ces flèches seules pourront la prendre.
NÉOPTOLÈME. Ce n'est donc pas moi, comme vous le disiez, qui dois la détruire?
ULYSSE. Tu ne peux rien sans ces armes, ni ces armes sans toi.
NÉOPTOLÈME. Il faut donc les enlever, s'il en est ainsi.
ULYSSE. Certainement. Un double prix suivra cette action.
NÉOPTOLÈME. Quel prix? parle, je ne refuserai plus d'agir.
ULYSSE. La réputation d'un homme sage et courageux.
NÉOPTOLÈME. Eh bien soit, j'agirai. Je n'ai plus de scrupules
ULYSSE. Tu te souviens de mes avis?
NÉOPTOLÈME. Il suffit : tu as ma parole.
ULYSSE. Demeure ici pour l'attendre; moi, je me retire, afin d'éviter ses regards. Je vais aussi renvoyer au vaisseau l'homme

ΟΔΥΣΣΕΥΣ. Οὐ πρέπει
ὀκνεῖν,
ὅταν δρᾷς τι
εἰς κέρδος.
NÉOPTOΛEMOΣ. Ἐμοὶ δὲ
τί κέρδος
τοῦτον μολεῖν ἐς Τροίαν;
ΟΔΥΣΣΕΥΣ. Ταῦτα τὰ τόξα μόνα
αἱρεῖ τὴν Τροίαν.
ΝΕΟΠΤΟΛΕΜΟΣ. Οὐκ ἄρα ἐγὼ
εἰμὶ ὁ πέρσων,
ὡς ἐφάσκετο;
ΟΔΥΣΣΕΥΣ. Οὔτε ἂν σὺ
χωρὶς κείνων,
οὔτε ἐκεῖνα σοῦ.
ΝΕΟΠΤΟΛΕΜΟΣ. Γίγνοιτο ἂν οὖν
θηρατέα,
εἴπερ ἔχει ὧδε.
ΟΔΥΣΣΕΥΣ. Ὡς φέρει
δύο δωρήματα,
ἔρξας τοῦτό γε.
ΝΕΟΠΤΟΛΕΜΟΣ. Ποίω;
μαθὼν γὰρ
οὐκ ἂν ἀρνοίμην τὸ δρᾶν.
ΟΔΥΣΣΕΥΣ. Αὐτός;
κεκλῇο ἂν ἅμα
σοφός τε καὶ ἀγαθός.
ΝΕΟΠΤΟΛΕΜΟΣ. Ἴτω·
ποιήσω, ἀφεὶς
πᾶσαν αἰσχύνην.
ΟΔΥΣΣΕΥΣ. Ἦ μνημονεύεις οὖν
ἃ παρῄνεσά σοι;
ΝΕΟΠΤΟΛΕΜΟΣ. Ἴσθι σάφα,
ἐπείπερ συνήνεσα εἰσάπαξ.
ΟΔΥΣΣΕΥΣ. Σὺ μέν νυν
μένων ἐνθάδε
ἐκδέχου κεῖνον,
ἐγὼ δὲ ἄπειμι,
μὴ κατοπτευθῶ
παρὼν,

ULYSSE. Il ne convient pas
d'hésiter
quand tu fais quelque chose
pour un profit.
NÉOPTOLÈME. Mais pour moi
quel profit
celui-ci aller à Troie?
ULYSSE. Ces flèches seules
prennent (peuvent prendre) Troie.
NÉOPTOLÈME. N'est-ce donc pas moi
qui suis le devant-*la*-détruire,
comme il était dit?
ULYSSE. Ni toi
sans celles-là (ces flèches),
ni celles-là *sans* toi.
NÉOPTOLÈME. Elles seraient donc
dignes-d'être-chassées (recher-
s'il *en* est ainsi.   [chées),
ULYSSE. De sorte que tu remportes
deux avantages,
du moins ayant fait cela.
NÉOPTOLÈME. Lesquels?
car *l'*ayant appris
je ne refuserais pas le agir.
ULYSSE. *Étant* le même
tu serais appelé en-même-temps
et adroit et courageux.
NÉOPTOLÈME. Qu'il *en* aille *ainsi*.
je *le* ferai, ayant laissé
toute pudeur.
ULYSSE. Te rappelles-tu donc
les choses que j'ai conseillées à toi?
NÉOPTOLÈME. Sache-*le* clairement
puisque j'ai promis une-fois.
ULYSSE. Toi donc d'un côté
restant ici
accueille-le,
moi, de l'autre côté, je m'en vais,
de-peur-que je ne sois aperçu
étant présent,

καὶ τὸν σκοπὸν [1] πρὸς ναῦν ἀποστελῶ πάλιν.   125
Καὶ δεῦρ', ἐάν μοι τοῦ χρόνου δοκῆτέ τι
κατασχολάζειν, αὖθις ἐκπέμψω πάλιν
τοῦτον τὸν αὐτὸν ἄνδρα, ναυκλήρου τρόποις
μορφὴν δολώσας, ὡς ἂν ἀγνοία προσῇ·
οὗ δῆτα, τέκνον, ποικίλως αὐδωμένου   130
δέχου τὰ συμφέροντα τῶν ἀεὶ λόγων.
Ἐγὼ δὲ πρὸς ναῦν εἶμι, σοὶ παρεὶς τάδε·
Ἑρμῆς δ' ὁ πέμπων δόλιος ἡγήσαιτο νῶν
Νίκη [2] τ' Ἀθάνα Πολιάς, ἣ σώζει μ' ἀεί.

ΧΟΡΟΣ.

(Στροφὴ α'.)

Τί χρὴ τί χρή με, δέσποτ', ἐν ξένᾳ ξένον   135
στέγειν, ἢ τί λέγειν πρὸς ἄνδρ' ὑπόπταν;
Φράζε μοι.
Τέχνα [3] γὰρ τέχνας ἑτέρας προὔχει
καὶ γνώμα [4] παρ' ὅτῳ τὸ θεῖον
Διὸς σκῆπτρον ἀνάσσεται.   140
Σὲ δ', ὦ τέκνον, τόδ' ἐλήλυθεν
πᾶν κράτος ὠγύγιον· τό [5] μοι ἔννεπε,
τί σοι χρεὼν ὑπουργεῖν.

ΝΕΟΠΤΟΛΕΜΟΣ.

Νῦν μὲν ἴσως γὰρ τόπον ἐσχατιαῖς
προσιδεῖν ἐθέλεις ὅντινα κεῖται,   145

qui épie son arrivée. Si tu me parais tarder trop longtemps, je
t'enverrai de nouveau ce même homme déguisé en pilote, pour
qu'il ne puisse être connu. A travers l'obscurité de son langage
tu saisiras ce qui peut te servir. Je vais au vaisseau et te confie
le reste. Puisse le dieu de la ruse, Mercure, qui nous envoie, nous
servir de guide, ainsi que la déesse de la victoire, Minerve, qui
veille toujours sur moi!

LE CHOEUR. Étranger sur cette terre étrangère, roi, que faut-il
taire ou dire à un homme défiant? Parle, car l'habileté et l'intelligence de celui à qui Jupiter a donné le pouvoir l'emportent sur
l'habileté et l'intelligence des autres hommes. O mon fils, tu as
reçu par les aïeux cette puissance souveraine; dis-moi donc quels
services je dois te rendre.

NÉOPTOLÈME. Tu veux sans doute apercevoir le lieu où il se

καὶ ἀποστελῶ πάλιν
πρὸς ναῦν τὸν σκοπόν.
Καὶ ἐκπέμψω
αὖθις πάλιν δεῦρο
τοῦτον τὸν αὐτὸν ἄνδρα,
ἐὰν δοκῆτέ μοι
κατασχολάζειν ‹ τοῦ χρόνου,
δολώσας μορφὴν
τρόποις ναυκλήρου,
ὡς ἂν προσῇ ἀγνοία·
οὗ δῆτα, τέκνον,
αὐδωμένου ποικίλως,
δέχου τὰ συμφέροντα
λόγων τῶν ἀεί.
Ἐγὼ δὲ εἶμι πρὸς ναῦν
παρεὶς τάδε σοι·
Ἑρμῆς δὲ δόλιος
ὁ πέμπων
ἡγήσαιτο νῷν
Ἀθάνα τε Νίκη Πολιάς,
ἣ σώζει με ἀεί.

(Στροφὴ α΄.)

ΧΟΡΟΣ. Δέσποτα, τί χρή με
ξένον ἐν ξένα,
τί χρὴ στέγειν, ἢ τί λέγειν
πρὸς ἄνδρα ὑπόπταν;
Φράζε μοι. Τέχνα γὰρ
παρὰ ὅτῳ
τὸ σκῆπτρον θεῖον Διὸς
ἀνάσσεται,
προΰχει τέχνας ἑτέρας,
καὶ γνώμα.
Πᾶν δὲ τόδε κράτος
ἐλήλυθε σὲ ὠγύγιον,
ὦ τέκνον· τὸ ἔννεπέ μοι
τί χρεὼν ὑπουργεῖν σοι.
ΝΕΟΠΤΟΛΕΜΟΣ. Νῦν μὲν
δέρχου θαρσῶν
ἐθέλεις γὰρ ἴσως προσιδεῖν

et je ferai-partir en arrière
vers le vaisseau le guetteur.
Et j'enverrai-dehors
encore de nouveau ici
ce même homme,
si vous paraissez à moi
perdre une *partie* de *votre* temps,
ayant déguisé *sa* forme
sous les dehors d'un pilote,
afin que s'*y* joigne l'incognito;
lequel donc, ô *mon* enfant,
parlant d'une-manière-artificieuse,
reçois les utiles
d'entre *ses* paroles de chaque fois.
Pour moi je vais au vaisseau,
ayant laissé ces *soins* à toi :
et *que* Mercure dieu-de-la-ruse
le *nous* accompagnant,
conduise nous,
et Minerve Victoire Poliade,
qui sauve moi toujours.

(Strophe I.)

LE CHŒUR. Maître, que faut-il moi
étranger dans *une terre* étrangère,
que faut-il cacher, ou que *faut-il*
à un homme soupçonneux? [dire
Dis-moi. Car l'art *de celui*
chez lequel (à qui)
le sceptre divin de Jupiter
est gouverné (appartient),
l'emporte sur l'art des-autres,
et *son* intelligence *l'emporte*.
Or toute cette puissance
est venue à toi très-ancienne,
ô *mon* fils; c'est-pourquoi dis à moi
en quoi il faut aider toi.
NÉOPTOLÈME. Pour le moment
regarde ayant-de-l'assurance,
car tu veux sans-doute regarder

δέρκου θαρσῶν· ὁπόταν δὲ μόλῃ
δεινὸς ὁδίτης τῶνδ' ἐκ μελάθρων [1],
πρὸς ἐμὴν ἀεὶ χεῖρα προχωρῶν
πειρῶ τὸ παρὸν θεραπεύειν.

ΧΟΡΟΣ.

(Ἀντιστροφὴ α'.)

Μέλον πάλαι μέλημά μοι λέγεις, ἄναξ,   150
φρουρεῖν ὄμμ' [2] ἐπὶ σῷ μάλιστα καιρῷ·
νῦν δέ μοι
λέγ' αὐλὰς [3] ποίας ἔνεδρος ναίει
καὶ χῶρον τίν' ἔχει. Τὸ γάρ μοι
μαθεῖν οὐκ ἀποκαίριον,   155
μὴ προσπεσών με λάθῃ ποθὲν,
τίς τόπος, ἢ τίς ἕδρα, τίν' ἔχει στίβον,
ἔναυλον, ἢ θυραῖον.

ΝΕΟΠΤΟΛΕΜΟΣ.

Οἶκον μὲν ὁρᾷς τόνδ' ἀμφίθυρον
πετρίνης [4] κοίτης.   160

ΧΟΡΟΣ.

Ποῦ γάρ ὁ τλήμων αὐτὸς ἄπεστιν;

ΝΕΟΠΤΟΛΕΜΟΣ.

Δῆλον ἔμοιγ' ὡς φορβῆς χρείᾳ
στίβον ὀγμεύει τόνδε πέλας που.
Ταύτην γὰρ ἔχειν βιοτῆς αὐτὸν
λόγος ἐστὶ φύσιν, θηροβολοῦντα   165

---

trouve : eh bien, porte tes regards aussi loin que la vue peut s'étendre ; mais lorsque approchera l'habitant de cette caverne à la démarche pénible, attentif au moindre signe, sois prêt à me rendre le service que la circonstance exigera.

LE CHOEUR. Prince, depuis longtemps l'habitude m'a appris à avoir sans cesse les yeux ouverts sur les intérêts. Dis-moi maintenant quelle est sa demeure, et quel lieu il occupe. Il importe que je sache s'il est dans sa grotte ou s'il en est sorti, afin que, de quelque côté qu'il vienne, je puisse l'apercevoir.

NÉOPTOLÈME. Tu vois sa demeure : c'est ce rocher qui présente une double ouverture.

LE CHOEUR. Où l'infortuné a-t-il tourné ses pas?

NÉOPTOLÈME. Il est sorti, je n'en puis douter, pour chercher de la nourriture, en se traînant dans le sentier voisin. Car on dit qu'il n'a d'autre moyen de soutenir son existence que de percer

ἐσχατιαῖς τόπον	jusqu'à ses extrémités l'endroit
ὅντινα κεῖται·	dans lequel il se trouve;
ὁπόταν δὲ μόλῃ	mais lorsque viendra
δεινὸς ὁδίτης	le terrible promeneur
ἐκ τῶνδε μελάθρων,	de ces demeures,
προχωρῶν ἀεὶ	l'avançant toujours
πρὸς ἐμὴν χεῖρα,	vers (aux signes de) ma main,
πειρῶ θεραπεύειν	essaye de prêter-aide
τὸ παρόν.	pour la chose présente.

(Ἀντιστροφὴ α'.)	(Antistrophe I.)
ΧΟΡΟΣ. Ἄναξ,	LE CHŒUR. O roi,
λέγεις μέλημα	tu dis un soin
μέλον μοι πάλαι,	occupant moi depuis-longtemps,
ὄμμα φρουρεῖν	*mon œil* veiller
μάλιστα ἐπὶ σῷ καιρῷ·	surtout à ton avantage;
νῦν δὲ λέγε ἐμοὶ	mais maintenant dis à moi
ποίας αὐλὰς ναίει	quelles retraites il habite
ἔνεδρος·	y *étant* domicilié,
καὶ τίνα χῶρον ἔχει.	et quel lieu il occupe.
Τὸ γὰρ μαθεῖν	Car le apprendre
τίς τόπος	quel *est* l'endroit,
ἢ τίς ἕδρα,	ou quel *est* le siége *de lui*,
τίνα στίβον ἔχει,	quel sentier il a (il suit),
ἔναυλον ἢ θυραῖον,	en-dedans ou dehors,
οὐκ ἀποκαίριόν μοι,	n'est pas inopportun à moi,
μὴ προσπεσών	de-peur-que *lui* survenant
ποθεν λάθῃ με.	de quelque part ne m'échappe.
ΝΕΟΠΤΟΛΕΜΟΣ. Ὁρᾷς μὲν	NÉOPTOLÈME. Tu vois
τόνδε οἶκον ἀμφίθυρον	cette demeure à-deux-portes
κοίτης πετρίνης·	de (à) la couche de-pierre.
ΧΟΡΟΣ. Ποῦ γὰρ ἄπεστιν	LE CHŒUR. Où donc s'en-est-allé
ὁ τλήμων αὐτός;	l'infortuné lui-même?
ΝΕΟΠΤΟΛΕΜΟΣ. Δῆλον	NÉOPTOLÈME. *Il est* évident
ἔμοιγε, ὡς ὀγμεύει	à moi du-moins qu'il sillonne
τόνδε στίβον που πέλας	ce sentier quelque part près *d'ici*
χρείᾳ φορβῆς.	à cause du besoin de nourriture.
Λόγος γὰρ ἐστιν	Car le discours est (on dit)
αὐτὸν ἔχειν	lui avoir
ταύτην φύσιν βιοτῆς,	cette nature de vie.

πτηνοῖς ἰοῖς σμυγερὸν σμυγερῶς,
οὐδέ τιν' αὐτῷ
παιῶνα κακῶν ἐπινωμᾶν[1].

XOPOΣ.

(Στροφὴ β'.)

Οἰκτείρω νιν ἔγωγ', ὅπως,
μή του κηδομένου βροτῶν
μηδὲ ξύντροφον ὄμμ' ἔχων,
δύστανος, μόνος ἀεὶ,
νοσεῖ μὲν νόσον ἀγρίαν
ἀλύει δ' ἐπὶ παντί τω
χρείας ἱσταμένῳ. Πῶς ποτε πῶς δύσμορος ἀντέχει ; 175
Ὦ παλάμαι θεῶν,
ὦ δύστανα γένη βροτῶν
οἷς μὴ μέτριος αἰών.

(Ἀντιστροφὴ β'.)

Οὗτος πρωτογόνων ἴσως
οἴκων οὐδενὸς ὕστερος,
πάντων ἄμμορος ἐν βίῳ
κεῖται μοῦνος ἀπ' ἄλλων
στικτῶν ἢ λασίων μετὰ
θηρῶν, ἔν τ' ὀδύναις ὁμοῦ
λιμῷ τ' οἰκτρὸς ἀνήκεστα μεριμνήματ' ἔχων βαρέα. 185
Ἁ δ' ἀθυρόστομος
ἀχὼ τηλεφανὴς[2] πικρᾶς
οἰμωγᾶς ὑπόκειται[3].

avec peine quelques animaux de ses flèches rapides, et qu'il n'a
pu trouver encore aucun remède à ses douleurs.

LE CHOEUR. Le malheureux! que je le plains! Personne n'a
souci de lui, ses regards ne rencontrent pas le visage compatissant
d'un ami. Toujours seul, affligé d'un mal cruel, ses besoins sans
cesse renaissants abattent son courage. Comment, hélas! comment peut-il résister? ô coups du sort! Malheureux les mortels
dont les épreuves dépassent la mesure!

Cet homme, qui ne le cède peut-être à personne par la noblesse
de sa famille, privé de tout, languit dans la solitude, sans autre
société que celle des animaux sauvages, tourmenté à la fois par
la faim, par la douleur et par des inquiétudes insupportables; et
sans cesse l'écho répète au loin ses gémissements douloureux.

θηροβολοῦντα
σμυγερὸν σμυγερῶς
ἰοῖς πτηνοῖς,
οὐδὲ ἐπινωμᾶν αὐτῷ
τινὰ παιῶνα κακῶν.

frappant (tuant)-les-animaux
triste *lui-même et* d'une manière-
avec des flèches ailées,   [triste,
et ne *pouvoir* amener à lui
quelque guérisseur de *ses* maux.

(Στροφὴ β'.)

(*Strophe II.*)

ΧΟΡΟΣ. Ἔγωγε
οἰκτείρω νιν,
ὅπως, μή του βροτῶν
κηδομένου, μηδὲ ἔχων
ὄμμα ξύντροφον,
δύστανος, μόνος ἀεὶ,
νοσεῖ μὲν
νόσον ἀγρίαν,
ἀλύει δὲ
ἐπὶ παντὶ τῳ χρείας
ἱσταμένῳ. Πῶς ποτε,
πῶς δύσμορος
ἀντέχει; Ὦ παλάμαι θεῶν,
ὦ δύστανα γένη βροτῶν
οἷς αἰὼν
μὴ μέτριος.

LE CHŒUR. Pour moi
je plains lui,
comment, ni quelqu'un des mortels
prenant-soin *de lui*, ni ayant
un œil compagnon (un ami),
malheureux, seul toujours,
d'une part il est malade
d'une maladie sauvage (cruelle),
de l'autre il est-dans-l'inquiétude
au-sujet-de toute espèce de besoin
s'élevant. Comment enfin,
comment l'infortuné
résiste-t-il? O bras des dieux,
ô malheureuses générations des
auxquels la vie (la fortune) [hommes
n'*est* pas médiocre!

(Ἀντιστροφὴ β'.)

(*Antistrophe II.*)

Οὗτος ἴσως
ὕστερος οὐδενὸς
οἴκων πρωτογόνων,
ἄμμορος πάντων
ἐν βίῳ κεῖται
μοῦνος ἀπὸ ἄλλων,
μετὰ θηρῶν στικτῶν ἢ λασίων,
οἰκτρὸς ὁμοῦ
ἔν τε ὀδύναις
λιμῷ τε ἔχων
βαρέα μεριμνήματα
ἀνήκεστα. Ἃ ἀχὼ δὲ
ἀθυρόστομος
οἰμωγᾶς πικρᾶς
ὑπόκειται τηλεφανής.

Celui-ci sans doute
inférieur à aucun *homme*
des maisons les-plus-anciennes,
privé de toutes choses
dans la vie, se trouve
isolé des autres   [lus,
avec des animaux tachetés ou ve-
digne-de-pitié à la fois
et dans les souffrances
et *dans* la faim, ayant
de cruels soucis
insupportables. Et l'écho   [vard)
à-la-bouche-sans-porte (l'écho ba-
l'écho de la plaine perçante [loin.
est-placé-dessous *la* montrant-au-

ΝΕΟΠΤΟΛΕΜΟΣ.

Οὐδὲν τούτων θαυμαστὸν ἐμοί·
θεία γὰρ, εἴπερ κἀγώ τι φρονῶ,   190
καὶ τὰ παθήματα κεῖνα πρὸς αὐτὸν
τῆς ὠμόφρονος Χρύσης [1] ἐπέβη,
καὶ νῦν ἃ πονεῖ δίχα κηδεμόνων,
οὐκ ἔσθ᾽ ὡς οὐ θεῶν του μελέτῃ,
τοῦ μὴ [2] πρότερον τόνδ᾽ ἐπὶ Τροίᾳ   195
τεῖναι τὰ θεῶν ἀμάχητα βέλη [3],
πρὶν ὅδ᾽ ἐξήκοι χρόνος, ᾧ λέγεται
χρῆναί σφ᾽ ὑπὸ τῶνδε δαμῆναι.

ΧΟΡΟΣ.
(Στροφὴ γ΄.

Εὔστομ᾽ ἔχε, παῖ.

ΝΕΟΠΤΟΛΕΜΟΣ.
Τί τόδε;   200

ΧΟΡΟΣ.
Προὔφάνη κτύπος
φωτὸς σύντροφος ὡς τειρομένου του,
ἤ που τᾷδ᾽ ἢ τᾷδε τόπων.
Βάλλει βάλλει μ᾽ ἐτύμα
φθογγά του στίβου κατ᾽ ἀνάγκαν   205

NÉOPTOLÈME. Son sort n'a rien qui m'étonne : autant que j'en
puis juger, son malheur vient des dieux ; c'est la cruelle Chrysa
qui lui a envoyé ces douleurs. Les maux qu'il souffre maintenant,
sans y trouver de remède, sont l'ouvrage des immortels ; ils ne
veulent pas qu'il lance contre Troie les flèches invincibles d'un
dieu avant le temps que les destins ont marqué pour sa ruine.

LE CHOEUR. Fais silence, mon fils.

NÉOPTOLÈME. Qu'y a-t-il ?

LE CHOEUR. J'ai entendu un bruit semblable à des gémissements, je ne sais de quel côté. Mais j'entends la voix d'un homme
qui se traîne avec effort, et le bruit lointain de ses gémisse-

ΝΕΟΠΤΟΛΕΜΟΣ. Οὐδὲν τούτων
θαυμαστὸν ἐμοί·
εἴπερ γὰρ καὶ ἐγώ
φρονῶ τι,
καὶ τὰ παθήματα κεῖνα
τῆς ὠμόφρονος Χρύσης,
ἐπέβη πρὸς αὐτὸν
θεῖα,
καὶ οὐκ ἔστιν
ὡς ἃ πονεῖ νῦν
δίχα κηδεμόνων
οὐ μελέτῃ
τοῦ θεῶν,
τοῦ τόνδε
μὴ τεῖναι πρότερον
ἐπὶ Τροίᾳ τὰ βέλη
ἀμάχητα θεῶν,
πρὶν ἐξήκοι
ὅδε χρόνος,
ᾧ λέγεται
χρῆναί
σφε δαμῆναι
ὑπὸ τῶνδε.

NÉOPTOLÈME. Aucune de ces choses
n'est étonnante pour moi;
car, si moi aussi
j'ai quelque bon-sens,
aussi ces souffrances-là
causées par la cruelle Chrysa,
sont survenues à lui
divines (envoyées par une divinité),
et il n'est pas possible
que ce qu'il endure maintenant,
sans hommes-qui-le-soignent,
n'ait pas lieu par le soin
de quelqu'un des dieux,
pour le cet homme
ne pas diriger auparavant
contre Troie les traits
invincibles des dieux,
avant que ne soit arrivé
ce temps
où l'on dit
être-nécessaire
elle (Troie) être domptée
par ces traits.

(Στροφὴ γ'.)

(Strophe III.)

ΧΟΡΟΣ. Παῖ,
ἔχε εὔστομα.
ΝΕΟΠΤΟΛΕΜΟΣ. Τί τόδε;
ΧΟΡΟΣ. Κτύπος;
προὔφάνη
ὡς σύντροφος
φωτός του τειρομένου,
ἤ που
τᾷδε τόπων
ἢ τᾷδε.
Φθογγὰ ἐτύμα
βάλλει με,
βάλλει,
τοῦ ἕρποντος
κατὰ ἀνάγκαν στίβου,

LE CHŒUR. Mon fils,
tiens-toi en-silence.
NÉOPTOLÈME. Qu'est-ce?
LE CHŒUR. Un bruit
a paru (s'est fait entendre)
comme le bruit habituel
d'un homme qui-souffre,
ou bien
de ce côté des lieux,
ou de celui-là.
Oui, un bruit véritable
frappe moi,
frappe moi,
le bruit de quelqu'un qui-rampe
avec difficulté de route,

ἕρποντος, οὐδέ με λάθει
βαρεῖα τηλόθεν αὐδὰ
τρυσάνωρ· διάσημα γὰρ θρηνεῖ.

ΧΟΡΟΣ.
(Ἀντιστροφὴ γ'.)
Ἀλλ' ἔχε, τέκνον,

ΝΕΟΠΤΟΛΕΜΟΣ.
Λέγ' ὅ τι.　　　　210

ΧΟΡΟΣ.
φροντίδας νέας·
ὡς οὐκ ἔξεδρος, ἀλλ' ἔντοπος ἀνὴρ,
οὐ μολπὰν σύριγγος ἔχων,
ὡς ποιμὴν ἀγροβότας,
ἀλλ' ἤ που πταίων ὑπ' ἀνάγκας　　　215
βοᾷ τηλωπὸν ἰωάν,
ἢ ναὸς ἄξενον αὐγά-
ζων ὅρμον· προβοᾷ τι γὰρ δεινόν.

ΦΙΛΟΚΤΗΤΗΣ.
Ἰὼ ξένοι,
τίνες ποτ' ἐς γῆν τήνδε κἀκ ποίας τύχης　　　220
κατέσχετ' οὔτ' εὔορμον οὔτ' οἰκουμένην;
Ποίας ἂν ὑμᾶς πατρίδος ἢ γένους ποτὲ
τύχοιμ' ἂν εἰπών; Σχῆμα μὲν γὰρ Ἑλλάδος ¹
στολῆς ὑπάρχει προσφιλεστάτης ἐμοί·
φωνῆς δ' ἀκοῦσαι βούλομαι· καὶ μή μ' ὄκνῳ　　　225

ments plaintifs est venu jusqu'à moi; ils frappent clairement mon oreille.

LE CHOEUR. Songe, mon fils....

NÉOPTOLÈME. Que veux-tu dire?

LE CHOEUR. Songe à ce que tu dois faire. Il n'est plus éloigné; le voici près de nous. Ce ne sont pas les doux sons de la flûte que le berger fait répéter aux campagnes, ce sont des cris de douleur qui annoncent au loin son approche, soit qu'il ait heurté son pied dans sa marche, ou qu'il ait vu le vaisseau sur cette côte inhospitalière, car il jette des cris affreux.

PHILOCTÈTE. O étrangers, qui êtes-vous? Comment avez-vous pu aborder dans cette île sans port et déserte? Quelle est votre patrie, votre nation? Je reconnais les vêtements grecs dont la vue m'est si chère; mais il me tarde d'entendre votre voix. Ne soyez

αὐδὰ δὲ τηλόθεν,   et une voix *venant* de-loin
βαρεῖα τρυσάνωρ   perçante, affligeant-les-hommes,
οὐ λάθει με·   ne m'échappe pas,
θρηνεῖ γὰρ διάσημα.   car il se lamente distinctement.

    (Ἀντιστροφὴ γ'.)   (*Antistrophe III.*)

ΧΟΡΟΣ. Τέκνον,   LE CHŒUR. *Mon* fils,
ἀλλὰ ἔχε...,   eh bien, aie...
ΝΕΟΠΤΟΛΕΜΟΣ. Λέγε ὅ τι.   NÉOPTOLÈME. Dis, quoi?
ΧΟΡΟΣ. φροντίδας νέας,   LE CHŒUR, des soucis nouveaux;
ὡς ὁ ἀνὴρ   car l'homme
οὐκ ἔξεδρος·   n'*est* pas loin-de-*sa*-demeure,
ἀλλὰ ἔντοπος,   mais dans-le-lieu-même,
οὐκ ἔχων   n'ayant pas
μολπὰν σύριγγος,   la mélodie d'un chalumeau
ὡς ποιμὴν   comme un pâtre
ἀγροβότας·   qui-fait-paître-dans-les-champs;
ἀλλὰ βοᾷ   .   mais il crie (pousse)
ἰωὰν τηλωπὸν,   une clameur qui-retentit-au-loin,
ἢ ὑπὸ ἀνάγκας,   soit à cause de la douleur,
πταίων που,   se-heurtant quelque part,
ἢ αὐγάζων   soit apercevant
ὅρμον ἄξενον   la station inhospitalière
ναός· προσβοᾷ γὰρ   du vaisseau; car il profère
τὶ δεινόν.   quelque chose de terrible.
ΦΙΛΟΚΤΗΤΗΣ. Ἰὼ ξένοι,   PHILOCTÈTE. Oh! étrangers,
τίνες ποτὲ   qui donc *étant*
καὶ ἐκ ποίας τύχης   et par quel hasard
κατέσχετε ἐς τήνδε γῆν,   avez-vous abordé à cette terre,
οὔτε εὔορμον   ni pourvue-de-bons-ports
οὔτε οἰκουμένην;   ni habitée?
Ποίας πατρίδος ποτὲ   De quelle patrie donc
ἢ γένους;   ou de *quelle* race
ἂν εἰπὼν ὑμᾶς   ayant dit vous *être*,
τύχοιμι ἄν;   rencontrerais-je *la vérité*?
Ὑπάρχει μὲν γὰρ   Car d'un côté se trouve
σχῆμα στολῆς Ἑλλάδος   la forme du vêtement grec,
προσφιλεστάτης ἐμοί·   très-cher à moi;
βούλομαι δὲ   de l'autre côté je veux
ἀκοῦσαι φωνῆς·   entendre *votre* voix;

δείσαντες ἐκπλαγῆτ' ἀπηγριωμένον,
ἀλλ' οἰκτίσαντες ἄνδρα δύστηνον, μόνον,
ἔρημον ὧδε κἄφιλον, καλούμενον [1]
φωνήσατ', εἴπερ ὡς φίλοι προσήκετε.
Ἀλλ' ἀνταμείψασθ'· οὐ γὰρ εἰκὸς οὔτ' ἐμὲ   230
ὑμῶν ἁμαρτεῖν τοῦτό γ' οὔθ' ὑμᾶς ἐμοῦ.

ΝΕΟΠΤΟΛΕΜΟΣ.

Ἀλλ', ὦ ξέν', ἴσθι τοῦτο πρῶτον, οὕνεκα
Ἕλληνές ἐσμεν· τοῦτο γὰρ βούλει μαθεῖν

ΦΙΛΟΚΤΗΤΗΣ.

Ὦ φίλτατον φώνημα· φεῦ [2] τὸ καὶ λαβεῖν
πρόσφθεγμα τοιοῦδ' ἀνδρὸς ἐν χρόνῳ μακρῷ.   235
Τίς σ', ὦ τέκνον, προσέσχε, τίς προσήγαγεν
χρεία; τίς ὁρμή; τίς ἀνέμων ὁ φίλτατος;
Γέγωνέ μοι πᾶν τοῦθ', ὅπως εἰδῶ τίς εἶ.

ΝΕΟΠΤΟΛΕΜΟΣ.

Ἐγὼ γένος [3] μέν εἰμι τῆς περιρρύτου
Σκύρου· πλέω δ' ἐς οἶκον· αὐδῶμαι δὲ παῖς   240
Ἀχιλλέως Νεοπτόλεμος. Οἶσθ' ἤδη τὸ πᾶν.

ΦΙΛΟΚΤΗΤΗΣ.

Ὦ φιλτάτου παῖ πατρός, ὦ φίλης χθονός,

point effrayés de mon aspect sauvage; ayez pitié d'un malheureux qui, abandonné dans ces lieux, seul et sans amis, vous appelle. Parlez, si vous venez en amis. Répondez-moi : j'ai le droit d'attendre de vous cette grâce, et je suis prêt aussi à vous répondre.

NÉOPTOLÈME. Eh bien, étranger, sache d'abord ce que tu veux apprendre : nous sommes Grecs.

PHILOCTÈTE. O douce parole! que j'aime à entendre ces accents, après tant d'années de silence! O mon fils, quel besoin t'amène en ces lieux? Quelle entreprise, ou plutôt quel vent favorable t'a jeté sur ces bords? Ne me cache rien; que je sache qui tu es.

NÉOPTOLÈME. Je suis né dans l'île de Scyros; j'y retourne. On me nomme le fils d'Achille, Néoptolème; tu sais tout.

PHILOCTÈTE. O fils d'un père que j'ai tant aimé! Enfant d'une

καὶ μὴ ἐκπλαγῆτέ με	et ne soyez-pas-saisis pour moi
ὄκνῳ,	de répugnance,
δείσαντες ἀπηγριωμένον,	craignant moi devenu-sauvage,
ἀλλὰ οἰκτίσαντες;	mais prenant-en-pitié
ἄνδρα δύστηνον, μόνον,	un homme malheureux, isolé,
ὧδε ἔρημον καὶ ἄφιλον,	ainsi abandonné et sans-amis,
φωνήσατε καλούμενον,	parlez à celui qui appelle vous,
εἴπερ προσήκετε	si-toutefois vous êtes venus
ὡς φίλοι.	comme amis.
Ἀλλὰ ἀνταμείψασθε·	Mais répondez donc;
οὐ γὰρ εἰκὸς	car il n'est juste
οὔτε ἐμὲ ἁμαρτεῖν	ni moi ne-pas-obtenir
τοῦτό γε ὑμῶν,	cela du moins de vous
οὔτε ὑμᾶς ἐμοῦ.	ni vous de moi.
ΝΕΟΠΤΟΛΕΜΟΣ. Ἀλλὰ,	NÉOPTOLÈME. Eh bien,
ὦ ξένε, ἴσθι τοῦτο πρῶτον,	ô étranger, sache ceci d'abord,
οὔνεκά ἐσμεν Ἕλληνες·	que nous sommes Grecs :
τοῦτο γὰρ βούλει μαθεῖν.	car c'est ce que tu veux apprendre.
ΦΙΛΟΚΤΗΤΗΣ.	PHILOCTÈTE.
Ὦ φώνημα φίλτατον·	O parole très-chère !
φεῦ καὶ τὸ λαβεῖν	ah (qu'il est doux) même le recevoir
πρόσφθεγμα	l'entretien
τοιοῦδε ἀνδρὸς	d'un tel homme (d'un Grec)
ἐν χρόνῳ μακρῷ.	dans (après) un temps si long !
Τίς, ὦ τέκνον,	quel besoin, ô mon enfant,
τίς χρεία προσέσχε σε,	quel besoin a fait aborder toi,
τίς προσήγαγεν; τίς ὁρμή;	quel besoin t'a amené? quel dessein?
τίς ὁ φίλτατος ἀνέμων;	quel vent, le plus cher des vents?
γέγωνέ μοι πᾶν τοῦτο,	dis à moi tout cela,
ὅπως εἰδῶ τίς εἶ.	afin que je sache qui tu es,
ΝΕΟΠΤΟΛΕΜΟΣ. Γένος μὲν	NÉOPTOLÈME. Quant à l'origine,
ἐγώ εἰμι Σκύρου τῆς περιρρύτου,	je suis de Scyros entourée-d'eau,
πλέω δὲ ἐς οἶκον·	et je navigue vers ma demeure;
αὐδῶμαι δὲ	de l'autre je suis nommé
παῖς Ἀχιλλέως,	fils d'Achille,
Νεοπτόλεμος.	Néoptolème.
Οἶσθα ἤδη τὸ πᾶν.	Tu sais déjà tout.
ΦΙΛΟΚΤΗΤΗΣ. Ὦ παῖ	PHILOCTÈTE. O fils
πατρὸς φιλτάτου,	d'un père très-chéri,
ὦ χθονὸς φίλης,	ô enfant d'une terre amie,

ὦ τοῦ γέροντος θρέμμα Λυκομήδους, τίνι
στόλῳ προσέσχες τήνδε γῆν πόθεν πλέων ;

ΝΕΟΠΤΟΛΕΜΟΣ.

Ἐξ Ἰλίου τοι δὴ τανῦν γε ναυστολῶ.   245

ΦΙΛΟΚΤΗΤΗΣ.

Πῶς εἶπας; Οὐ γὰρ δὴ σύ γ᾽ ἦσθα ναυβάτης
ἡμῖν κατ᾽ ἀρχὴν τοῦ πρὸς Ἴλιον στόλου.

ΝΕΟΠΤΟΛΕΜΟΣ.

Ἦ γὰρ μετέσχες καὶ σὺ τοῦδε τοῦ πόνου ;

ΦΙΛΟΚΤΗΤΗΣ.

Ὦ τέκνον, οὐ γὰρ οἶσθά μ᾽ ὄντιν᾽ εἰσορᾷς ;

ΝΕΟΠΤΟΛΕΜΟΣ.

Πῶς γὰρ κάτοιδ᾽ ὅν γ᾽ εἶδον οὐδεπώποτε ;   250

ΦΙΛΟΚΤΗΤΗΣ.

Οὐδ᾽ ὄνομ᾽ ἄρ᾽ οὐδὲ τῶν ἐμῶν κακῶν κλέος
ἤσθου ποτ᾽ οὐδὲν, οἷς ἐγὼ διωλλύμην ;

ΝΕΟΠΤΟΛΕΜΟΣ.

Ὡς μηδὲν εἰδότ᾽ ἴσθι μ᾽ ὧν ἀνιστορεῖς.

ΦΙΛΟΚΤΗΤΗΣ.

Ὦ πόλλ᾽ ἐγὼ μοχθηρὸς, ὦ πικρὸς θεοῖς,
οὗ μηδὲ κληδὼν ὧδ᾽ ἔχοντος οἴκαδε   255
μηδ᾽ Ἑλλάδος γῆς μηδαμοῦ διῆλθέ που.
Ἀλλ᾽ οἱ μὲν ἐκβαλόντες ἀνοσίως ἐμὲ

terre chérie! nourrisson du vieux Lycomède, comment as-tu abordé dans cette île? D'où viens-tu ?

NÉOPTOLÈME. J'arrive en ce moment de Troie.

PHILOCTÈTE. Que dis-tu? Tu n'étais pas avec nous au commencement de l'expédition.

NÉOPTOLÈME. Et toi, étais-tu donc de cette expédition ?

PHILOCTÈTE. O mon fils, tu ne connais donc pas celui qui est devant tes yeux?

NÉOPTOLÈME. Comment te connaîtrais-je? Je ne l'ai jamais vu.

PHILOCTÈTE. Tu ne sais donc point mon nom, et la renommée ne t'a point appris les maux qui m'accablent?

NÉOPTOLÈME. Rien de ce que tu me dis ne m'est connu.

PHILOCTÈTE. Hélas ! suis-je assez infortuné, assez haï des dieux ! Le bruit de mes malheurs n'est pas arrivé dans ma patrie, la Grèce entière les ignore; mais les impies qui m'ont abandonné

ὦ θρέμμα
τοῦ γέροντος Λυκομήδους,
τίνι στόλῳ
πόθεν πλέων
προσέσχες τήνδε γῆν;
ΝΕΟΠΤΟΛΕΜΟΣ. Τανῦν γε
ναυστολῶ τοι δὴ
ἐξ Ἰλίου.
ΦΙΛΟΚΤΗΤΗΣ. Πῶς εἶπας;
Οὐ γὰρ δὴ σύ γε ἦσθα
ναυβάτης ἡμῖν,
κατὰ ἀρχὴν τοῦ στόλου
πρὸς Ἴλιον.
ΝΕΟΠΤΟΛΕΜΟΣ. Ἦ γὰρ
καὶ σὺ μετέσχες
τοῦδε τοῦ πόνου;
ΦΙΛΟΚΤΗΤΗΣ. Ὦ τέκνον,
οὐ γὰρ οἶσθα
ὅντινα εἰσορᾷς με;
ΝΕΟΠΤΟΛΕΜΟΣ.
Πῶς γὰρ κάτοιδα
ὅν γε εἶδον οὐδεπώποτε;
ΦΙΛΟΚΤΗΤΗΣ. Ἤσθου ἄρα
οὐδὲ ὄνομά ποτε
οὐδὲ οὐδὲν κλέος
τῶν ἐμῶν κακῶν,
οἷς ἐγὼ διωλλύμην;
ΝΕΟΠΤΟΛΕΜΟΣ. Ἴσθι με
ὡς εἰδότα μηδὲν
ὧν ἀνιστορεῖς.
ΦΙΛΟΚΤΗΤΗΣ.
Ὦ ἐγὼ πολλὰ μοχθηρὸς,
ὦ πικρὸς θεοῖς,
οὐ ἔχοντος ὧδε
μηδὲ κληδὼν
διῆλθεν οἴκαδε
μηδὲ μηδαμοῦ που
γῆς Ἑλλάδος.
Ἀλλὰ οἱ μὲν ἐκβαλόντες
ἐμὲ ἀνοσίως

ὁ nourrisson
du vieillard Lycomède,
par quelle route
et d'où naviguant
as-tu abordé à cette terre?
NÉOPTOLÈME. Maintenant certes
je viens-avec-ma-flotte donc
de Troie.
PHILOCTÈTE. Comment as-tu dit?
Car certes tu n'étais pas
navigateur avec nous
au commencement de l'expédition
contre Troie.
NÉOPTOLÈME. Est-ce donc que
toi aussi tu as-pris-part
à cette entreprise?
PHILOCTÈTE. O mon enfant,
tu ne sais donc pas
qui tu vois en moi?
NÉOPTOLÈME.
Comment en effet connaîtrais-je
celui que je n'ai jamais vu?
PHILOCTÈTE. Tu n'as donc appris
ni mon nom jamais,
ni aucun bruit
de mes malheurs,
par lesquels j'ai été perdu?
NÉOPTOLÈME. Sache moi
comme ne sachant aucune
des choses que tu demandes.
PHILOCTÈTE.
O moi très malheureux,
ô haï des dieux,
duquel étant ainsi
pas-même un bruit
n'a pénétré chez-moi
ni nulle-part peut-être
de la terre hellénique!
Mais d'une part les ayant-rejeté
moi d'une-manière-infâme

γελῶσι σῖγ' ἔχοντες, ἡ δ' ἐμὴ νόσος
ἀεὶ τέθηλε κἀπὶ μεῖζον ἔρχεται.
Ὦ τέκνον, ὦ παῖ πατρὸς ἐξ Ἀχιλλέως,   260
ὅδ' εἴμ' ἐγώ σοι κεῖνος, ὃν κλύεις ἴσως
τῶν Ἡρακλείων ὄντα δεσπότην ὅπλων,
ὁ τοῦ Ποίαντος παῖς Φιλοκτήτης, ὃν οἱ
δισσοὶ στρατηγοὶ χὡ Κεφαλλήνων [1] ἄναξ
ἔρριψαν αἰσχρῶς ὧδ' ἔρημον, ἀγρίᾳ   265
νόσῳ καταφθίνοντα, τῆς ἀνδροφθόρου
πληγέντ' ἐχίδνης ἀγρίῳ χαράγματι·
ξὺν ᾗ [2] μ' ἐκεῖνοι, παῖ, προθέντες ἐνθάδε
ᾤχοντ' ἔρημον, ἡνίκ' ἐκ τῆς ποντίας
Χρύσης [3] κατέσχον δεῦρο ναυβάτῃ στόλῳ.   270
Τότ' ἄσμενόν μ' ὡς εἶδον ἐκ πολλοῦ σάλου
εὕδοντ' ἐπ' ἀκτῆς ἐν κατηρεφεῖ πέτρᾳ,
λιπόντες ᾤχονθ' οἷα φωτὶ δυσμόρῳ
ῥάκη προθέντες βαιὰ καί τι καὶ βορᾶς
ἐπωφέλημα σμικρόν, οἷ' αὐτοῖς τύχοι.   275

triomphent en silence, tandis que mon mal s'accroît et s'irrite chaque jour. Mon enfant, digne fils d'Achille, je suis cet homme dont tu as entendu parler peut-être, qui possède les armes d'Hercule, je suis Philoctète, fils de Péan, que les Atrides et le roi des Céphalléniens ont indignement jeté sur cette côte déserte, consumé par un mal affreux et déchiré par la morsure cruelle de l'homicide vipère. C'est dans cet état qu'ils m'ont abandonné ici seul, lorsqu'en venant de l'île de Chrysa ils abordèrent à Lemnos. A peine virent-ils que, respirant des fatigues d'une pénible traversée, je m'étais endormi sur le rivage dans le creux d'un rocher, ils partirent, ils m'abandonnèrent, en me laissant, comme au dernier des malheureux, quelques lambeaux pour me couvrir, et quelques aliments pour soutenir ma vie. Que les dieux le leur rendent

γελῶσιν ἔχοντες σῖγα,	triomphent se tenant en-silence,
ἡ δὲ ἐμὴ νόσος	de l'autre ma maladie
τέθηλεν ἀεὶ	pousse (s'accroît) toujours
καὶ ἔρχεται ἐπὶ μεῖζον.	et va de plus grand en plus grand
Ὦ τέκνον, ὦ παῖ	O mon enfant, ô fils [mal.
ἐκ πατρὸς Ἀχιλλέως,	d'un père tel qu'Achille,
ἐγὼ ὅδε	moi que voici
εἰμί σοι κεῖνος,	je suis pour toi celui-là
ὃν κλύεις ἴσως	que tu as entendu peut-être
ὄντα δεσπότην	étant maître
τῶν ὅπλων Ἡρακλείων,	des armes d'-Hercule,
Φιλοκτήτης,	Philoctète,
ὁ παῖς τοῦ Ποίαντος,	le fils de Pœan,
ὃν οἱ δισσοὶ στρατηγοὶ	que les doubles (deux) chefs
καὶ ὁ ἄναξ Κεφαλλήνων	et le roi des Céphalléniens
ἔρριψαν αἰσχρῶς	ont jeté-dehors honteusement
ἔρημον ὧδε,	délaissé ainsi,
καταφθίνοντα	dépérissant
νόσῳ ἀγρίᾳ,	par une maladie cruelle,
πληγέντα χαράγματι ἀγρίῳ	atteint par la morsure cruelle
τῆς ἀνδροφθόρου ἐχίδνης·	de l'homicide vipère ;
ξὺν ᾗ	avec laquelle (maladie)
ἐκεῖνοι, παῖ,	ceux-là, ô mon fils,
προθέντες ἐνθάδε	ayant exposé ici
μὲ ἔρημον, ᾤχοντο,	moi délaissé, ils s'en sont allés,
ἡνίκα κατέσχον δεῦρο	quand ils abordèrent ici
ἐκ τῆς ποντίας Χρύσης	venant de la maritime Chrysa,
στόλῳ ναυβάτῃ.	avec une expédition navale.
Τότε ὡς εἶδον	Alors quand ils virent
με εὕδοντα ἄσμενον	moi dormant content
ἐκ σάλου πολλοῦ	après un roulis considérable
ἐπὶ ἀκτῆς	sur le rivage
ἐν κέτρᾳ κατηρεφεῖ,	dans un rocher abritant,
ᾤχοντο λιπόντες,	ils s'en allèrent m'abandonnant,
προθέντες	ayant mis-devant moi
οἷα φωτὶ δυσμόρῳ	comme à un homme malheureux
βαιὰ ῥάκη	quelques lambeaux
καί τι καὶ σμικρὸν ἐπωφέλημα	et de plus quelque petit secours
βορᾶς, οἷα	de nourriture, choses telles que
τύχοι αὐτοῖς.	puisse-t-il-en-échoir à eux !

Σὺ δή, τέκνον, ποίαν μ᾽ ἀνάστασιν δοκεῖς
αὐτῶν βεβώτων ἐξ ὕπνου στῆναι τότε;
ποῖ᾽ ἐκδακρῦσαι, ποῖ᾽ ἀποιμῶξαι κακά;
ὁρῶντα μὲν ναῦς, ἃς ἔχων ἀναυστόλουν,
πάσας βεβώσας, ἄνδρα δ᾽ οὐδέν᾽ ἔντοπον,   280
οὐχ ὅστις ἀρκέσειεν, οὐδ᾽ ὅστις νόσου
κάμνοντι συλλάβοιτο, πάντα δὲ σκοπῶν
ηὕρισκον οὐδὲν πλὴν ἀνιᾶσθαι παρόν,
τούτου δὲ πολλὴν εὐμάρειαν, ὦ τέκνον.
Ὁ μὲν χρόνος δὴ διὰ χρόνου [1] προὔβαινέ μοι,   285
χἄδει τι βαιᾷ τῇδ᾽ ὑπὸ στέγῃ μόνον
διακονεῖσθαι [2]. Γαστρὶ μὲν τὰ σύμφορα
τόξον τόδ᾽ ἐξηύρισκε, τὰς ὑποπτέρους
βάλλον πελείας· πρὸς δὲ τοῦθ᾽, ὅ μοι βάλοι
νευροσπαδὴς ἄτρακτος, αὐτὸς [3] ἂν τάλας   290
εἱλυόμην δύστηνον ἐξέλκων πόδα
πρὸς τοῦτ᾽ ἄν· εἴ τ᾽ ἔδει τι καὶ ποτὸν λαβεῖν,

Juge, mon fils, quel fut mon réveil après leur départ; que de pleurs je versai, combien je gémis sur mon malheur, en voyant que les vaisseaux qui m'avaient amené étaient tous partis, et qu'il n'y avait personne en ce lieu pour subvenir à mes besoins ou soulager mes souffrances? Promenant de tous côtés mes regards, je ne trouvai que la douleur ô mon fils, et une douleur inépuisable. Cependant les jours succédèrent aux jours; il me fallut, seul dans cette étroite caverne, pourvoir à ma subsistance. Cet arc me fournissait la nourriture; je perçais les colombes qui volaient autour de cette roche; et lorsque mes flèches avaient abattu quelque oiseau, je me traînais avec effort pour aller ramasser ma proie. Fallait-il aussi chercher de l'eau pour apaiser ma soif, ou couper

Σὺ δὴ, τέκνον,	Toi donc, *mon* enfant,
ποίαν ἀνάστασιν	de quel lever
δοκεῖς με	crois-tu moi
στῆναι τότε ἐξ ὕπνου,	être relevé alors du sommeil,
αὐτῶν βεβώτων;	eux étant partis?
κοῖα ἐκδακρῦσαι;	de quelles *larmes* avoir pleuré?
ποῖα ἀποιμῶξαι	de quelles *plaintes* avoir gémi
κακά;	sur *mes* maux?
ὁρῶντα μὲν ναὺς,	voyant d'un côté les navires
ἃς ἔχων ἐναυστόλουν,	lesquels ayant j'avais navigué
πάσας βεβώσας;	tous partis,
οὐδένα δὲ ἄνδρα	de l'autre côté aucun homme
ἔντοπον,	habitant-du-lieu,
οὐχ ὅστις ἀρκέσειεν,	ni qui *m*'assistât,
οὐδὲ ὅστις συλλάβοιτο νόσου	ni qui aidât dans la maladie
κάμνοντι,	*moi* souffrant,
σκοπῶν δὲ πάντα	mais, considérant toutes choses,
ηὕρισκον οὐδὲν παρὸν	je ne trouvai rien de présent,
πλὴν ἀνιᾶσθαι,	excepté *le* être affligé,
πολλὴν δὲ εὐμάρειαν	mais une grande abondance
τούτου,	de cela,
ὦ τέκνον.	ô *mon* enfant.
Ὁ μὲν χρόνος δὴ	Cependant le temps
προέβαινέ μοι	s'avançait à moi
διὰ χρόνου,	à travers le temps,
καὶ ἔδει μόνον	et il fallait *moi* seul
διακονεῖσθαί τι	apprêter-à-moi quelque-chose
ὑπὸ τῇδε στέγῃ βιᾷ.	sous ce toit exigu.
Τόδε τόξον μὲν	Cet arc à la vérité
ἐξηύρισκε γαστρὶ	procurait à *mon* estomac
τὰ σύμφορα,	les choses utiles,
βάλλον τὰς πελείας ὑποπτέρους·	frappant les colombes ailées;
πρὸς δὲ τοῦτο ὃ ἄτρακτος	mais vers ce que la flèche
νευροσπαδὴς	lancée-par-la-corde
βάλοι μοι,	atteignait pour moi,
πρὸς τοῦτο τάλας	vers cela malheureux,
εἱλυόμην ἂν αὐτὸς,	je me traînais moi-même,
ἐξέλκων πόδα δύστηνον·	traînant *mon* pied infortuné;
εἴ τε ἔδει λαβεῖν	et s'il fallait prendre
καί τι ποτόν.	aussi quelque boisson,

καί που πάγου χυθέντος, οἷα χείματι,
ξύλον τι θραῦσαι, ταῦτ' ἂν ἐξέρπων τάλας
ἐμηχανώμην· εἶτα πῦρ ἂν οὐ παρῆν,   295
ἀλλ' ἐν πέτροισι πέτρον ἐκτρίβων μόλις
ἔφην' ἄφαντον φῶς [1], ὃ καὶ σώζει μ' ἀεί.
Οἰκουμένη γὰρ οὖν στέγη πυρὸς μέτα
πάντ' ἐκπορίζει πλὴν τὸ μὴ νοσεῖν ἐμέ.
Φέρ', ὦ τέκνον, νῦν καὶ τὸ τῆς νήσου μάθης.   300
Ταύτῃ πελάζει ναυβάτης οὐδεὶς ἑκών·
οὐ γάρ τις ὅρμος ἐστὶν, οὐδ' ὅποι πλέων
ἐξεμπολήσει κέρδος, ἢ ξενώσεται.
Οὐκ ἐνθάδ' οἱ πλοῖ τοῖσι σώφροσιν βροτῶν.
Τάχ' οὖν τις ἄκων ἔσχε [2]· πολλὰ γὰρ τάδε   305
ἐν τῷ μακρῷ γένοιτ' ἂν ἀνθρώπῳ χρόνῳ.
Οὗτοί μ', ὅταν μόλωσιν, ὦ τέκνον, λόγοις
ἐλεοῦσι μὲν, καὶ πού τι καὶ βορᾶς μέρος
προσέδοσαν οἰκτείραντες, ἤ τινα στολήν·
ἐκεῖνο δ' οὐδεὶς, ἡνίκ' ἂν μνησθῶ, θέλει,   310

un peu de bois lorsque les glaces de l'hiver couvraient ces rivages, ce n'était qu'en rampant avec peine que je pouvais satisfaire
ces besoins. Je manquais de feu; alors en frappant des cailloux
l'un contre l'autre, j'en arrachai avec peine la flamme cachée qui
me conserve la vie. Car, avec le feu et le couvert, cette caverne
me donne tout, excepté la guérison. A présent, mon fils, apprends
quelle est cette île. Aucun pilote n'y aborde volontairement; elle
est sans port, et on ne peut y trouver ni commerce ni hospitalité.
Les navigateurs prudents évitent ces parages. Quelques-uns cependant y sont jetés malgré eux; car ces accidents ne sont pas
rares dans une longue vie. Lorsque ces étrangers abordent ici,
ils paraissent plaindre mon sort, et leur compassion m'accorde
quelques aliments ou quelques habits. Mais aussitôt que je leur
parle de me ramener dans ma patrie, aucun n'y veut consentir,

χαὶ που, πάγου χυθέντος,	et peut-être, la glace étant répandue
οἷα χείματι,	comme en hiver,
θραῦσαί τι ξύλον,	casser quelque bois,
ἐμηχανώμην ἂν ταῦτα	j'effectuais ces choses
ἐξέρπων τάλας·	en rampant-dehors, malheureux;
εἶτα πῦρ οὐ παρῆν ἂν,	puis le feu n'était pas présent,
ἀλλὰ ἐκτρίβων	mais, frottant
πέτρον ἐν πέτροισιν	une pierre contre des pierres,
ἔφηνα μόλις	je faisais-paraître avec-peine
φῶς ἄφαντον,	la lumière cachée.
ὃ καὶ σώζει με ἀεί.	qui aussi sauve moi toujours.
Στέγη γὰρ οὖν οἰκουμένη	Car enfin le toit habité
μετὰ πυρὸς ἐκπορίζει πάντα	avec le feu fournit toutes choses
πλὴν τὸ ἐμὲ μὴ νοσεῖν.	hormis le moi n'être pas malade.
Φέρε, ὦ τέκνον,	Eh bien, ô *mon* fils,
μάθῃς νῦν	apprends maintenant
καὶ τὸ τῆς νήσου.	aussi le *détail* de l'île.
Οὐδεὶς ναυβάτης πελάζει	Aucun navigateur n'approche
ἑκὼν ταύτῃ·	volontairement d'elle,
οὐ γάρ τις ὅρμος ἐστίν,	car quelque port n'est pas,
οὐδὲ ὅποι πλέων,	ni *un lieu* où naviguant,
ἐξεμπολήσει κέρδος,	il trafiquera pour un bénéfice,
ἢ ξενώσεται.	ou recevra-l'hospitalité.
Οἱ πλοῖ οὐκ ἐνθάδε	Les navigations ne *sont* pas ici
τοῖσι σώφροσιν βροτῶν.	pour les prudents d'entre les mor-
Τάχα οὖν τις	Peut-être donc quelqu'un [tels
ἔσχεν ἄκων·	aborda-t-il malgré-lui;
τάδε γὰρ γένοιτο ἂν	car ces choses pourraient-arriver
πολλὰ ἐν τῷ μακρῷ χρόνῳ	fréquentes dans le long temps (âge)
ἀνθρώπῳ.	pour un homme.
Οὗτοι, ὦ τέκνον,	Ceux-là, ô *mon* enfant,
ὅταν μόλωσιν,	quand ils viennent,
ἐλεοῦσι μὲν λόγοις,	plaignent à la vérité par des paroles,
καί που προσέδοσαν	et peut-être ont-ils donné-en-sus
καί τι μέρος βορᾶς	aussi quelque portion de nourriture
ἤ τινα στολήν,	ou quelque vêtement
οἰκτείραντες·	ayant eu pitié;
οὐδεὶς δὲ θέλει ἐκεῖνο,	mais aucun ne veut ceci,
ἡνίκα μνησθῶ ἂν,	lorsque j'en fais-mention,
σῶσαί με	*à savoir:* conduire-en-sûreté moi

σῶσαί μ' ἐς οἴκους, ἀλλ' ἀπόλλυμαι τάλας
ἔτος τόδ' ἤδη δέκατον ἐν λιμῷ τε καὶ
κακοῖσι βόσκων τὴν ἀδηφάγον νόσον.
Τοιαῦτ' Ἀτρεῖδαι μ' ἥ τ' Ὀδυσσέως βία,
ὦ παῖ, δεδράκασ', οἷ' Ὀλύμπιοι θεοὶ   315
δοῖέν ποτ' αὐτοῖς ἀντίποιν' ἐμοῦ παθεῖν.

ΧΟΡΟΣ.

Ἔοικα κἀγὼ τοῖς ἀφιγμένοις ἴσα
ξένοις[1] ἐποικτείρειν σε, Ποίαντος τέκνον

ΝΕΟΠΤΟΛΕΜΟΣ.

Ἐγὼ δὲ καὐτὸς τοῖσδε μάρτυς ἐν λόγοις
ὡς εἰσ' ἀληθεῖς οἶδα, συντυχὼν κακῶν   320
ἀνδρῶν Ἀτρειδῶν τῆς τ' Ὀδυσσέως βίας.

ΦΙΛΟΚΤΗΤΗΣ.

Ἦ γάρ τι καὶ σὺ τοῖς πανωλέθροις ἔχεις
ἔγκλημ' Ἀτρείδαις, ὥστε θυμοῦσθαι παθών;

ΝΕΟΠΤΟΛΕΜΟΣ.

Θυμὸν γένοιτο χειρὶ πληρῶσαί ποτε,
ἵν' αἱ Μυκῆναι γνοῖεν ἡ Σπάρτη θ' ὅτι   325
χἠ Σκῦρος ἀνδρῶν ἀλκίμων μήτηρ ἔφυ.

ΦΙΛΟΚΤΗΤΗΣ.

Εὖ γ', ὦ τέκνον· τίνος γὰρ ὧδε τὸν μέγαν
χόλον κατ' αὐτῶν ἐγκαλῶν ἐλήλυθας;

---

et depuis dix ans je me consume dans le besoin et dans la douleur, nourrissant le mal qui me dévore. Voilà ce que m'ont fait
les Atrides et le cruel Ulysse. Que les dieux de l'Olympe me
vengent en leur envoyant de semblables malheurs!

LE CHOEUR. Fils de Péan, moi aussi, comme ceux qui ont
abordé dans cette île, je ressens de la compassion pour toi.

NÉOPTOLÈME. Et moi aussi je puis attester la justice de tes
plaintes, je ne connais que trop la violence des Atrides et d'U-
lysse.

PHILOCTÈTE. Aurais-tu aussi quelque sujet de ressentiment
contre ces infâmes Atrides?

NÉOPTOLÈME. Puisse mon bras satisfaire un jour ma colère,
pour que Mycènes et Sparte apprennent que Scyros aussi nourrit
des hommes courageux!

PHILOCTÈTE. Bien, mon fils : mais quel est le motif du violent
courroux qui t'anime contre eux?

ἐς οἴκους,
ἀλλὰ τάλας ἀπόλλυμαι
ἤδη τόδε δέκατον ἔτος
βόσκων νόσον τὴν ἀδηφάγον
ἐν λιμῷ τε καὶ κακοῖσι.
Τοιαῦτα, ὦ παῖ,
Ἀτρεῖδαι
ἥ τε βία Ὀδυσσέως
δεδράκασί με,
θεοὶ Ὀλύμπιοι
δοῖέν ποτε αὐτοῖς
παθεῖν οἷα
ἀντίποινα ἐμοῦ.
ΧΟΡΟΣ. Τέκνον Ποίαντος,
καὶ ἐγὼ ἔοικα
ἐποικτείρειν σε ἴσα
ξένοις τοῖς ἀφιγμένοις.
ΝΕΟΠΤΟΛΕΜΟΣ. Ἐγὼ δὲ
καὶ αὐτὸς
μάρτυς ἐν τοῖσδε λόγοις,
οἶδα ὡς εἰσὶν ἀληθεῖς,
συντυχὼν Ἀτρειδῶν
τῆς τε βίας Ὀδυσσέως,
ἀνδρῶν κακῶν.
ΦΙΛΟΚΤΗΤΗΣ. Ἦ γὰρ
καὶ σὺ ἔχεις τι ἔγκλημα
τοῖς Ἀτρείδαις
πανωλέθροις,
ὥστε θυμοῦσθαι παθών;
ΝΕΟΠΤΟΛΕΜΟΣ. Γένοιτο
πληρῶσαί ποτε
χειρὶ θυμὸν,
ἵνα αἱ Μυκῆναι
ἡ Σπάρτη τε γνοῖεν,
ὅτι καὶ ἡ Σκῦρος ἔφυ
μήτηρ ἀνδρῶν ἀλκίμων.
ΦΙΛΟΚΤΗΤΗΣ. Εὖ γε, ὦ τέκνον,
τίνος γὰρ ἐγκαλῶν
κατὰ αὐτῶν τὸν μέγαν χόλον
ἐλήλυθας ὧδε;

vers mes demeures,
mais malheureux je dépéris
déjà cette dixième année
nourrissant la maladie dévorante
et dans la faim et dans les maux.
Tels sont, ô mon fils,
les maux que les Atrides
et la violence d'Ulysse
ont faits à moi,
que les dieux Olympiens
donnent un jour à eux
à souffrir des maux tels
en punition de ceux de moi.
LE CHŒUR. Fils de Péan,
moi aussi je semble (il me semble)
avoir compassion de toi autant
que les étrangers venus ici.
NÉOPTOLÈME. Mais moi,
moi-même aussi,
étant témoin dans ces paroles,
je sais qu'elles sont vraies,
ayant rencontré les Atrides
et la violence d'Ulysse,
hommes méchants.
PHILOCTÈTE. Est-ce donc que
toi aussi tu as quelque reproche
à faire aux Atrides
tout-à-fait-funestes,
au point d'être irrité ayant souffert?
NÉOPTOLÈME. Puisse-t-il-advenir
de remplir (assouvir) un jour
avec ma main ma colère,
afin que Mycènes
et Sparte apprennent
que Scyros aussi est
mère d'hommes vaillants.
PHILOCTÈTE. Bien, ô mon enfant!
de quoi donc alléguant
contre eux cette grande colère
es-tu venu ici?

ΝΕΟΠΤΟΛΕΜΟΣ.

Ὦ παῖ Ποίαντος, ἐξερῶ, μόλις δ' ἐρῶ,
ἄγωγ' ὑπ' αὐτῶν ἐξελωβήθην μολών.   330
Ἐπεὶ γὰρ ἔσχε μοῖρ' Ἀχιλλέα θανεῖν...

ΦΙΛΟΚΤΗΤΗΣ.

Οἴμοι· φράσῃς μοι μὴ πέρα, πρὶν ἂν μάθω
πρῶτον τόδ', ἦ τέθνηχ' ὁ Πηλέως γόνος;

ΝΕΟΠΤΟΛΕΜΟΣ.

Τέθνηκεν, ἀνδρὸς οὐδενὸς, θεοῦ δ' ὕπο,
τοξευτὸς, ὡς λέγουσιν, ἐκ Φοίβου δαμείς [1].   335

ΦΙΛΟΚΤΗΤΗΣ.

Ἀλλ' εὐγενὴς μὲν ὁ κτανών τε χὠ θανών.
Ἀμηχανῶ δὲ πότερον, ὦ τέκνον, τὸ σὸν
πάθημ' ἐλέγχω πρῶτον, ἢ κεῖνον στένω.

ΝΕΟΠΤΟΛΕΜΟΣ.

Οἶμαι μὲν ἀρκεῖν σοί γε καὶ τὰ σ', ὦ τάλας,
ἀλγήμαθ', ὥστε μὴ τὰ τῶν πέλας στένειν.   340

ΦΙΛΟΚΤΗΤΗΣ.

Ὀρθῶς ἔλεξας· τοιγαροῦν τὸ σὸν φράσον
αὖθις πάλιν μοι πρᾶγμ', ὅτῳ σ' ἐνύβρισαν.

NÉOPTOLÈME. Fils de Péan, je vais te retracer, si toutefois je le puis, les outrages que j'ai reçus d'eux à mon arrivée. Après que le destin eut fait périr Achille....

PHILOCTÈTE. Arrête. O ciel! est-il bien vrai? Le fils de Pélée n'est plus?

NÉOPTOLÈME. Il est mort, non de la main d'un mortel, mais de la main d'un dieu; c'est Apollon lui-même qui l'a, dit-on, percé de ses traits.

PHILOCTÈTE. Certes le vainqueur est illustre ainsi que le vaincu; ô mon fils, je ne sais si je dois te demander le récit de tes outrages, ou pleurer d'abord ce héros.

NÉOPTOLÈME. Infortuné, il me semble que tu as bien assez de tes propres souffrances, sans gémir encore sur les maux d'autrui.

PHILOCTÈTE. Il est vrai; continue donc de raconter comment ils t'ont outragé

ΝΕΟΠΤΟΛΕΜΟΣ.
Ὦ παῖ Ποίαντος, ἐξερῶ,
ἐρῶ δὲ μόλις,
ἃ ἔγωγε
ἐξελωβήθην ὑπὸ αὐτῶν
μολών. Ἐπεὶ γὰρ
μοῖρα ἔσχεν Ἀχιλλέα
θανεῖν....
ΦΙΛΟΚΤΗΤΗΣ. Οἴμοι·
μὴ φράσῃς πέρα μοι,
πρὶν ἂν μάθω
τόδε πρῶτον,
ἦ ὁ γόνος Πηλέως
τέθνηκεν;
ΝΕΟΠΤΟΛΕΜΟΣ. Τέθνηκεν
ὑπὸ οὐδενός ἀνδρός,
θεοῦ δὲ,
δαμείς, ὡς λέγουσι,
τοξευτὸς ἐκ Φοίβου.
ΦΙΛΟΚΤΗΤΗΣ. Ἀλλὰ
εὐγενής μὲν
ὁ κτανών τε
καὶ ὁ θανών.
Ἀμηχανῶ δὲ,
ὦ τέκνον,
πότερον ἐλέγχω
τὸ σὸν πάθημα πρῶτον,
ἢ στένω κεῖνον.
ΝΕΟΠΤΟΛΕΜΟΣ.
Ὦ τάλας,
οἶμαι μὲν
καὶ τὰ σὰ ἀλγήματα
ἀρκεῖν σοί γε,
ὥστε μὴ στένειν
τὰ τῶν πέλας.
ΦΙΛΟΚΤΗΤΗΣ.
Ἔλεξας ὀρθῶς·
τοιγαροῦν φράσον μοι
αὖθις πάλιν τὸ σὸν πρᾶγμα,
ὅτῳ ἐνύβρισάν σε

NÉOPTOLÈME.
O fils de Péan, je dirai,
mais je dirai avec peine
les choses par lesquelles moi
j'ai été insulté par eux
étant venu. Car lorsque
le destin eut Achille
pour *le faire* mourir...
PHILOCTÈTE. Hélas !
ne dis pas au-delà à moi,
avant que j'aie appris
ceci en-premier-lieu,
est-ce que le fils de Pélée
est mort ?
NÉOPTOLÈME. Il est mort
tué par aucun homme,
mais *par* un dieu,
ayant été dompté, comme ils disent,
atteint-d'un-trait *venu* d'Apollon.
PHILOCTÈTE. Mais
noble d'un côté
est et celui-qui-a-tué
et celui-qui-est-mort.
Mais je suis embarrassé,
ô *mon* enfant,
si je dois interroger *toi*
sur ton malheur en-premier-lieu,
ou *si* je dois-plaindre celui-là.
NÉOPTOLÈME.
O malheureux,
je pense à la vérité
même tes souffrances
suffire à toi certes,
pour ne pas gémir   [prochain)
sur celles de ceux *qui sont* près (du
PHILOCTÈTE.
Tu as parlé bien ;
c'est-pourquoi dis à moi
encore de nouveau ton affaire,
par laquelle ils ont insulté toi.

ΝΕΟΠΤΟΛΕΜΟΣ.

Ἦλθόν με νηὶ ποικιλοστόλῳ μέτα
δῖός [1] τ' Ὀδυσσεὺς χὠ τροφεὺς τοὐμοῦ πατρὸς,
λέγοντες, εἴτ' ἀληθὲς εἴτ' [2] ἄρ' οὖν μάτην,   315
ὡς οὐ θέμις γίγνοιτ', ἐπεὶ κατέφθιτο
πατὴρ ἐμὸς, τὰ πέργαμ' [3] ἄλλον ἢ 'μ' ἑλεῖν
Ταῦτ', ὦ ξέν', οὕτως ἐννέποντες οὐ πολὺν
χρόνον μ' ἐπέσχον μὴ οὐ με ναυστολεῖν ταχὺ,
μάλιστα μὲν δὴ τοῦ θανόντος ἱμέρῳ,   350
ὅπως ἴδοιμ' ἄθαπτον· οὐ γὰρ εἰδόμην [4]·
ἔπειτα μέντοι χὠ λόγος καλὸς προσῆν,
εἰ τἀπὶ Τροίᾳ πέργαμ' αἱρήσοιμ' ἰών.
Ἦν δ' ἦμαρ ἤδη δεύτερον πλέοντί μοι,
κἀγὼ πικρὸν Σίγειον οὐρίῳ πλάτῃ   355
κατηγόμην· καί μ' εὐθὺς ἐν κύκλῳ στρατὸς
ἐκβάντα πᾶς ἠσπάζετ', ὀμνύντες βλέπειν
τὸν οὐκέτ' ὄντα ζῶντ' Ἀχιλλέα πάλιν.
Κεῖνος μὲν οὖν ἔκειτ' [5]· ἐγὼ δ' ὁ δύσμορος,
ἐπεὶ 'δάκρυσα κεῖνον οὐ μακρῷ χρόνῳ,   360
ἐλθὼν Ἀτρείδας πρὸς φίλους, ὡς εἰκὸς ἦν,

NÉOPTOLÈME. Ulysse et celui qui avait élevé mon père vinrent me chercher sur un vaisseau magnifique, disant, soit vérité, soit imposture, qu'après la mort d'Achille nul autre que moi ne pouvait prendre Ilion. Par de tels discours, ils m'eurent bientôt décidé à partir avec eux, plein du désir de voir mon père avant qu'on l'eût enseveli, car je ne l'avais jamais vu, et séduit en même temps par la gloire d'aller renverser les remparts de Troie. Après deux jours de navigation, un vent favorable me fit aborder aux funestes rivages de Sigée. A peine suis-je descendu, que toute l'armée m'environne; on m'accueille avec empressement; chacun jure qu'il revoit Achille vivant. Achille était donc étendu sur son lit funèbre; et moi, malheureux, après l'avoir pleuré, j'allai bientôt vers les Atrides, croyant trouver en eux des amis, comme ils

ΝΕΟΠΤΟΛΕΜΟΣ. Ὀδυσσεύς τε δῖος;	ΝÉΟΡΤΟLÈΜΕ. Et Ulysse le divin
καὶ ὁ τροφεὺς τοῦ ἐμοῦ πατρὸς	et l'instituteur de mon père [seau
μετῆλθόν με νηὶ	sont venus-chercher moi sur un vais-
ποικίλῳ στόλῳ,	peint-de-diverses-couleurs,
λέγοντες, εἴτε ἀληθὲς	disant, soit vraiment,
εἴτε ἄρα οὖν μάτην,	soit donc faussement,
ὡς οὐ γίγνοιτο θέμις	qu'il n'était pas permis
ἄλλον ἢ με	un autre que moi
ἑλεῖν τὰ πέργαμα,	prendre la citadelle de Troie,
ἐπεὶ ἐμὸς πατὴρ κατέφθιτο.	après que mon père était mort.
Ἐννεπόντες ταῦτα	Ayant dit ces choses
οὕτως, ὦ ξένε,	ainsi, ô étranger,
οὐκ ἐπέσχον με	ils ne retinrent pas moi
πολὺν χρόνον	un long temps
μή με οὐ ναυστολεῖν ταχὺ,	pour moi ne pas naviguer prompte-
μάλιστα μὲν δὴ	surtout d'ailleurs [ment,
ἱμέρῳ τοῦ θανόντος,	à cause du regret du mort,
ὅπως ἴδοιμι ἄθαπτον·	afin que je visse lui non-enseveli;
οὐ γὰρ εἰδόμην·	car je ne l'avais pas vu;
ἔπειτα μέντοι	puis cependant
προσῆν καὶ	il s'y joignait aussi
ὁ καλὸς λόγος,	la belle parole (cette considération),
εἰ ἰὼν αἱρήσοιμι	si allant je-pourrais-prendre
πέργαμα τὰ ἐπὶ Τροίᾳ.	la citadelle qui est au-dessus de
Ἤδη δὲ δεύτερον ἦμαρ	Et déjà le second jour [Troie.
ἦν μοι πλέοντι,	était à moi naviguant,
καὶ ἐγὼ κατηγόμην	et moi j'abordai
πικρὸν Σίγειον	au funeste cap Sigée
πλάτῃ οὐρίῳ· καὶ εὐθὺς	avec une rame heureuse; et aussitôt
πᾶς στρατὸς ἐν κύκλῳ	toute l'armée en cercle
ἠσπάζετό με ἐκβάντα,	saluait moi descendu,
ὀμνύντες βλέπειν ζῶντα πάλιν	jurant voir vivant de nouveau
τὸν Ἀχιλλέα οὐκέτι ὄντα.	Achille n'étant plus.
Κεῖνος μὲν οὖν ἔκειτο·	Lui donc d'un côté gisait,
ἐγὼ δὲ ὁ δύσμορος,	de l'autre moi malheureux,
ἐπεὶ ἐδάκρυσα κεῖνον,	après que j'eus pleuré lui,
ἐλθὼν χρόνῳ οὐ μακρῷ	étant allé après un temps non long
πρὸς Ἀτρείδας φίλους,	vers les Atrides mes amis,
ὡς ἦν εἰκὸς,	comme il était naturel,

τά θ' ὅπλ' ἀπήτουν τοῦ πατρὸς τά τ' ἄλλ' ὅσ' ἦν.
Οἱ δ' εἶπον, οἴμοι, τλημονέστατον λόγον·
Ὦ σπέρμ' Ἀχιλλέως, τἄλλα μὲν πάρεστί σοι
πατρῷ' ἑλέσθαι, τῶν δ' ὅπλων κείνων ἀνὴρ   365
ἄλλος κρατύνει νῦν, ὁ Λαέρτου γόνος.
Κἀγὼ δ' ἀκούσας εὐθὺς ἐξανίσταμαι
ὀργῇ βαρείᾳ, καὶ καταλγήσας λέγω·
Ὦ σχέτλι' [1], ἦ 'τολμήσατ' ἀντ' ἐμοῦ τινι
δοῦναι τὰ τεύχη τἀμά, πρὶν μαθεῖν ἐμοῦ;   370
Ὁ δ' εἶπ' Ὀδυσσεύς, πλησίον γὰρ ἦν κυρῶν·
Ναί, παῖ, δεδώκασ' ἐνδίκως οὗτοι τάδε·
ἐγὼ γὰρ αὔτ' ἔσωσα κἀκεῖνον παρών [2].
Κἀγὼ χολωθεὶς εὐθὺς ἤρασσον κακοῖς
τοῖς πᾶσιν, οὐδὲν ἐνδεὲς ποιούμενος,   375
εἰ τἀμὰ κεῖνος ὅπλ' ἀφαιρήσοιτό με.
Ὁ δ' ἐνθάδ' ἥκων, καίπερ οὐ δύσοργος ὢν,
δηχθεὶς πρὸς ἐξήκουσεν ὧδ' ἠμείψατο·
Οὐκ ἦσθ' ἵν' ἡμεῖς, ἀλλ' ἀπῆσθ' ἵν' οὔ σ' ἔδει·
καὶ ταῦτ', ἐπειδὴ καὶ λέγεις θρασυστομῶν,   380

auraient dû l'être, et je réclamai les armes et tout l'héritage de mon père. Avec quelle insolence, ô ciel! ils me répondirent : « Fils d'Achille, tu peux prendre le reste de ce qui appartenait à « ton père; mais pour ses armes, un autre que toi, le fils de Laërte, « les possède. » Aussitôt, les yeux baignés de larmes, je leur dis enflammé de colère et de douleur : « Malheureux, avez-vous osé, « sans moi, sans mon aveu, disposer de ces armes qui m'appar- « tiennent? » Ulysse alors prenant la parole, car il était auprès de moi : « Oui, jeune homme, me dit-il, c'est avec raison que les « Grecs m'ont donné ces armes; c'est moi qui les ai sauvées, en « sauvant le corps de ton père. » Dans ma fureur, je l'accablai aussitôt d'injures, je le chargeai de mille imprécations, s'il per- sistait à m'enlever mes armes. Irrité, malgré sa modération ordi- naire, et blessé au vif par mes paroles, il me répondit : « Tu n'é- « tais pas avec nous, tu étais où tu ne devais pas être; et puisque

ἀπήτουν τά τε ὅπλα τοῦ πατρός,   je réclamai et les armes de *mon* père,
τά τε ἄλλα ὅσα ἦν.   et les autres choses, autant qu'elles
Οἱ δὲ εἶπον, οἴμοι,   Mais eux dirent, hélas !   [étaient.
λόγον τλημονέστατον·   une parole très-impudente :
Ὦ σπέρμα Ἀχιλλέως,   « O rejeton d'Achille,
πάρεστι μέν σοι   à la vérité il est-permis à toi [nelles,
ἑλέσθαι τὰ ἄλλα πατρῷα,   de prendre les autres choses-pater-
τῶν δὲ κείνων ὅπλων ἄλλος ἀνὴρ   mais de ces armes un autre homme
κρατύνει νῦν,   est-maître à présent,
ὁ γόνος Λαέρτου.   le fils de Laërte. »
Καὶ ἐγὼ δὲ ἀκούσας   Et moi ayant entendu cela
ἐξανίσταμαι εὐθὺς   je me lève aussitôt
ὀργῇ βαρείᾳ,   par une colère violente,
καὶ λέγω καταλγήσας·   et je dis, affligé :   [osé
Ὦ σχέτλιε, ἦ ἐτολμήσατε   « O misérable, est-ce que vous avez
δοῦναί τινι ἀντὶ ἐμοῦ   donner à quelqu'un au lieu de moi
τὰ τεύχη τὰ ἐμὰ   les armes miennes
πρὶν μαθεῖν ἐμοῦ;   avant d'avoir demandé à moi? »
Ὁ δὲ Ὀδυσσεὺς εἶπεν·   Mais Ulysse dit,
ἦν γὰρ κυρῶν πλησίον·   car il était se trouvant près :
Ναί, παῖ,   « Oui, jeune-homme,
οὗτοι δεδώκασι τάδε   ceux-ci *m'*ont donné ces *armes*
ἐνδίκως· ἐγὼ γὰρ   justement; car moi
ἔσωσα αὐτὰ καὶ ἐκεῖνον   j'ai sauvé elles et lui,
παρών.   étant présent (par ma présence). »
Καὶ ἐγὼ χολωθεὶς   Et moi, irrité,
ἤρασσον εὐθὺς   je *l'*accablai aussitôt
τοῖς πᾶσι κακοῖς,   de toutes les injures,
ποιούμενος οὐδὲν ἐνδεές,   ne faisant rien d'incomplet,
εἰ κεῖνος ἀφαιρήσοιτό με   si lui devait-enlever à moi
τὰ ἐμὰ ὅπλα.   mes armes.
Ὁ δὲ ἥκων ἐνθάδε,   Mais lui, *en* étant venu là,
καίπερ οὐκ ὢν δύσοργος,   quoique n'étant pas emporté, [ainsi
δηχθεὶς ἠμείψατο ὧδε   ayant été mordu (piqué) répliqua
πρὸς ἃ ἐξήκουσεν.   aux *choses* qu'il avait entendues:
Οὐκ ἦσθα ἵνα ἡμεῖς,   « Tu n'étais pas où nous *étions*,
ἀλλὰ ἀπῆσθα   mais tu étais-absent,
ἵνα οὐκ ἔδει σε·   *étant là* où il ne fallait pas toi *être*;
καί, ἐπειδὴ καὶ λέγεις   et, puisque en outre tu parles
θρασυστομῶν,   ayant-la-bouche-hardie,

οὖ μή ποτ' ἐς τὴν Σκῦρον ἐκπλεύσῃς ἔχων.
Τοιαῦτ' ἀκούσας κἀξονειδισθεὶς κακὰ,
πλέω πρὸς οἴκους, τῶν ἐμῶν τητώμενος
πρὸς τοῦ κακίστου κἀκ κακῶν¹ Ὀδυσσέως.
Κοὐκ αἰτιῶμαι κεῖνον ὡς τοὺς ἐν τέλει.   385
Πόλις γάρ ἐστι πᾶσα τῶν ἡγουμένων
στρατός τε σύμπας· οἱ δ' ἀκοσμοῦντες βροτῶν,
διδασκάλων λόγοισι γίγνονται κακοί.
Λόγος λέλεκται πᾶς· ὁ δ' Ἀτρείδας στυγῶν
ἐμοί θ' ὁμοίως καὶ θεοῖς εἴη φίλος.   390

ΧΟΡΟΣ.
(Στροφή.)

Ὀρεστέρα² παμβῶτι Γᾶ, μᾶτερ αὐτοῦ Διὸς,
ἃ τὸν μέγαν Πακτωλὸν³ εὔχρυσον νέμεις,
σὲ κἀκεῖ⁴, μᾶτερ πότνι', ἐπηυδώμαν,   395
ὅτ' ἐς τόνδ' Ἀτρειδᾶν ὕβρις πᾶσ' ἐχώρει,
ὅτε τὰ πάτρια τεύχεα παρεδίδοσαν,
ἰὼ μάκαιρα ταυροκτόνων   400
λεόντων ἔφεδρε, τῷ Λαερτίου, σέβας ὑπέρτατον⁵.

« tu parles avec tant d'arrogance, jamais tu ne remporteras ces « armes à Scyros. » Après une telle injure, après un tel outrage, je retourne dans ma patrie, injustement dépouillé par Ulysse, le plus méchant des hommes, bien digne de son père. Et cependant, je ne l'accuse pas autant que les chefs de l'armée; car une armée, aussi bien qu'une ville, dépend tout entière de ceux qui commandent, et souvent les hommes ne deviennent coupables que par l'exemple de ceux qui les gouvernent. J'ai tout dit. Que celui qui hait les Atrides soit mon ami et l'ami des dieux.

LE CHŒUR. Déesse, honorée sur les montagnes, nourrice de tout ce qui respire, mère de Jupiter lui-même, toi qui règnes sur les rives du Pactole aux flots d'or, ô Cybèle, mère vénérable, dont le char est traîné par des lions vainqueurs des taureaux, nous aussi, nous t'avons implorée en Phrygie, lorsque les Atrides firent à ce héros le plus cruel outrage, en lui ravissant les armes de son père pour donner au fils de Laërte ce prix glorieux.

οὐ μή ποτε	je ne *crains* pas que jamais
ἐκπλεύσῃς	tu mettes-à-la-voile
ἐς τὴν Σκῦρον ἔχων ταῦτα.	pour Scyros, ayant ces *armes*. »
Ἀκούσας τοιαῦτα κακὰ	Ayant entendu de telles injures,
καὶ ἐξονειδισθεὶς,	et ayant été insulté,
πλέω πρὸς οἴκους,	je navigue vers *mes* demeures,
τητώμενος τῶν ἐμῶν	privé des choses miennes
πρὸς τοῦ κακίστου Ὀδυσσέως	par le très-méchant Ulysse
καὶ ἐκ κακῶν.	et *qui est né* de méchants.
Καὶ οὐκ αἰτιῶμαι κεῖνον,	Et je n'accuse pas lui
ὡς τοὺς ἐν τέλει.	comme ceux *qui sont* en dignité.
Πᾶσα γὰρ πόλις	Car toute ville
ἐστὶ τῶν ἡγουμένων,	est à ceux-qui-commandent,
σύμπας τε στρατός·	ainsi que toute armée;
οἱ δὲ βροτῶν	mais ceux des mortels
ἀκοσμοῦντες,	qui-se-comportent-indécemment,
γίγνονται κακοὶ	deviennent méchants
λόγοισι διδασκάλων.	par les paroles de *leurs* maîtres.
Πᾶς λόγος λέλεκται·	Tout *mon* discours est dit;
ὁ δὲ στυγῶν Ἀτρείδας	mais celui qui-hait les Atrides,
εἴη φίλος ὁμοίως	puisse-t-il être cher également
ἐμοί τε καὶ θεοῖς.	et à moi et aux dieux.
(Στροφή.)	(Strophe.)
Χορος. Γᾶ	Le Chœur. re
ὀρεστέρα	qui-aimes-les-montagnes,
παμβῶτι,	qui nourris-tout,
μᾶτερ Διὸς αὐτοῦ,	mère de Jupiter lui-même,
ἅ νέμεις τὸν μέγαν Πακτωλὸν	qui possèdes le grand Pactole,
εὔχρυσον,	riche-en-or,
ἐπηυδώμαν σε καὶ ἐκεῖ,	j'ai imploré toi aussi là-bas,
μᾶτερ πότνια, ὅτε	mère vénérable, lorsque
πᾶσα ὕβρις Ἀτρειδᾶν	l'insolence tout-entière des Atrides
ἐχώρει ἐς τόνδε,	s'avançait contre celui-ci,
ὅτε παρεδίδοσαν	quand ils livraient
τὰ τεύχεα πάτρια,	les armes paternelles,
σέβας ὑπέρτατον, τῷ Λαερτίου,	honneur suprême, au *fils* de Laërte,
ἰὼ μάκαιρα	ô bienheureuse
ἔφεδρε λεόντων	qui-es-assise-sur des lions
ταυροκτόνων.	tueurs-de-bœufs.

ΦΙΛΟΚΤΗΤΗΣ.

Ἔχοντες, ὡς ἔοικε, σύμβολον σαφὲς
λύπης πρὸς ἡμᾶς, ὦ ξένοι, πεπλεύκατε,
καί μοι προσᾴδεθ᾽ ὥστε γιγνώσκειν ὅτι   405
ταῦτ᾽ ἐξ Ἀτρειδῶν ἔργα κᾀξ Ὀδυσσέως.
Ἔξοιδα γάρ νιν παντὸς ἂν λόγου κακοῦ
γλώσσῃ θιγόντα καὶ πανουργίας, ἀφ᾽ ἧς
μηδὲν δίκαιον ἐς τέλος μέλλοι ποιεῖν.
Ἀλλ᾽ οὔ τι τοῦτο θαῦμ᾽ ἔμοιγ᾽, ἀλλ᾽ εἰ παρὼν   410
Αἴας ὁ μείζων ¹ ταῦθ᾽ ὁρῶν ἠνείχετο.

ΝΕΟΠΤΟΛΕΜΟΣ.

Οὐκ ἦν ἔτι ζῶν, ὦ ξέν᾽· οὐ γὰρ ἄν ποτε
ζῶντός γ᾽ ἐκείνου ταῦτ᾽ ἐσυλήθην ἐγώ.

ΦΙΛΟΚΤΗΤΗΣ.

Πῶς εἶπας; ἀλλ᾽ ἦ χοῦτος οἴχεται θανών;

ΝΕΟΠΤΟΛΕΜΟΣ.

Ὡς μηκέτ᾽ ὄντα κεῖνον ἐν φάει νόει.   415

ΦΙΛΟΚΤΗΤΗΣ.

Οἴμοι τάλας. Ἀλλ᾽ οὐχ ὁ Τυδέως γόνος,
οὐδ᾽ οὑμπολητὸς Σισύφου Λαερτίῳ ²,
οὐ μὴ θάνωσι· τούσδε γὰρ μὴ ζῆν ἔδει.

PHILOCTÈTE. Étrangers, vous apportez, je le vois, des signes certains de votre ressentiment, vos plaintes s'accordent avec les miennes, et je reconnais ici les œuvres des Atrides et d'Ulysse. Je sais qu'il a toujours sur les lèvres le mensonge et la fraude, et que ses paroles ne produisent que des crimes. Aussi ce récit ne me surprend-il pas; mais ce qui m'étonne, c'est que l'aîné des Ajax ait pu voir ces injustices et les souffrir.

NÉOPTOLÈME. Ajax n'est plus, ô étranger; jamais, s'il eût vécu, je n'aurais été dépouillé de mes armes.

PHILOCTÈTE. Qu'as-tu dit? quoi! Ajax aussi est mort?

NÉOPTOLÈME. Il ne voit plus le jour.

PHILOCTÈTE. Hélas! Et Diomède, et ce fils de Sisyphe vendu à Laërte, ils ne meurent point! voilà ceux qui devraient mourir.

ΦΙΛΟΚΤΗΤΗΣ. Ὦ ξένοι,
πεπλεύκατε ἔχοντες
πρὸς ἡμᾶς
σύμβολον σαφὲς
λύπης, ὡς ἔοικε,
καὶ προσᾴδετέ μοι
ὥστε γιγνώσκειν
ὅτι ταῦτα ἔργα
ἐξ Ἀτρειδῶν
καὶ ἐξ Ὀδυσσέως.
Ἔξοιδα γάρ νιν
θιγόντα ἂν
γλώσσῃ
παντὸς κακοῦ λόγου
καὶ πανουργίας,
ἀπὸ ἧς
μέλλοι ποιεῖν
μηδὲν δίκαιονἐς τέλος.
Ἀλλὰ τοῦτο οὔ τι
θαῦμα ἔμοιγε,
ἀλλὰ εἰ Αἴας
ὁ μείζων παρὼν
ἠνείχετο ὁρῶν ταῦτα.
ΝΕΟΠΤΟΛΕΜΟΣ. Ὦ ξένε,
οὐκ ἦν ἔτι ζῶν·
ἐγὼ γὰρ οὔ ποτε
ἐσυλήθην ἂν ταῦτα
ἐκείνου γε ζῶντος.
ΦΙΛΟΚΤΗΤΗΣ. Πῶς εἶπας,
ἀλλὰ ἦ καὶ οὗτος
οἴχεται θανών;
ΝΕΟΠΤΟΛΕΜΟΣ. Νόει κεῖνον
ὡς ὄντα μηκέτι ἐν φάει.
ΦΙΛΟΚΤΗΤΗΣ. Οἴμοι τάλας.
Ἀλλὰ οὐχ
ὁ γόνος Τυδέως,
οὐδὲ ὁ Σισύφου
ἐμπολητὸς Λαερτίῳ
οὐ μὴ θάνωσιν· ἔδει γὰρ
τούσδε μὴ ζῆν.

PHILOCTÈTE. O étrangers,
vous avez navigué ayant
envers nous
un gage certain
de tristesse, comme il paraît,
et vous êtes-d'accord-avec moi
de manière à reconnaître
que ces choses *sont* les œuvres
des Atrides
et d'Ulysse.
Car je sais bien lui
touchant-ordinairement
de la langue
toute mauvaise parole
et *toute* scélératesse,
de laquelle *étant parti*
il *ne* doit pouvoir faire
rien de juste à la fin.
Mais cela n'*est* en rien
un sujet-d'étonnement pour moi,
mais *c'en serait un* si Ajax
le plus grand, étant-présent,
supportait voyant (de voir) cela.
NÉOPTOLÈME. O étranger,
il n'était plus vivant ;
car moi jamais
je n'aurais été volé de ces *armes*
lui seulement *étant* vivant.
PHILOCTÈTE. Comment as-tu dit ?
est-ce que donc aussi celui-ci
s'en-est-allé étant-mort ?
NÉOPTOLÈME. Sache lui
comme n'étant plus à la lumière.
PHILOCTÈTE. Hélas ! malheureux !
mais *je ne crains* pas
que le fils de Tydée
ni celui de Sisyphe
acheté par Laërte,
ne soient morts ; car il fallait
ceux-là ne pas vivre.

ΝΕΟΠΤΟΛΕΜΟΣ.

Οὐ δῆτ᾽· ἐπίστω τοῦτό γ᾽· ἀλλὰ καὶ μέγα
θάλλοντές εἰσι νῦν ἐν Ἀργείων στρατῷ.   420

ΦΙΛΟΚΤΗΤΗΣ.

Τί γὰρ ὁ παλαιὸς κἀγαθὸς φίλος τ᾽ ἐμός,
Νέστωρ ὁ Πύλιος ἔστιν; Οὗτος γὰρ τά γε
κείνων κάκ᾽ ἐξήρυκε, βουλεύων σοφά.

ΝΕΟΠΤΟΛΕΜΟΣ.

Κεῖνός γε πράσσει νῦν κακῶς, ἐπεὶ θανὼν
Ἀντίλοχος[1] αὐτῷ φροῦδος, ὃς παρῆν, γόνος.   425

ΦΙΛΟΚΤΗΤΗΣ.

Οἴμοι, δύ᾽ αὖ τώδ᾽ ἄνδρ᾽ ἔλεξας, οἷν ἐγὼ
ἥκιστ᾽ ἂν ἠθέλησ᾽ ὀλωλότοιν κλύειν.
Φεῦ φεῦ· τί δῆτα δεῖ σκοπεῖν, ὅθ᾽ οἵδε μὲν
τεθνᾶσ᾽, Ὀδυσσεὺς δ᾽ ἔστιν αὖ κἀνταῦθ᾽ ἵνα
χρῆν ἀντὶ τούτων αὐτὸν αὐδᾶσθαι νεκρόν;   430

ΝΕΟΠΤΟΛΕΜΟΣ.

Σοφὸς παλαιστὴς κεῖνος, ἀλλὰ χαὶ σοφαὶ
γνῶμαι, Φιλοκτῆτ᾽, ἐμποδίζονται θαμά.

ΦΙΛΟΚΤΗΤΗΣ.

Φέρ᾽ εἰπὲ πρὸς θεῶν, ποῦ γὰρ ἦν ἐνταῦθά σοι
Πάτροκλος, ὃς σοῦ πατρὸς ἦν τὰ φίλτατα;

NÉOPTOLÈME. Ils vivent au contraire, ils fleurissent dans l'armée des Grecs.

PHILOCTÈTE. Et ce vieillard courageux, qui était mon ami, Nestor de Pylos, existe-t-il encore? C'était lui dont les sages conseils arrêtaient leurs injustices.

NÉOPTOLÈME. Il est maintenant bien malheureux; il a perdu son fils Antiloque.

PHILOCTÈTE. Hélas! tu me fais de tristes récits sur les deux hommes dont la mort m'afflige le plus. Que penser maintenant, lorsque de tels hommes périssent, et qu'Ulysse vit encore, Ulysse qui aurait dû cent fois mourir à leur place?

NÉOPTOLÈME. C'est un adroit lutteur. Mais, Philoctète, l'adresse elle-même est souvent déconcertée.

PHILOCTÈTE. Au nom des dieux, dis-moi où était donc alors Patrocle, l'ami que ton père chérissait le plus?

ΝΕΟΠΤΟΛΕΜΟΣ. Οὐ δῆτα
ἐπίστω τοῦτό γε·
ἀλλὰ καὶ εἰσι νῦν
μέγα θάλλοντες
ἐν στρατῷ Ἀργείων.
ΦΙΛΟΚΤΗΤΗΣ. Τί γὰρ
Νέστωρ ὁ Πύλιος,
ὁ παλαιὸς καὶ ἀγαθὸς
φίλος τε ἐμὸς, ἔστιν;
Οὗτος γὰρ ἐξήρυκέ γε,
βουλεύων σοφὰ,
τὰ κακὰ κείνων.
ΝΕΟΠΤΟΛΕΜΟΣ. Κεῖνός γε
πράσσει κακῶς νῦν,
ἐπεὶ Ἀντίλοχος·
ὃς παρῆν γόνος αὐτῷ,
φροῦδος θανών.
ΦΙΛΟΚΤΗΤΗΣ. Οἴμοι,
ἔλεξας αὖ
τώδε δύο ἄνδρε,
οἷν ἐγὼ ἠθέλησα ἂν
κλύειν ἥκιστα
ὀλωλότοιν.
Φεῦ φεῦ·
τί δῆτα δεῖ σκοπεῖν,
ὅτε οἵδε μὲν τεθνᾶσιν,
Ὀδυσσεὺς δὲ ἐστὶν
αὖ καὶ ἐνταῦθα,
ἵνα χρῆν αὐτὸν αὐδᾶσθαι
νεκρὸν ἀντὶ τούτων;
ΝΕΟΠΤΟΛΕΜΟΣ. Κεῖνος
παλαιστὴς σοφός·
ἀλλὰ καὶ αἱ σοφαὶ γνῶμαι
ἐμποδίζονται θαμά.
ΦΙΛΟΚΤΗΤΗΣ. Φέρε
εἰπὲ πρὸς θεῶν,
ποῦ γὰρ ἦν σοι
ἐνταῦθα Πάτροκλος,
ὃς ἦν
τὰ φίλτατα σοῦ πατρός;;

NÉOPTOLÈME. Non certes ;
sache cela du moins ;
mais même ils sont maintenant
grandement florissants
dans l'armée des Argiens.
PHILOCTÈTE. Et que *fait*
Nestor le Pylien,
le vieux et brave
et ami mien, vit-il ?
Car celui-ci empêchait certes,
en conseillant des choses sages,
les mauvaises-actions de ceux-là.
NÉOPTOLÈME. Celui-là certes
fait (est) mal maintenant,
parce que Antiloque,
qui était fils à lui,
est disparu, étant mort.
PHILOCTÈTE. Hélas !
tu as dit encore
ces deux hommes
sur lesquels moi j'aurais voulu
entendre *parler* le moins
ayant-péri-tous-deux.
Hélas ! hélas !
que faut-il donc regarder,
quand ceux-ci d'un côté sont morts,
et *que*, de l'autre, Ulysse est
encore aussi là,
où il fallait lui être dit
mort au lieu de ceux-ci ?
NÉOPTOLÈME. Celui-ci
est un lutteur habile ;
mais même les habiles projets
sont entravés souvent.
PHILOCTÈTE. Eh bien,
dis, au nom des dieux,
où donc était pour toi
là (en cette occasion) Patrocle,
qui était
les délices du père de toi ?

ΝΕΟΠΤΟΛΕΜΟΣ.

Χοῦτος τεθνηκὼς ἦν · λόγῳ δέ σ' ἐν βραχεῖ   13ὺ
τοῦτ' ἐκδιδάξω. Πόλεμος οὐδέν' ἄνδρ' ἑκὼν
αἱρεῖ πονηρὸν, ἀλλὰ τοὺς χρηστοὺς ἀεί.

ΦΙΛΟΚΤΗΤΗΣ.

Ξυμμαρτυρῶ σοι · καὶ κατ' αὐτὸ τοῦτό γε
ἀναξίου μὲν φωτὸς ἐξερήσομαι,
γλώσσῃ δὲ δεινοῦ καὶ σοφοῦ, τί νῦν κυρεῖ.   ιιὺ

ΝΕΟΠΤΟΛΕΜΟΣ.

Ποίου δὲ τούτου πλήν γ' Ὀδυσσέως ἐρεῖς;

ΦΙΛΟΚΤΗΤΗΣ.

Οὐ τοῦτον εἶπον [1], ἀλλὰ Θερσίτης τις ἦν [2],
ὃς οὐκ ἂν εἵλετ' εἰσάπαξ εἰπεῖν, ὅπου
μηδεὶς ἐῴη · τοῦτον οἶσθ' εἰ ζῶν κυρεῖ;

ΝΕΟΠΤΟΛΕΜΟΣ.

Οὐκ εἶδον αὐτὸν, ἠσθόμην δ' ἔτ' ὄντα νιν.   ιιϊ

ΦΙΛΟΚΤΗΤΗΣ.

Ἔμελλ' · ἐπεὶ οὐδέν πω κακόν γ' ἀπώλετο,
ἀλλ' εὖ περιστέλλουσιν αὐτὰ δαίμονες,
καί πως τὰ μὲν πανοῦργα καὶ παλιντριβῆ
χαίρουσ' ἀναστρέφοντες [3] ἐξ Ἅιδου, τὰ δὲ
δίκαια καὶ τὰ χρήστ' ἀποστέλλουσ' ἀεί.   ιϊο

NÉOPTOLÈME. Lui aussi était mort. Je dirai tout en un mot : la guerre se plaît toujours à moissonner les bons, et les méchants, elle ne les enlève qu'à regret.

PHILOCTÈTE. J'en conviens avec toi, et c'est pour cela même que je veux l'interroger sur cet être vil, cet habile et rusé discoureur, qu'est-il devenu?

NÉOPTOLÈME. De quel autre qu'Ulysse veux-tu parler?

PHILOCTÈTE. Ce n'est pas de lui, mais d'un certain Thersite, toujours prêt à redire ce qu'on n'eût pas voulu entendre. Sais-tu s'il vit encore?

NÉOPTOLÈME. Je ne l'ai pas vu, mais j'ai appris qu'il était vivant.

PHILOCTÈTE. Je m'y attendais ; car les méchants ne meurent point. Les dieux au contraire les protégent. Le fourbe, le scélérat, ils le ramènent quelquefois des enfers ; mais l'homme juste, l'homme vertueux, ils ne manquent jamais de l'y précipiter. Que

ΝΕΟΠΤΟΛΕΜΟΣ. Καὶ οὗτος
ἦν τεθνηκώς·
ἐκδιδάξω δέ σε τοῦτο
ἐν λόγῳ βραχεῖ.
Πόλεμος αἱρεῖ ἑκὼν
οὐδένα ἄνδρα πονηρόν,
ἀλλὰ ἀεὶ τοὺς χρηστούς.
ΦΙΛΟΚΤΗΤΗΣ.
Ξυμμαρτυρῶ σοι·
καὶ κατὰ τοῦτό γε αὐτὸ
ἐξερήσομαι φωτὸς
ἀναξίου μέν,
δεινοῦ δὲ γλώσσῃ καὶ σοφοῦ,
τί κυρεῖ νῦν.
ΝΕΟΠΤΟΛΕΜΟΣ. Ποίου δὲ
τούτου ἐρεῖς
πλήν γε 'Οδυσσέως;;
ΦΙΛΟΚΤΗΤΗΣ. Οὐκ εἶπον τοῦτον,
ἀλλὰ ἦν τις; Θερσίτης,
ὃς οὐκ ἂν εἵλετο
εἰπεῖν εἰσάπαξ,
ὅπου μηδεὶς ἐώη·
οἶσθα τοῦτον
εἰ κυρεῖ ζῶν;
ΝΕΟΠΤΟΛΕΜΟΣ.
Οὐκ εἶδον αὐτὸν,
ᾐσθόμην δὲ
νιν ὄντα ἔτι.
ΦΙΛΟΚΤΗΤΗΣ. Ἔμελλεν·
ἐπεί γε οὐδέν πω
κακὸν ἀπώλετο,
ἀλλὰ δαίμονες
περιστέλλουσιν εὖ αὐτά,
καὶ χαίρουσί πως;
ἀναστρέφοντε; ἐξ Ἅιδου
τὰ μὲν πανοῦργα
καὶ παλιντριβῆ,
ἀποστέλλουσι δὲ
ἀεὶ τὰ δίκαια
καὶ τὰ χρηστά

NÉOPTOLÈME. Celui-ci aussi
était mort ;
mais j'enseignerai à toi ceci
par une parole brève :
la guerre n'emporte volontiers
aucun homme pervers,
mais toujours les bons.
PHILOCTÈTE.
J'en porte-témoignage-avec toi ;
et à cause de cela même
je demanderai sur un homme
indigne à la vérité,
mais habile par la langue et adroit,
ce qu'il est maintenant.
NÉOPTOLÈME. Mais de qui
étant celui-ci l'informes-tu,
sinon d'Ulysse ?
PHILOCTÈTE. Je n'ai pas dit celui-ci,
mais il y avait un certain Thersite
qui n'aurait pas préféré
dire une fois une chose
là où personne n'aurait permis :
sais-tu celui-ci
s'il est vivant ?
NÉOPTOLÈME.
Je n'ai pas vu lui,
mais j'ai su
lui étant (existant) encore.
PHILOCTÈTE. Cela devait être;
puisque certes rien encore
de mauvais n'a péri,
mais que les divinités
protégent bien ces choses,
et se réjouissent en-quelque-sorte,
faisant-revenir des Enfers
d'un côté les choses (personnes)
et rusées,   [perverses
de l'autre côté y envoient   [les
toujours les choses (personnes) jus-
et les bonnes.

Ποῦ χρὴ τίθεσθαι ταῦτα, ποῦ δ' αἰνεῖν, ὅταν
τὰ θεῖ' ἐπαινῶν τοὺς θεοὺς εὕρω κακούς;
ΝΕΟΠΤΟΛΕΜΟΣ.
'Εγὼ μὲν, ὦ γένεθλον Οἰταίου πατρὸς,
τὸ λοιπὸν ἤδη τηλόθεν τό τ' Ἴλιον
καὶ τοὺς Ἀτρείδας εἰσορῶν φυλάξομαι·   455
ὅπου δ' ὁ χείρων τἀγαθοῦ μεῖζον σθένει
κἀποφθίνει τὰ χρηστὰ χὠ δειλὸς κρατεῖ,
τούτους ἐγὼ τοὺς ἄνδρας οὐ στέρξω ποτέ·
ἀλλ' ἡ πετραία Σκῦρος [1] ἐξαρκοῦσά μοι
ἔσται τὸ λοιπὸν, ὥστε τέρπεσθαι δόμω.   160
Νῦν δ' εἶμι πρὸς ναῦν. Καὶ σὺ, Ποίαντος τέκνον,
χαῖρ' ὡς μέγιστα, χαῖρε· καὶ σε δαίμονες
νόσου μεταστήσειαν, ὡς αὐτὸς θέλεις.
'Ημεῖς δ' ἴωμεν· ὡς ὁπηνίκ' ἂν θεὸς
πλοῦν ἡμιν εἴκη, τηνικαῦθ' ὁρμώμεθα.   465
ΦΙΛΟΚΤΗΤΗΣ.
'Ήδη, τέκνον, στέλλεσθε;
ΝΕΟΠΤΟΛΕΜΟΣ.
                          Καιρὸς γὰρ καλεῖ
πλοῦν μὴ 'ξ ἀπόπτου μᾶλλον ἢ 'γγύθεν σκοπεῖν.
ΦΙΛΟΚΤΗΤΗΣ.
Πρός νύν σε πατρὸς, πρός τε μητρὸς, ὦ τέκνον,
πρός τ' εἴ τί σοι κατ' οἶκόν ἐστι προσφιλὲς,

penser de tout cela? Comment y applaudir? Quand je veux louer
les dieux, je ne trouve en eux qu'injustice.

NÉOPTOLÈME. Pour moi, fils de Péan, j'aurai soin à l'avenir de
ne voir que de loin Ilion et les Atrides. Des hommes parmi lesquels
le vice triomphe de la vertu, l'homme de bien succombe et le lâche
prospère, n'obtiendront jamais que ma haine. Les rochers de Scyros
suffiront à mes désirs, et je trouverai le bonheur dans ma patrie.
Maintenant je retourne à mon navire. Adieu, fils de Péan, sois heureux et que les dieux t'accordent la guérison que tu désires. Pour
nous, partons, afin de mettre à la voile aussitôt que les dieux nous
enverront un vent favorable.

PHILOCTÈTE. Quoi! mon fils, vous partez déjà?

NÉOPTOLÈME. Oui, car ce n'est pas de loin, c'est de près qu'il
faut épier le moment du départ.

PHILOCTÈTE. O mon fils, par les mânes de ton père, par ta mère,
par tout ce que tu as de plus cher dans ta patrie, je t'en supplie, je

Ποῦ χρὴ τίθεσθαι ταῦτα,   Où faut-il placer ces *actes*
ποῦ δὲ αἰνεῖν,   et où (à quel titre) *les* louer,
ὅταν ἐπαινῶν τὰ θεῖα   quand, louant les *actes* divins,
εὕρω τοὺς θεοὺς κακούς;   je trouve les dieux méchants?
ΝΕΟΠΤΟΛΕΜΟΣ. Ἐγὼ μὲν,   NÉOPTOLÈME. Quant à moi,
ὦ γένεθλον πατρὸς Οἰταίου,   ô rejeton d'un père OEtéen,   [des
ἤδη φυλάξομαι   maintenant je serai-sur-mes-gar-
τὸ λοιπὸν, εἰσορῶν τηλόθεν   dans la suite, contemplant de-loin
τό τε Ἴλιον καὶ τοὺς Ἀτρείδας·   et Ilion et les Atrides;
οὐ δὲ στέρξω ποτὲ   car je ne supporterai jamais
τούτους τοὺς ἄνδρας,   ces hommes-là,
ὅπου ὁ χείρων   où (chez lesquels) le pire
σθένει μεῖζον τοῦ ἀγαθοῦ   peut plus que l'honnête *homme*,
καὶ τὰ χρηστὰ ἀποφθίνει   et les bonnes choses périssent,
καὶ ὁ δειλὸς κρατεῖ·   et le lâche domine;
ἀλλὰ ἡ πετραία Σκῦρος   mais la pierreuse Scyros
ἔσται τὸ λοιπὸν ἐξαρκοῦσά μοι,   sera dorénavant suffisante à moi,
ὥστε τέρπεσθαι   pour être heureux
δόμῳ.   dans *ma* demeure.   [seau.
Νῦν δὲ εἶμι πρὸς ναῦν.   Mais maintenant, je vais au vais-
Καὶ σὺ, τέκνον Ποίαντος,   Et toi, fils de Péan,
χαῖρε ὡς μέγιστα,   sois heureux le plus possible,
χαῖρε· καὶ δαίμονες   sois heureux; et que les dieux
μεταστήσειάν σε νόσου,   délivrent toi de la maladie,
ὡς θέλεις αὐτός.   comme tu *le* veux toi-même.
Ἡμεῖς δὲ ἴωμεν·   Quant à nous, allons,
ὡς ὁπηνίκα θεὸς   afin que lorsque le dieu   [gation,
ἂν εἴκῃ ἡμῖν πλοῦν,   viendra-à-accorder à nous la navi-
τηνικαῦτα ὁρμώμεθα.   alors nous levions-l'ancre.
ΦΙΛΟΚΤΗΤΗΣ. Στέλλεσθε   PHILOCTÈTE. Partez-vous
ἤδη, τέκνον;   déjà, *mon* fils?
ΝΕΟΠΤΟΛΕΜΟΣ. Καιρὸς γὰρ   NÉOPTOLÈME. *Oui*, car l'opportunité
καλεῖ σκοπεῖν πλοῦν   invite à épier la navigation
μὴ μᾶλλον ἐξ ἀπόπτου ἢ ἐγγύθεν.   non plutôt de loin que de près.
ΦΙΛΟΚΤΗΤΗΣ. Ὦ τέκνον,   PHILOCTÈTE. O *mon* enfant,
ἱκνοῦμαι νῦν σε   je viens-trouver maintenant toi
ἱκέτης πρὸς πατρός,   en suppliant au nom de *ton* père
πρός τε μητρὸς,   et au nom de *ta* mère,
εἴ τέ τι ἐστὶ προσφιλές σοι   et si quelque chose est cher à toi
κατὰ οἶκον πρός,   dans *ta* maison, au nom *de cela*,

ἱκέτης ἱκνοῦμαι, μὴ λίπῃς μ' οὕτω μόνον,   470
ἔρημον ἐν κακοῖσι τοῖσδ' οἵοις ὁρᾷς
ὅσοισί τ' ἐξήκουσας ἐνναίοντά με·
ἀλλ' ἐν παρέργῳ θοῦ με. Δυσχέρεια μὲν,
ἔξοιδα, πολλὴ τοῦδε τοῦ φορήματος·
ὅμως δὲ τλῆθι. Τοῖσι γενναίοισί τοι   475
τό τ' αἰσχρὸν ἐχθρὸν καὶ τὸ χρηστὸν εὐκλεές.
Σοὶ δ' ἐκλιπόντι τοῦτ' ὄνειδος οὐ καλὸν,
δράσαντι δ', ὦ παῖ, πλεῖστον εὐκλείας γέρας,
ἐὰν μόλω 'γὼ ζῶν πρὸς Οἰταίαν χθόνα.
Ἴθ'· ἡμέρας τοι μόχθος οὐχ ὅλης μιᾶς.   480
Τόλμησον, εἰσβαλοῦ μ' ὅπῃ θέλεις ἄγων,
εἰς ἀντλίαν, εἰς πρῷραν, εἰς πρύμνην, ὅποι
ἥκιστα μέλλω τοὺς ξυνόντας ἀλγυνεῖν.
Νεῦσον, πρὸς αὐτοῦ Ζηνὸς ἱκεσίου, τέκνον,
πείσθητι. Προσπίτνω σε γόνασι, καίπερ ὢν   485
ἀκράτωρ ὁ τλήμων, χωλός. Ἀλλὰ μή μ' ἀφῇς
ἔρημον οὕτω χωρὶς ἀνθρώπων στίβου,
ἀλλ' ἢ πρὸς οἶκον τὸν σὸν ἔκσωσόν μ' ἄγων,
ἢ πρὸς τὰ Χαλκώδοντος [1] Εὐβοίας σταθμά·

Je t'en conjure, ne m'abandonne pas ainsi seul, sans secours, au milieu des maux que tu vois, et dont tu as entendu le récit. Reçois-
moi comme un fardeau qu'on prend en passant. Je n'ignore pas
combien je te serai à charge; cependant consens à me supporter.
Les grands cœurs haïssent ce qui est honteux, et mettent leur
gloire dans les actions généreuses. Tu te déshonorerais en m'abandonnant; mais, ô mon fils, quel honneur pour toi, si tu exauces
ma prière, si j'arrive vivant sur la terre de l'OEta! Vois; il ne t'en
coûtera pas un jour entier. Aie donc ce courage. Jette-moi où tu
voudras, à la proue, à la poupe, dans la sentine même, où enfin
j'incommoderai le moins tes compagnons. Au nom de Jupiter, protecteur des suppliants, ne me refuse pas, mon fils, laisse-toi persuader. Malgré ma faiblesse et mes souffrances, je me jette à tes
genoux. Ne me laisse pas dans ce désert, où il n'y a aucun vestige
d'hommes. Mène-moi dans ta patrie ou dans quelque port de l'Eu-

μὴ λίπῃς με οὕτω μόνον,	n'abandonne pas moi ainsi seul,
ἔρημον μὲ ἐνναίοντα	delaissé, moi habitant
ἐν τοῖσδε κακοῖσιν οἵοις ὁρᾷς;	dans ces maux, tels que tu vois,
ὅσοισί τε ἐξήκουσα;	et aussi nombreux que tu l'as en-
ἀλλὰ θοῦ με	mais place moi [tendu,
ἐν παρέργῳ.	en (comme) accessoire. [ment,
Πολλὴ μὲν δυσχέρεια,	Grand à la vérité est le désagré-
ἔξοιδα, τοῦδε τοῦ φορήματος·	je le sais-bien, de ce fardeau
ὅμως δὲ τλῆθι·	mais cependant supporte-le :
τοῖσι γενναίοισί τοι	certes aux hommes généreux
τό τε αἰσχρὸν ἐχθρὸν	et le mal est odieux
καὶ τὸ χρηστὸν εὐκλεές.	et le bien glorieux.
Ὄνειδος δὲ οὐ καλὸν	Mais un reproche non beau
σοὶ ἐκλιπόντι τοῦτο,	serait à toi ayant omis cela,
πλεῖστον δὲ γέρας	mais une très-grande récompense
εὐκλείας	de gloire
δράσαντι, ὦ παῖ,	à toi l'ayant fait, ô mon fils,
ἐὰν ἐγὼ μόλω ζῶν	si moi j'arrive vivant
πρὸς χθόνα Οἰταίαν.	à la terre OEtéenne
Ἴθι· μόχθος τοι	Va; certes la peine
οὐ μιᾶς ἡμέρας ὅλης.	n'est pas d'une journée entière.
Τόλμησον, ἄγων με εἰσβαλοῦ	Ose-le, m'emmenant, jette-moi,
ὅπῃ θέλεις, εἰς ἀντλίαν,	où tu veux, à la sentine,
εἰς πρῶραν, εἰς πρύμνην,	à la proue, à la poupe,
ὅποι μέλλω ἀλγυνεῖν ἥκιστα	où je dois incommoder le moins
τοὺς ξυνόντας.	ceux étant avec moi.
Νεῦσον, τέκνον,	Consens, mon fils,
πρὸς Ζηνὸς αὐτοῦ	au nom de Jupiter même,
ἱκεσίου,	protecteur-des-suppliants,
πείσθητι.	sois persuadé.
Χωλὸς προσπίτνω γόνασί σε,	Boiteux je tombe aux genoux à toi,
καίπερ ὢν ἀκράτωρ,	quoique étant impuissant,
ὁ τλήμων.	malheureux que je suis.
Ἀλλὰ μὴ ἀφῇς με	Mais n'abandonne pas moi
οὕτως ἔρημον	ainsi isolé
χωρὶς στίβου ἀνθρώπων,	loin du sentier des hommes,
ἀλλὰ ἐκσωσόν με ἄγων	mais sauve-moi en me conduisant
ἢ πρὸς τὸν σὸν οἶκον,	soit dans la tienne demeure,
ἢ πρὸς τὰ σταθμὰ	soit aux habitations
Εὐβοίας Χαλκώδοντος,	de l'Eubée de Chalcodon

κἀκεῖθεν οὔ μοι μακρὸς εἰς Οἴτην στόλος,   490
Τραχινίαν τε δειράδα καὶ τὸν εὔροον
Σπερχειὸν ἔσται· πατρί μ᾽ ὡς δείξῃς φίλῳ,
ὃν δὴ παλαιὸν ἐξότου δέδοικ᾽ ἐγὼ
μή μοι βεβήκῃ. Πολλὰ γὰρ τοῖς ἱγμένοις
ἔστελλον αὐτὸν ἱκεσίους πέμπων λιτάς,   495
αὐτόστολον πέμψαντά μ᾽ ἐκσῶσαι δόμοις.
Ἀλλ᾽ ἢ τέθνηκεν, ἢ τὰ τῶν διακόνων [1],
ὡς εἰκὸς, οἶμαι, τοὐμὸν ἐν σμικρῷ μέρος
ποιούμενοι τὸν οἴκαδ᾽ ἤπειγον στόλον.
Νῦν δ᾽, εἰς σὲ γὰρ πομπόν τε καὐτὸν ἄγγελον   500
ἥκω, σὺ σῶσον, σύ μ᾽ ἐλέησον, εἰσορῶν
ὡς πάντα δεινὰ κἀπικινδύνως βροτοῖς
κεῖται, παθεῖν μὲν εὖ, παθεῖν δὲ θἄτερα.
Χρὴ δ᾽ ἐκτὸς ὄντα πημάτων τὰ δείν᾽ ὁρᾶν·
χὤταν τις εὖ ζῇ, τηνικαῦτα τὸν βίον   505
σκοπεῖν μάλιστα, μὴ διαφθαρεὶς λάθῃ.

bée, où régnait Chalcodon. Cette île est voisine de l'OEta, de Trachine et des bords agréables du Sperchius. Rends-moi à mon père,
hélas! depuis longtemps je crains qu'il ne soit mort. Plus d'une fois
j'ai chargé ceux qui abordaient dans cette île de lui porter mes
prières, le suppliant de venir avec un vaisseau pour me délivrer et
me ramener dans sa maison. Ou il n'est plus, ou ces étrangers,
faisant peu de cas de mon message, se sont hâtés de retourner dans
leur patrie. Maintenant c'est à toi que j'ai recours; sois mon libé-
rateur et mon guide, sauve-moi, prends pitié de moi; considère
les maux et les périls auxquels sont exposés les hommes, éprou-
vant tour à tour les bienfaits et les rigueurs du sort. Il ne faut pas
perdre de vue le malheur quand on en est éloigné; et lorsqu'on est
heureux, c'est alors surtout qu'il faut veiller sur sa vie, pour ne
pas se laisser surprendre par l'adversité.

καὶ ἐκεῖθεν στόλος οὐ μακρὸς	et de là un voyage non long
ἔσται μοι εἰς Οἴτην,	sera à moi à l'OEta,
δειράδα τε Τραχινίαν,	et au sommet Trachinien,
καὶ τὸν Σπερχειὸν εὔροον ·	et au Sperchius qui-coule-bien ;
ὡς δείξῃς με	afin que tu montres moi
πατρὶ φίλῳ,	à *mon* père chéri,
ὃν δὴ παλαιὸν	lequel certes *il y a* longtemps
ἐξότου ἐγὼ δέδοικα	depuis que moi je crains [pour moi.
μὴ βεβήκῃ μοι.	qu'il ne s'en soit allé (ne soit mort)
Ἔστελλον γὰρ αὐτὸν πολλὰ	Car je mandais à lui beaucoup *de*
τοῖς ἱγμένοις	par *ceux* arrivés *ici*, [fois
πέμπων λιτὰς ἱκεσίους,	envoyant des prières suppliantes
αὐτόστολον	*pour que lui* naviguant-lui-même
ἐκσῶσαί με	sauver (sauvât) moi,
πέμψαντα δόμοις.	*me* ramenant à *mes* demeures.
Ἀλλὰ ἢ τέθνηκεν,	Mais ou il est mort,
ἢ τὰ τῶν διακόνων,	ou les *personnes* des envoyés,
ποιούμενοι, οἶμαι, ἐν σμικρῷ	mettant, je pense, en petite *estime*
τὸ ἐμὸν μέρος,	ma portion (ce qui me regarde),
ὡς εἰκὸς,	comme *c'est* naturel, [meure.
ἤπειγον τὸν στόλον οἴκαδε.	hâtèrent la course vers *leur* de-
Νῦν δὲ,	Mais maintenant,
ἥκω γὰρ εἰς σὲ	car je me tourne vers toi
πομπόν τε	*qui es* et *mon* conducteur
καὶ αὐτὸν ἄγγελον,	et le même *mon* messager,
σὺ σῶσον,	toi sauve *moi*,
σὺ ἐλέησόν με, εἰσορῶν	toi aie-pitié de moi, considérant
ὡς βροτοῖς	combien pour les mortels
πάντα κεῖται	toutes-choses sont situées
δεινὰ καὶ ἐπικινδύνως,	terriblement et dangereusement,
παθεῖν μὲν εὖ,	pour éprouver d'un côté du bien,
παθεῖν δὲ	pour éprouver de l'autre
τὰ ἕτερα.	les choses opposées (maux).
Χρὴ δὲ ὄντα ἐκτὸς πημάτων	Mais il faut étant hors des maux
ὁρᾶν τὰ δεινά ·	prendre-garde aux choses terribles ;
καὶ ὅταν τις ζῇ εὖ,	et quand quelqu'un vit bien,
τηνικαῦτα μάλιστα	alors surtout *il faut*
σκοπεῖν τὸν βίον	observer la vie
μὴ λάθῃ	de peur qu'il ne s'aperçoive pas
διαφθαρείς.	étant (qu'il est) perdu.

ΧΟΡΟΣ.

(Ἀντιστροφή.)

Οἴκτειρ', ἄναξ· πολλῶν ἔλεξεν δυσοίστων πόνων
ἆθλ', οἷα μηδεὶς τῶν ἐμῶν λάχοι φίλων.
Εἰ δὲ πικροὺς, ἄναξ, ἔχθεις Ἀτρείδας,   510
ἐγὼ μὲν, τὸ κείνων κακὸν [1] τῷδε κέρδος;
μετατιθέμενος, ἔνθαπερ ἐπιμέμονεν,   515
ἐπ' εὐστόλου ταχείας νεὼς
πορεύσαιμ' ἂν ἐς δόμους, τὰν θεῶν νέμεσιν ἐκφυγών.

ΝΕΟΠΤΟΛΕΜΟΣ.

Ὅρα σὺ μὴ νῦν μέν τις εὐχερὴς παρῇς,
ὅταν δὲ πλησθῇς τῆς νόσου ξυνουσίᾳ,   520
τότ' οὐκέθ' αὑτὸς τοῖς λόγοις τούτοις φανῇς.

ΧΟΡΟΣ.

Ἥκιστα. Τοῦτ' οὐκ ἔσθ' ὅπως ποτ' εἰς ἐμὲ
τοὔνειδος ἕξεις ἐνδίκως ὀνειδίσαι.

ΝΕΟΠΤΟΛΕΜΟΣ.

Ἀλλ' αἰσχρὰ [2] μέντοι σοῦ γέ μ' ἐνδεέστερον
ξένῳ φανῆναι πρὸς τὸ καίριον πονεῖν.   525
Ἀλλ' εἰ δοκεῖ, πλέωμεν, ὁρμάσθω ταχύς·
χἠ ναῦς γὰρ ἄξει κοὐκ ἀπαρνηθήσεται.

LE CHOEUR. Prends pitié de lui, prince; il a dit ses longues et intolérables douleurs : puissent ceux que j'aime n'en éprouver jamais de semblables! Pour moi, si tu hais les cruels Atrides, je ferais servir leur injustice à son avantage, et, cédant à ses instances, je le ramènerais sur notre vaisseau rapide dans la patrie qu'il brûle de revoir, évitant ainsi la vengeance des dieux.

NÉOPTOLÈME. Prends garde de te montrer maintenant trop facile : peut-être ensuite, fatigué de sa présence et de son mal, changeras-tu de langage.

LE CHOEUR. Non, jamais tu ne pourras avec justice me faire ce reproche.

NÉOPTOLÈME. Eh bien, je rougirais de paraître moins empressé que toi de secourir cet étranger. Allons, si tu le veux, partons. Qu'il se hâte de nous suivre; notre vaisseau l'emmènera, j'y consens.

(Ἀντιστροφή.)

(*Antistrophe.*)

ΧΟΡΟΣ. Ἄναξ, οἴκτειρε·
ἔλεξεν ἆθλα
πολλῶν πόνων
δυσοίστων,
οἷα μηδεὶς τῶν ἐμῶν φίλων
λάχοι.
Εἰ δὲ ἔχθεις, ἄναξ,
πικροὺς Ἀτρείδας,
ἐγὼ μὲν μετατιθέμενος
τὸ κακὸν κείνων κέρδος τῷδε,
πορεύσαιμι ἂν
ἐπὶ νεὼς ταχείας
εὐστόλου, ἐς δόμους,
ἔνθαπερ ἐπιμέμονεν,
ἐκφυγὼν τὰν νέμεσιν
θεῶν.
ΝΕΟΠΤΟΛΕΜΟΣ. Σὺ ὅρα
μὴ νῦν μὲν
παρῇς
τίς εὐχερής·
ὅταν δὲ πλησθῇς
τῆς νόσου
ξυνουσίᾳ,
τότε φανῇς οὐκέτι
ὁ αὐτὸς τούτοις τοῖς λόγοις.
ΧΟΡΟΣ. Ἥκιστα.
Οὐκ ἔστιν
ὅπως ἕξεις ποτὲ
ὀνειδίσαι εἰς ἐμὲ
τοῦτο τὸ ὄνειδος ἐνδίκως.
ΝΕΟΠΤΟΛΕΜΟΣ. Ἀλλὰ μέντοι
αἰσχρά με φανῆναι
ἐνδεέστερον σοῦ γε
πονεῖν πρὸς τὸ καίριον
ξένῳ. Ἀλλὰ
πλέωμεν, εἰ δοκεῖ·
ὁρμάσθω ταχύς·
καὶ γὰρ ἡ ναῦς ἄξει
καὶ οὐκ ἀπαρνηθήσεται.

Le Chœur. Roi, aie pitié ;
il a dit les luttes
de beaucoup de travaux
difficiles-à-supporter,
telles *que* aucun de mes amis
puisse-t-il *ne* recevoir-en-partage.
Mais si tu hais, ô roi,
les cruels Atrides,
moi certes, changeant   [lui-ci,
le mal de ceux-là en gain pour ce-
je *le* conduirais
sur un vaisseau rapide,
bien-équipé, vers *ses* demeures,
où il désire *être conduit.*
fuyant la vengeance
des dieux.
Néoptolème. Toi, prends-garde
que maintenant d'un côté
tu ne te prêtes,
étant un *homme* complaisant ;
et de l'autre quand tu seras-plein
de la maladie
à cause de la cohabitation,
alors tu ne paraisses plus   [les.
le même (d'accord) avec ces paro-
Le Chœur. Nullement.
Il n'est pas *possible*
que tu aies jamais
à reprocher à moi
cette honte avec-justice.
Néoptolème. Mais cependant
il serait honteux moi paraître
moins-empressé que toi
à travailler à propos
pour l'étranger. Mais
naviguons, s'il *le* semble-bon ;
qu'il parte prompt (promptement);
car le vaisseau *le* conduira
et il ne sera pas refusé.

Μόνον θεοὶ σώζοιεν ἔκ τε τῆσδε γῆς
ἡμᾶς ὅποι τ᾿ ἐνθένδε βουλοίμεσθα πλεῖν

ΦΙΛΟΚΤΗΤΗΣ.

Ὦ φίλτατον μὲν ἦμαρ, ἥδιστος δ᾿ ἀνήρ,   530
φίλοι δὲ ναῦται, πῶς ἂν ὑμῖν ἐμφανὴς
ἔργῳ γενοίμην, ὥς μ᾿ ἔθεσθε προσφιλῆ.
Ἴωμεν, ὦ παῖ, προσκύσαντε τὴν ἔσω
ἄοικον εἰσοίκησιν, ὥς με καὶ μάθῃς,
ἀφ᾿ ὧν διέζων, ὥς τ᾿ ἔφυν εὐκάρδιος.   535
Οἶμαι γὰρ οὐδ᾿ ἂν ὄμμασιν μόνην θέαν
ἄλλον λαβόντα πλὴν ἐμοῦ τλῆναι τάδε·
ἐγὼ δ᾿ ἀνάγκῃ προὔμαθον στέργειν κακά.

ΧΟΡΟΣ.

Ἐπίσχετον, μάθωμεν. Ἄνδρε γὰρ δύο,
ὁ μὲν νεὼς σῆς ναυβάτης, ὁ δ᾿ ἀλλόθρους,   540
χωρεῖτον, ὧν μαθόντες αὖθις εἴσιτον.

ΕΜΠΟΡΟΣ¹.

Ἀχιλλέως παῖ, τόνδε τὸν ξυνέμπορον,
ὃς ἦν νεὼς σῆς ξὺν δυοῖν ἄλλοιν φύλαξ,
ἐκέλευσ᾿ ἐμοί σε ποῦ κυρῶν εἴης φράσαι,
ἐπείπερ ἀντέκυρσα, δοξάζων μὲν οὔ,   545

Puissent seulement les dieux nous accorder un heureux départ, et nous conduire où nous voulons aller en partant d'ici!

PHILOCTÈTE. O jour trois fois heureux! O le plus généreux des hommes! Chers compagnons, comment pourrais-je vous exprimer ma reconnaissance? Allons, ô mon fils, dire adieu à cette triste demeure: tu connaîtras ma vie et ma constance. Nul autre n'aurait pu supporter seulement la vue de mes souffrances; pour moi la nécessité m'a appris à me résigner à ma misère.

LE CHŒUR. Attendez, sachons ce qu'on veut nous dire. Voici deux hommes dont l'un est de ton vaisseau et l'autre étranger. Ils s'avancent; vous entrerez après les avoir entendus.

LE MARCHAND. Fils d'Achille, j'ai prié cet homme, qui gardait ton vaisseau avec deux de ses compagnons, de me dire où tu étais, puisque j'ai, contre mon attente, rencontré ton vaisseau, et que le

Μόνον θεοὶ	Seulement les dieux
σώζοιεν ἡμᾶς,	puissent-ils-sauver nous
ἔκ τε τῆσδε γῆς	et de cette terre
ὅποι τε βουλοίμεσθα	et *nous conduire* où nous voudrons
πλεῖν ἐνθένδε.	naviguer *en partant* d'ici.
ΦΙΛΟΚΤΗΤΗΣ. Ὢ ἦμαρ	PHILOCTÈTE. O jour
φίλτατον μὲν,	d'un côté très-cher, [ble,
ἀνὴρ δὲ ἥδιστος,	homme de l'autre côté très-agréa-
ναῦται δὲ φίλοι,	et matelots amis,
πῶς ἂν γενοίμην	comment pourrais-je-devenir
ἐμφανὴς ὑμῖν ἔργῳ,	manifeste à vous par l'action,
ὡς ἔθεσθέ με προσφιλῆ.	comme vous avez rendu moi ami!
Ὢ παῖ, ἴωμεν	O *mon* enfant, allons-nous-en
προσκύσαντε	ayant salué-tous-les-deux
εἰσοίκησιν τὴν ἔσω ἄοικον,	l'habitation intérieure inhabitable,
ὡς καὶ μάθῃς με	afin que aussi tu apprennes moi
ἀπὸ ὧν διέζων,	de quelles choses je vivais,
ὥς τε ἔφυν εὐκάρδιος.	et comme je suis-né courageux.
Οἶμαι γὰρ ἄλλον πλὴν ἐμοῦ	Car je crois un autre excepté moi
τλῆναι ἂν τάδε	n'avoir-pu-supporter ces choses,
οὐδὲ λαβόντα	pas même *en* ayant pris
ὄμμασι θέαν μόνην·	de *ses* yeux la vue seule;
ἐγὼ δὲ	pour moi
προὔμαθον ἀνάγκῃ	j'avais appris par la nécessité
στέργειν κακά.	à me soumettre aux maux.
ΧΟΡΟΣ. Ἐπίσχετον,	LE CHŒUR. Arrêtez, [se.
μάθωμεν.	que nous apprenions *quelque cho-*
Δύο γὰρ ἄνδρε,	Car deux hommes
ὁ μὲν ναυβάτης σῆς νεὼς,	l'un, marin de ton navire,
ὁ δὲ ἀλλόθρους χωρεῖτον,	l'autre, étranger, approchent,
ὧν μαθόντες	desquels ayant appris *ce dont il*
εἴσιτον αὖθις.	entrez ensuite. [*s'agit,*
ΕΜΠΟΡΟΣ. Παῖ Ἀχιλλέως,	LE MARCHAND. Fils d'Achille,
ἐκέλευσα	j'ai ordonné
τόνδε τὸν ξυνέμπορον,	à ce compagnon-de-voyage,
ὃς ἦν φύλαξ νεὼς σῆς	qui était gardien du vaisseau tien
σὺν δυοῖν ἄλλοιν,	avec deux autres
φράσαι σε ἐμοὶ	d'indiquer toi à moi
ποῦ κυρῶν εἴης,	où te-trouvant tu étais,
ἐπείπερ ἀντέκυρσα,	puisque je t'ai rencontré,

τύχῃ δέ πως πρὸς ταυτὸν ὁρμισθεὶς πέδον.
Πλέων γὰρ ὡς ναύκληρος οὐ πολλῷ στόλῳ
ἀπ' Ἰλίου πρὸς οἶκον ἐς τὴν εὔβοτρυν
Πεπάρηθον[1], ὡς ἤκουσα τοὺς ναύτας ὅτι
σοὶ πάντες εἶεν συννεναυστοληκότες,   550
ἔδοξέ μοι μὴ σῖγα, πρὶν φράσαιμί σοι,
τὸν πλοῦν ποιεῖσθαι, προστυχόντι τῶν ἴσων.
Οὐδὲν σύ που κάτοισθα τῶν σαυτοῦ πέρι,
ἃ τοῖσιν Ἀργείοισιν ἀμφὶ σοῦ νέα
βουλεύματ' ἐστὶ, κοὐ μόνον βουλεύματα,   555
ἀλλ' ἔργα δρώμεν', οὐκέτ' ἐξαργούμενα.

ΝΕΟΠΤΟΛΕΜΟΣ.

Ἀλλ' ἡ χάρις μὲν τῆς προμηθίας, ξένε,
εἰ μὴ κακὸς πέφυκα, προσφιλὴς μενεῖ·
φράσον δ' ἅπερ γ' ἔλεξας, ὡς μάθω τί μοι
νεώτερον βούλευμ' ἀπ' Ἀργείων ἔχεις.   560

ΕΜΠΟΡΟΣ.

Φροῦδοι διώκοντές σε ναυτικῷ στόλῳ
Φοῖνιξ ὁ πρέσβυς οἵ τε Θησέως κόροι[2].

ΝΕΟΠΤΟΛΕΜΟΣ.

Ὡς ἐκ βίας μ' ἄξοντες ἢ λόγοις πάλιν;

hasard m'a conduit au même rivage. Je viens d'Ilion, et j'allais
avec un faible équipage dans ma patrie, la fertile Péparèthe, lorsque j'ai appris que tous les matelots étaient à toi ; je n'ai pas voulu
continuer ma route sans te donner un avis dont j'attends une juste
récompense. Tu ignores sans doute les nouveaux projets que les
Grecs ont formés contre toi ; et ce ne sont pas seulement des projets, mais bien des actions qui s'exécutent à cette heure même.

NÉOPTOLÈME. Étranger, si je ne suis pas un ingrat, je n'oublie-
rai pas ton zèle officieux. Mais explique-toi, que je sache les nouveaux projets des Grecs contre moi.

LE MARCHAND. Le vieux Phénix et les fils de Thésée sont partis
avec une flotte pour te poursuivre.

NÉOPTOLÈME. Pour me ramener par la force ou par la persuasion?

ὁρμισθεὶς
πρὸς τὸ αὐτὸν πέδον
δοξάζων μὲν οὔ.
τύχῃ δέ πως.
Πλέων γὰρ
ὡς ναύκληρος
οὐ πολλῷ στόλῳ
ἀπὸ Ἰλίου πρὸς οἶκον
ἐς Πεπάρηθον τὴν εὔβοτρυν,
ὡς ἤκουσα τοὺς ναύτας
ὅτι πάντες οἱ συννεναυστοληκότες
εἶεν σοί,
μὴ ποιεῖσθαι τὸν πλοῦν σῖγα
πρὶν φράσαιμί σοι,
ἔδοξέ μοι προστυχόντι
τῶν ἴσων.
Σὺ κάτοισθα οὐδέν που
τῶν περὶ σαυτοῦ,
ἃ ἐστι τοῖσιν Ἀργείοισι
βουλεύματα νέα ἀμφὶ σοῦ,
καὶ οὐ μόνον βουλεύματα
ἀλλὰ ἔργα δρώμενα,
οὐκέτι ἐξαργούμενα.
ΝΕΟΠΤΟΛΕΜΟΣ. Ἀλλὰ, ὦ ξένε,
ἡ μὲν χάρις τῆς προμηθίας
μενεῖ προσφιλής,
εἰ μὴ πέφυκα κακός·
φράσον δὲ
ἅπερ γε ἔλεξας,
ὡς μάθω
τί βούλευμα νεώτερον
ἀπὸ Ἀργείων ἔχεις μοι.
ΕΜΠΟΡΟΣ. Φοῖνιξ
ὁ πρέσβυς
οἵ τε κόροι Θησέως
φροῦδοι διώκοντές σε
στόλῳ ναυτικῷ.
ΝΕΟΠΤΟΛΕΜΟΣ. Ὡς;
ἄξοντές με πάλιν
ἐκ βίας ἢ λόγοις;

ayant abordé
à la même terre
ne le supposant pas à-la-vérité,
mais en-quelque-sorte par hasard.
Car naviguant   [navire
comme *a coutume un* maître-de-
non en grand appareil
d'Ilion vers *ma* demeure,
vers Péparèthe la riche-en-grappes,
quand j'entendis *au sujet* des marins
que tous les ayant-navigué-avec *toi*
étaient à toi,
ne pas faire navigation en-silence
avant que j'eusse parlé à toi,
a semblé-bon à moi ayant obtenu
les *récompenses* équitables.
Tu ne sais rien peut-être,
des choses au sujet de toi,
lesquelles sont aux Argiens
projets nouveaux au sujet de toi,
et non seulement projets,
mais actions qui-se-font,
et qui-ne-se-diffèrent plus.
NÉOPTOLÈME. Mais, ô étranger,
d'un côté le bienfait de *ta* pré-
restera cher *à moi*,   [voyance
si je ne suis-pas-né méchant;
mais explique
les choses que tu as dites,
afin que j'apprenne
quel projet plus récent   [moi.
de la part des Argiens tu as pour
LE MARCHAND. Phénix
le vieillard,
et les jeunes-fils de Thésée
sont partis poursuivant toi
avec une expédition navale.
NÉOPTOLÈME. Comme
devant conduire moi de nouveau
par force ou avec des paroles

ΕΜΠΟΡΟΣ.

Οὐκ οἶδ᾽· ἀκούσας δ᾽ ἄγγελος πάρειμί σοι.

ΝΕΟΠΤΟΛΕΜΟΣ.

Ἦ ταῦτα δὴ Φοῖνίξ τε χοἰ ξυνναυβάται   565
οὕτω καθ᾽ ὁρμὴν δρῶσιν Ἀτρειδῶν χάριν;

ΕΜΠΟΡΟΣ.

Ὡς ταῦτ᾽ ἐπίστω δρώμεν᾽, οὐ μέλλοντ᾽ ἔτι.

ΝΕΟΠΤΟΛΕΜΟΣ.

Πῶς οὖν Ὀδυσσεὺς πρὸς τάδ᾽ οὐκ αὐτάγγελος
πλεῖν ἦν ἕτοιμος; ἢ φόβος τις εἶργέ νιν;

ΕΜΠΟΡΟΣ.

Κεῖνός γ᾽ ἐπ᾽ ἄλλον ἄνδρ᾽ ὁ Τυδέως τε παῖς   570
ἔστελλον, ἡνίκ᾽ ἐξανηγόμην ἐγώ.

ΝΕΟΠΤΟΛΕΜΟΣ.

Πρὸς ποῖον αὖ τόνδ᾽ αὐτὸς οὐδυσσεὺς ἔπλει;

ΕΜΠΟΡΟΣ.

Ἦν δή τις.... Ἀλλὰ τόνδε μοι πρῶτον φράσον
τίς ἐστιν· ἂν λέγῃς δὲ μὴ φώνει μέγα.

ΝΕΟΠΤΟΛΕΜΟΣ.

Ὅδ᾽ ἔσθ᾽ ὁ κλεινός σοι Φιλοκτήτης, ξένε.   575

LE MARCHAND. Je ne sais ; je te rapporte ce que j'ai entendu.

NÉOPTOLÈME. Quoi ! Phénix et ses compagnons s'empressent-ils ainsi de plaire aux Atrides ?

LE MARCHAND. Sache que leur projet s'exécute sans retard.

NÉOPTOLÈME. Comment Ulysse n'était-il pas prêt à se charger de cette expédition ? Était-il retenu par quelque crainte ?

LE MARCHAND. Ce prince et le fils de Tydée allaient à la poursuite d'un autre chef, quand je mis à la voile.

NÉOPTOLÈME. Quel est donc celui qu'Ulysse lui-même allait chercher?

LE MARCHAND. C'était.... Mais dis-moi d'abord quel est cet homme ; réponds à voix basse.

NÉOPTOLÈME. Étranger, c'est le célèbre Philoctète.

ΕΜΠΟΡΟΣ. Οὐκ οἶδα·	LE MARCHAND. Je ne sais;
ἀκούσας δὲ	mais ayant entendu
πάρειμί σοι	je suis-présent à toi
ἄγγελος.	porteur-de-la-nouvelle.
ΝΕΟΠΤΟΛΕΜΟΣ ἢ	NÉOPTOLÈME. Est-ce donc que
Φοῖνίξ τε	et Phénix
καὶ οἱ ξυνναυβάται	et ses compagnons-de-navigation
δρῶσι ταῦτα	font ces choses
οὕτω κατὰ ὁρμὴν	ainsi avec ardeur
χάριν Ἀτρειδῶν;	pour l'amour des Atrides?
ΕΜΠΟΡΟΣ. Ἐπίστω	LE MARCHAND. Sache
ταῦτα ὡς δρώμενα,	ces choses comme se-faisant,
οὐκ ἔτι μέλλοντα.	non plus comme devant se faire.
ΝΕΟΠΤΟΛΕΜΟΣ.	NÉOPTOLÈME.
Πῶς οὖν	Comment donc
Ὀδυσσεὺς οὐκ ἦν	Ulysse n'était-il pas
ἕτοιμος πλεῖν	prêt à naviguer
αὐτάγγελος	étant messager-lui-même
πρὸς τάδε;	pour ces choses?
ἢ φόβος τις	est-ce que quelque crainte
εἷργέ νιν;	empêchait lui?
ΕΜΠΟΡΟΣ. Κεῖνός γε	LE MARCHAND. Celui-là en effet
ὅ τε παῖς Τυδέως	et le fils de Tydée
ἔστελλον	préparaient-un-voyage
ἐπὶ ἄλλον ἄνδρα,	vers un autre homme,
ἡνίκα ἐγὼ ἐξανηγόμην.	quand moi je mettais à la voile.
ΝΕΟΠΤΟΛΕΜΟΣ.	NÉOPTOLÈME.
Πρὸς τόνδε	Vers celui-là
ποῖον αὖ ἔπλει	quel étant donc naviguait
ὁ Ὀδυσσεὺς αὐτός·	Ulysse lui-même?
ΕΜΠΟΡΟΣ. Ἦν δή	LE MARCHAND. C'était sans doute
τις....	quelqu'un....
Ἀλλὰ φράσον μοι	Mais dis à moi
πρῶτον τόνδε,	d'abord celui-ci,
τίς ἐστιν·	qui il est;
μὴ φώνει δὲ μέγα,	mais ne prononce pas haut
ἃ ἂν λέγῃς.	les choses que tu as-à-dire.
ΝΕΟΠΤΟΛΕΜΟΣ. Ξένε,	NÉOPTOLÈME. Étranger,
ὅδε ἐστί σοι	celui-ci est pour toi
ὁ κλεινὸς Φιλοκτήτης.	le célèbre Philoctète.

ΕΜΠΟΡΟΣ.

Μή νύν μ.' ἔρῃ τὰ πλείον', ἀλλ' ὅσον τάχος
ἔκπλει σεαυτὸν ξυλλαβὼν ἐκ τῆσδε γῆς.

ΦΙΛΟΚΤΗΤΗΣ.

Τί φησιν, ὦ παῖ; τί δὲ κατὰ σκότον ποτὲ
διεμπολᾷ λόγοισι πρός σ' ὁ ναυβάτης;

ΝΕΟΠΤΟΛΕΜΟΣ.

Οὐκ οἶδά πω τί φησι· δεῖ δ' αὐτὸν λέγειν   580
ἐς φῶς ὃ λέξει, πρὸς σὲ κἀμὲ τούσδε τε.

ΕΜΠΟΡΟΣ.

Ὦ σπέρμ.' Ἀχιλλέως, μή με διαβάλῃς στρατῷ
λέγονθ' ἃ μὴ δεῖ· πόλλ' ἐγὼ κείνων ὕπο
δρῶν ἀντιπάσχω χρηστά θ', οἷ' ἀνὴρ πένης.

ΝΕΟΠΤΟΛΕΜΟΣ.

Ἐγώ εἰμ.' Ἀτρείδαις δυσμενής· οὗτος δέ μοι   585
φίλος μέγιστος, οὕνεκ' Ἀτρείδας στυγεῖ.
Δεῖ δή σ', ἔμοιγ' ἐλθόντα προσφιλῆ, λόγων
κρύψαι πρὸς ἡμᾶς μηδέν' ὧν ἀκήκοας.

ΕΜΠΟΡΟΣ.

Ὅρα τί ποιεῖς, παῖ.

ΝΕΟΠΤΟΛΕΜΟΣ.

Σκοπῶ κἀγὼ πάλαι.

LE MARCHAND. Ne m'interroge pas davantage, mais hâte-toi de partir et de fuir ces bords.

PHILOCTÈTE. Que dit-il, mon fils? Est-ce une trahison que ce pilote trame dans l'ombre contre moi?

NÉOPTOLÈME. Je ne sais ce qu'il veut dire, mais il faut qu'il s'explique clairement devant nous tous.

LE MARCHAND. Fils d'Achille, ne me perds pas auprès des Grecs en me faisant dire ce que je dois taire; je reçois d'eux de nombreux bienfaits, en échange des services que je leur rends dans ma pauvreté.

NÉOPTOLÈME. Je suis l'ennemi des Atrides; et cet homme m'est cher parce qu'il les déteste. Il faut donc, puisque l'amitié l'amène auprès de moi, ne nous rien déguiser de ce que tu as entendu.

LE MARCHAND. Songe à ce que tu ais, mon fils

NÉOPTOLÈME. J'y ai songé.

ΕΜΠΟΡΟΣ. Μή νύν με ἔρῃ
τὰ πλείονα,
ἀλλὰ ἔκπλει
ὅσον τάχος,
ξυλλαβὼν σεαυτὸν
ἐκ τῆσδε γῆς.
ΦΙΛΟΚΤΗΤΗΣ. Τί φησιν,
ὦ παῖ;
τί δέ ποτε ὁ ναυβάτης
διεμπολᾷ λόγοισι
κατὰ σκότον πρός σε;
ΝΕΟΠΤΟΛΕΜΟΣ. Οὐκ οἶδά πω
τί φησι· δεῖ δὲ αὐτὸν
λέγειν ἐς φῶς ὃ λέξει
πρὸς σὲ καὶ ἐμὲ τούσδε τε.
ΕΜΠΟΡΟΣ. Ὦ σπέρμα
Ἀχιλλέως,
μὴ διαβάλῃς στρατῷ
με λέγοντα
ἃ μὴ δεῖ·
ἐγὼ ἀντιπάσχω
ὑπὸ κείνων
πολλὰ χρηστά τε
δρῶν
οἷα
ἀνὴρ πένης.
ΝΕΟΠΤΟΛΕΜΟΣ. Ἐγώ εἰμι
δυσμενὴς Ἀτρείδαις·
οὗτος δὲ φίλος
μέγιστός μοι,
οὕνεκα στυγεῖ Ἀτρείδας.
Δεῖ δή σε ἐλθόντα
προσφιλῆ ἔμοιγε
κρύψαι πρὸς ἡμᾶς;
μηδένα λόγων,
ὧν ἀκήκοας.
ΕΜΠΟΡΟΣ. Παῖ,
ὅρα τί ποιεῖς.
ΝΕΟΠΤΟΛΕΜΟΣ. Καὶ
πάλαι ἐγὼ σκοπῶ.

LE MARCHAND. Ne me demande |donc pas
le surplus;
mais mets-à-la-voile
avec autant de vitesse *que possible*
ayant enlevé toi-même
de ce pays.
PHILOCTÈTE. Que dit-il,
ô *mon* fils?
mais en quoi donc le nautonier
trafique-t-il par *ses* discours
dans l'ombre avec toi?
NÉOPTOLÈME. Je ne sais pas encore
ce qu'il dit; mais il faut lui
dire au *grand* jour ce qu'il dira
à toi, et à moi, et à ceux-là.
LE MARCHAND. O rejeton
d'Achille,
ne brouille pas avec l'armée
moi disant *les choses*
qu'il ne faut pas;
moi j'éprouve-à-mon-tour
de la part d'eux
beaucoup de bonnes choses,
en *leur* faisant *des choses*
telles qu'en *peut faire*
un homme pauvre.
NÉOPTOLÈME. Moi je suis
ennemi aux Atrides;
mais celui-ci *est* ami
très-grand à moi,
parce qu'il hait les Atrides.
Il faut donc toi étant venu
comme ami à moi du moins
ne cacher à nous
aucune des paroles
que tu as entendues.
LE MARCHAND. *Mon* fils,
vois ce que tu fais.
NÉOPTOLÈME. Même
depuis longtemps j'y fais-attention

ΕΜΠΟΡΟΣ.

Σὲ θήσομαι τῶνδ' αἴτιον.

ΝΕΟΠΤΟΛΕΜΟΣ.

Τίθου λέγων   590

ΕΜΠΟΡΟΣ.

Λέγω. 'πὶ τοῦτον ἄνδρε τώδ' ὅπερ κλύεις,
ὁ Τυδέως παῖς ἤ τ' Ὀδυσσέως βία,
διώμοτοι πλέουσιν ἦ μὴν ἢ λόγῳ
πείσαντες ἄξειν, ἢ πρὸς ἰσχύος κράτος.
Καὶ ταῦτ' Ἀχαιοὶ πάντες ἤκουον σαφῶς   595
Ὀδυσσέως λέγοντος· οὗτος γὰρ πλέον
τὸ θάρσος εἶχε θατέρου, δράσειν τάδε.

ΝΕΟΠΤΟΛΕΜΟΣ.

Τίνος δ' Ἀτρεῖδαι τοῦδ' ἄγαν οὕτω χρόνῳ
τοσῷδ' ἐπεστρέφοντο πράγματος χάριν,
ὃν γ' εἶχον ἤδη χρόνιον ἐκβεβληκότες;   600
τίς ὁ πόθος αὐτοὺς ἵκετ', ἢ θεῶν βία
καὶ νέμεσις, οἵπερ ἔργ' ἀμύνουσιν κακά;

ΕΜΠΟΡΟΣ.

Ἐγώ σε τοῦτ', ἴσως γὰρ οὐκ ἀκήκοας·
πᾶν ἐκδιδάξω. Μάντις ἦν τις εὐγενής,
Πριάμου μὲν υἱός, ὄνομα δ' ὠνομάζετο   605
Ἕλενος, ὃν οὗτος νυκτὸς ἐξελθὼν μόνος,

LE MARCHAND. Je te rendrai responsable de tout.

NÉOPTOLÈME. J'y consens ; parle.

LE MARCHAND. Eh bien, c'est cet homme que poursuivent, comme je l'ai dit, Ulysse et Diomède. Ils ont juré en partant de le ramener de gré ou de force. Tous les Grecs l'ont entendu dire à Ulysse ; il paraissait, plus encore que Diomède, assuré du succès.

NÉOPTOLÈME. Qui a pu, après tant d'années, engager les Atrides à songer à celui qu'ils ont abandonné depuis si long-temps? D'où leur vient ce regret? Est-ce un ordre des dieux, dont la colère punit les actions coupables?

LE MARCHAND. Je vais t'apprendre tout, car sans doute tu l'ignores. Il y avait à Troie un célèbre devin, fils de Priam, nommé

ΕΜΠΟΡΟΣ. Θήσομαί σε
αἴτιον τῶνδε.
ΝΕΟΠΤΟΛΕΜΟΣ. Τίθου λέγων.
ΕΜΠΟΡΟΣ. Λέγω.
Τώδε ἀνδρε ὥπερ κλύεις,
ὁ παῖς Τυδέως,
ἥ τε βία 'Οδυσσέως
πλέουσιν ἐπὶ τοῦτον,
διώμοτοι
ἦ μὴν ἄξειν
ἢ πείσαντες λόγῳ,
ἢ πρὸς κράτος ἰσχύος.
Καὶ πάντες 'Αχαιοὶ
ἤκουον σαφῶς 'Οδυσσέως
λέγοντος ταῦτα·
οὗτος γὰρ εἶχε
τὸ θάρσος πλέον
τοῦ ἑτέρου
δράσειν τάδε.
ΝΕΟΠΤΟΛΕΜΟΣ. Χάριν δὲ
τίνος πράγματος
'Ατρεῖδαι ἐπεστρέφοντο
τοσῷδε χρόνῳ
οὕτω ἄγαν τοῦδε,
ὅν γε εἶχον ἐκβεβληκότες
ἤδη χρόνιον;
τίς ὁ πόθος ἵκετο αὐτούς
ἢ βία
καὶ νέμεσις θεῶν,
οἵπερ ἀμύνουσιν
ἔργα κακά;
ΕΜΠΟΡΟΣ. 'Εγὼ
ἐκδιδάξω σε πᾶν τοῦτο,
ἴσως γὰρ οὐκ ἀκήκοας.
Εὐγενής τις μάντις ἦν,
υἱὸς μὲν Πριάμου,
ὠνομάζετο δὲ
ὄνομα "Ελενος,
ὃν οὗτος,
ὁ ἀκούων

LE MARCHAND. Je rendrai toi
responsable de ces choses.
NÉOPTOLÈME. Fais-le en parlant.
LE MARCHAND. Je parle. [dus,
Ces deux-hommes que tu as enter -
le fils de Tydée,
et la violence d'Ulysse,
naviguent vers celui-ci,
liés-par-le-serment
assurément d'amener lui
ou l'ayant persuadé par la parole,
ou par le pouvoir de la force.
Et tous les Achéens
entendirent clairement Ulysse
disant ces choses;
car celui-ci avait
la confiance plus grande
que l'autre (Diomède)
pour faire ces choses.
NÉOPTOLÈME. Mais à cause
de quelle chose
les Atrides se sont-ils préoccupés
après un si-long temps
ainsi trop de celui-ci,
qu'ils avaient ayant rejeté
déjà depuis-longtemps? [eux?
quel est le regret qui est venu à
ou quelle force
et vengeance des dieux,
qui payent-de-retour
les actions mauvaises?
LE MARCHAND. Moi
j'enseignerai à toi tout cela;
car peut-être tu ne l'as pas en
Un noble devin était, [tendu.
d'un côté il était fils de Priam,
de l'autre il se nommait
quant à son nom Hélénus,
lequel cet homme,
celui qui-entend (dont on dit)

ὁ πάντ' ἀκούων αἰσχρὰ καὶ λωβήτ' ἔπη

δόλιος Ὀδυσσεὺς[1] εἷλε· δέσμιόν τ' ἄγων

ἔδειξ' Ἀχαιοῖς ἐς μέσον, θήραν καλήν·

ὃς δὴ τά τ' ἄλλ' αὐτοῖσι πάντ' ἐθέσπισε,   610

καὶ τἀπὶ Τροίᾳ πέργαμ' ὡς οὐ μή ποτε

πέρσοιεν, εἰ μὴ τόνδε πείσαντες λόγῳ

ἄγοιντο νήσου τῆσδ' ἐφ' ἧς ναίει τανῦν.

Καὶ ταῦθ' ὅπως ἤκουσ' ὁ Λαέρτου τόκος

τὸν μάντιν εἰπόντ', εὐθέως ὑπέσχετο   615

τὸν ἄνδρ' Ἀχαιοῖς τόνδε δηλώσειν ἄγων.

οἴοιτο μὲν μάλισθ' ἑκούσιον λαβών,

εἰ μὴ θέλοι δ'· ἄκοντα· καὶ τούτων κάρα

τέμνειν ἐφεῖτο τῷ θέλοντι μὴ τυχών.

Ἤκουσας, ὦ παῖ, πάντα· τὸ σπεύδειν δέ σοι   620

χαὐτῷ παραινῶ κεἴ τινος κήδει πέρι.

ΦΙΛΟΚΤΗΤΗΣ.

Οἴμοι τάλας. Ἦ κεῖνος, ἡ πᾶσα βλάβη,

ἔμ' εἰς Ἀχαιοὺς ὤμοσεν πείσας στελεῖν;

Hélénus. Le fourbe Ulysse, digne de tous les noms les plus inju-
rieux, sort du camp seul, pendant la nuit, le fait prisonnier, et
l'amenant chargé de chaînes, présente aux yeux des Grecs cette
glorieuse proie. Entre autres prédictions, Hélénus leur dit que jamais ils ne renverseraient les murs de Troie, si par la persuasion
ils ne ramenaient Philoctète de l'île qu'il habite maintenant. A peine
le fils de Laërte eût-il entendu ces paroles, qu'il promit à l'instant
aux Grecs de leur amener ce guerrier, soit par la persuasion (il se
flatte d'y réussir), soit par la force s'il refuse; et il a répondu du
succès sur sa tête. Mon fils, tu sais tout. Je te conseille donc, à toi
et à ceux auxquels tu t'intéresses, de partir sans retard.

   PHILOCTÈTE. Malheureux que je suis ! Quoi ! ce scélérat a juré
que ses paroles me ramèneraient au camp des Grecs ! Je croirais

πάντα ἔπη	toutes les paroles
αἰσχρὰ καὶ λωβητά,	honteuses et injurieuses,
δόλιος Ὀδυσσεὺς,	le rusé Ulysse,
ἐξελθὼν μόνος νυκτὸς,	étant sorti seul de nuit,
εἷλε· ἄγων τε δέσμιον	prit; et l'amenant enchaîné,
ἔδειξε	il le montra
καλὴν θήραν,	comme une belle proie
Ἀχαιοῖς ἐς μέσον·	aux Achéens au milieu;
ὃς δὴ ἐθέσπισεν αὐτοῖσι	lequel en effet prédit à eux
πάντα τε τὰ ἄλλα	et toutes les autres choses,
καὶ πέργαμα	et la citadelle
τὰ ἐπὶ Τροίᾳ	celle qui est au-dessus de Troie,
ὡς οὐ μὴ πέρσοιέν ποτε,	qu'ils ne la détruiraient jamais,
εἰ μὴ ἄγοιντο τόνδε	s'ils n'amenaient pas celui-ci
τῆσδε νήσου,	de cette île,
ἐπὶ ἧς ναίει τανῦν,	sur laquelle il demeure maintenant
πείσαντες λόγῳ.	l'ayant persuadé par la parole.
Καὶ ὅπως ὁ τόκος Λαέρτου	Et comme le fils de Laërte
ἤκουσε τὸν μάντιν	entendit le devin
εἰπόντα ταῦτα,	disant ces choses,
εὐθέως ὑπέσχετο	aussitôt il promit
δηλώσειν Ἀχαιοῖς	de faire-voir aux Achéens
τόνδε ἄνδρα ἄγων·	cet homme en l'amenant;
οἴοιτο μὲν μάλιστα	il pensait à la vérité très-fort
λαβὼν ἑκούσιον·	le montrer l'ayant pris de-bon-
ἄκοντα δὲ,	mais malgré-lui, [gré;
εἰ μὴ θέλοι·	s'il ne voulait pas;
καὶ μὴ τυχὼν τούτων,	et n'ayant pas obtenu ces choses,
ἐφεῖτο κάρα τέμνειν	il offrait sa tête à couper
τῷ θέλοντι.	à celui qui-voudrait.
Ἤκουσας πάντα,	Tu as entendu toutes les choses,
ὦ παῖ·	ô mon fils;
παραινῶ δὲ τὸ σπεύδειν	mais je conseille le hâter
καὶ σοὶ αὐτῷ	et à toi-même,
καὶ εἰ κήδει περί τινος.	et si tu t'intéresses à quelqu'un.
ΦΙΛΟΚΤΗΤΗΣ. Οἴμοι	PHILOCTÈTE. Hélas!
τάλας·	malheureux que je suis; [me,
ἦ κεῖνος, ἦ πᾶσα βλάβη,	est-ce que celui-là, qui est tout cri-
ὤμοσε στελεῖν ἐμὲ	a juré de mener moi
εἰς Ἀχαιοὺς πείσας;	aux Achéens, m'ayant persuadé?

πεισθήσομαι γὰρ ὧδε κἀξ Ἅιδου θανὼν
πρὸς φῶς ἀνελθεῖν, ὥσπερ οὑκείνου πατήρ[1].   625

ΕΜΠΟΡΟΣ.

Ὅσ' οἶδ' ἐγὼ ταῦτ'. Ἀλλ' ἐγὼ μὲν εἶμ' ἐπὶ
ναῦν, σφῷν δ' ὅπως ἄριστα συμφέροι θεός.

ΦΙΛΟΚΤΗΤΗΣ.

Οὔκουν τάδ', ὦ παῖ, δεινά, τὸν Λαερτίου
ἔμ' ἐλπίσαι ποτ' ἂν λόγοισι μαλθακοῖς
δεῖξαι νεὼς ἄγοντ' ἐν Ἀργείοις μέσοις;   630
οὗ θᾶσσον ἂν τῆς πλεῖστον ἐχθίστης ἐμοὶ
κλύοιμ' ἐχίδνης, ἥ μ' ἔθηκεν ὧδ' ἄπουν.
Ἀλλ' ἔστ' ἐκείνῳ πάντα λεκτά, πάντα δὲ
τολμητά. Καὶ νῦν οἶδ' ὁθούνεχ' ἵξεται.
Ἀλλ', ὦ τέκνον, χωρῶμεν, ἕως ἡμᾶς πολὺ   635
πέλαγος ὁρίζῃ τῆς Ὀδυσσέως νεώς.
Ἴωμεν· ἥ τοι καίριος σπουδὴ, πόνου
λήξαντος, ὕπνον κἀνάπαυλαν ἤγαγεν.

ΝΕΟΠΤΟΛΕΜΟΣ.

Οὐκοῦν ἐπειδὰν πνεῦμα τοὐκ πρῴρας ἀνῇ,
τότε στελοῦμεν· νῦν γὰρ ἀντιοστατεῖ.   640

---

aussi aisément qu'après ma mort je quitterai les enfers pour revenir à la vie, à l'exemple de son père.

LE MARCHAND. Voilà tout ce que je sais. Maintenant, je retourne à mon vaisseau. Que les dieux vous soient à tous deux favorables !

PHILOCTÈTE. O mon fils, n'est-ce pas une indignité de voir Ulysse se flatter que par de douces paroles il m'amènera au milieu des Grecs? Non, j'écouterais plus volontiers le serpent odieux qui m'a mis dans l'état où je suis. Mais il est capable de tout dire, de tout oser. Il viendra, je n'en doute pas. Partons donc, mon fils, pour mettre une vaste étendue de mer entre nous et son vaisseau. Allons : une sage promptitude procure, après le succès, le repos et le sommeil.

NÉOPTOLÈME. Aussitôt que le vent aura cessé de souffler du côté de la proue, nous partirons; car les vents sont maintenant contraires.

ὧδε γὰρ πεισθήσομαι   car ainsi je serai persuadé
θανὼν ἀνελθεῖν   étant mort de revenir
καὶ ἐξ Ἅιδου πρὸς φῶς,   même des enfers à la lumière,
ὥσπερ πατὴρ ὁ ἐκείνου.   comme le père de celui-là.
ΕΜΠΟΡΟΣ. Ταῦτα   LE MARCHAND. Ces choses
ὅσα ἐγὼ οἶδα.   sont autant (tout ce) que je sais.
Ἀλλὰ ἐγὼ μὲν   Mais moi d'un côté
εἶμι ἐπὶ ναῦν,   je vais aller au vaisseau,
θεὸς δὲ   de l'autre que la divinité
συμφέροι σφῷν ὅπως ἄριστα.   soit avec vous le mieux possible.
ΦΙΛΟΚΤΗΤΗΣ. Ὦ παῖ,   PHILOCTÈTE. O mon fils, [ses,
τάδε οὔκουν δεινά,   ces choses ne sont-elles pas affreu-
τὸν Λαερτίου ἐλπίσαι   le fils de Laërte avoir espéré
δεῖξαι ἂν ἐμέ ποτε   montrer moi un jour
ἐν μέσοις Ἀργείοις   au milieu des Argiens
ἄγοντα νεώς;   m'emmenant du vaisseau,
λόγοισι μαλθακοῖς;   par des paroles douces?
Οὔ. Κλύοιμι ἂν θᾶσσον   Non. J'écouterais plutôt
ἐχίδνης τῆς ἐχθίστης   la vipère, l'être le plus odieux
ἐμοὶ πλεῖστον,   à moi de beaucoup,
ἢ ἔθηκέ με ὧδε ἄπουν.   qui a rendu moi ainsi sans-pied.
Ἀλλὰ πάντα   Mais toutes les choses
ἐστὶ ἐκείνῳ λεκτά,   sont à lui à-dire
πάντα δὲ τολμητά.   et toutes à-oser.
Καὶ νῦν οἶδα   Et maintenant je sais
ὁθούνεκα ἵξεται.   qu'il viendra.
Ἀλλά, ὦ τέκνον,   Mais, ô mon enfant,
χωρῶμεν,   allons-nous-en,
ἕως πέλαγος πολὺ   jusqu'à ce qu'une mer grande
ὁρίζῃ ἡμᾶς   sépare nous
τῆς νεὼς Ὀδυσσέως.   du vaisseau d'Ulysse.
Ἴωμεν. Ἤ τοι σπουδὴ καίριος,   Allons. Certes une hâte opportune
ἤγαγεν ὕπνον   amène-souvent le sommeil!
καὶ ἀνάπαυλαν,   et le repos,
πόνου λήξαντος.   le travail ayant cessé.
ΝΕΟΠΤΟΛΕΜΟΣ. Οὐκοῦν,   NÉOPTOLÈME. Ainsi,
ἐπειδὰν πνεῦμα τὸ ἐκ πρῴρας   quand le vent venant de la proue
ἀνῇ,   aura cessé,
τότε στελοῦμεν·   alors nous partirons;
νῦν γὰρ ἀντιοστατεῖ.   car maintenant il est-contraire.

ΦΙΛΟΚΤΗΤΗΣ.

Ἀεὶ καλὸς πλοῦς ἐσθ᾽, ὅταν φεύγῃς κακά.

ΝΕΟΠΤΟΛΕΜΟΣ.

Οἶδ᾽· ἀλλὰ κἀκείνοισι ταῦτ᾽ ἐναντία.

ΦΙΛΟΚΤΗΤΗΣ.

Οὐκ ἔστι λῃσταῖς πνεῦμ᾽ ἐναντιούμενον,
ὅταν παρῇ κλέψαι τε χἀρπάσαι βίᾳ.

ΝΕΟΠΤΟΛΕΜΟΣ.

Ἀλλ᾽, εἰ δοκεῖ, χωρῶμεν, ἔνδοθεν λαβόνθ᾽   645
ὅτου σε χρεία καὶ πόθος μάλιστ᾽ ἔχει.

ΦΙΛΟΚΤΗΤΗΣ.

Ἀλλ᾽ ἔστιν ὧν δεῖ, καίπερ οὐ πολλῶν ἄπο.

ΝΕΟΠΤΟΛΕΜΟΣ.

Τί τοῦθ᾽ ὃ μὴ νεώς γε τῆς ἐμῆς ἔνι¹ ;

ΦΙΛΟΚΤΗΤΗΣ.

Φύλλον τί μοι πάρεστιν, ᾧ μάλιστ᾽ ἀεὶ
κοιμῶ τόδ᾽ ἕλκος, ὥστε πραΰνειν πάνυ.   650

ΝΕΟΠΤΟΛΕΜΟΣ.

Ἀλλ᾽ ἔκφερ᾽ αὐτό. Τί γὰρ ἔτ᾽ ἄλλ᾽ ἐρᾷς λαβεῖν ;

ΦΙΛΟΚΤΗΤΗΣ.

Εἴ μοί τι τόξων² τῶνδ᾽ ἀπημελημένον
παρερρύηκεν, ὡς λίπω μή τῳ λαβεῖν.

PHILOCTÈTE. Pour qui fuit le malheur, le vent est toujours favorable.

NÉOPTOLÈME. Rassure-toi : le même vent est aussi contraire à nos ennemis.

PHILOCTÈTE. Il n'est point de vent contraire pour les brigands quand il y a quelque prise à ravir, quelque violence à exercer.

NÉOPTOLÈME. Eh bien, partons si tu le veux, prenons dans ta caverne ce que tu désires le plus et ce qui t'est le plus nécessaire.

PHILOCTÈTE. Quoique je possède peu de choses, il en est dont je ne puis me passer.

NÉOPTOLÈME. Qu'y a-t-il que tu ne puisses trouver dans mon vaisseau ?

PHILOCTÈTE. Une plante dont je me sers pour endormir et calmer mes douleurs.

NÉOPTOLÈME. Eh bien, emporte-la. Est-il encore quelque chose que tu veuilles prendre ?

PHILOCTÈTE. Je vais voir, si quelqu'une de mes flèches n'aurait point échappé à mes regards ; je ne veux pas les laisser tomber au pouvoir de quelqu'un.

ΦΙΛΟΚΤΗΤΗΣ. Πλοῦς
ἐστιν ἀεὶ καλὸς,
ὅταν φεύγῃς κακά.
ΝΕΟΠΤΟΛΕΜΟΣ. Οἶδα·
ἀλλὰ ταῦτα
ἐναντία καὶ
ἐκείνοισιν.
ΦΙΛΟΚΤΗΤΗΣ. Οὐκ ἔστι
πνεῦμα ἐναντιούμενον
λῃσταῖς, ὅταν παρῇ
κλέψαι τε
καὶ ἁρπάσαι βίᾳ.
ΝΕΟΠΤΟΛΕΜΟΣ. Ἀλλὰ
χωρῶμεν, εἰ δοκεῖ,
λαβόντε ἔνδοθεν,
ὅτου χρεία καὶ πόθος
ἔχει σε μάλιστα.
ΦΙΛΟΚΤΗΤΗΣ. Ἀλλὰ
ἐστιν ὧν δεῖ,
καίπερ οὐκ
ἀπὸ πολλῶν.
ΝΕΟΠΤΟΛΕΜΟΣ.
Τί τοῦτο
ὃ μὴ ἔνι νεώς γε τῆς ἐμῆς;
ΦΙΛΟΚΤΗΤΗΣ. Τὶ φύλλον
πάρεστί μοι,
ᾧ κοιμῶ
τόδε ἕλκος
μάλιστα ἀεὶ,
ὥστε πραΰνειν πάνυ.
ΝΕΟΠΤΟΛΕΜΟΣ. Ἀλλὰ,
ἔκφερε αὐτό.
Τί γὰρ ἄλλο ἔτι
ἐρᾷς λαβεῖν;
ΦΙΛΟΚΤΗΤΗΣ. Εἴ τι
τῶνδε τόξων
παρερρύηκέ μοι
ἀπημελημένον,
ὡς μὴ λίπω
λαβεῖν τῳ.

PHILOCTÈTE. La navigation
est toujours bonne,
quand tu fuis (on fuit) les maux.
NÉOPTOLÈME. Je *le* sais ;
mais ces choses (le vent)
sont contraires aussi
à eux (aux Grecs).
PHILOCTÈTE. Il n'y a pas
de vent étant-contraire
pour les pirates, quand il y a
et à voler
et à enlever par force.
NÉOPTOLÈME. Eh bien,
marchons, s'il paraît *convenable*,
ayant-pris-tous-deux dedans,
ce dont le besoin et le désir
tiennent toi le plus.
PHILOCTÈTE. Mais
il y a *des choses* dont besoin-est,
quoique non *à choisir*
entre beaucoup.
NÉOPTOLÈME.
Quelle *est* cette chose
qui n'est-*pas*-dans le navire mien ?
PHILOCTÈTE. Une certaine herbe
est-présente à moi,
par laquelle j'endors
cette plaie,
le plus facilement toujours,
au point de *l*'adoucir tout à fait.
NÉOPTOLÈME. Eh bien,
porte-dehors elle.
Mais quelle autre chose encore
désires-tu prendre ?
PHILOCTÈTE. Si quelque chose
de cet arc
a échappé à moi
étant négligé,
afin que je ne *le* laisse pas
à prendre à quelqu'un.

ΝΕΟΠΤΟΛΕΜΟΣ.

Ἦ ταῦτα γὰρ τὰ κλεινὰ τόξ', ἃ νῦν ἔχεις;

ΦΙΛΟΚΤΗΤΗΣ.

Ταῦτ', οὐ γὰρ ἄλλα γ' ἔσθ', ἃ βαστάζω χεροῖν.   655

ΝΕΟΠΤΟΛΕΜΟΣ.

Ἆρ' ἔστιν ὥστε [1] κἀγγύθεν θέαν λαβεῖν,
καὶ βαστάσαι με προσκύσαι θ' ὥσπερ θεόν;

ΦΙΛΟΚΤΗΤΗΣ.

Σοί γ', ὦ τέκνον, καὶ τοῦτο κἄλλο τῶν ἐμῶν
ὁποῖον ἄν σοι ξυμφέρῃ γενήσεται.

ΝΕΟΠΤΟΛΕΜΟΣ.

Καὶ μὴν ἐρῶ γε· τὸν δ' ἔρωθ' οὕτως ἔχω   660
εἰ μοι θέμις, θέλοιμ' ἄν· εἰ δὲ μὴ, πάρες.

ΦΙΛΟΚΤΗΤΗΣ.

Ὁσιά τε φωνεῖς ἔστι τ', ὦ τέκνον, θέμις,
ὅς γ' ἡλίου τόδ' εἰσορᾶν ἐμοὶ φάος
μόνος δέδωκας, ὃς χθόν' Οἰταίαν ἰδεῖν,
ὃς πατέρα πρέσβυν, ὃς φίλους, ὃς τῶν ἐμῶν   665
ἐχθρῶν μ' ἔνερθεν ὄντ' ἀνέστησας πέρα.
Θάρσει, παρέσται ταῦτά σοι καὶ θιγγάνειν
καὶ δόντι δοῦναι κἀξεπεύξασθαι βροτῶν

NÉOPTOLÈME. L'arc que tu portes est-il celui qui est si célèbre?

PHILOCTÈTE. Oui, celui-là (car je n'en ai pas d'autre), celui que je porte dans les mains.

NÉOPTOLÈME. Puis-je l'examiner de près? Puis-je le toucher et l'adorer comme un dieu?

PHILOCTÈTE. Oui, mon fils, et tout ce que je possède, tu peux en disposer à ton gré.

NÉOPTOLÈME. Je le désire, sans doute; mais ce désir a des bornes : s'il est légitime, exauce-le; sinon, n'y songe plus.

PHILOCTÈTE. Religieuses paroles ! Tu le peux, ô mon fils, toi à qui seul je dois de voir la lumière, de voir la terre de l'OEta, et mon vieux père, et mes amis, toi qui as abattu mes ennemis et relevé ma misère. Oui, tu peux prendre et reprendre à ton gré ces armes, et te vanter d'être le seul sur la terre qui les ait tou-

ΝΕΟΠΤΟΛΕΜΟΣ. Ἦ γὰρ
ταῦτα ἃ ἔχεις νῦν
τόξα τὰ κλεινά;
ΦΙΛΟΚΤΗΤΗΣ. Ταῦτα
ἃ βαστάζω χεροῖν,
ἄλλα γὰρ οὐκ ἔστιν γε.
ΝΕΟΠΤΟΛΕΜΟΣ. Ἆρα ἔστιν
ὥστε με
καὶ λαβεῖν θέαν ἐγγύθεν
καὶ βαστάσαι
προσκύσαι τε ὥσπερ θεόν;
ΦΙΛΟΚΤΗΤΗΣ. Ὦ τέκνον,
σοί γε γενήσεται
καὶ τοῦτο καὶ ἄλλο
τῶν ἐμῶν,
ὁποῖον ἂν ξυμφέρῃ σοι.
ΝΕΟΠΤΟΛΕΜΟΣ. Καὶ μὴν
ἐρῶ γε ·
ἔχω δὲ τὸν ἔρωτα οὕτως·
εἰ θέμις μοι, θέλοιμι ἄν ·
εἰ δὲ μή, πάρες.
ΦΙΛΟΚΤΗΤΗΣ. Ὦ τέκνον,
φωνεῖς τε ὅσια,
ἔστι τε θέμις,
ὅς γε μόνος δέδωκας ἐμοὶ
εἰσορᾶν τόδε φάος ἡλίου,
ὃς ἰδεῖν
χθόνα Οἰταίαν,
ὃς πατέρα πρέσβυν,
ὃς φίλους,
ὃς ἀνέστησας πέρα
τῶν ἐμῶν ἐχθρῶν
με ὄντα ἔνερθεν.
Θάρσει· παρέσται σοι
καὶ θιγγάνειν ταῦτα
καὶ δοῦναι
δόντι
καὶ ἐξεπεύξασθαι
ἐπιψαῦσαι τῶνδε
ἕκατι ἀρετῆς·

NÉOPTOLÈME. Est-ce donc que
ces *choses* que tu tiens maintenant
sont l'arc célèbre?
PHILOCTÈTE. *C'est* celui-là
que je porte dans les mains,
car un autre n'est pas *à moi*. [mis
NÉOPTOLÈME. Est-ce-qu'il est *per-*
que moi
et prendre vue (voir) de près
et toucher *lui* (l'arc)
et *l'*adorer comme un dieu?
PHILOCTÈTE. O *mon* enfant,
à toi certes sera *permis*
et cela et une autre
de mes choses,
laquelle pourra convenir à toi.
NÉOPTOLÈME. Et certainement
je *le* désire;
mais j'ai le désir ainsi :
s'*il est* permis à moi, je *le* voudrais:
mais si non, n'en-fais-rien.
PHILOCTÈTE. O *mon* enfant,
et tu dis de saintes choses,
et il *t'*est permis,
à *toi* qui seul as donné à moi
de contempler cette clarté du soleil,
qui *as donné à moi* de voir
la terre Œtéenne,   [àgé,
qui *m'as donné de voir* mon père
qui *m'as donné de voir* mes amis,
qui as relevé au-dessus
de mes ennemis
moi étant au-dessous.
Aie-confiance; il sera loisible à toi
et de manier cet *arc*
et de *le* donner *à moi*
qui-*te-l'*aurai-donné
et de te glorifier
d'avoir touché cet *arc*
à cause de *ta* vertu,

ἀρετῆς ἕκατι τῶνδ ἐπιψαῦσαι μόνον.
Εὐεργετῶν γὰρ καὐτὸς αὔτ' ἐκτησάμην.   370

ΝΕΟΠΤΟΛΕΜΟΣ.

Οὐκ ἄχθομαί σ' ἰδών τε καὶ λαβὼν φίλον.
Ὅστις γὰρ εὖ δρᾶν εὖ παθὼν ἐπίσταται,
παντὸς γένοιτ' ἂν κτήματος κρείσσων φίλος,
Χωροῖς ἂν εἴσω.

ΦΙΛΟΚΤΗΤΗΣ.

Καὶ σέ γ' εἰσάξω· τὸ γὰρ
νοσοῦν ποθεῖ σε ξυμπαραστάτην λαβεῖν   675

ΧΟΡΟΣ.

(Στροφὴ α'.)

Λόγῳ μὲν ἐξήκουσ', ὄπωπα δ' οὐ μάλα,
τὸν πελάταν λέκτρων ποτὲ τῶν Διὸς
Ἰξίον' ἂν' ἄμπυκα δὴ δρομάδ' ὡς ἔβαλ' ὁ παγκρατὴς Κρό-
    νου παῖς·
ἄλλον δ' οὔτιν' ἔγωγ' οἶδα κλύων οὐδ' ἐσιδὼν μοίρα   680
τοῦδ' ἐχθίονι συντυχόντα θνατῶν,
ὃς οὔτ' ἔρξας τιν' οὔτε νοσφίσας[1],
ἀλλ' ἴσος ἔν γ' ἴσοις ἀνήρ,   685
ὠλέκεθ' ὧδ' ἀτίμως. Τόδε τοι θαῦμά μ' ἔχει,

chées pour prix de sa vertu. C'est aussi en récompense d'un service
que je les ai reçues.

NÉOPTOLÈME. Je ne regrette pas de t'avoir pris pour ami aussitôt que je t'ai vu. Un ami qui sait reconnaître un bienfait est le
plus précieux des trésors. Entre dans la grotte.

PHILOCTÈTE. Viens avec moi; mon mal réclame ton assistance.

LE CHŒUR. J'ai connu par la renommée, je n'ai pas vu de mes
yeux cet Ixion, qui osa jadis approcher de la couche de Jupiter.
On dit que, surpris par le puissant fils de Saturne, il fut attaché à
une roue qui tourne sans cesse; mais jamais je n'ai vu, jamais je
n'ai connu de mortel plus malheureux que Philoctète, qui, n'ayant
jamais fait le mal ni négligé le bien, mais juste envers les justes,
périssait si cruellement. Ce qui m'étonne, c'est que seul, et n'en-

μόνον βροτῶν.
Καὶ αὐτὸς γὰρ
ἐκτησάμην αὐτὰ
εὐεργετῶν.
ΝΕΟΠΤΟΛΕΜΟΣ. Οὐκ ἄχθομαι,
σὲ ἰδών τε
καὶ λαβὼν φίλον.
Ὅστις γὰρ ἐπίσταται
εὖ δρᾶν εὖ παθών,
γένοιτο ἂν φίλος
κρείσσων παντὸς κτήματος.
Χωροῖς ἂν εἴσω.
ΦΙΛΟΚΤΗΤΗΣ. Καὶ εἰσάξω
σέ γε. Τὸ γὰρ νοσοῦν
ποθεῖ
λαβεῖν σε
ξυμπαραστάτην.

(Στροφὴ α'.)

ΧΟΡΟΣ. Ἐξήκουσα μὲν
λόγῳ,
ὄπωπα δὲ οὐ μάλα,
ὡς ὁ παγκρατὴς παῖς
Κρόνου ἔβαλε δὴ
τὸν πελάταν ποτὲ
τῶν λέκτρων Διός, Ἰξίονα,
ἀνὰ ἄμπυκα δρομάδα·
οἶδα δὲ ἔγωγε
κλύων
οὐδὲ ἐσιδὼν
οὔτινα ἄλλον θνατῶν
συντυχόντα μοίρᾳ
ἐχθίονι τοῦδε,
ὃς οὔτε ἔρξας
τινὰ
οὔτε νοσφίσας,
ἀλλὰ ἀνὴρ ἴσος
ἐν γε ἴσοις,
ὠλέχετο ὧδε ἀτίμως.
Τόδε τοι θαῦμα ἔχει με,

seul d'entre les mortels.
Car moi aussi
je gagnai lui
en rendant-service.
NÉOPTOLÈME. Je ne regrette pas,
et t'ayant vu,
et t'ayant pris *pour* ami.
Car quiconque sait
faire du bien ayant éprouvé du bien,
sera un ami
meilleur que toute possession.
Entre dedans.
PHILOCTÈTE. Et j'introduirai
toi certes. Car le étant-malade (mon
désire   [mal)
prendre toi
pour soutien.

(*Strophe I.*)

LE CHŒUR. J'ai entendu à la vérité
par le discours,
mais je *n'*ai vu aucunement,
comment le tout-puissant fils
de Saturne jeta certes
celui-qui-avait-approché un jour
du lit de Jupiter, Ixion,
sur une roue qui-courait ;
mais pour moi je *ne* sais
en ayant entendu *parler*
ni *n'*ayant vu
aucun autre des mortels
ayant rencontré une destinée
plus ennemie que *celle* de celui-ci,
qui *n'*ayant ni fait *du mal*
à quelqu'un
ni privé *quelqu'un d'un bien*,
mais *étant* un homme équitable
parmi les *hommes* équitables,
dépérissait si ignominieusement.
Cet étonnement certes tient moi,

πῶς ποτε πῶς ποτ' ἀμφιπλήκτων ῥοθίων μόνος κλύων,

πῶς ἄρα πανδάκρυτον οὕτω βιοτὰν κατέσχεν ·   690

(Ἀντιστροφὴ α'.)

ἵν' αὐτὸς ἦν πρόσουρος, οὐκ ἔχων βάσιν [1],   691

οὐδέ τιν' ἔγχωρον κακογείτονα,

παρ' ᾧ στόνον ἀντίτυπον βαρυβρῶτ' [2] ἀποκλαύσειεν αἱμα-
τηρόν ·

ὃς τὰν θερμοτάταν αἱμάδα κηκιομέναν ἑλκέων

ἐνθήρου ποδὸς ἠπίοισι φύλλοις   693

κατευνάσειεν, εἴ τι ἐμπέσοι

φορβάδος ἐκ γαίας ἑλεῖν ·   700

εἶρπε γὰρ ἄλλοτ' ἄλλᾳ τότ' ἂν εἰλυόμενος,

παῖς ἄτερ ὡς φίλας τιθήνας, ὅθεν εὐμάρει' ὑπάρχοι πό-
ρου, ἀνίκ' ἐξανείη δακέθυμος ἄτα ·   705

(Στροφὴ β'.)

οὐ φορβὰν ἱερᾶς γᾶς σπόρον, οὐκ ἄλλων   706

αἴρων τῶν νεμόμεσθ' ἀνέρες ἀλφησταί,

tendant que le bruit des flots qui se brisent contre les rochers, il ait pu supporter une si déplorable existence.

Abandonné à lui-même, ne pouvant marcher, il n'avait près de lui personne avec qui il pût donner cours aux pleurs et aux gémissements que lui arrachaient les douleurs dévorantes de son ulcère ensanglanté, personne qui, arrachant à la terre des plantes salutaires, pût arrêter le sang noir qui parfois s'échappait à flots brûlants de sa blessure envenimée. Il se traînait tantôt d'un côté, tantôt d'un autre, rampant quelquefois, comme un enfant loin de sa nourrice, dans les sentiers qui entraveraient le moins sa marche, quand viendrait à se calmer l'accès du mal qui le dévore.

Ne recueillant pour sa nourriture ni les fruits de la terre ni les productions qui servent d'aliments à l'homme qui gagne sa vie, il

πῶς ποτε πῶς ποτε	comment enfin, comment enfin,
μόνος κλύων	seul, entendant
ῥοθίων ἀμφιπλήκτων,	les flots qui-se-brisent-autour,
πῶς ἄρα κατέσχεν	comment donc il a retenu
οὕτω βιοτὰν	ainsi une existence
πανδάκρυτον·	entièrement-déplorable ;

(Ἀντιστροφὴ α'.)	(Antistrophe I.)
ἵνα ἦν αὐτὸς	où il était lui-même
πρόσουρος,	son voisin,
οὐκ ἔχων βάσιν,	n'ayant pas la faculté-de-marcher,
οὐδέ τινα ἔγχωρον	pas même un habitant
κακογείτονα,	voisin-des-maux de lui, [ser)
παρὰ ᾧ ἀποκλαύσειεν	auprès duquel il pût-pleurer (pous-
στόνον ἀντίτυπον,	un gémissement répercuté,
βαρυβρῶτα,	rongeant-profondément,
αἱματηρόν·	sanglant ;
ὃς κατευνάσειεν	lequel voisin pût endormir
φύλλοις ἠπίοισιν	avec des plantes adoucissantes
αἱμάδα τὰν θερμοτάταν	l'hémorrhagie très-chaude
κηκιομέναν ἑλκέων	jaillissant des plaies
ποδὸς ἐνθήρου,	du pied sauvage (douloureux),
εἰ ἐμπέσοι	s'il en rencontrait de manière à
ἑλεῖν τι	pouvoir en arracher quelque brin
ἐκ γᾶς φορβάδος.	de la terre nourricière.
Εἷρπε γὰρ ἂν	Car il rampait chaque fois
ἄλλοτε ἄλλᾳ,	une fois d'un côté une autre fois
τοτὲ εἱλυόμενος,	se traînant alors [d'un autre,
ὡς παῖς	comme un enfant
ἄτερ τιθήνας φίλας,	sans sa nourrice chérie,
ὅθεν ὑπάρχοι	là où pouvait se trouver
εὐμάρεια πόρου	la facilité de la marche,
ἀνίκα ἐξανείη	lorsque cesserait
ἄτα δακέθυμος.	la calamité rongeant-l'âme.

(Στροφὴ β'.)	(Strophe II.)
Οὐκ αἴρων φορβὰν	Ne prenant pas pour nourriture
σπόρον γᾶς ἱερᾶς,	le fruit de la terre sacrée,
οὐκ ἄλλων	ni rien des autres choses
τῶν νεμόμεσθα	dont nous nous nourrissons [riture;
ἀνέρες ἀλφησταί,	hommes qui-cherchent-leur-nour-

πλὴν ἐξ ὠκυβόλων εἴ ποτε τόξων 710
πτανοῖς ἰοῖς ἀνύσειε γαστρὶ φορβάν.
Ὦ μελέα ψυχὰ
ὃς ¹ μηδ' ² οἰνοχύτου πώματος ἥσθη δεκέτει χρόνῳ, 715
λεύσσων δ' εἴ που γνοίη, στατὸν εἰς ὕδωρ
ἀεὶ προσενώμα.

(Ἀντιστροφὴ β'.)

Νῦν δ' ἀνδρῶν ἀγαθῶν παιδὸς ³ ὑπαντήσας
εὐδαίμων ἀνύσει καὶ μέγας ἐκ κείνων· 720
ὅς νιν ποντοπόρῳ δούρατι, πλήθει
πολλῶν μηνῶν, πατρίαν ἄγει πρὸς αὐλὰν
Μηλιάδων ⁴ νυμφᾶν 725
Σπερχειοῦ τε παρ' ὄχθας, ἵν' ὁ χάλκασπις ἀνὴρ θεοῖς
πλάθει πᾶσιν, θείῳ πυρὶ παμφαὴς,
Οἴτας ὑπὲρ ὄχθων.

ΝΕΟΠΤΟΛΕΜΟΣ.

Ἕρπ', εἰ θέλεις. Τί δή ποθ' ὧδ' ἐξ οὐδενὸς 730
λόγου σιωπᾷς κἀπόπληκτος ὧδ' ἔχει;

ΦΙΛΟΚΤΗΤΗΣ.

Ἀᾶ, ἀᾶ.

ΝΕΟΠΤΟΛΕΜΟΣ.

Τί ἔστιν;

---

n'avait, pour apaiser sa faim, que les oiseaux qu'il perçait quelquefois de ses flèches rapides. L'infortuné! depuis dix ans, le vin ne lui a point offert un doux breuvage : mais, cherchant avec avidité quelque eau stagnante, il s'y traînait chaque jour.

Aujourd'hui qu'il a rencontré un homme généreux, il sortira, heureux et grand de ses malheurs. Après une si longue absence, ramené dans sa patrie par un vaisseau rapide, il va revoir les rives du Sperchius, séjour des nymphes Méliennes, où le héros au bouclier d'airain, Hercule, s'élevant des sommets de l'OEta, parut tout brûlant du feu divin dans l'assemblée des immortels.

NÉOPTOLÈME. Avance, si tu le veux. D'où vient ce silence sans motif, cette morne stupeur?

PHILOCTÈTE. Ah! dieux!

NÉOPTOLÈME. Qu'y a-t-il?

πλὴν εἴ ποτε
ἀνύσειε
φορϐὰν γαστρὶ
ἰοῖς πτανοῖς
ἐκ τόξων
ὠκυϐόλων.
Ὦ ψυχὰ μελέα,
ὃς μηδὲ ἤσθη
πώματος οἰνοχύτου
χρόνῳ δεκέτει,
ἀεὶ δὲ προσενῶμα
εἰς ὕδωρ στατὸν,
εἴ που λεύσσων
γνοίη.

(Ἀντιστροφὴ β'.)

Νῦν δὲ ὑπαντήσας
παιδὸς ἀνδρῶν ἀγαθῶν
ἀνύσει εὐδαίμων καὶ μέγας
ἐκ κείνων·
ὅς ἄγει νιν,
πλήθει
πολλῶν μηνῶν,
δούρατι ποντοπόρῳ,
πρὸς αὐλὰν πατρίαν
νυμφᾶν Μηλιάδων
παρά τε ὄχθας
Σπερχειοῦ, ἵνα ἀνήρ
ὁ χάλκασπις
πλάθει πᾶσιν θεοῖς,
παμφαὴς πυρὶ θείῳ
ὑπὲρ ὄχθων Οἴτας.
ΝΕΟΠΤΟΛΕΜΟΣ. Ἕρπε,
εἰ θέλεις. Τί δή ποτε
σιωπᾷς ὧδε
ἐξ οὐδενὸς λόγου,
καὶ ἔχει ὧδε
ἀπόπληκτος;
ΦΙΛΟΚΤΗΤΗΣ. Ἀᾶ, ἀᾶ.
ΝΕΟΠΤΟΛΕΜΟΣ. Τί ἔστιν;

excepté si quelquefois
il pouvait-achever (se procurer)
une nourriture pour *son* estomac
avec des flèches ailées
lancées par *son* arc,
qui-frappe-rapidement.
O âme infortunée,
qui n'a même pas joui
de boisson de-vin-versé
pendant un temps décennal,
mais toujours marchait
vers l'eau stagnante,
si portant ses regards quelque part
il *en* apercevait.

(*Antistrophe II.*)

Mais maintenant ayant rencontré
un enfant d'hommes honnêtes,
il finira heureux et grand
après ces *maux*;
lequel *enfant* conduit lui,
après une multitude
de beaucoup de mois,
sur la poutre qui-parcourt-la-mer
à la demeure paternelle
des nymphes Méliennes,
et le long des bords
du Sperchius, où l'homme
au-bouclier-d'airain
approche de tous les dieux
tout-éclatant d'un feu divin
sur les hauteurs de l'OEta.
NÉOPTOLÈME. Marche,
si tu veux. Pourquoi donc enfin
te-tais-tu ainsi
pour aucune raison,
et t'arrêtes-tu ainsi
frappé-de-stupeur?
PHILOCTÈTE. Ah! ah!
NÉOPTOLÈME. Qu'est-*ce?*

ΦΙΛΟΚΤΗΤΗΣ.
Οὐδὲν δεινόν. Ἀλλ' ἴθ', ὦ τέκνον.

ΝΕΟΠΤΟΛΕΜΟΣ.
Μῶν ἄλγος ἴσχεις παρεστώσης νόσου;

ΦΙΛΟΚΤΗΤΗΣ.
Οὐ δῆτ' ἔγωγ', ἀλλ' ἄρτι κουφίζειν δοκῶ.   735
Ὦ θεοί.

ΝΕΟΠΤΟΛΕΜΟΣ.
Τί τοὺς θεοὺς ἀναστένων καλεῖς;

ΦΙΛΟΚΤΗΤΗΣ.
Σωτῆρας αὐτοὺς ἠπίους θ' ἡμῖν μολεῖν.
Ἀᾶ, ἀᾶ.

ΝΕΟΠΤΟΛΕΜΟΣ.
Τί ποτε πέπονθας; οὐκ ἐρεῖς, ἀλλ' ὧδ' ἔσει   740
σιγηλός; ἐν κακῷ δέ τῳ φαίνει κυρῶν.

ΦΙΛΟΚΤΗΤΗΣ.
Ἀπόλωλα, τέκνον, κοὐ δυνήσομαι κακὸν
κρύψαι παρ' ὑμῖν. Ἀτταταῖ· διέρχεται,
διέρχεται. Δύστηνος, ὦ τάλας ἐγώ.
Ἀπόλωλα. τέκνον· βρύκομαι, τέκνον· παπαῖ,   745
ἀπαππαπαῖ, παπαππαπαππαπαππαπαῖ.
Πρὸς θεῶν, πρόχειρον εἴ τί σοι, τέκνον, πάρα
ξίφος χεροῖν, πάταξον εἰς ἄκρον πόδα·
ἀπάμησον ὡς τάχιστα· μὴ φείσῃ βίου.
Ἴθ', ὦ παῖ.   750

PHILOCTÈTE. Ce n'est rien ; marchons, mon fils.

NÉOPTOLÈME. Serait-ce un accès de ton mal ?

PHILOCTÈTE. Non, non ; je crois qu'il s'apaise. Ah ! dieux !

NÉOPTOLÈME. Pourquoi invoques-tu ainsi les dieux en gémissant ?

PHILOCTÈTE. Je les prie de nous protéger et de nous sauver. Ah ! ah !

NÉOPTOLÈME. Qu'as-tu donc ? Tu ne réponds point. Pourquoi te taire ainsi ? Tu parais souffrir.

PHILOCTÈTE. Je me meurs, mon fils. Je ne puis plus te cacher mes souffrances. Ah ! il vient, il pénètre. Malheureux, infortuné que je suis ! Je me meurs, mon fils ! Je suis dévoré, mon fils. Ah ! ah ! dieux ! dieux ! Par pitié, si tu as sous la main quelque épée, mon fils, frappe l'extrémité de ce pied : tranche-le au plus tôt. N'épargne pas ma vie ; frappe, mon fils

ΦΙΛΟΚΤΗΤΗΣ. Οὐδὲν δεινόν.
Ἀλλὰ ἴθι, ὦ τέκνον.
ΝΕΟΠΤΟΛΕΜΟΣ. Μῶν
ἴσχεις ἄλγος;
νόσου τῆς παρεστώσης;
ΦΙΛΟΚΤΗΤΗΣ. Οὐ δῆτα ἔγωγε·
ἀλλὰ δοκῶ
κουφίζειν ἄρτι.
Ὦ θεοί.
ΝΕΟΠΤΟΛΕΜΟΣ. Τί
καλεῖς τοὺς θεοὺς
ἀναστένων;
ΦΙΛΟΚΤΗΤΗΣ. Αὐτοὺς
μολεῖν ἡμῖν
σωτῆρας ἠπίους τε.
Ἀᾶ, ᾀᾶ.
ΝΕΟΠΤΟΛΕΜΟΣ. Τί ποτε
πέπονθας;
οὐκ ἐρεῖς,
ἀλλὰ ἔσει σιγηλὸς; ὧδε;
φαίνει δὲ κυρῶν
ἐν τῷ κακῷ.
ΦΙΛΟΚΤΗΤΗΣ. Τέκνον,
ἀπόλωλα
καὶ οὐ δυνήσομαι
κρύψαι κακὸν παρὰ ὑμῖν.
Ἀτταταῖ· διέρχεται, διέρχεται.
Δύστηνος, ὦ τάλας ἐγώ.
Τέκνον, ἀπόλωλα·
τέκνον, βρύκομαι·
ἀπαῖ, ἀπαππαπαῖ,
παπαππαπαππαπαππαπαῖ.
Πρὸς θεῶν, τέκνον,
εἴ τι ξίφος;
πάρα χεροῖν
πρόχειρόν σοι,
πάταξον εἰς πόδα ἄκρον·
ἀπάμησον ὡς τάχιστα·
μὴ φείσῃ βίου.
Ἴθι, ὦ παῖ.

PHILOCTÈTE. Rien d'extraordinaire.
Mais va, ô *mon* fils.
NÉOPTOLÈME. Est-ce que
tu as de la douleur
de la-maladie étant-présente?
PHILOCTÈTE. Non certes moi;
mais je crois
elle s'alléger à l'instant.
O dieux!
NÉOPTOLÈME. Pourquoi
appelles-tu les dieux
en gémissant?
PHILOCTÈTE. Pour eux
venir à nous
sauveurs et propices.
Ah! ah!
NÉOPTOLÈME. Quoi donc
as-tu éprouvé?
ne *le* diras-tu pas?
mais seras-tu silencieux ainsi?
mais tu parais te trouvant
dans quelque mal.
PHILOCTÈTE. *Mon* enfant,
je suis perdu
et je ne pourrai
cacher le mal devant vous.
Ah! ah! il pénètre, il pénètre!
malheureux, ô infortuné *que je* suis.
Mon enfant, je suis perdu;
mon enfant, je suis dévoré;
hélas! hélas! ah! ah!
ah! ah! ah! ah!
Au nom des dieux, *mon* enfant,
si quelque épée
est-présente à *tes* mains,
à-portée à toi,
frappe sur le pied à-sa-pointe;
coupe-*le* au plus vite;
n'épargne pas *ma* vie.
Va, ô *mon* fils.

ΝΕΟΠΤΟΛΕΜΟΣ.

Τί δ' ἔστιν οὕτω νεοχμὸν ἐξαίφνης, ὅτου
τοσήνδ' ἰυγὴν καὶ στόνον σαυτοῦ ποιεῖς;

ΦΙΛΟΚΤΗΤΗΣ.

Οἶσθ', ὦ τέκνον.

ΝΕΟΠΤΟΛΕΜΟΣ.

Τί ἔστιν;

ΦΙΛΟΚΤΗΤΗΣ.

Οἶσθ', ὦ παῖ.

ΝΕΟΠΤΟΛΕΜΟΣ.

Τί σοι;

Οὐκ οἶδα.

ΦΙΛΟΚΤΗΤΗΣ.

Πῶς οὐκ οἶσθα; παππαπαππαπαῖ

ΝΕΟΠΤΟΛΕΜΟΣ.

Δεινόν γε τοὐπίσαγμα τοῦ νοσήματος.   755

ΦΙΛΟΚΤΗΤΗΣ.

Δεινὸν γὰρ οὐδὲ ῥητόν· ἀλλ' οἴκτειρέ με.

ΝΕΟΠΤΟΛΕΜΟΣ.

Τί δῆτα δράσω;

ΦΙΛΟΚΤΗΤΗΣ.

Μή με ταρβήσας προδῷς·
ἥκει γὰρ αὕτη διὰ χρόνου πλάνοις ἴσως
ὡς ἐξεπλήσθη.

NÉOPTOLÈME. Quelle douleur soudaine t'arrache ces cris et ces plaintes sur toi-même?
PHILOCTÈTE. Tu le sais, ô mon fils.
NÉOPTOLÈME. Qu'est-ce donc?
PHILOCTÈTE. Tu le sais, mon fils.
NÉOPTOLÈME. Qu'as-tu? je l'ignore.
PHILOCTÈTE. Comment! Tu l'ignores!... Ah! ah! dieux! dieux!
NÉOPTOLÈME. Oh! que les accès de ton mal sont terribles!
PHILOCTÈTE. Oui, terrible, inexprimable; mais prends pitié de moi.
NÉOPTOLÈME. Que faut-il faire?
PHILOCTÈTE. Ne l'effraye pas! Ne me trahis point! Il vient par intervalles, et s'épuise comme il a coutume de le faire.

ΝΕΟΠΤΟΛΕΜΟΣ.	NÉOPTOLÈME.
Τί δέ ἐστι	Mais qu'y a-t-il
νεοχμὸν οὕτω	de nouveau ainsi
ἐξαίφνης,	subitement,
ὅτου ποιεῖς	à cause de quoi tu fais
τοσήνδε ἰυγὴν	si grande lamentation
καὶ στόνον	et gémissement
σαυτοῦ;	sur toi-même?
ΦΙΛΟΚΤΗΤΗΣ.	PHILOCTÈTE.
Οἶσθα,	Tu le sais,
ὦ τέκνον.	ô mon enfant.
ΝΕΟΠΤΟΛΕΜΟΣ.	NÉOPTOLÈME.
Τί ἔστιν;	Qu'est-ce?
ΦΙΛΟΚΤΗΤΗΣ.	PHILOCTÈTE.
Οἶσθα,	Tu le sais,
ὦ παῖ,	ô mon enfant.
ΝΕΟΠΤΟΛΕΜΟΣ.	NÉOPTOLÈME.
Τί σοι;	Quelle chose est à toi?
οὐκ οἶδα.	je ne le sais pas.
ΦΙΛΟΚΤΗΤΗΣ.	PHILOCTÈTE.
Πῶς	Comment
οὐκ οἶσθα;	ne le sais-tu pas?
παππαπαππαπαῖ.	ah! ah! ah! ah!
ΝΕΟΠΤΟΛΕΜΟΣ.	NÉOPTOLÈME.
Τὸ ἐπίσαγμα	La surcharge
τοῦ νοσήματος δεινόν γε	de la maladie est terrible certes.
ΦΙΛΟΚΤΗΤΗΣ.	PHILOCTÈTE.
Δεινὸν γὰρ,	Oui, terrible,
οὐδὲ ῥητόν·	et non exprimable;
ἀλλὰ οἴκτειρέ με.	mais aie-pitié de moi.
ΝΕΟΠΤΟΛΕΜΟΣ.	NÉOPTOLÈME.
Τί δῆτα δράσω;	Que ferai-je donc?
ΦΙΛΟΚΤΗΤΗΣ.	PHILOCTÈTE.
Μὴ προδῷς με	Ne trahis pas moi
ταρβήσας·	ayant-eu-peur;
αὕτη γὰρ	car celle ci (la maladie)
ἥκει πλάνοις	est venue dans ses courses-errantes
διὰ χρόνου	après un long temps
ἴσως	devant se rassasier sans doute
ὡς ἐξεπλήσθη.	comme elle se rassasie d'habitude

ΝΕΟΠΤΟΛΕΜΟΣ.

Ἰὼ ἰὼ δύστηνε σὺ,
δύστηνε δῆτα διὰ πόνων πάντων φανείς.　　　　760
Βούλει λάβωμαι δῆτα καὶ θίγω τί σου;

ΦΙΛΟΚΤΗΤΗΣ.

Μὴ δῆτα τοῦτό γ᾽· ἀλλά μοι τὰ τόξ᾽ ἑλὼν
τάδ᾽, ὥσπερ ᾔτου μ᾽ ἀρτίως, ἕως ἀνῇ
τὸ πῆμα τοῦτο τῆς νόσου τὸ νῦν παρὸν,　　　765
σῶζ᾽ αὐτὰ καὶ φύλασσε. Λαμβάνει γὰρ οὖν
ὕπνος μ᾽, ὅταν περ τὸ κακὸν ἐξίῃ τόδε·
κοὐκ ἔστι λῆξαι πρότερον· ἀλλ᾽ ἐᾶν χρεὼν
ἕκηλον εὕδειν. Ἢν δὲ τῷδε τῷ χρόνῳ
μόλωσ᾽ ἐκεῖνοι, πρὸς θεῶν, ἐφίεμαι　　　770
ἑκόντα μήτ᾽ ἄκοντα¹, μηδέ τῳ τέχνῃ,
κείνοις μεθεῖναι ταῦτα, μὴ σαυτόν θ᾽ ἅμα
κἄμ᾽, ὄντα σαυτοῦ πρόστροπον, κτείνας γένῃ.

ΝΕΟΠΤΟΛΕΜΟΣ.

Θάρσει προνοίας εἵνεκ᾽. Οὐ δοθήσεται
πλὴν σοί τε κἀμοί· ξὺν τύχῃ δὲ πρόσφερε.　　775

NÉOPTOLÈME. Ah! tu es bien malheureux!

PHILOCTÈTE. Oui, malheureux, mille fois malheureux, que tant de douleurs assiégent!

NÉOPTOLÈME. Veux-tu que je te soutienne, que je te touche?

PHILOCTÈTE. Non, non; prends cet arc que tu me demandais tout à l'heure; garde-le, conserve-le avec soin jusqu'à ce que cet accès soit calmé. Car le sommeil s'empare de moi lorsque mes douleurs ont cessé. Je ne puis auparavant espérer de repos; mais il faut me laisser dormir en paix. Si Ulysse et Diomède viennent pendant mon sommeil, au nom des dieux, je t'en conjure, garde-toi de leur livrer ces armes, de gré ou de force, ou d'aucune manière, si tu ne veux causer à la fois ta perte et celle de ton suppliant.

NÉOPTOLÈME. Compte sur ma prudence. Nul autre que toi ou moi ne les possédera: donne-les-moi, et que les dieux nous exaucent!

ΝΕΟΠΤΟΛΕΜΟΣ. Ἰὼ ἰὼ	NÉOPTOLÈME. Hélas! hélas!
δύστηνε σὺ,	infortuné *que* tu es,
φανεὶς δῆτα	ayant paru en vérité
δύστηνε,	infortuné,
διὰ πάντων πόνων.	par toutes *tes* peines.
Βούλει δῆτα	Veux-tu donc
λάβωμαι καὶ θίγω	que je prenne et que je touche
σού τι;	toi quelque part?
ΦΙΛΟΚΤΗΤΗΣ. Μὴ δῆτα	PHILOCTÈTE. Certes ne *fais* pas
τοῦτό γε·	cela *du moins;*
ἀλλὰ ἑλών μοι τάδε τὰ τόξα,	mais ayant pris à moi cet arc,
ὥσπερ ᾔτου με	comme tu me *le* demandais
ἀρτίως, σῶζε	à l'instant, garde-*le*
καὶ φύλασσε αὐτὰ,	et veille-sur lui,
ἕως ἀνῇ	jusqu'à ce qu'ait cessé
τοῦτο τὸ πῆμα τῆς νόσου	cette souffrance de la maladie
τὸ παρὸν νῦν.	qui-est-présente maintenant.
Ὕπνος γὰρ οὖν	Car alors le sommeil
λαμβάνει με,	saisit moi,
ὅταν περ τόδε τὸ κακὸν ἐξίῃ·	chaque fois que ce mal s'en va,
καὶ οὐκ ἔστι	et il n'est pas *possible*
λῆξαι πρότερον·	de *le* faire cesser avant;
ἀλλὰ χρεὼν ἐᾶν	mais il est nécessaire de *me* laisser
εὕδειν ἔκηλον.	dormir tranquille.
Ἢν δὲ ἐκεῖνοι μόλωσι	Mais si ceux-là viennent,
τῷδε τῷ χρόνῳ,	pendant ce temps,
πρὸς θεῶν, ἐφίεμαι	au nom des dieux, je *t'*enjoins
μεθεῖναι ταῦτα κείνοις	de *ne* laisser cet *arc* à eux
ἑκόντα	*ni* volontairement
μήτε ἄκοντα,	ni involontairement
μηδέ τῳ τέχνῃ,	ni de quelque façon que ce soit,
μὴ γένῃ κτείνας	de peur que tu ne sois tuant
ἅμα τε σαυτὸν καὶ ἐμὲ	en même temps et toi et moi
ὄντα πρόστροπον σαυτοῦ,	étant le suppliant de toi.
ΝΕΟΠΤΟΛΕΜΟΣ. Θάρσει	NÉOPTOLÈME. Aie courage
προνοίας εἵνεκα.	quant à *ma* prévoyance.
Οὐ δοθήσεται	*L'arc* ne sera donné *à personne,*
πλὴν σοί τε καὶ ἐμοί·	excepté et à toi et à moi;
πρόσφερε δὲ	mais présente-*le à moi*
ξὺν τύχῃ.	pour *notre* bonheur

ΦΙΛΟΚΤΗΤΗΣ.

Ἰδοὺ δέχου, παῖ· τὸν φθόνον δὲ πρόσκυσον,
μή σοι γενέσθαι πολύπον᾽ αὐτά, μηδ᾽ ὅπως
ἐμοί τε καὶ τῷ πρόσθ᾽ ἐμοῦ κεκτημένῳ.
Ὦ θεοί, γένοιτο ταῦτα νῷν· γένοιτο δὲ
πλοῦς οὔριός τε κεὐσταλὴς ὅποι ποτὲ   780
θεὸς δικαιοῖ χ᾽ ὡ στόλος πορσύνεται.

ΦΙΛΟΚΤΗΤΗΣ.

Ἀλλὰ δέδοικ᾽, ὦ παῖ, μή μ᾽ ἀτελὴς εὐχή·
στάζει γὰρ αὖ μοι φοίνιον τόδ᾽ ἐκ βυθοῦ
κηκῖον αἷμα, καί τι προσδοκῶ νέον.
Παπαῖ, φεῦ·   785
Παπαῖ μάλ᾽, ὦ πούς, οἷά μ᾽ ἐργάσει κακά.
Προσέρπει,
προσέρχεται τόδ᾽ ἐγγύς. Οἴμοι μοι τάλας.
Ἔχετε τὸ πρᾶγμα· μὴ φύγητε μηδαμῇ.
Ἀτταταῖ.   790
Ὦ ξένε Κεφαλλὴν, εἴθε σου διαμπερὲς
στέρνων ἔχοιτ᾽ ἄλγησις ἥδε. Φεῦ, παπαῖ.
Παπαῖ μάλ᾽ αὖθις. Ὦ διπλοῖ στρατηλάται,
Ἀγάμεμνον, ὦ Μενέλαε, πῶς ἂν ἀντ᾽ ἐμοῦ

PHILOCTÈTE. Tiens, prends, mon fils ; mais conjure l'Envie de ne pas te les rendre aussi funestes qu'elles l'ont été pour moi, et pour celui qui les posséda le premier.

NÉOPTOLÈME. Dieux immortels, qu'il en soit ainsi ! qu'un vent doux et favorable nous conduise au terme de notre expédition et au but marqué par le dieu !

PHILOCTÈTE. Je crains bien, mon fils, que ce vœu ne soit sans effet. Un sang noir coule encore du fond de ma blessure, et m'annonce de nouvelles douleurs ! Dieux ! ah ! ah ! hélas ! Pied maudit, que tu vas me faire souffrir ! Le mal s'avance, le voici qui approche. Ah ! malheureux ! vous voyez mon état : ne m'abandonnez pas. O ciel ! Odieux roi de Céphallénie, puissé-je voir tes entrailles déchirées par de pareils tourments ! Ah ! ah ! encore ! Couple abhorré, Agamemnon, Ménélas, c'était à vous qu'étaient

ΦΙΛΟΚΤΗΤΗΣ. Παῖ,
ἰδοὺ δέχου·
πρόσκυσον δὲ τὸν φθόνον,
αὐτὰ μὴ γενέσθαι σοι
πολύπονα,
μηδὲ
ὅπως ἐμοί τε
καὶ τῷ κεκτημένῳ
πρόσθεν ἐμοῦ.
ΝΕΟΠΤΟΛΕΜΟΣ. Ὦ θεοί,
ταῦτα γένοιτο νῷν·
πλοῦς δὲ γένοιτο
οὔριός τε καὶ εὐσταλὴς
ὅποι ποτὲ θεὸς
δικαιοῖ
καὶ ὁ στόλος πορσύνεται.
ΦΙΛΟΚΤΗΤΗΣ. Ἀλλὰ δέδοικα,
ὦ παῖ, μὴ εὐχὴ
ἀτελής μοι·
αἷμα γὰρ φοίνιον τόδε
κηκῖον ἐκ βυθοῦ
στάζει μοι αὖ,
καὶ προσδοκῶ
τι νέον.
Παπαῖ, φεῦ. Παπαῖ μάλα, ὦ ποῦς,
οἷα κακὰ ἐργάσει με.
Τόδε προσέρπει,
προσέρχεται ἐγγύς.
Οἴμοί μοι τάλας.
Ἔχετε τὸ πρᾶγμα·
μὴ φύγητε μηδαμῆ. Ἀτταταῖ
Ὦ ξένε Κεφαλλὴν,
εἴθε ἥδε ἄλγησις
ἔχοιτο στέρνων σου
διαμπερές. Φεῦ, παπαῖ.
Παπαῖ μάλα αὖθις.
Ὦ διπλοῖ στρατηλάται,
Ἀγάμεμνον, ὦ Μενέλαε,
πῶς ἂν
τρέφοιτε τήνδε τὴν νόσον

PHILOCTÈTE. *Mon* enfant,
tiens, reçois-*le ;*
mais prie l'envie,
lui (l'arc) ne pas devenir pour toi
plein-de-peines ;
et *qu'il* ne soit pas *à toi*
comme et à moi
et à celui qui-*le*-possédait
avant moi.
NÉOPTOLÈME. O dieux,
que ces choses soient à nous ;
et que la navigation soit
et favorable et facile
vers-le-lieu où la divinité
le juge-convenable   [parée
et *vers lequel* l'expédition est pré-
PHILOCTÈTE. Mais je crains,
ô *mon* enfant, que ce vœu ne *soit*
non-accompli pour moi ;
car le sang noir que voici
jaillissant du fond   [veau,
tombe-par-gouttes à moi de nou-
et j'attends
quelque-chose de nouveau.
Ah ! hélas ! Ah ! encore, ô pied,
quels maux feras-tu à moi !
ce (mal-)ci s'avance,
il vient tout-près.
Hélas ! infortuné *que je suis.*
Vous avez (connaissez) la chose,
ne fuyez nullement. Ah ! ah !
O étranger de-Céphallénie,
si cette souffrance   [toi
pouvait-s'attacher à la poitrine de
de part-en-part ! Hélas ! ah !
Ah ! encore, encore !
O doubles chefs-de-l'armée,
Agamemnon, ô Ménélas,
comment *ferais-je pour que*
vous nourrissiez cette maladie

τὸν ἴσον χρόνον τρέφοιτε¹ τήνδε τὴν νόσο ,   795
Ὤμοι μοι.
Ὦ θάνατε θάνατε, πῶς ἀεὶ καλούμενος
οὕτω κατ' ἦμαρ οὐ δύνα μολεῖν ποτε;
Ὦ τέκνον, ὦ γενναῖον, ἀλλὰ συλλαβὼν,
τῷ Λημνίῳ τῷδ' ἀνακαλουμένῳ πυρὶ²   800
ἔμπρησον, ὦ γενναῖε· κἀγώ τοί ποτε
τὸν τοῦ Διὸς παῖδ' ἀντὶ τῶνδε τῶν ὅπλων,
ἃ νῦν σὺ σώζεις, τοῦτ' ἐπηξίωσα δρᾶν.
Τί φὴς, παῖ;
Τί φής; Τί σιγᾷς; Ποῦ ποτ' ὢν, τέκνον, κυρεῖς;   805
          ΝΕΟΠΤΟΛΕΜΟΣ.
Ἀλγῶ πάλαι δὴ τἀπὶ σοὶ στένων κακά.
          ΦΙΛΟΚΤΗΤΗΣ.
Ἀλλ', ὦ τέκνον, καὶ θάρσος ἴσχ'· ὡς ἥδε μοι
ὀξεῖα φοιτᾷ καὶ ταχεῖ' ἀπέρχεταῖ.
Ἀλλ' ἀντιάζω, μή με καταλίπῃς μόνον.
          ΝΕΟΠΤΟΛΕΜΟΣ.
Θάρσει, μενοῦμεν.
          ΦΙΛΟΚΤΗΤΗΣ.
       Ἦ μενεῖς;
          ΝΕΟΠΤΟΛΕΜΟΣ.
                Σαφῶς φρόνει.   810
          ΦΙΛΟΚΤΗΤΗΣ.
Οὐ μήν σ' ἔνορκόν γ' ἀξιῶ θέσθαι, τέκνον.

dus de si longs, de si cruels supplices. Hélas! hélas! ô mort, ô
mort, tant de fois invoquée chaque jour, ne viendras-tu jamais?
O mon fils, homme généreux, prends-moi, brûle-moi avec le feu
de Lemnos, comme mes mains ont jadis brûlé le fils de Jupiter,
qui m'a donné en récompense ces armes que tu tiens. Que dis-tu,
mon fils? que dis-tu? Pourquoi gardes-tu le silence? Où es-tu?

    NÉOPTOLÈME. Je souffre, je gémis de tes maux.

    PHILOCTÈTE. Prends courage, mon fils; ce mal vient avec vio-
lence, et se retire promptement. Je t'en supplie, ne m'abandonne pas.

    NÉOPTOLÈME. Rassure-toi, nous resterons.

    PHILOCTÈTE. Est-il vrai?

    NÉOPTOLÈME. Sois-en certain.

    PHILOCTÈTE. Je ne veux point t'enchaîner par un serment,
mon fils.

χρόνον τὸν ἴσον ἀντὶ ἐμοῦ.	un temps égal au lieu de moi !
Ὤμοι μοι. Ὦ θάνατε θάνατε,	Hélas! hélas! O mort, mort,
πῶς καλούμενος	comment, étant appelée
ἀεὶ οὕτω κατὰ ἦμαρ,	toujours ainsi chaque jour,
οὐ δύνᾳ μολεῖν ποτε;	ne peux-tu venir enfin?
Ὦ τέκνον, ὦ γενναῖον,	O mon enfant, ô noble enfant,
ἀλλὰ συλλαβὼν	eh bien, m'ayant secouru,
ἔμπρησον, ὦ γενναῖε,	brûle-moi, ô homme généreux,
τῷδε πυρὶ τῷ Λημνίῳ	avec ce feu de-Lemnos
ἀνακαλουμένῳ·	invoqué-souvent,
καὶ ἐγώ τοι	moi aussi certes
ἐπηξίωσα	j'ai cru-devoir
δρᾶν τοῦτό ποτε	faire cela (brûler) un jour
τὸν παῖδα τοῦ Διό;	au (le) fils de Jupiter,
ἀντὶ τῶνδε τῶν ὅπλων,	pour-prix de ces armes
ἃ σὺ σώζεις νῦν.	que toi tu gardes maintenant.
Τί φής, παῖ;	Que dis-tu, mon enfant?
Τί φής; τί σιγᾷς;	Que dis-tu, pourquoi te tais-tu?
Ποῦ ποτε	Où (dans quel état) donc
κυρεῖς ὤν, τέκνον;	te trouves-tu étant, mon enfant?
ΝΕΟΠΤΟΛΕΜΟΣ. Ἀλγῶ	NÉOPTOLÈME. Je souffre
πάλαι δὴ στένων	depuis longtemps déjà gémissant
κακὰ τὰ ἐπὶ σοί.	des maux qui pèsent sur toi.
ΦΙΛΟΚΤΗΤΗΣ. Ὦ τέκνον,	PHILOCTÈTE. O mon enfant,
ἀλλὰ ἴσχε καὶ θάρσος·	mais aie aussi confiance;
ὡς ἥδε	car celle-ci (la maladie)
φοιτᾷ μοι ὀξεῖα	vient à moi aiguë (violente),
καὶ ἀπέρχεται	et elle s'en va
ταχεῖα.	prompte (promptement).
Ἀλλὰ ἀντιάζω,	Mais je t'en prie,
μή με καταλίπῃς μόνον.	ne me laisse pas seul.
ΝΕΟΠΤΟΛΕΜΟΣ. Θάρσει,	NÉOPTOLÈME. Aie-courage,
μενοῦμεν.	nous resterons.
ΦΙΛΟΚΤΗΤΗΣ.	PHILOCTÈTE.
Ἦ μενεῖς;	Est-ce que tu resteras?
ΝΕΟΠΤΟΛΕΜΟΣ. Φρόνει	NÉOPTOLÈME. Sache-le
σαφῶς.	avec certitude.
ΦΙΛΟΚΤΗΤΗΣ. Τέκνον,	PHILOCTÈTE. Mon enfant,
οὐ μὴν ἀξιῶ γε	pourtant je ne juge-pas convenable
θέσθαι σε ἔνορκον.	de rendre toi lié-par-un-serment.

ΝΕΟΠΤΟΛΕΜΟΣ.

'Ως οὐ θέμις γ' ἐμοῦστι σοῦ μολεῖν ἄτερ,

ΦΙΛΟΚΤΗΤΗΣ.

Ἔμβαλλε χειρὸς πίστιν,

ΝΕΟΠΤΟΛΕΜΟΣ.

Ἐμβάλλω μενεῖν,

ΦΙΛΟΚΤΗΤΗΣ.

Ἐκεῖσε νῦν μ', ἐκεῖσε '....

ΝΕΟΠΤΟΛΕΜΟΣ.

Ποῖ λέγεις;

ΦΙΛΟΚΤΗΤΗΣ.

Ἄνω,....

ΝΕΟΠΤΟΛΕΜΟΣ.

Ἦ παραφρονεῖς αὖ; τί τὸν ἄνω λεύσσεις κύκλον;   815

ΦΙΛΟΚΤΗΤΗΣ.

Μέθες μέθες με.

ΝΕΟΠΤΟΛΕΜΟΣ.

Ποῖ μεθῶ;

ΦΙΛΟΚΤΗΤΗΣ.

Μέθες ποτέ.

ΝΕΟΠΤΟΛΕΜΟΣ.

Οὔ φημ' ἐάσειν.

ΦΙΛΟΚΤΗΤΗΣ.

Ἀπό μ' ὀλεῖς, ἢν προσθίγῃς.

ΝΕΟΠΤΟΛΕΜΟΣ.

Καὶ δὴ μεθίημ', εἴ τι δὴ πλέον φρονεῖς.

NÉOPTOLÈME. Ce serait un crime de partir sans toi.

PHILOCTÈTE. Donne-moi ta main pour gage de ta foi

NÉOPTOLÈME. La voici : je resterai.

PHILOCTÈTE. Là maintenant, là....

NÉOPTOLÈME. Que dis-tu?

PHILOCTÈTE. En haut.

NÉOPTOLÈME. Quel nouvel égarement! Pourquoi lever ainsi les yeux au ciel?

PHILOCTÈTE. Laisse-moi, laisse-moi,

NÉOPTOLÈME. Où veux-tu que je te laisse?

PHILOCTÈTE. Laisse-moi, te dis-je.

NÉOPTOLÈME. Je ne te quitterai point.

PHILOCTÈTE. Je meurs si tu me touches.

NÉOPTOLÈME. Eh bien, je te laisse, si tu es un peu plus calme.

ΝΕΟΠΤΟΛΕΜΟΣ.	NÉOPTOLÈME.
Ὡς οὐκ ἔστι	*Non*, car il n'est pas
θέμις γε ἐμοὶ	permis certes à moi
μολεῖν	de partir
ἄτερ σοῦ.	sans toi.
ΦΙΛΟΚΤΗΤΗΣ.	PHILOCTÈTE.
Ἔμβαλλε	Mets-dans *ma main*
πίστιν χειρός.	le gage de *ta* main.
ΝΕΟΠΤΟΛΕΜΟΣ.	NÉOPTOLÈME.
Ἐμβάλλω μενεῖν.	Je *la* mets pour rester.
ΦΙΛΟΚΤΗΤΗΣ.	PHILOCTÈTE.
Νῦν	Maintenant
ἐκεῖσέ με, ἐκεῖσε.	*conduis* moi là, là....
ΝΕΟΠΤΟΛΕΜΟΣ.	NÉOPTOLÈME.
Ποῖ λέγεις ;	Où dis-tu?
ΦΙΛΟΚΤΗΤΗΣ.	PHILOCTÈTE.
Ἄνω....	En haut....
ΝΕΟΠΤΟΛΕΜΟΣ.	NÉOPTOLÈME.
Ἦ	Est-ce que
παραφρονεῖς αὖ ;	tu délires de nouveau ?
τί λεύσσεις	pourquoi regardes-tu
κύκλον	e cercle
τὸν ἄνω ;	*qui est* en haut?
ΦΙΛΟΚΤΗΤΗΣ.	PHILOCTÈTE.
Μέθες,	Laisse,
μέθες με.	laisse-moi.
ΝΕΟΠΤΟΛΕΜΟΣ.	NÉOPTOLÈME.
Ποῖ μεθῶ ;	Où *l'ayant conduit le* laisserais-je?
ΦΙΛΟΚΤΗΤΗΣ.	PHILOCTÈTE.
Μέθες ποτέ.	Laisse-*moi* enfin.
ΝΕΟΠΤΟΛΕΜΟΣ.	NÉOPTOLÈME.
Οὔ φημι	Je nie
ἐάσειν.	devoir-laisser *toi*.
ΦΙΛΟΚΤΗΤΗΣ.	PHILOCTÈTE.
Ἀπολεῖς με,	Tu perdras moi,
ἢν προσθίγῃς.	si tu *me* touches.
ΝΕΟΠΤΟΛΕΜΟΣ.	NÉOPTOLÈME.
Καὶ δὴ μεθίημι,	Eh bien donc, je laisse *toi*,
εἰ δὴ φρονεῖς	si tu es-raisonnable
τι πλέον.	un peu plus.

ΦΙΛΟΚΤΗΤΗΣ.

Ὦ γαῖα, δέξαι θανάσιμόν μ' ὅπως ἔχω·
τὸ γὰρ κακὸν τόδ' οὐκέτ' ὀρθοῦσθαί μ' ἐᾷ.   820

ΝΕΟΠΤΟΛΕΜΟΣ.

Τὸν ἄνδρ' ἔοικεν ὕπνος οὐ μακροῦ χρόνου
ἕξειν· κάρα γὰρ ὑπτιάζεται τόδε,
ἱδρώς τέ τοί νιν πᾶν καταστάζει δέμας,
μέλαινά τ' ἄκρου τις παρέρρωγεν ποδὸς
αἱμορραγὴς φλέψ. Ἀλλ' ἐάσωμεν, φίλοι,   825
ἕκηλον αὐτὸν, ὡς ἂν εἰς ὕπνον πέσῃ.

ΧΟΡΟΣ.

(Στροφή.)

Ὕπν' ὀδύνας ἀδαὴς, Ὕπνε δ' ἀλγέων,
εὐαὲς ἡμῖν ἔλθοις,
εὐαίων εὐαίων, ὦναξ·
μμασι δ' ἀντίσχοις   830
τάνδ' αἴγλαν, ἃ τέταται τανῦν.
Ἴθ' ἴθι μοι παιήων,
Ὦ τέκνον, ὅρα ποῦ στάσει,
ποῖ δὲ βάσει, πῶς δέ μοι τἀντεῦθεν

PHILOCTÈTE. Ô terre, reçois un mourant à qui la douleur ne permet plus de se soutenir.

NÉOPTOLÈME. Le sommeil semble prêt à s'emparer de lui. Sa tête s'appesantit. Une sueur abondante se répand sur tout son corps. La veine de son pied s'est ouverte, et un sang noir coule de sa blessure. Mes amis, laissons-le s'endormir tranquillement.

LE CHOEUR. Sommeil, qui ne connais ni les douleurs du corps ni les peines de l'âme, dieu puissant, charme de la vie, viens avec ta douce haleine. Conserve sur ses traits ce doux éclat qui y est maintenant répandu. Viens à ma voix, toi qui guéris les maux. Mon fils, prends bien garde au parti que tu vas prendre, et à

ΦΙΛΟΚΤΗΤΗΣ.
Ὦ γαῖα,
δέξαι με θανάσιμον,
ὅπως ἔχω·
τόδε γὰρ τὸ κακὸν
οὐκέτι ἐᾷ με
ὀρθοῦσθαι.
ΝΕΟΠΤΟΛΕΜΟΣ. Ὕπνος;
ἔοικεν ἕξειν τὸν ἄνδρα
χρόνου οὐ μακροῦ·
τόδε γὰρ κάρα ὑπτιάζεται,
ἱδρώς τέ τοι καταστάζει
πᾶν δέμας νιν,
φλέψ τέ τις μέλαινα
αἱμορραγὴς
παρέρρωγεν
ποδὸς ἄκρου.
Ἀλλά, φίλοι,
ἐάσωμεν αὐτὸν ἔκηλον,
ὡς ἂν πέσῃ εἰς ὕπνον.

(Στροφή.)

ΧΟΡΟΣ. Ὕπνε
ἀδαὴς ὀδύνας,
Ὕπνε δὲ
ἀλγέων,
ἔλθοις
ἡμῖν εὐαές,
ὦ ἄναξ, εὐαίων
εὐαίων·
ἀντίσχοις δὲ ὄμμασι
τάνδε αἴγλαν,
ἃ τέταται τανῦν.
Ἴθι ἴθι μοι παιήων.
Ὦ τέκνον,
ὅρα ποῦ στάσει,
ποῖ δὲ βάσει,
πῶς δὲ φροντίδος
μοι
τὰ ἐντεῦθεν.

PHILOCTÈTE.
O terre,
reçois moi moribond
comme je suis (sur-le-champ) ;
car ce mal
ne laisse plus moi
me tenir-debout.
NÉOPTOLÈME. Le sommeil
paraît devoir-tenir l'homme
dans un temps non long ;
car voilà *sa* tête *qui* se penche,
et la sueur coule
sur tout le corps à lui,
et une veine noire
d'où-jaillit-le-sang
a crevé-sur
le pied à-sa-pointe.
Eh bien, *mes amis,*
laissons-le tranquille
afin qu'il tombe en sommeil.

(Strophe.)

LE CHŒUR. Sommeil   [sique),
qui-ne-connais-pas la douleur (phy-
Sommeil *qui-ne-connais-pas*
les souffrances (de l'âme),
puisses-tu venir
à nous, ayant-une-douce-haleine,
ô roi qui-amènes-le-bonheur,
qui-amènes-le-bonheur,
et puisses-tu-étendre sur *ses* yeux
cette sérénité,
qui *y* est étendue maintenant.
Viens, viens à moi, *toi* qui guéris
O *mon* enfant,
vois où tu te tiendras,
et où tu iras
et comment (à quel point) d'inquié-
seront à moi   [tude
les choses à-partir-d'ici.

φροντίδος. Ὁρᾷς ἤδη[1].   835

Πρὸς τί μενοῦμεν πράσσειν;

Καιρός τοι πάντων γνώμαν ἴσχων

πολύ τι πολὺ παρὰ πόδα κράτος ἄρνυται.

ΝΕΟΠΤΟΛΕΜΟΣ.

Ἀλλ' ὅδε μὲν κλύει οὐδὲν, ἐγὼ δ' ὁρῶ οὕνεκα θήραν

τήνδ' ἁλίως ἔχομεν τόξων, δίχα τοῦδε πλέοντες.   840

Τοῦδε γὰρ ὁ στέφανος, τοῦτον θεὸς εἶπε κομίζειν.

Κομπεῖν δ' ἔστ' ἀτελῆ σὺν ψεύδεσιν αἰσχρὸν ὄνειδος.

ΧΟΡΟΣ.

(Ἀντιστροφή.)

Ἀλλὰ, τέκνον, τάδε[2] μὲν θεὸς ὄψεται·

ὧν δ' ἂν ἀμείβῃ μ' αὖθις,

βαιάν μοι, βαιὰν, ὦ τέκνον,   845

πέμπε λόγων φάμαν·

ὡς πάντων ἐν νόσῳ εὐδρακὴς

ὕπνος ἄϋπνος λεύσσειν.

Ἀλλ' ὅ τι δύνα μάκιστον,

κεῖνό μοι, κεῖνο λάθρα   850

ce qui nous reste à faire. Tu vois qu'il dort; qu'attendons-nous encore? L'occasion, qui décide de tout, apporte le succès à qui sait la saisir.

NÉOPTOLÈME. Il n'entend plus rien; mais, je le reconnais, c'est en vain que nous possédons ces armes, si nous partons sans lui. C'est à lui qu'est réservée la victoire, c'est lui qu'un dieu a ordonné d'emmener. Quelle honte de se glorifier d'une entreprise qui a échoué malgré la ruse et le mensonge?

LE CHOEUR. Les dieux en décideront, mon fils; mais, pour me répondre, songe, songe bien à parler à voix basse. Rien n'échappe au sommeil du malade, qui mérite à peine le nom de sommeil. Réfléchis donc attentivement et en silence à ce que tu dois faire.

'Ορᾷς ἤδη.
Πρὸς τί μενοῦμεν
πράσσειν;
Καιρός τοι
ἴσχων γνώμαν πάντων
ἄρνυται πολύ τι
πολὺ κράτος
παρὰ πόδα.
ΝΕΟΠΤΟΛΕΜΟΣ. Ἀλλὰ
ὅδε μὲν κλύει οὐδὲν
ἐγὼ δὲ ὁρῶ,
οὕνεκα, πλέοντες δίχα τοῦδε,
ἔχομεν ἁλίως
τήνδε θήραν τόξων.
Τοῦδε γὰρ
ὁ στέφανος,
τοῦτον θεὸς
εἶπε κομίζειν
Κομπεῖν δὲ
σὺν ψεύδεσιν
ἀτελῆ
στὶν ὄνειδος αἰσχρόν.

(Ἀντιστροφή.)

ΧΟΡΟΣ. Τέχνον,
ἀλλὰ θεὸς μὲν
ὄψεται τάδε·
πέμπε δέ μοι,
ὦ τέχνον,
βαιὰν, βαιὰν φάμαν
λόγων ὧν
ἀμείβῃ ἄν
αὖθίς με·
ὡς ὕπνος ἄϋπνος
πάντων ἐν νόσῳ
εὐδρακὴς
λεύσσειν.
Ἀλλὰ ἔξιδοῦ
κεῖνο, κεῖνό μοι λάθρα,
ὅ τι μάχιστον δύνᾳ,

Tu vois déjà *qu'il dort.*
Pour quoi attendrons-nous
pour agir?
L'occasion assurément
ayant la prudence en toutes choses
obtient souvent
une grande puissance
devant le pied (tout de suite).
NÉOPTOLÈME. Mais
celui-ci d'un côté n'entend rien,
de l'autre moi je vois,
que, naviguant sans celui-ci,
nous avons vainement
cette proie de l'arc.
Car *c'est* de celui-ci
qu'est la couronne;
c'est lui *que* le dieu
a dit d'amener.
Mais se vanter
avec des mensonges
de choses non-accomplies
est un opprobre honteux.

(*Antistrophe.*)

LE CHŒUR. *Mon* enfant,
mais d'un côté, le dieu
pourvoira à ces choses;
de l'autre envoie à moi,
ô *mon* enfant,
un faible, un faible bruit
des paroles par lesquelles
tu pourrais-répliquer
de nouveau à moi;
car le sommeil non-sommeil
de tous *ceux qui sont* dans la ma-
est bien-voyant   [ladie
pour distinguer *tout.*
Mais recherche-bien
ceci, ceci à moi secrétement,
du plus-loin que tu pourras,

ἐξιδοῦ ὅπως πράξεις.
Οἶσθα γὰρ ὧν αὐδῶμαι,
εἰ ταύταν τούτων γνώμαν ἴσχεις,
μάλα τοι ἄπορα πυκινοῖς ἐνιδεῖν πάθη.

(Ἐπῳδός.)

Οὖρός τοι, τέκνον, οὖρος· ἀνὴρ δ'   855
ἀνόμματος, οὐδ' ἔχων ἀρωγάν,
ἐκτέταται νύχιος, ἀλεὴς ὕπνος ἐσθλὸς,
οὐ χερὸς, οὐ ποδὸς, οὔ τινος ἄρχων,   860
ἀλλ' ὥς τίς τ' Ἀΐδᾳ πάρα κείμενος
ὁρᾷ¹. Βλέπ' εἰ καίρια φθέγγει·
τὸ δ' ἁλώσιμον² ἐμᾷ
φροντίδι, παῖ, πόνος
ὃ μὴ φοβῶν κράτιστος.

ΝΕΟΠΤΟΛΕΜΟΣ.

Σιγᾶν κελεύω, μηδ' ἀφεστάναι φρενῶν·   865
κινεῖ γὰρ ἀνὴρ ὄμμα κἀνάγει κάρα.

ΦΙΛΟΚΤΗΤΗΣ.

Ὦ φέγγος ὕπνου διάδοχον, τό τ' ἐλπίδων
ἄπιστον οἰκούρημα τῶνδε τῶν ξένων.
Οὐ γάρ ποτ', ὦ παῖ, τοῦτ' ἂν ἐξηύχησ' ἐγὼ

Si tu entres dans ses projets, tu sais ce que je veux dire, je prévois des maux sans nombre que la prudence ne saurait conjurer. Mon fils, voici le moment favorable. Ses yeux sont fermés, il est étendu sans défense, plongé dans une obscurité pareille à celle de la nuit, car le sommeil est profond quand on dort aux ardeurs du midi; il ne peut faire usage ni de ses pieds, ni de ses mains, ni d'aucun de ses membres. Il ressemble à un homme plongé dans les bras de la mort. Vois si ce que tu ordonnes est ce qu'il faut ordonner. Autant que j'en puis juger, une peine sans danger est toujours préférable.

NÉOPTOLÈME. Tais-toi, pas d'imprudence : il ouvre les yeux et soulève la tête.

PHILOCTÈTE. Douce clarté qui succède au sommeil! Présence de mes hôtes qui, contre mon espérance, m'êtes restés fidèles! Non, mon fils, je ne t'aurais jamais cru assez de courage et de

ὅπως πράξεις.	comment tu feras.
Εἰ γὰρ ἴσχεις	Car si tu as
ταύταν γνώμαν	cette opinion
τούτων,	*touchant* ces choses,
αἴσθα ὦν αὐδῶμαι,	tu sais de quelles je parle,
ἐνιδεῖν πάθη	*il y a lieu d'y* voir des maux
μάλα τοι ἄπορα	très embarrassants assurément
πυκινοῖς.	pour les *hommes* intelligents.

(᾿Επῳδός.)	(*Épode.*)
Τέκνον,	*Mon* enfant,
οὖρός τοι,	*il y a* certes vent-favorable,
οὖρος·	vent-favorable ;
ἀνὴρ δὲ ἀνόμματος	*cet* homme, sans-yeux
οὐδὲ ἔχων ἀρωγάν,	et n'ayant pas de secours
ἐκτέταται νύχιος,	est étendu couvert-de-ténèbres,
ὕπνος ἀλεὴς ἐσθλὸς,	le sommeil tiède *est* propice,
ἄρχων οὐ χερὸς,	*n'*étant-maître ni de *sa* main,
οὐ ποδὸς, οὔ τινος,	ni de *son* pied, ni d'aucune chose
ἀλλὰ ὁρᾷ	mais il voit (il est)
ὥστε τὶς κείμενος	comme quelqu'un gisant
παρὰ Ἀΐδᾳ.	chez Pluton.
Βλέπε	Vois
εἰ φθέγγει καίρια·	si tu dis des choses opportunes ;
τὸ δὲ ἁλώσιμον	mais en tant que cela *est* saisissable
ἀμᾷ φροντίδι,	à ma pensée,
πόνος, παῖ,	la peine, *mon* enfant,
ὁ μὴ φοβῶν	qui ne donne-pas-de-crainte
κράτιστος.	*est* la meilleure.
ΝΕΟΠΤΟΛΕΜΟΣ.	NÉOPTOLÈME.
Κελεύω σιγᾶν	Je *t'*ordonne de te taire
μηδὲ ἀφεστάναι φρενῶν·	et de ne pas t'éloigner du bon-sens ;
ὁ ἀνὴρ γὰρ κινεῖ ὄμμα	car l'homme remue l'œil
καὶ ἀνάγει κάρα.	et relève la tête
ΦΙΛΟΚΤΗΤΗΣ. ᾿Ω φέγγος	PHILOCTÈTE. O lumière
διάδοχον ὕπνου, τὸ οἰκούρημά τε	succédant au sommeil, et garde
ἄπιστον ἐλπίδων	inespéré de *mes* espérances
τῶνδε τῶν ξένων.	de ces étrangers.
᾿Ω παῖ, οὐ γὰρ ποτε ἐγὼ	O *mon* enfant, car jamais moi
ἂν ἐξηύχησα τοῦτο,	je n'aurais cru ceci,

τλῆναί σ' ἐλεινῶς ὧδε τἀμὰ πήματα   870
μεῖναι παρόντα καὶ ξυνωφελοῦντά μοι.
Οὔκουν Ἀτρεῖδαι τοῦτ' ἔτλησαν εὐφόρως
οὕτως ἐνεγκεῖν, ἀγαθοὶ στρατηλάται.
Ἀλλ' εὐγενὴς γὰρ ἡ φύσις κἀξ εὐγενῶν,
ὦ τέκνον, ἡ σή, πάντα ταῦτ' ἐν εὐχερεῖ   875
ἔθου, βοῆς τε καὶ δυσοσμίας γέμων.
Καὶ νῦν ἐπειδὴ τοῦδε τοῦ κακοῦ δοκεῖ
λήθη τις εἶναι κἀνάπαυλα δή, τέκνον,
σύ μ' αὐτὸς ἆρον, σύ με κατάστησον, τέκνον,
ἵν', ἡνίκ' ἂν κόπος μ' ἀπαλλάξῃ ποτὲ,   880
ὁρμώμεθ' ἐς ναῦν μηδ' ἐπίσχωμεν τὸ πλεῖν.

ΝΕΟΠΤΟΛΕΜΟΣ.

Ἀλλ' ἥδομαι μέν σ' εἰσιδὼν παρ' ἐλπίδα
ἀνώδυνον βλέποντα κἀμπνέοντ' ἔτι·
ὡς οὐκέτ' ὄντος γὰρ τὰ συμβόλαιά σου
πρὸς τὰς παρούσας ξυμφορὰς ἐφαίνετο.   885
Νῦν δ' αἶρε σαυτόν· εἰ δέ σοι μᾶλλον φίλον,
οἴσουσί σ' οἵδε· τοῦ πόνου γὰρ οὐκ ὄκνος,
ἐπείπερ οὕτω σοί τ' ἔδοξ' ἐμοί τε δρᾶν.

pitié pour supporter mes maux, m'assister et me secourir. Les Atrides, ces chefs courageux, ne les ont pas supportés avec tant de constance. Mais toi, mon fils, ta générosité répond à ta naissance ; ni mes cris, ni l'odeur infecte de ma blessure, rien ne t'a rebuté. Maintenant que mon mal semble se calmer et me laisser quelque repos, relève-moi, mon fils, soutiens-moi. Dès que mon épuisement aura cessé, nous marcherons vers ton vaisseau, et nous partirons sans délai.

NÉOPTOLÈME. Je me réjouis de te voir, contre toute espérance, délivré de tes douleurs, et rappelé à la lumière et à la vie ; car les symptômes de ton mal, comparés à ton état présent, semblaient annoncer la mort. Lève-toi donc, ou, si tu le préfères, mes compagnons vont te porter ! ils ne se refuseront pas à ce service, si telle est ta volonté et la mienne.

σὲ τλῆναι μεῖναι	toi avoir-le-courage d'attendre (sup-
τὰ ἐμὰ πήματα	les miens maux [porter)
ἐλεινῶς ὧδε,	avec-compassion ainsi,
παρόντα καὶ ξυνωφελοῦντά μοι.	étant-présent et aidant moi.
Οὖν Ἀτρεῖδαι	Certes les Atrides
οὐκ ἔτλησαν	n'auraient-pas-eu-la-patience
ἐνεγκεῖν τοῦτο εὐφόρως οὕτως,	de supporter cela aisément ainsi,
οἱ ἀγαθοὶ στρατηλάται.	les braves chefs.
Ἀλλὰ, ὦ τέκνον,	Mais, ô *mon* enfant,
γέμων βοῆς τε	étant rassasié et de *mes* cris
καὶ δυσοσμίας,	et de *ma* mauvaise-odeur,
ἔθου πάντα ταῦτα	tu a mis toutes ces choses
ἐν εὐχερεῖ,	en *considération* légère,
ἡ γὰρ φύσις ἡ σὴ	car le naturel le tien [bles.
εὐγενὴς καὶ ἐξ εὐγενῶν.	est noble et *venant de parents* no-
Καὶ νῦν, τέκνον,	Et maintenant, *mon* enfant,
ἐπειδὴ λήθη τις καὶ ἀνάπαυλα	qu'un certain oubli et repos
τοῦδε τοῦ κακοῦ δοκεῖ εἶναι δή,	de ce mal paraît être enfin,
σὺ αὐτός, τέκνον, ἆρόν με,	toi-même, *mon* enfant, relève moi.
σὺ κατάστησόν με,	toi remets-debout moi,
ἵνα, ἡνίκα κόπος	afin que, quand la fatigue
ἂν ἀπαλλάξῃ μέ ποτε,	aura quitté moi à la fin,
ὁρμώμεθα ἐς ναῦν	nous nous élancions vers le vaisseau
μηδὲ ἐπίσχωμεν τὸ πλεῖν,	et ne tardions pas à naviguer.
ΝΕΟΠΤΟΛΕΜΟΣ. Ἀλλὰ	NÉOPTOLÈME. Mais
ἥδομαι μὲν εἰσιδών σε,	à la vérité je me réjouis voyant toi
παρὰ ἐλπίδα,	contre *toute* espérance
ἀνώδυνον βλέποντα	sans-douleur, voyant (vivant)
καὶ ἐμπνέοντα ἔτι·	et respirant encore; [nais)
τὰ γὰρ συμβόλαιά σου	car les signes de toi (que tu don-
πρὸς τὰς ξυμφορὰς παρούσας	en-comparaison-de tes maux pré-
ἐφαίνετο	paraissaient [sents
ὡς οὐκ ὄντος ἔτι.	comme d'un *homme* n'étant plus.
Νῦν δὲ αἶρε σαυτόν·	Mais maintenant lève-toi;
εἰ δὲ φίλον μᾶλλόν σοι,	et s'il *est* agréable davantage à toi,
οἵδε οἴσουσί σε·	ceux-ci porteront toi;
οὐ γὰρ ὄκνος	car *il* n'*est aucune* répugnance
τοῦ πόνου,	de la peine,
ἐπείπερ ἔδοξε	après qu'il a semblé-bon
σοί τε ἐμοί τε δρᾶν οὕτω.	et à toi et à moi d'agir ainsi.

ΦΙΛΟΚΤΗΤΗΣ.

Αἰνῶ τάδ'[1], ὦ παῖ, καί μ' ἔπαιρ', ὥσπερ νοεῖς·
τούτους δ' ἔασον, μὴ βαρυνθῶσιν κακῇ   890
ὀσμῇ πρὸ τοῦ δέοντος· οὑπὶ νηὶ γὰρ
ἅλις πόνος τούτοισι συνναίειν ἐμοί.

ΝΕΟΠΤΟΛΕΜΟΣ.

Ἔσται τάδ'· ἀλλ' ἴστω τε καὐτὸς ἀντέχου.

ΦΙΛΟΚΤΗΤΗΣ.

Θάρσει. Τό τοι σύνηθες ὀρθώσει μ' ἔθος.

ΝΕΟΠΤΟΛΕΜΟΣ.

Παπαῖ· τί δῆτ' ἂν δρῷμ' ἐγὼ τοὐνθένδε γε;   895

ΦΙΛΟΚΤΗΤΗΣ.

Τί δ' ἔστιν, ὦ παῖ; Ποῖ ποτ' ἐξέβης λόγῳ;

ΝΕΟΠΤΟΛΕΜΟΣ.

Οὐκ οἶδ' ὅποι χρὴ τἄπορον τρέπειν ἔπος.

ΦΙΛΟΚΤΗΤΗΣ.

Ἀπορεῖς δὲ τοῦ σύ; μὴ λέγ', ὦ τέκνον, τάδε.

ΝΕΟΠΤΟΛΕΜΟΣ.

Ἀλλ' ἐνθάδ' ἤδη τοῦδε τοῦ πάθους κυρῶ.

ΦΙΛΟΚΤΗΤΗΣ.

Οὐ δή σε δυσχέρεια τοῦ νοσήματος   900
ἔπεισεν ὥστε μή μ' ἄγειν ναύτην ἔτι;

PHILOCTÈTE. Je te rends grâces, mon fils : lève-moi, comme
tu le désires ; mais laisse les compagnons, pour qu'ils ne soient
pas avant le temps incommodés par l'odeur infecte de ma plaie. Je
ne leur serai que trop à charge pendant la traversée.

NÉOPTOLÈME. Il suffit ; mais lève-toi et appuie-toi contre moi.

PHILOCTÈTE. Ne crains rien : je me relèverai comme j'ai coutume de le faire.

NÉOPTOLÈME. Grands dieux ! que faire à présent ?

PHILOCTÈTE. Qu'as-tu, mon fils ? Où s'égarent les discours ?

NÉOPTOLÈME. Je ne sais que lui dire dans mon incertitude.

PHILOCTÈTE. Quelle incertitude ? Ne parle pas ainsi, mon fils.

NÉOPTOLÈME. C'est cependant le tourment que j'éprouve.

PHILOCTÈTE. Les embarras que te causera mon mal te détour-
neraient-ils de m'emmener avec toi ?

ΦΙΛΟΚΤΗΤΗΣ. Ὦ παῖ,
αἰνῶ τάδε,
καὶ ἔπαιρέ με,
ὥσπερ νοεῖς·
ἔασον δὲ τούτους,
μὴ βαρυνθῶσιν
ὀσμῇ κακῇ
πρὸ τοῦ δέοντος·
ὁ πόνος γὰρ ἐπὶ νηὶ
συνναίειν ἐμοὶ
ἅλις τούτοισιν.
ΝΕΟΠΤΟΛΕΜΟΣ.
Τάδε ἔσται·
ἀλλὰ ἴστω τε
καὶ ἀντέχου αὐτός.
ΦΙΛΟΚΤΗΤΗΣ. Θάρσει.
Τό τοι ἔθος σύνηθες
ὀρθώσει με.
ΝΕΟΠΤΟΛΕΜΟΣ Παπαῖ·
τί δῆτα ἂν δρῷμι ἐγὼ
τὸ ἐνθένδε γε;
ΦΙΛΟΚΤΗΤΗΣ. Τί δέ ἐστιν,
ὦ παῖ;
Ποῖ ποτε ἐξέβης λόγῳ;
ΝΕΟΠΤΟΛΕΜΟΣ. Οὐκ οἶδα
ὅποι χρὴ τρέπειν
τὸ ἔπος ἄπορον.
ΦΙΛΟΚΤΗΤΗΣ. Τοῦ δὲ
ἀπορεῖς σύ;
μὴ λέγε τάδε,
ὦ τέκνον.
ΝΕΟΠΤΟΛΕΜΟΣ.
Ἀλλὰ κυρῶ ἤδη
ἐνθάδε τοῦδε τοῦ πάθους.
ΦΙΛΟΚΤΗΤΗΣ. Οὐ δὴ
δυσχέρεια
τοῦ νοσήματος
ἔπεισέ σε
ὥστε μὴ ἄγειν ἔτι
με ναύτην;

PHILOCTÈTE. O mon enfant,
j'approuve ces choses,
et relève-moi,
comme tu l'entends;
mais laisse ceux-là,
de peur qu'ils ne soient accablés
par l'odeur mauvaise
avant le *temps* nécessaire;
car la peine sur le navire
de demeurer-avec moi
sera assez pour ceux-ci.
NÉOPTOLÈME.
Ces choses seront;
mais et lève-toi
et tiens-moi toi-même.
PHILOCTÈTE. Aie-courage.
Assurément l'habitude ordinaire
fera-relever moi.
NÉOPTOLÈME. Ah !
quoi donc ferai-je moi
ensuite?
PHILOCTÈTE. Qu'y a-t-il donc,
ô mon enfant?
Où enfin t'écartes-tu par le discours?
NÉOPTOLÈME. Je ne sais
où il faut tourner
la parole embarrassante.
PHILOCTÈTE. Mais de quoi
es-tu embarrassé toi?
Ne dis pas ces choses,
ô mon enfant.
NÉOPTOLÈME.
Mais je me trouve déjà
à ce point de ce malheur.
PHILOCTÈTE. Ne *serait-ce* pas
le désagrément
de la maladie
qui a persuadé toi
au point de ne conduire plus
moi *comme* passager?

ΝΕΟΠΤΟΛΕΜΟΣ.
Ἅπαντα δυσχέρεια, τὴν αὑτοῦ φύσιν
ὅταν λιπών τις δρᾷ τὰ μὴ προσεικότα.

ΦΙΛΟΚΤΗΤΗΣ.
Ἀλλ᾽ οὐδὲν ἔξω τοῦ φυτεύσαντος σύ γε
δρᾷς οὐδὲ φωνεῖς, ἐσθλὸν ἄνδρ᾽ ἐπωφελῶν.   905

ΝΕΟΠΤΟΛΕΜΟΣ.
Αἰσχρὸς φανοῦμαι· τοῦτ᾽ ἀνιῶμαι πάλαι.

ΦΙΛΟΚΤΗΤΗΣ.
Οὔκουν ἐν οἷς γε δρᾷς· ἐν οἷς δ᾽ αὐδᾷς ὀκνῶ

ΝΕΟΠΤΟΛΕΜΟΣ.
Ὦ Ζεῦ³, τί δράσω; δεύτερον¹ ληφθῶ κακός,
κρύπτων θ᾽ ἃ μὴ δεῖ καὶ λέγων αἴσχιστ᾽ ἐπῶν;

ΦΙΛΟΚΤΗΤΗΣ.
Ἀνὴρ ὅδ᾽, εἰ μὴ ᾽γὼ κακὸς γνώμην ἔφυν,   910
προδούς μ᾽ ἔοικεν κἀκλιπὼν τὸν πλοῦν στελεῖν.

ΝΕΟΠΤΟΛΕΜΟΣ.
Λιπὼν μὲν οὐκ ἔγωγε, λυπηρῶς δὲ μὴ
πέμπω σε μᾶλλον, τοῦτ᾽ ἀνιῶμαι πάλαι.

ΦΙΛΟΚΤΗΤΗΣ.
Τί ποτε λέγεις, ὦ τέκνον; ὡς οὐ μανθάνω.

NÉOPTOLÈME. Tout embarrasse, lorsqu'on dément son caractère et sa naissance.

PHILOCTÈTE. Mais ni ta conduite ni tes paroles ne démentent ta naissance, lorsque tu sauves un homme de bien.

NÉOPTOLÈME. Je serai déshonoré ; voilà ce qui me tourmente.

PHILOCTÈTE. Ce ne sera pas pour ta conduite ; quant à tes paroles, je ne sais.

NÉOPTOLÈME. O Jupiter, que ferai-je ? Me rendrai-je encore une fois coupable en lui cachant ce que je dois lui dire, et en l'abusant par de honteux mensonges ?

PHILOCTÈTE. Si je ne me trompe, il veut me trahir et partir en m'abandonnant.

NÉOPTOLÈME. Moi t'abandonner ! Non. Mais je crains plutôt de t'affliger en t'emmenant ; voilà ce qui me tourmente.

PHILOCTÈTE. Que dis-tu, mon fils ? Je ne te comprends pas.

ΝΕΟΠΤΟΛΕΜΟΣ.
Ἄπαντα δυσχέρεια,
ὅταν τις λιπὼν
φύσιν τὴν αὑτοῦ
δρᾷ τὰ μὴ προσεικότα
ΦΙΛΟΚΤΗΤΗΣ.
Ἀλλὰ σύ γε,
ἐπωφελῶν ἄνδρα ἐσθλὸν,
δρᾷς οὐδὲ φωνεῖς οὐδὲν
ἔξω τοῦ φυτεύσαντος.
ΝΕΟΠΤΟΛΕΜΟΣ.
Φανοῦμαι αἰσχρός·
ἀνιῶμαι τοῦτο πάλαι.
ΦΙΛΟΚΤΗΤΗΣ. Οὔκουν
ἐν οἷς γε δρᾷς·
ἐν οἷς δὲ αὐδᾷς,
ὀκνῶ.
ΝΕΟΠΤΟΛΕΜΟΣ. Ὦ Ζεῦ,
τί δράσω; ληφθῶ
κακὸς δεύτερον,
κρύπτων τε
ἃ μὴ δεῖ,
καὶ λέγων
αἴσχιστα ἐπῶν;
ΦΙΛΟΚΤΗΤΗΣ. Ὅδε ὁ ἀνὴρ
ἔοικε, εἰ ἐγὼ μὴ ἔφυν
κακὸς γνώμην,
στελεῖν τὸν πλοῦν
προδοὺς καὶ ἐκλιπών με
ΝΕΟΠΤΟΛΕΜΟΣ.
Οὐ μὲν ἔγωγε
λιπών·
μᾶλλον δὲ ἀνιῶμαι
πάλαι τοῦτο,
μὴ
πέμπων σε
λυπηρῶς.
ΦΙΛΟΚΤΗΤΗΣ. Ὦ τέκνον,
τί ποτε λέγεις;
ὡς οὐ μανθάνω

NÉOPTOLÈME.
Toutes choses *sont* désagrément,
quand quelqu'un ayant abandonné
le naturel de lui-même,
fait des choses non convenables.
PHILOCTÈTE.
Mais toi au-moins
en secourant un homme bon,
tu ne fais ni ne dis rien
en-dehors de celui-qui *t'*a engendré.
NÉOPTOLÈME.
Je paraîtrai méprisable ;   [temps.
je suis affligé de cela depuis long-
PHILOCTÈTE. Certes non pas
dans *les choses* que tu fais ;
mais dans *les choses* que tu dis,
je *le* crains.
NÉOPTOLÈME. O Jupiter,
que ferai-je ? Serai-je surpris
étant méchant une seconde fois,
et en cachant *les choses*
que il ne faut pas,
et en disant
les plus honteuses des paroles?
PHILOCTÈTE. Cet homme
paraît, si moi je ne suis-pas-né
mauvais quant au jugement,
devoir entreprendre la navigation
ayant trahi et abandonné moi.
NÉOPTOLÈME.
A la vérité je ne *naviguerai* pas
ayant abandonné *toi* ;
mais plutôt je suis tourmenté
depuis longtemps de ceci,
de-peur-que *je ne navigue*
emmenant toi
d'une-manière-chagrinante.
PHILOCTÈTE. O *mon* enfant
quelle-chose enfin dis-tu
car je ne comprends pas.

ΝΕΟΠΤΟΛΕΜΟΣ.

Οὐδέν σε κρύψω· δεῖ γὰρ ἐς Τροίαν σε πλεῖν   915
πρὸς τοὺς Ἀχαιοὺς καὶ τὸν Ἀτρειδῶν στόλον.

ΦΙΛΟΚΤΗΤΗΣ.

Οἴμοι, τί εἶπας;

ΝΕΟΠΤΟΛΕΜΟΣ.

　　　Μὴ στέναζε, πρὶν μάθῃς.

ΦΙΛΟΚΤΗΤΗΣ.

Ποῖον μάθημα; τί με νοεῖς; δρᾶσαί ποτε;

ΝΕΟΠΤΟΛΕΜΟΣ.

Σῶσαι κακοῦ μὲν πρῶτα τοῦδ’, ἔπειτα δὲ
ξὺν σοὶ τὰ Τροίας πεδία πορθῆσαι μολών.   920

ΦΙΛΟΚΤΗΤΗΣ.

Καὶ ταῦτ’ ἀληθῆ δρᾶν νοεῖς;

ΝΕΟΠΤΟΛΕΜΟΣ.

　　　　　Πολλὴ κρατεῖ
τούτων ἀνάγκη· καὶ σὺ μὴ θυμοῦ κλύων.

ΦΙΛΟΚΤΗΤΗΣ.

Ἀπόλωλα τλήμων, προδέδομαι. Τί μ’, ὦ ξένε,
δέδρακας; ἀπόδος ὡς τάχος τὰ τόξα μοι.

ΝΕΟΠΤΟΛΕΜΟΣ.

Ἀλλ’ οὐχ οἷόν τε· τῶν γὰρ ἐν τέλει κλύειν   925
τό τ’ ἔνδικόν με καὶ τὸ συμφέρον ποιεῖ.

ΦΙΛΟΚΤΗΤΗΣ.

Ὦ πῦρ σὺ καὶ πᾶν δεῖμα καὶ πανουργίας

NÉOPTOLÈME. Je ne te cacherai rien. Il faut que tu viennes à
Troie, auprès des Grecs, dans le camp des Atrides.

PHILOCTÈTE. Ah! qu'as-tu dit?

NÉOPTOLÈME. Suspends tes plaintes, écoute-moi.

PHILOCTÈTE. Et que puis-je écouter? Que veux-tu faire de moi?

NÉOPTOLÈME. Guérir d'abord ta blessure, puis aller avec toi
ravager les campagnes de Troie.

PHILOCTÈTE. Et c'est là réellement ton dessein?

NÉOPTOLÈME. La nécessité l'ordonne : écoute-moi sans colère.

PHILOCTÈTE. Je suis perdu, je suis trahi, malheureux que je
suis! O étranger, quel piége tu m'as tendu! Rends-moi promptement mes armes.

NÉOPTOLÈME. Je ne le puis : le devoir et l'intérêt commun me
forcent d'obéir aux chefs.

PHILOCTÈTE. Homme impudent, toi qu'on peut appeler de tout

ΝΕΟΠΤΟΛΕΜΟΣ.
Κρύψω σε οὐδέν·
δεῖ γάρ σε πλεῖν
ἐς Τροίαν πρὸς τοὺς Ἀχαιοὺς
καὶ τὸν στόλον τῶν Ἀτρειδῶν.
ΦΙΛΟΚΤΗΤΗΣ. Οἴμοι,
τί εἶπας;
ΝΕΟΠΤΟΛΕΜΟΣ.
Μὴ στέναζε,
πρὶν μάθῃς.
ΦΙΛΟΚΤΗΤΗΣ.
Ποῖον μάθημα;
τί ποτε νοεῖς δρᾶσαί με ;
ΝΕΟΠΤΟΛΕΜΟΣ.
Πρῶτα μὲν
σῶσαι τοῦδε κακοῦ,
ἔπειτα δὲ
πορθῆσαι ξὺν σοὶ
τὰ πεδία Τροίας μολών.
ΦΙΛΟΚΤΗΤΗΣ.
Καὶ νοεῖς
δρᾶν ἀληθῆ ταῦτα ;
ΝΕΟΠΤΟΛΕΜΟΣ. Πολλὴ
ἀνάγκη τούτων κρατεῖ·
καὶ σὺ μὴ θυμοῦ κλύων.
ΦΙΛΟΚΤΗΤΗΣ.
Ἀπόλωλα τλήμων,
προδέδομαι.
Ὦ ξένε, τί δέδρακάς με ;
ἀπόδος μοι τὰ τόξα ὡς τάχος.
ΝΕΟΠΤΟΛΕΜΟΣ.
Ἀλλὰ οὐχ οἷόν τε·
τὸ γάρ τε ἔνδικον
καὶ τὸ συμφέρον
ποιεῖ με κλύειν
τῶν ἐν τέλει.
ΦΙΛΟΚΤΗΤΗΣ.
Ὦ σὺ πῦρ,
καὶ πᾶν δεῖμα,
καὶ τέχνημα ἔχθιστον

NÉOPTOLÈME.
Je ne cacherai à toi rien :
eh bien, il faut 1· naviguer
à Troie, vers les   héens
et la flotte des Atr   ...des.
PHILOCTÈTE. Hélas !
qu'as-tu dit ?
NÉOPTOLÈME.
Ne gémis pas,
avant que tu aies appris.
PHILOCTÈTE.
Quelle chose-à-apprendre ?
que médites-tu enfin de me faire?
NÉOPTOLÈME.
D'abord d'un côté
sauver *toi* de ce mal,
ensuite de l'autre côté
dévaster avec toi
les plaines de Troie, *y* étant allé.
PHILOCTÈTE.
Et tu penses
faire vraiment ces choses?
NÉOPTOLÈME. Une grande
nécessité de ces choses *me* domine;
et toi ne t'irrites pas entendant.
PHILOCTÈTE.
Je suis perdu infortuné !
je suis trahi.
O étranger, qu'as-tu fait à moi?
rends à moi l'arc au plus vite
NÉOPTOLÈME.
Mais *ce* n'est pas possible ;
car et le devoir
et l'intérêt
font moi écouter
ceux *qui sont* en charge.
PHILOCTÈTE.
O toi feu,
et tout *objet d'*horreur,
et chef-d'œuvre très-odieux

δεινῆς τέχνημ' ἔχθιστον, οἷά μ' εἰργάσω,
οἷ' ἠπάτηκας· οὐδ' ἐπαισχύνει μ' ὁρῶν
τὸν προστρόπαιον, τὸν ἱκέτην, ὦ σχέτλιε;   930
Ἀπεστέρηκας τὸν βίον τὰ τόξ' ἑλών.
Ἀπόδος, ἱκνοῦμαί σ', ἀπόδος, ἱκετεύω, τέκνον.
Πρὸς θεῶν πατρῴων, τὸν βίον με μἀφέλῃς.
Ὤμοι τάλας. Ἀλλ' οὐδὲ προσφωνεῖ μ' ἔτι,
ἀλλ' ὡς μεθήσων μήποθ', ὧδ' ὁρᾷ πάλιν.   935
Ὦ λιμένες, ὦ προβλῆτες, ὦ ξυνουσίαι
θηρῶν ὀρείων, ὦ καταρρῶγες πέτραι,
ὑμῖν τάδ', οὐ γὰρ ἄλλον οἶδ' ὅτῳ λέγω,
ἀνακλαίομαι παροῦσι τοῖς εἰωθόσιν,
οἷ' ἔργ' ὁ παῖς μ' ἔδρασεν οὑξ Ἀχιλλέως·   940
ὀμόσας ἀπάξειν οἴκαδ', ἐς Τροίαν μ' ἄγει·
προσθείς τε χεῖρα δεξιάν, τὰ τόξα μου
ἱερὰ λαβὼν τοῦ Ζηνὸς Ἡρακλέους ἔχει,
καὶ τοῖσιν Ἀργείοισι φήνασθαι θέλει.
Ὡς ἄνδρ' ἑλὼν ἰσχυρὸν ἐκ βίας μ' ἄγει,   945
κοὐκ οἶδ' ἐναίρων νεκρόν, ἢ καπνοῦ σκιάν,

objet d'horreur, modèle accompli de perfidie, que m'as-tu fait!
Comme tu m'as trompé! Peux-tu me regarder sans rougir, malheureux, moi ton suppliant, moi qui ai embrassé tes genoux!
M'enlever mon arc, c'est m'arracher la vie. Rends-le-moi, je t'en
supplie, rends-le-moi, je t'en conjure. Au nom des dieux de la patrie, ne m'enlève pas le soutien de ma vie. Hélas! malheureux que
je suis! Il ne me répond plus! il détourne le visage, comme décidé à ne pas me le rendre. O rivage! ô promontoire de cette île!
ô bêtes farouches, mon unique société! ô rochers escarpés, c'est à
vous que je me plains, comme aux seuls êtres dont je puisse
invoquer le témoignage. Vous êtes accoutumés à mes gémissements : voyez ce que m'a fait le fils d'Achille. Il jure de me ramener dans ma patrie, et c'est à Troie qu'il me conduit. Après m'avoir
donné sa main pour gage de sa foi, il m'enlève l'arc sacré d'Hercule, fils de Jupiter, il veut me traîner dans le camp des Grecs,
pour triompher de moi, comme d'un guerrier redoutable; il ne
voit pas que c'est triompher d'un mort, d'une ombre, d'un vain

πανουργίας δεινῆς,	d'une perfidie horrible,
οἷα εἰργάσω με,	quelles choses as-tu faites à moi,
οἷα ἠπάτηκας·	en-quelles-choses m'as-tu trompé!
οὐδὲ ἐπαισχύνει,	et tu ne rougis pas même,
ὦ σχέτλιε, ὁρῶν με	ô malheureux, voyant moi
τὸν προστρόπαιον,	qui-suis-à-tes-genoux,
τὸν ἱκέτην;	moi ton suppliant?
Ἀπεστέρηκας τὸν βίον,	Tu m'as arraché la vie,
ἑλὼν τὰ τόξα.	m'ayant ôté mon arc.
Ἀπόδος, ἱκνοῦμαί σε,	Rends-le, je supplie toi,
ἀπόδος, ἱκετεύω, τέκνον.	rends-le, je t'en conjure, enfant.
Πρὸς θεῶν πατρῴων,	Au nom des dieux paternels,
μὴ ἀφέλῃς τὸν βίον με.	n'ôte pas la vie à moi.
Ὤμοι τάλας.	Hélas! infortuné que je suis.
Ἀλλὰ οὐδὲ προσφωνεῖ με ἔτι·	Mais il ne me parle même plus;
ἀλλὰ ὁρᾷ πάλιν ὧδε,	mais il regarde en arrière ainsi,
ὡς μεθήσων μήποτε.	comme ne le devant-rendre jamais.
Ὦ λιμένες, ὦ προβλῆτες,	O ports, ô promontoires,
ὦ ξυνουσίαι	ô fréquentations
θηρῶν ὀρείων,	des bêtes de-la-montagne,
ὦ πέτραι καταρρῶγες,	ô rochers escarpés,
ἀνακλαίομαι τάδε	je me plains de ces choses
ὑμῖν παροῦσι	à vous étant présents,
τοῖς εἰωθόσιν,	et qui-y-êtes-habitués;
οὐ γὰρ οἶδα ἄλλον	car je ne sais pas un autre
ὅτῳ λέγω,	à qui je puisse-le-dire,
οἷα ἔργα ἔδρασέ με	quelles actions a faites à moi
ὁ παῖς ὁ ἐξ Ἀχιλλέως·	le fils celui d'Achille; [moi,
ὁμόσας ἀπάξειν οἰκάδε,	ayant juré de me conduire chez
ἄγει με ἐς Τροίαν·	il conduit moi à Troie;
προθείς τε χεῖρα δεξιάν,	et m'ayant tendu sa main droite,
ἔχει λαβὼν τὰ τόξα μου	il a, l'ayant pris, l'arc de moi
ἱερὰ Ἡρακλέους	étant chose sacrée d'Hercule
τοῦ Ζηνός;	le fils de Jupiter,
καὶ θέλει φήνασθαι	et il veut le montrer
τοῖσιν Ἀργείοισιν.	aux Argiens. [pris
Ἄγει με ἐκ βίας ἑλὼν	Il conduit moi par violence m'ayant
ὡς ἄνδρα ἰσχυρόν·	comme un homme vigoureux;
καὶ οὐκ οἶδεν ἐναίρων νεκρόν,	et il ne sait pas tuant un mort
ἢ σκιὰν καπνοῦ,	ou l'ombre de la fumée,

εἴδωλον ἄλλως. Οὐ γὰρ ἂν σθένοντά γε
εἷλέν μ'· ἐπεὶ οὐδ' ἂν ὧδ' ἔχοντ', εἰ μὴ δόλῳ.
Νῦν δ' ἠπάτημαι δύσμορος. Τί χρή με δρᾶν;
Ἀλλ' ἀπόδος· ἀλλὰ νῦν ἔτ' ἐν σαυτῷ γενοῦ.　　　950
Τί φής; σιωπᾷς; οὐδέν εἰμ' ὁ δύσμορος.
Ὦ σχῆμα πέτρας δίπυλον, αὖθις αὖ πάλιν
εἴσειμι πρὸς σὲ¹ ψιλὸς, οὐκ ἔχων τροφήν·
ἀλλ' αὐανοῦμαι τῷδ' ἐν αὐλίῳ μόνος,
οὐ πτηνὸν ὄρνιν, οὐδὲ θῆρ' ὀρειβάτην　　　955
τόξοις ἐναίρων τοισίδ', ἀλλ' αὐτὸς τάλας
θανὼν παρέξω δαῖτ' ἀφ' ὧν ἐφερβόμην,
καί μ' οὓς ἐθήρων πρόσθε θηράσουσι νῦν·
φόνον φόνου δὲ ῥύσιον τίσω τάλας
πρὸς τοῦ δοκοῦντος οὐδὲν εἰδέναι κακόν　　　960
Ὄλοιο μή πω, πρὶν μάθοιμ' εἰ καὶ πάλιν
γνώμην μετοίσεις· εἰ δὲ μὴ, θάνοις κακῶς.

fantôme. Ah! s'il m'eût attaqué dans ma force! Mais encore à présent, ce n'est que par surprise. Je suis victime de la ruse. Malheureux, que ferai-je? Rends-les-moi. Reprends ta générosité naturelle. Que dis-tu? Tu ne dis rien?... C'en est fait, je suis perdu. O rocher, mon asile, je reviens à toi sans armes, sans moyens de subsistance; je me consumerai seul dans cet antre. Privé de mon arc, je ne pourrai plus percer les oiseaux qui fendent les airs ni les animaux qui habitent les montagnes; mais, hélas! je mourrai, ils me dévoreront, je leur servirai de pâture à mon tour; ils étaient ma proie, je deviendrai la leur, et ma mort vengera les victimes que j'ai immolées. Et c'est l'ouvrage d'un homme que je croyais incapable d'une perfidie. Je ne veux pas te maudire avant de savoir si tu changeras de résolution; mais si tu persistes, puisses-tu périr misérablement!

εἴδωλον ἄλλως.	une image vainement.
Οὐ γὰρ ἂν εἷλέ με	Car il n'aurait pas pris moi
σθένοντά γε·	étant-fort certainement;
ἐπεὶ οὐδὲ ἂν	puisque *il n'aurait* pas même *pris*
ἔχοντα ὧδε,	*moi* étant ainsi,
εἰ μὴ δόλῳ.	si *ce* n'*eût été* par la ruse.
Νῦν δὲ ἠπάτημαι	Mais maintenant j'ai été trompé
δύσμορος.	malheureux.
Τί χρή με δρᾶν;	Que faut-il moi faire?
Ἀλλὰ ἀπόδος·	Mais rends *l'arc*;
ἀλλὰ νῦν	maintenant du moins
ἔτι γενοῦ	sois (reviens) encore
ἐν σαυτῷ.	en toi-même (à ton caractère).
Τί φής; σιωπᾷς;	Que dis-tu? tu te tais?
εἰμὶ οὐδὲν ὁ δύσμορος.	je ne suis *plus* rien, infortuné.
Ὦ σχῆμα δίπυλον πέτρας,	O forme aux-deux-portes du rocher,
εἴσειμι αὖθις αὖ πάλιν	j'entre encore de nouveau
πρὸς σὲ ψιλὸς,	dans toi désarmé
οὐκ ἔχων τροφήν·	n'ayant pas de nourriture;
ἀλλὰ αὐανοῦμαι μόνος	mais je sécherai seul
ἐν τῷδε αὐλίῳ,	dans cet antre,
οὐκ ἐναίρων τοισίδε τόξοις	ne tuant avec ces flèches
ὄρνιν πτηνὸν,	*ni* oiseau ailé
οὐδὲ θῆρα ὀρειβάτην·	ni bêtes gravissant-les-montagnes,
ἀλλὰ αὐτὸς τάλας	mais moi-même infortuné
θανὼν παρέξω δαῖτα	étant mort, je fournirai de la pâture
ἀπὸ ὧν ἐφερβόμην,	*à ceux* dont je me nourrissais
καὶ οὕς ἐθήρων πρόσθε,	et *ceux* que je chassais auparavant,
θηράσουσί με νῦν·	chasseront moi maintenant;
τίσω δὲ τάλας,	et je payerai, malheureux,
φόνον ῥύσιον φόνου	la mort pour prix de la mort
πρὸς τοῦ	du-fait de celui
δοκοῦντος εἰδέναι	*ne* paraissant connaître
οὐδὲν κακόν.	aucune chose mauvaise.
Μὴ ὄλοιό πω,	Puisses-tu ne pas périr encore,
πρὶν μάθοιμι,	avant que j'aie appris
εἰ καὶ μετοίσεις	si peut-être tu changeras
πάλιν γνώμην·	de nouveau *ton* intention;
εἰ δὲ μὴ,	mais si non,
θάνοις κακῶς.	puisses-tu périr honteusement.

ΧΟΡΟΣ.

Τί δρῶμεν; ἐν σοὶ καὶ τὸ πλεῖν ἡμᾶς, ἄναξ,
ἤδη 'στὶ καὶ τοῖς τοῦδε προσχωρεῖν λόγοις.

ΝΕΟΠΤΟΛΕΜΟΣ.

Ἐμοὶ μὲν οἶκτος δεινὸς ἐμπέπτωκέ τις   965
τοῦδ' ἀνδρὸς οὐ νῦν πρῶτον, ἀλλὰ καὶ πάλαι.

ΦΙΛΟΚΤΗΤΗΣ.

Ἐλέησον, ὦ παῖ, πρὸς θεῶν, καὶ μὴ παρῇς
σαυτοῦ βροτοῖς ὄνειδος, ἐκκλέψας ἐμέ

ΝΕΟΠΤΟΛΕΜΟΣ.

Οἴμοι, τί δράσω; μή ποτ' ὤφελον λιπεῖν
τὴν Σκῦρον· οὕτω τοῖς παροῦσιν ἄχθομαι.   970

ΦΙΛΟΚΤΗΤΗΣ.

Οὐκ εἶ κακὸς σύ· πρὸς κακῶν δ' ἀνδρῶν μαθὼν
ἔοικας ἥκειν αἰσχρά. Νῦν δ' ἄλλοισι δοὺς
οἷ' εἰκὸς ἔκπλει, τἀμά μοι μεθεὶς ὅπλα.

ΝΕΟΠΤΟΛΕΜΟΣ.

Τί δρῶμεν, ἄνδρες;

ΟΔΥΣΣΕΥΣ.

Ὦ κάκιστ' ἀνδρῶν, τί δρᾷς;
Οὐκ εἶ μεθεὶς τὰ τόξα ταῦτ' ἐμοὶ πάλιν;   975

ΦΙΛΟΚΤΗΤΗΣ.

Οἴμοι, τίς ἀνήρ; ἆρ' Ὀδυσσέως κλύω;

LE CHOEUR. O roi, qu'allons-nous faire? Faut-il mettre à la voile, ou céder à ses prières? C'est à toi de le décider.

NÉOPTOLÈME. Je l'avouerai, ce héros m'inspire depuis long-temps une vive compassion.

PHILOCTÈTE. Aie pitié de moi, mon fils, au nom des dieux; ne te couvre pas aux yeux des hommes de la honte de m'avoir trompé.

NÉOPTOLÈME. Hélas! que faire? Plût aux dieux que je n'eusse jamais quitté Scyros! Tant je souffre de tout ceci.

PHILOCTÈTE. Mon fils, tu n'es pas méchant; mais, je le vois, ce sont de mauvais conseils qui t'instruisent au crime. Laisse le mal à ceux auxquels il convient; rends-moi mes armes et pars.

NÉOPTOLÈME. Amis, que ferons-nous?

ULYSSE. O le plus perfide des hommes, que vas-tu faire? Donne-moi ces armes et retire-toi.

PHILOCTÈTE. O ciel! Quel est cet homme? N'entends-je pas Ulysse?

ΧΟΡΟΣ. Τί δρῶμεν; LE CHŒUR. Que devons-nous faire?
Ἄναξ, ἐν σοὶ ἐστὶν ἤδη Roi, en toi est maintenant
καὶ τὸ ἡμᾶς πλεῖν et le nous naviguer
καὶ προσχωρεῖν et le céder
τοῖς λόγοις τοῦδε. aux discours de celui-ci.
ΝΕΟΠΤΟΛΕΜΟΣ. NÉOPTOLÈME.
Οἶκτός τις δεινὸς Une compassion extraordinaire
τοῦδε ἀνδρὸς de cet homme
ἐμπέπτωκεν ἐμοὶ μὲν est tombée sur moi   [fois
οὐ νῦν πρῶτον, non maintenant pour la première
ἀλλὰ καὶ πάλαι. mais même depuis-longtemps.
ΦΙΛΟΚΤΗΤΗΣ. Ὦ παῖ, PHILOCTÈTE. O mon enfant,
ἐλέησον, πρὸς θεῶν, aie-pitié, au nom des dieux,
καὶ μὴ παρῇς βροτοῖς et ne permets pas aux mortels
ὄνειδος σαυτοῦ, l'opprobre de toi-même,
ἐκκλέψας ἐμέ. ayant emmené-par-la-ruse moi.
ΝΕΟΠΤΟΛΕΜΟΣ. Οἴμοι NÉOPTOLÈME. Hélas!
τί δράσω; que ferai-je?
ὄφελον μή ποτε λιπεῖν J'aurais-dû ne jamais quitter
τὴν Σκῦρον· οὕτω ἄχθομαι Scyros; tant je suis affligé
τοῖς παροῦσιν. des choses présentes.
ΦΙΛΟΚΤΗΤΗΣ. Οὐκ εἶ PHILOCTÈTE. Tu n'es pas
κακὸς σύ· ἔοικας δὲ méchant toi, mais tu parais
ἥκειν μαθὼν être venu ayant appris
πρὸς ἀνδρῶν κακῶν d'hommes mauvais
αἰσχρά. des choses honteuses.
Νῦν δὲ Mais maintenant,
δοὺς ἄλλοισιν, ayant abandonné à d'autres   [nes,
οἷα εἰκὸς ce qu'il est juste que tu leur don-
ἔκπλει, μεθείς μοι mets-à-la-voile, ayant cédé à moi
τὰ ἐμὰ ὅπλα. les miennes armes.
ΝΕΟΠΤΟΛΕΜΟΣ. Ἄνδρες, NÉOPTOLÈME. Hommes,
τί δρῶμεν; que devons-nous faire?
ΟΔΥΣΣΕΥΣ. Τί δρᾷς, ULYSSE. Que fais-tu,
ὦ κάκιστε ἀνδρῶν; ô le plus lâche des hommes?
οὐκ εἶ πάλιν μεθεὶς n'es-tu pas à-ton-tour cédant
ἐμοὶ ταῦτα τὰ τόξα; à moi cet arc?
ΦΙΛΟΚΤΗΤΗΣ. Οἴμοι, PHILOCTÈTE. Hélas!
τίς ὁ ἀνήρ; quel est cet homme?
ἆρα κλύω Ὀδυσσέως; Est-ce que j'entends Ulysse?

ΟΔΥΣΣΕΥΣ.

Ὀδυσσέως, σάφ' ἴσθ', ἐμοῦ γ', ὃν εἰσορᾷς.

ΦΙΛΟΚΤΗΤΗΣ.

Οἴμοι· πέπραμαι κἀπόλωλ'. Ὅδ' ἦν ἄρα
ὁ ξυλλαβών με κἀπονοσφίσας ὅπλων.

ΟΔΥΣΣΕΥΣ.

Ἐγώ, σάφ' ἴσθ', οὐκ ἄλλος· ὁμολογῶ τάδε.   980

ΦΙΛΟΚΤΗΤΗΣ.

Ἀπόδος, ἄφες μοι, παῖ, τὰ τόξα.

ΟΔΥΣΣΕΥΣ.

Τοῦτο μέν,
οὐδ' ἢν θέλῃ, δράσει ποτ'· ἀλλὰ καί σε δεῖ
στείχειν ἅμ' αὐτοῖς, ἢ βίᾳ στελοῦσί σε.

ΦΙΛΟΚΤΗΤΗΣ.

Ἔμ', ὦ κακῶν κάκιστε καὶ τολμήστατε¹,
οἵδ' ἐκ βίας ἄξουσιν;

ΟΔΥΣΣΕΥΣ.

Ἢν μὴ ἕρπῃς ἑκών.   985

ΦΙΛΟΚΤΗΤΗΣ.

Ὦ Λημνία χθὼν καὶ τὸ παγκρατὲς σέλας²
Ἡφαιστότευκτον, ταῦτα δῆτ' ἀνασχετά,
εἴ μ' οὗτος ἐκ τῶν σῶν ἀπάξεται βίᾳ;

ΟΔΥΣΣΕΥΣ.

Ζεύς ἐσθ', ἵν' εἰδῇς, Ζεύς, ὁ τῆσδε γῆς κρατῶν·
Ζεὺς δ', ᾧ δέδοκται ταῦθ', ὑπηρετῶ δ' ἐγώ.   990

ULYSSE. Oui, c'est moi, c'est Ulysse qui est devant tes yeux.

PHILOCTÈTE. Malheur à moi! Je suis trahi, je suis perdu. Ah!
c'est lui qui m'a surpris, qui m'a ravi mes armes.

ULYSSE. Oui, c'est moi-même, j'en conviens.

PHILOCTÈTE. Rends-moi, mon fils, rends-moi mes armes.

ULYSSE. Quand même il le voudrait, il ne le fera pas. Mais il
faut que tu viennes avec nous, ou ces Grecs t'emmèneront de force.

PHILOCTÈTE. Qui? moi? ô le plus perfide, le plus audacieux
des hommes! Ils m'emmèneront de force?

ULYSSE. A moins que tu ne consentes à nous suivre.

PHILOCTÈTE. O terre de Lemnos! Feux puissants de Vulcain,
souffrirez-vous que ce traître m'enlève malgré moi de ce rivage?

ULYSSE. Sache que c'est Jupiter, le roi de cette île, Jupiter qui
le veut, et j'exécute son ordre.

ΟΔΥΣΣΕΥΣ. Ὀδυσσέως,
ἴσθι σάφα,
ἐμοῦ γε, ὃν εἰσορᾷς.
ΦΙΛΟΚΤΗΤΗΣ. Οἴμοι·
πέπραμαι καὶ ἀπόλωλα.
Ἦν ἄρα ὅδε
ὁ ξυλλαβών με
καὶ ἀπονοσφίσας ὅπλων.
ΟΔΥΣΣΕΥΣ. Ἐγώ,
ἴσθι σάφα,
οὐκ ἄλλος·
ὁμολογῶ τάδε.
ΦΙΛΟΚΤΗΤΗΣ. Παῖ,
ἀπόδος,
ἄφες μοι τὰ τόξα.
ΟΔΥΣΣΕΥΣ. Οὐδὲ
ἢν θέλῃ,
δράσει ποτὲ τοῦτο μέν·
ἀλλὰ δεῖ καὶ σὲ
στείχειν ἅμα αὐτοῖς,
ἢ στελοῦσί σε βίᾳ.
ΦΙΛΟΚΤΗΤΗΣ. Ὦ κάκιστε
καὶ τολμήστατε κακῶν,
οἴδε ἄξουσιν ἐμὲ ἐκ βίας
ΟΔΥΣΣΕΥΣ.
Ἦν μὴ ἔρπῃς ἑκών.
ΦΙΛΟΚΤΗΤΗΣ.
Ὦ χθὼν Λημνία
καὶ τὸ σέλας παγκρατὲς
Ἡφαιστότευκτον,
ταῦτα δῆτα ἀνασχετά,
εἰ οὗτος ἀπάξεταί με
βίᾳ ἐκ τῶν σῶν;
ΟΔΥΣΣΕΥΣ.
Ἔστι Ζεύς,
ἵνα εἰδῇς, Ζεύς,
ὁ κρατῶν τῆσδε γῆς·
Ζεὺς δὲ ᾧ
ταῦτα δέδοκται·
ἐγὼ δὲ ὑπηρετῶ.

ULYSSE. Ulysse,
sache-*le* clairement,
moi-même, que tu vois.
PHILOCTÈTE. Hélas !
je suis vendu et perdu.
C'était donc celui-ci
qui-avait-surpris moi
et qui-*m*'avait-privé de *mes* armes.
ULYSSE. *C'était* moi,
sache-*le* sûrement,
non *un* autre;
j'avoue ces choses.
PHILOCTÈTE. *Mon* enfant,
rends,
laisse à moi l'arc.
ULYSSE. Non
quand même il voudrait,
il ne fera jamais ceci à la vérité;
mais il faut même toi
venir avec eux   [force.
ou bien *ceux-ci* emmèneront toi de
PHILOCTÈTE. O le plus méchant
et le plus audacieux des méchants,
ceux-ci emmèneront moi de force?
ULYSSE.
Si tu ne viens pas volontairement.
PHILOCTÈTE.
O terre de-Lemnos
et feu qui-domptes-tout
ouvrage-de-Vulcain,
ces choses *sont-elles* donc tolérables
si celui-ci emmènera moi
de force hors de *tes possessions*?
ULYSSE.
C'est Jupiter,
afin-que tu *le* saches, Jupiter,
celui qui-est-maître de cette terre;
et *c'est* Jupiter par qui
ces choses ont été décrétées;
et moi j'exécute-*ses-ordres*.

ΦΙΛΟΚΤΗΤΗΣ.

Ὦ μῖσος, οἷα κἀξανευρίσκεις λέγειν·
θεοὺς προτείνων τοὺς θεοὺς ψευδεῖς τίθης

ΟΔΥΣΣΕΥΣ.

Οὐκ, ἀλλ' ἀληθεῖς. Ἡ δ' ὁδὸς πορευτέα.

ΦΙΛΟΚΤΗΤΗΣ,

Οὔ φημ' ἔγωγε.

ΟΔΥΣΣΕΥΣ.

Φημί. Πειστέον τάδε.

ΦΙΛΟΚΤΗΤΗΣ.

Οἴμοι τάλας, Ἡμᾶς μὲν ὡς δούλους σαφῶς   996
πατὴρ ἄρ' ἐξέφυσεν, οὐδ' ἐλευθέρους.

ΟΔΥΣΣΕΥΣ,

Οὐκ, ἀλλ' ὁμοίους τοῖς ἀρίστοισιν, μεθ' ὧν
Τροίαν σ' ἑλεῖν δεῖ καὶ κατασκάψαι βίᾳ.

ΦΙΛΟΚΤΗΤΗΣ.

Οὐδέποτέ γ'· οὐδ' ἢν χρῆ με πᾶν παθεῖν κακὸν,
ἕως ἂν ᾖ μοι γῆς τόδ' αἰπεινὸν βάθρον [1],   1000

ΟΔΥΣΣΕΥΣ.

Τί δ' ἐργασείεις;

ΦΙΛΟΚΤΗΤΗΣ.

Κρᾶτ' ἐμὸν τόδ' αὐτίκα
πέτρᾳ πέτρας ἄνωθεν αἱμάξω πεσών.

ΟΔΥΣΣΕΥΣ.

Ξυλλάβετον αὐτόν· μὴ 'πὶ τῷδ' ἔστω τάδε.

PHILOCTÈTE. Scélérat, qu'oses-tu dire? En alléguant l'ordre des dieux, tu fais les dieux menteurs.

ULYSSE. Non, mais véridiques. Aussi tu nous suivras.

PHILOCTÈTE. Je ne partirai point.

ULYSSE. Je te répète, il faut obéir.

PHILOCTÈTE. Malheureux que je suis! Mon père, en me donnant la vie, a donc fait un esclave, et non un homme libre?

ULYSSE. Non, il t'a fait l'égal des héros avec lesquels tu dois prendre et renverser Ilion.

PHILOCTÈTE. Jamais : dussé-je souffrir mille maux, tant que cette île élèvera ses bords escarpés.

ULYSSE. Que feras-tu?

PHILOCTÈTE. Je vais me précipiter du haut de ces rochers et me briser la tête.

ULYSSE. Saisissez-le : qu'il ne puisse exécuter son dessein.

ΦΙΛΟΚΤΗΤΗΣ. Ὦ μῖσος,	PHILOCTÈTE. O *homme*-odieux,
οἷα καὶ ἐξανευρίσκεις	quelles choses encore tu imagines
λέγειν·	pour *les* dire!
προτείνων θεοὺς	en mettant-en-avant les dieux
τίθης τοὺς θεοὺς ψευδεῖς.	tu fais les dieux menteurs,
ΟΔΥΣΣΕΥΣ. Οὔκ,	ULYSSE. Non,
ἀλλὰ ἀληθεῖς.	mais véridiques. [voyagé.
Ἡ δὲ ὁδὸς πορευτέα.	Mais le voyage *est* devant-être-
ΦΙΛΟΚΤΗΤΗΣ.	PHILOCTÈTE.
Ἔγωγε οὔ φημι.	Et moi je dis non.
ΟΔΥΣΣΕΥΣ. Φημί,	ULYSSE. Je dis oui,
Πειστέον τάδε.	Il faut-obéir en cela.
ΦΙΛΟΚΤΗΤΗΣ.	PHILOCTÈTE.
Οἴμοι τάλας.	Hélas! malheureux!
Πατὴρ ἆρα ἐξέφυσεν	Le père a donc engendré
ἡμᾶς μὲν	nous d'une part
ὡς δούλους σαφῶς,	comme des esclaves évidemment,
οὐδὲ ἐλευθέρους.	et non *comme des hommes* libres.
ΟΔΥΣΣΕΥΣ. Οὔκ,	ULYSSE. Non pas,
ἀλλὰ ὁμοίους	mais *comme* égaux
τοῖς ἀρίστοισιν,	aux meilleurs,
μετὰ ὧν δεῖ σε	avec lesquels il faut toi
ἑλεῖν καὶ κατασκάψαι	prendre et renverser
Τροίαν βίᾳ.	Troie par la force.
ΦΙΛΟΚΤΗΤΗΣ.	PHILOCTÈTE.
Οὐδέποτέ γε·	Jamais assurément;
οὐδὲ ἢν χρῆ με παθεῖν	pas même s'il fallait moi souffrir
πᾶν κακόν,	toute *espèce de* mal,
ἕως τόδε βάθρον αἰπεινὸν γῆς	tant que ce séjour élevé de la terre
ἂν ᾖ μοι.	sera à moi.
ΟΔΥΣΣΕΥΣ.	ULYSSE.
Τί δὲ ἐργασείεις;	Mais que veux-tu faire?
ΦΙΛΟΚΤΗΤΗΣ. Αὐτίκα	PHILOCTÈTE. A l'instant
αἱμάξω πέτρᾳ	j'ensanglanterai contre le rocher
τόδε κρᾶτα ἐμὸν	cette tête mienne
πεσὼν ἄνωθεν πέτρας.	étant tombé du haut du rocher.
ΟΔΥΣΣΕΥΣ.	ULYSSE.
Ξυλλάβετον αὐτόν·	Saisissez-le;
μὴ τάδε ἔστω	que ces choses ne soient pas
ἐπὶ τῷδε.	auprès de lui (en son pouvoir),

ΦΙΛΟΚΤΗΤΗΣ.

Ὦ χεῖρες, οἷα πάσχετ' ἐν χρείᾳ φίλης
νευρᾶς, ὑπ' ἀνδρὸς τοῦδε συνθηρώμεναι [1]. 1005
Ὦ μηδὲν ὑγιὲς μηδ' ἐλεύθερον φρονῶν,
ὁ ' αὖ μ' ὑπῆλθες, ὥς μ' ἐθηράσω, λαβὼν
πρόβλημα σαυτοῦ παῖδα τόνδ' ἀγνῶτ' ἐμοί,
ἀνάξιον μὲν σοῦ, κατάξιον δ' ἐμοῦ,
ὃς οὐδὲν ᾔδει πλὴν τὸ προσταχθὲν ποιεῖν, 1010
δῆλος δὲ καὶ νῦν ἐστιν ἀλγεινῶς φέρων
οἷς τ' αὐτὸς ἐξήμαρτεν οἷς τ' ἐγὼ 'παθον.
Ἀλλ' ἡ κακὴ σὴ διὰ μυχῶν βλέπουσ' ἀεὶ
ψυχή νιν ἀφυᾶ τ' ὄντα κοὐ θέλονθ' ὅμως
εὖ προὐδίδαξεν ἐν κακοῖς εἶναι σοφόν. 1015
Καὶ νῦν ἔμ', ὦ δύστηνε, συνδήσας [2] νοεῖς
ἄγειν ἀπ' ἀκτῆς τῆσδ', ἐν ᾗ με προὐβάλου
ἄφιλον, ἔρημον, ἄπολιν, ἐν ζῶσιν νεκρόν.
Φεῦ.
Ὄλοιο· καί σοι πολλάκις τόδ' ηὐξάμην.

PHILOCTÈTE. O mes mains! Quel supplice d'être privées de vos armes et enchaînées par ce lâche! Traître, qui n'as aucun sentiment de justice ni d'honneur, dans quel piége tu m'as enveloppé! Avec quel art tu t'es servi, pour me surprendre, de ce jeune homme qui m'était inconnu! Trop généreux pour toi, mais digne de moi, il ne savait qu'obéir, et maintenant, on le voit, il se repent de sa trahison et du mal qu'il m'a fait. Mais ton génie pervers et ténébreux a bien su enseigner la perfidie à ce cœur simple et qui se refusait à tes desseins. Maintenant, malheureux, après m'avoir enchaîné, tu veux m'emmener de ce rivage où tu m'as jadis jeté, seul, sans ami, sans patrie, mort parmi les vivants. Ah! puisses-tu périr! C'est un vœu que j'ai formé cent fois, mais les dieux ne

ΦΙΛΟΚΤΗΤΗΣ. Ὦ χεῖρες, — PHILOCTÈTE. O mains,

οἷα πάσχετε, — quelles choses vous endurez

συνθηρώμεναι — étant prises

ὑπὸ τοῦδε ἀνδρὸς, — par cet homme,

ἐν χρείᾳ νευρᾶς φίλης. — dans la privation de la corde chérie.

Ὦ φρονῶν — O toi qui ne médites

μηδὲν ὑγιὲς μηδὲ ἐλεύθερον, — rien de sain ni d'honnête,

οἷα αὖ — comme de nouveau

ὑπῆλθές με, — tu t'es-insinué auprès de moi !

ὡς ἐθηράσω με, — comme tu as pris-au-piége moi,

λαβὼν πρόβλημα σαυτοῦ — ayant pris pour bouclier de toi-même

τόνδε παῖδα ἀγνῶτα ἐμοὶ, — ce jeune-homme inconnu à moi,

ἀνάξιον μὲν σοῦ, — non-digne à la vérité de toi

κατάξιον δὲ ἐμοῦ, — mais digne de moi,

ὃς ᾔδει οὐδὲν — qui ne savait rien

πλὴν ποιεῖν τὸ προσταχθεν, — que faire la chose commandée

ἐστὶ δὲ δῆλος — et est manifeste

καὶ νῦν — encore maintenant

φέρων ἀλγεινῶς, — supportant péniblement,

οἷς τε — les choses et par lesquelles

αὐτὸς ἐξήμαρτεν, — lui a péché,

οἷς τε ἐγὼ ἔπαθον. — et par lesquelles moi j'ai souffert.

Ἀλλὰ ἡ σὴ ψυχὴ κακὴ — Mais ton âme mauvaise

βλέπουσα ἀεὶ διὰ μυχῶν — regardant toujours dans les coins

προὐδίδαξεν εὖ νιν — a enseigné bien à lui   [choses

εἶναι σοφὸν ἐν κακοῖς — à être habile dans les mauvaises

ὅμως ὄντα — quoique lui étant

ἀφυᾶ τε — et incapable de cela

καὶ οὐ θέλοντα. — et ne le voulant pas.

Καὶ νῦν, — Et maintenant,

ὦ δύστηνε, — ô malheureux,

συνδήσας ἐμὲ — ayant lié moi

νοεῖς ἄγειν ἀπὸ τῆσδε ἀκτῆς, — tu penses m'emmener de cette côte

ἐν ᾗ προὔβαλον με — sur laquelle tu as jeté moi,

ἄφιλον, ἔρημον, — sans-ami, abandonné,

ἄπολιν, — sans-patrie,

νεκρὸν ἐν ζῶσιν. — mort parmi les vivants.

Φεῦ. Ὄλοιο· — Ah ! Puisses-tu-périr ;

εὐξάμην τόδε σοι — j'ai demandé-en-priant cela pour toi

καὶ πολλάκις. — déjà souvent.

Ἀλλ' οὐ γὰρ οὐδὲν θεοὶ νέμουσιν ἡδύ μοι,　　　1020

σὺ μὲν γέγηθας ζῶν, ἐγὼ δ' ἀλγύνομαι

τοῦτ' αὔθ', ὅτι ζῶ σὺν κακοῖς πολλοῖς τάλας,

γελώμενος πρὸς σοῦ τε καὶ τῶν Ἀτρέως

διπλῶν στρατηγῶν, οἷς σὺ ταῦθ' ὑπηρετεῖς.

Καίτοι σὺ μὲν κλοπῇ τε κἀνάγκῃ ζυγεὶς [1]　　　1025

ἔπλεις ἅμ' αὐτοῖς, ἐμὲ δὲ τὸν πανάθλιον

ἑκόντα πλεύσανθ' ἑπτὰ ναυσὶ ναυβάτην

ἄτιμον ἔβαλον, ὡς σὺ φής, κεῖνοι δὲ σέ [2].

Καὶ νῦν τί μ' ἄγετε; τί μ' ἀπάγεσθε; τοῦ χάριν;

ὃς οὐδέν εἰμι καὶ τέθνηχ' ὑμῖν πάλαι.　　　1030

Πῶς, ὦ θεοῖς ἔχθιστε, νῦν οὐκ εἰμί σοι

χωλός, δυσώδης; πῶς θεοῖς εὔξεσθ', ἐμοῦ

πλεύσαντος, αἴθειν ἱερά; πῶς σπένδειν ἔτι;

Αὕτη γὰρ ἦν σοι πρόφασις ἐκβαλεῖν ἐμέ.

m'accordent aucune faveur; pour toi la vie est heureuse, pour moi c'est un supplice de vivre accablé de maux sans nombre, en butte à tes risées et à celles des Atrides, dont tu sers les projets. Cependant c'est la ruse et la nécessité qui l'ont forcé de les suivre à Troie; et moi, malheureux, qui suis venu me joindre volontairement à eux avec sept vaisseaux, ils m'ont abandonné indignement, crime que tu leur imputes et qu'ils rejettent sur toi à leur tour. Et maintenant pourquoi voulez-vous m'emmener; m'arracher de ces lieux? Quel est votre dessein? Je ne suis plus rien, il y a longtemps que vous m'avez fait périr. Comment! être abhorré des dieux, je ne te parais donc plus boiteux? Ma plaie n'est donc plus infecte? Comment, si je vous accompagne, pourrez-vous faire les sacrifices ou les libations? Car voilà les prétextes pour me reje-

Ἀλλὰ σὺ μὲν γέγηθας / Mais toi d'un côté tu te réjouis

ζῶν, θεοὶ γὰρ / étant vivant, car les dieux

οὐ νέμουσί μοι οὐδὲν ἡδύ, / ne dispensent à moi rien d'agréable,

ἐγὼ δὲ ἀλγύνομαι / moi d'un autre côté je suis affligé

τοῦτο αὐτό, / en cela même,

ὅτι ζῶ σὺν πολλοῖς κακοῖς / que je vis avec beaucoup de maux

τάλας, / infortuné *que je suis*,

γελώμενος πρός σοῦ τε / étant moqué et par toi,

καὶ διπλῶν στρατηγῶν / et par les deux généraux

τῶν Ἀτρέως / les *fils* d'Atrée,

οἷς σὺ ὑπηρετεῖς ταῦτα. / lesquels tu sers dans ces choses.

Καίτοι σὺ μὲν / Cependant toi d'un côté

ἔπλεις ἅμα αὐτοῖς / tu navigues avec eux

ζυγεὶς κλοπῇ τε / contraint et par la ruse

καὶ ἀνάγκῃ, / et par la nécessité ;

ἔβαλον δὲ, / d'un autre côté ils ont rejeté,

ὡς σὺ φής, / comme toi tu dis,

ἄτιμον ἐμὲ / déshonoré, moi

τὸν πανάθλιον / le malheureux-en-tout,

πλεύσαντα ἑπτὰ ναυσὶν, / ayant-navigué avec sept vaisseaux,

ναυβάτην ἑκόντα, / *comme* nautonier volontaire,

κεῖνοι δὲ σέ. / mais ceux-là *disent* toi *m'avoir*

Καὶ νῦν / Et maintenant   [*rejeté*

τί με ἄγετε ; / pourquoi m'amenez-vous ?

τί με ἀπάγεσθε ; / pourquoi m'emmenez-vous *avec*

τοῦ χάριν ; / à cause de quoi ?   [*vous ?*

ὅς εἰμι οὐδὲν / *moi* qui ne suis rien

καὶ τέθνηκα ὑμῖν / et *qui* ai péri par vous

πάλαι. / depuis-longtemps.

Ὦ ἔχθιστε θεοῖς, / O très-odieux aux dieux,

πῶς νῦν / comment maintenant

οὐκ εἰμί σοι / ne suis-je pas pour toi (à tes yeux)

χωλὸς, / boiteux,

δυσώδης ; / ayant-mauvaise-odeur ?

πῶς εὔξεστε / comment pourrez-vous-vous-flatter

αἴθειν ἱερὰ θεοῖς / de brûler des victimes aux dieux

ἐμοῦ πλεύσαντος / moi naviguant ?

πῶς σπένδειν ἔτι, / comment faire-des-libations encore ?

Αὕτη γὰρ πρόφασις ἦν σοι / Car ce prétexte était à toi

ἐκβαλεῖν ἐμέ. / pour rejeter moi.

Κακῶς ὄλοισθ' · ὀλεῖσθε δ' ἠδικηκότες   1035
τὸν ἄνδρα τόνδε, θεοῖσιν εἰ δίκης μέλει.
Ἔξοιδα δ' ὡς μέλει γ' · ἐπεὶ οὔποτ' ἂν στόλον
ἐπλεύσατ' ἂν τόνδ' εἵνεκ' ἀνδρὸς ἀθλίου,
εἰ μή τι κέντρον θεῖον ἦγ' ὑμᾶς ἐμοῦ.
Ἀλλ', ὦ πατρῴα γῆ θεοί τ' ἐπόψιοι,   1140
τίσασθε, τίσασθ' ἀλλὰ τῷ χρόνῳ ποτὲ
ξύμπαντας αὐτούς, εἴ τι κἄμ' οἰκτείρετε
ὃς ζῶ μὲν οἰκτρῶς, εἰ δ' ἴδοιμ' ὀλωλότας
τούτους, δοκοῖμ' ἂν τῆς νόσου πεφευγέναι.

ΧΟΡΟΣ.

Βαρύς τε καὶ βαρεῖαν ὁ ξένος φάτιν   1045
τήνδ' εἶπ', Ὀδυσσεῦ, κοὐχ ὑπείκουσαν κακοῖς.

ΟΔΥΣΣΕΥΣ.

Πόλλ' ἂν λέγειν ἔχοιμι πρὸς τὰ τοῦδ' ἔπη,
εἰ μοι παρείκοι · νῦν δ' ἑνὸς κρατῶ λόγου
Οὗ γὰρ τοιούτων δεῖ, τοιοῦτός εἰμ' ἐγώ ·
χὤπου δικαίων κἀγαθῶν ἀνδρῶν κρίσις,   1050
οὐκ ἂν λάβοις μου μᾶλλον οὐδέν' εὐσεβῆ.
Νικᾶν γε μέντοι πανταχοῦ χρῄζων ἔφυν,

ter loin de vous. Ah! puissiez-vous périr misérablement! Et vous
périrez, et je serai vengé, si les dieux sont justes; et je vois qu'ils
le sont : car vous n'auriez pas entrepris ce voyage pour un malheureux tel que moi, si la vengeance des dieux ne vous avait fait
sentir que vous avez besoin de mes services. O terre de ma patrie!
dieux, témoins de mes maux, punissez-les enfin, punissez-les tous,
si vous avez pitié de mon sort. Que je les voie périr, et je me croi-
rai guéri.

LE CHOEUR. Aigri par son mal, son langage, ô Ulysse, est plein
de haine, et il ne cède point au malheur.

ULYSSE. J'aurais bien des choses à lui répondre, si le temps le
permettait; un seul mot me suffit. Lorsqu'il faut employer la ruse,
je suis prêt; faut-il juger un homme juste et probe, on ne trouvera
personne de plus religieux que moi. Mon caractère est d'aspirer

Ὄλοισθε κακῶς·   Puissiez-vous périr misérablement,

ὀλεῖσθε δὲ   et vous périrez

ἠδικηκότες τόνδε τὸν ἄνδρα,   ayant fait-tort à cet homme (moi),

εἰ μέλει δίκης θεοῖσιν,   s'il est-soin de la justice aux dieux.

Ἔξοιδα δὲ   Mais je sais

ὡς μέλει γε·   qu'il *en* est-soin certes *à eux*;

ἐπεὶ οὔποτε ἂν ἐπλεύσατε ἂν   puisque jamais vous n'auriez na-

τόνδε στόλον   ce voyage   [vigué

εἵνεκα ἀνδρὸς ἀθλίου,   à cause d'un homme infortuné,

εἴ τι κέντρον ἐμοῦ   si un aiguillon de moi

θεῖον   divin (venu des dieux)

μὴ ἦγεν ὑμᾶς.   n'avait conduit vous,

Ἀλλὰ, ὦ γῆ κατρῴα   Mais, ô terre paternelle

θεοί τε ἐπόψιοι,   et *vous* dieux qui-voyez-*tout*,

τίσασθε, τίσασθε   punissez, punissez

ἀλλὰ τῷ χρόνῳ ποτὲ   du moins avec le temps enfin

αὐτοὺς ξύμπαντας, εἰ καὶ   eux tous, si aussi

οἰκτείρετέ τι ἐμέ·   vous avez-pitié un peu de moi,

εἰ δὲ, ὁς ζῶ μὲν   mais si, *moi* qui vis, il-est-vrai,

οἰκτρῶς, ἴδοιμι τούτους   tristement, je voyais ceux-ci

ὀλωλότας, δοκοῖμι ἂν   étant détruits, je croirais

πεφευγέναι τῆς νόσου.   avoir échappé à ma maladie.

ΧΟΡΟΣ. Ὀδυσσεῦ,   LE CHŒUR. Ulysse,

ὁ ξένος βαρύς τε,   l'étranger *est* abattu *par son mal*,

καὶ εἶπε τήνδε φάτιν βαρεῖαν   et il a dit ce discours hostile,

καὶ οὐχ ὑπείκουσαν κακοῖς.   et non cédant aux maux.

ΟΔΥΣΣΕΥΣ. Ἔχοιμι ἂν   ULYSSE. J'aurais

λέγειν πολλὰ   à dire beaucoup de choses

πρὸς τὰ ἔπη τοῦδε,   en *réponse* aux paroles de celui-ci,

εἰ παρείκοι μοι·   s'il dépendait de moi;

νῦν δὲ κρατῶ   mais maintenant je suis-maître

ἑνὸς λόγου.   d'une seule parole.

Οὗ γὰρ δεῖ τοιούτων,   Car où il faut de tels *hommes*,

ἐγώ εἰμι τοιοῦτο·   moi je suis tel;

καὶ ὅπου κρίσις   et où *il y a* un concours

ἀνδρῶν δικαίων καὶ ἀγαθῶν,   d'hommes justes et bons,

οὐ λάβοις ἂν οὐδένα   tu ne surprendrais personne

μᾶλλον εὐσεβῆ μου.   plus religieux que moi.

Ἔφυν γε μέντοι   Je suis né certainement

χρῄζων νικᾶν πανταχοῦ,   désirant vaincre partout,

πλὴν εἰς σέ¹· νῦν δὲ σοί γ' ἑκὼν ἑκστήσομαι.
Ἄφετε γὰρ αὐτὸν, μηδὲ προσψαύσητ' ἔτι.
Ἐᾶτε μίμνειν. Οὐδὲ σοῦ προσχρήζομεν,   1055
τά γ' ὅπλ' ἔχοντες ταῦτ', ἐπεὶ πάρεστι μὲν
Τεῦκρος παρ' ἡμῖν², τήνδ' ἐπιστήμην ἔχων,
ἐγώ θ'³, ὃς οἶμαι σοῦ κάκιον οὐδὲν ἂν
τούτων κρατύνειν, μηδ' ἐπιθύνειν χερί.
Τί δῆτα σοῦ δεῖ; Χαῖρε τὴν Λῆμνον πατῶν.   1060
Ἡμεῖς δ' ἴωμεν. Καὶ τάχ' ἂν τὸ σὸν γέρας
τιμὴν ἐμοὶ νείμειεν, ἣν σὲ χρῆν ἔχειν.

ΦΙΛΟΚΤΗΤΗΣ.

Οἴμοι· τί δράσω δύσμορος; Σὺ τοῖς ἐμοῖς
ὅπλοισι κοσμηθεὶς ἐν Ἀργείοις φανεῖ;

ΟΔΥΣΣΕΥΣ.

Μή μ' ἀντιφώνει μηδὲν, ὡς στείχοντα δή.   1065

ΦΙΛΟΚΤΗΤΗΣ.

Ὦ σπέρμ' Ἀχιλλέως, οὐδὲ σοῦ φωνῆς ἔτι
γενήσομαι προσφθεγκτὸς, ἀλλ' οὕτως ἄπει;

ΟΔΥΣΣΕΥΣ.

Χώρει σύ· μὴ πρόσλευσσε, γενναῖός περ ὢν,
ἡμῶν ὅπως μὴ τὴν τύχην διαφθερεῖς.

partout à la victoire, mais non avec toi, Philoctète, et je consens à te céder. Déliez-le, laissez-le en repos : qu'il demeure en ces lieux. Nous n'avons pas besoin de toi, puisque nous possédons ces armes. Teucer d'ailleurs est parmi nous; il sait l'art de s'en servir, et moi-même je pourrais, je crois, manier cet arc et diriger une flèche aussi bien que toi. Qu'est-il besoin de toi? Adieu, demeure à Lemnos; pour nous, partons. Cet arc, présent glorieux d'Hercule, me procurera peut-être un honneur qui t'était réservé.

PHILOCTÈTE. Hélas! que faire, malheureux! Quoi! tu oseras te montrer aux Grecs paré de mes armes?

ULYSSE. Cesse de me parler : je pars.

PHILOCTÈTE. O fils d'Achille, n'entendrai-je plus un mot de la bouche? Partiras-tu ainsi?

ULYSSE. Suis-moi, Néoptolème; cesse de jeter les yeux sur lui, ta générosité nous perdrait.

πλὴν εἰς σέ·
excepté quant à toi ;

νῦν δὲ ἐκστήσομαι
mais maintenant je céderai

σοί γε ἑκών,
à toi certes volontairement.

Ἄφετε γὰρ αὐτὸν,
Déliez donc lui,

μηδὲ προσψαύσητε ἔτι.
et ne le touchez plus.

Ἐᾶτε μίμνειν.
Laissez-le rester.

Οὐδὲ προσχρήζομέν σου
Nous n'avons pas même besoin de toi

ἔχοντές γε ταῦτα τὰ ὅπλα,
ayant du moins ces armes-ci,

ἐπεὶ Τεῦκρος μὲν
puisque d'un côté Teucer

πάρεστι παρὰ ἡμῖν,
est-présent auprès de nous,

ἔχων τήνδε ἐπιστήμην,
ayant cette science,

ἐγώ τε, ὃς οἶμαι
et moi aussi, qui crois

κρατύνειν τούτων
manier ces armes

οὐδὲν ἂν κάκιον σοῦ,
en rien peut-être plus-mal que toi,

μηδὲ ἐπιθύνειν χερί.
ni plus mal les diriger avec la main.

Τί δῆτα δεῖ σοῦ ;
En quoi donc est-il-besoin de toi ?

Χαῖρε πατῶν τὴν Λῆμνον·
Porte-toi-bien foulant Lemnos ;

ἡμεῖς δὲ ἴωμεν.
pour nous, allons-nous-en.

Καὶ τάχα
Et peut-être   [cule

τὸ σὸν γέρας
la tienne récompense reçue d'Her-

νείμειεν ἂν ἐμοὶ
pourrait-procurer à moi

τιμήν, ἣν χρῆν σε ἔχειν.
l'honneur qu'il fallait toi avoir.

ΦΙΛΟΚΤΗΤΗΣ. Οἴμοι·
PHILOCTÈTE. Hélas !

τί δράσω δύσμορος ;
que ferai-je infortuné ?

Φανεῖ σὺ ἐν Ἀργείοις
Toi paraîtras-tu parmi les Argiens

κοσμηθεὶς τοῖς ἐμοῖς ὅπλοισι ;
paré de mes armes ?

ΟΔΥΣΣΕΥΣ.
ULYSSE.

Μὴ ἀντιφώνει μηδέν με,
Ne réponds rien à moi,

ὡς στείχοντα δή.
comme à quelqu'un-qui-part déjà.

ΦΙΛΟΚΤΗΤΗΣ.
PHILOCTÈTE.

Ὦ σπέρμα Ἀχιλλέως,
O rejeton d'Achille,

οὐδὲ γενήσομαι ἔτι
ne serai-je plus

προσφθεγκτὸς φωνῆς σοῦ,
salué par la voix de toi,   [la) ?

ἀλλὰ ἄπει οὕτως ;
mais t'en-vas-tu ainsi (comme ce-

ΟΔΥΣΣΕΥΣ.
ULYSSE.

Χώρει σύ·
Marche, toi ;

μὴ πρόσλευσσε,
ne regarde pas,   [sant),

γενναῖος περ ὢν,
quoique étant généreux (compatis-

ὅπως μὴ διαφθερεῖς
de peur que tu ne gâtes

τὴν τύχην ἡμῶν.
la bonne fortune de nous.

ΦΙΛΟΚΤΗΤΗΣ.

Ἦ καὶ πρὸς ὑμῶν ὅδ' ἔρημος, ὦ ξένοι,   1070
λειφθήσομαι δὴ κοὐκ ἐποικτερεῖτέ με;

ΧΟΡΟΣ.

Ὅδ' ἐστὶν ἡμῶν ναυκράτωρ ὁ παῖς. Ὅσ' ἂν
οὗτος λέγῃ σοι, ταῦτά σοι χἡμεῖς φαμεν.

ΝΕΟΠΤΟΛΕΜΟΣ.

Ἀκούσομαι μὲν ὡς ἔφυν οἴκτου πλέως
πρὸς τοῦδ'· ὅμως δὲ μείνατ', εἰ τούτῳ δοκεῖ,   1075
χρόνον τοσοῦτον, εἰς ὅσον τά τ' ἐκ νεὼς [1]
στείλωσι ναῦται καὶ θεοῖς εὐξώμεθα.
Χοὗτος τάχ' ἂν φρόνησιν ἐν τούτῳ λάβοι
λῴω τιν' ἡμῖν. Νὼ μὲν οὖν ὁρμώμεθον,
ὑμεῖς δ', ὅταν καλῶμεν, ὁρμᾶσθαι ταχεῖς.   1080

ΦΙΛΟΚΤΗΤΗΣ.

(Στροφὴ α'.)

Ὦ κοίλας πέτρας γύαλον
θερμὸν καὶ παγετῶδες, ὥς σ' οὐκ ἔμελλον ἄρ', ὦ τάλας,
λείψειν οὐδέποτ', ἀλλά μοι καὶ θνήσκοντι συνείσει·   1085
Ὤμοι μοί μοι.

PHILOCTÈTE. Et vous aussi, étrangers, m'abandonnerez-vous dans cette solitude? N'aurez-vous point pitié de moi ?

LE CHOEUR. Ce jeune homme est notre chef; tout ce qu'il te dira, nous te le disons aussi.

NÉOPTOLÈME. Ulysse accusera ma faiblesse; demeurez cependant, si Philoctète le désire, jusqu'à ce que tout soit prêt pour le départ, et que nous ayons prié les dieux. Peut-être, pendant ce temps, prendra-t-il des résolutions plus sages. Ulysse et moi nous allons au rivage; vous, lorsque nous vous appellerons, hâtez-vous de nous rejoindre.

PHILOCTÈTE. O caverne profonde, où j'ai trouvé la chaleur du soleil et la fraîcheur de l'ombre, je ne devais donc, hélas! te quitter jamais! Tu seras témoin de ma mort. Ah! malheur, malheur à

ΦΙΛΟΚΤΗΤΗΣ. Ὦ ξένοι,
ἢ λειφθήσομαι δὴ
καὶ πρὸς ὑμῶν
ὧδε ἔρημος
καὶ οὐκ ἐποικτερεῖτέ με;
ΧΟΡΟΣ. Ὅδε ὁ παῖς
ἐστὶ ναυκράτωρ ἡμῶν.
Ὅσα ἂν οὗτος,
λέγῃ σοι, καὶ ἡμεῖς
ταῦτά φαμέν σοι.
ΝΕΟΠΤΟΛΕΜΟΣ.
Ἀκούσομαι μὲν
πρὸς τοῦδε ὡς ἔφυν
πλέως οἴκτου·
ὅμως δὲ μείνατε,
εἰ δοκεῖ τούτῳ,
τοσοῦτον χρόνον,
εἰς ὅσον ναῦταί τε
στείλωσι
τὰ ἐκ νεὼς
καὶ εὐξώμεθα θεοῖς.
Καὶ οὗτος τάχα ἂν
ἐν τούτῳ
λάβοι ἡμῖν
φρόνησίν τινα λῴω.
Νὼ μὲν οὖν
ὁρμώμεθον·
ὑμεῖς δὲ ὁρμᾶσθαι ταχεῖς,
ὅταν καλῶμεν.

(Στροφὴ αʹ.)

ΦΙΛΟΚΤΗΤΗΣ. Ὦ γύαλον
θερμὸν καὶ παγετῶδες
πέτρας κοίλας,
ὡς οὐκ ἔμελλον ἄρα
λείψειν σε οὐδέποτε,
ὦ τάλας,
ἀλλὰ συνείσει μοι
καὶ θνήσκοντι.
Ὤμοι μοί μοι.

PHILOCTÈTE. O étrangers,
est-ce que je serai abandonné donc
aussi par vous,
ainsi délaissé,
et n'aurez-vous-pas-pitié de moi?
LE CHŒUR. Ce jeune homme
est le chef-naval de nous.
Toutes les choses que celui-ci
dira à toi, nous aussi
ces choses nous *les* disons à toi.
NÉOPTOLÈME.
J'entendrai-dire-de-moi à la vérité
par celui-là (Ulysse) que je suis-né
plein de compassion;
mais pourtant restez,   [tète),
s'il semble-bon à celui-ci (Philoc-
autant de temps,
jusqu'à ce que et les marins
aient rapporté *au vaisseau*
les choses *qui sont* hors du navire
et que nous ayons prié les dieux.
Et celui-ci peut-être
pendant ce *temps*
pourrait-prendre pour nous
une résolution meilleure.
D'un côté donc nous-deux
nous nous hâtons;
mais vous, hâtez-vous prompts,
lorsque nous *vous* appellerons.

(Strophe I.)

PHILOCTÈTE. O cavité
chaude et glaciale
du rocher creux,
ainsi je ne devais donc
quitter toi jamais,
ô malheureux *que je suis,*
mais tu seras-avec moi
même mourant.
Hélas! hélas! hélas!

Ὦ πληρέστατον αὔλιον
λύπας τᾶς ἀπ' ἐμοῦ τάλαν; τίπτ' αὖ μοι τὸ κατ' ἆμαρ
ἔσται; τοῦ ποτε τεύξομαι   1090
σιτονόμου μέλεος πόθεν ἐλπίδος;
Εἶθ' αἰθέρος ἄνω
πτωκάδες ὀξυτόνου διὰ πνεύματος
ἕλωσί μ'· οὐδ' ἔτ' ἀρκῶ.

ΧΟΡΟΣ.

Σύ τοι σύ τοι κατηξίωσας, ὦ βαρύποτμ', οὐκ
ἄλλοθεν ἁ τύχα ἅδ' ἀπὸ μείζονος[1],   1097
εὖτέ γε[2] παρὸν φρονῆσαι
λωΐονος δαίμονος εἵλου τὸ κάκιον αἰνεῖν.   1100

ΦΙΛΟΚΤΗΤΗΣ.

Ὦ τλάμων τλάμων ἄρ' ἐγὼ   1102
καὶ μόχθῳ λωβατός, ὃς ἤδη μετ' οὐδενὸς ὕστερον
ἀνδρῶν εἰσοπίσω τάλας ναίων ἐνθάδ' ὀλοῦμαι,   1105
αἰαῖ αἰαῖ,
οὐ φορβὰν ἔτι προσφέρων,
οὐ, πτανῶν ἀπ' ἐμῶν ὅπλων κραταιαῖς μετὰ χερσὶν   1110

moi! Triste séjour que j'ai rempli de ma douleur, comment désormais pourvoir à ma subsistance de chaque jour? Quel espoir me reste-t-il de soutenir ma vie? Si les oiseaux de proie traversant les airs venaient à grand bruit m'enlever, je ne pourrais leur résister.

LE CHOEUR. C'est toi, infortuné, c'est toi qui l'a voulu, toi seul es l'auteur de tes maux. Au lieu d'écouter la raison, tu as préféré ta misère à un sort plus heureux.

PHILOCTÈTE. Ah! malheureux, malheureux que les douleurs accablent! Je vais donc, loin des humains, périr dans cette triste demeure, hélas! privé de nourriture, n'ayant plus, pour m'en procurer, mes flèches ailées, que lançait un bras nerveux. Un traître,

Ὦ αὔλιον τάλαν,   O caverne malheureuse,
πληρέστατον λύπας   très-pleine de la douleur
τᾶς ἀπὸ ἐμοῦ,   celle *qui vient* de moi.
τί ποτε ἔσται αὖ μοι   quoi enfin sera de nouveau à moi
τὸ κατὰ ἆμαρ ;   la *nourriture jour* par jour (quoti-
τοῦ ποτε ἐλπίδος   quelle espérance enfin   [dienne)?
σιτονόμου   qui-donne-la-nourriture
τεύξομαι μέλεος,   obtiendrai-je infortuné,
πόθεν ;   *et* d'où *l'obtiendrai-je?*
Εἴθε πτωκάδες   Plaise au ciel que les oiseaux
ἕλωσί με   saisissent (enlèvent) moi
ἄνω αἰθέρος   en haut de l'air
διὰ πνεύματος ὀξυτόνου· à travers le vent au-bruit-aigu;
οὐδὲ ἀρκῶ ἔτι.   je ne puis plus résister.
Χορος.   Le Chœur.
Σύ τοι σύ τοι   Toi assurément, toi assurément
κατηξίωσας,   tu *l'*as jugé-convenable,
ὦ βαρύποτμε,   ô *homme* au-sort-terrible !
ἅδε ἁ τύχα   cette destinée
οὐκ ἄλλοθεν   ne *te vient* pas d'autre part
ἀπὸ μείζονος·   *à savoir* d'un plus grand *que toi;*
εὖτέ γε παρὸν   quand certes la-faculté-étant
φρονῆσαι,   d'user-de-la-raison.
εἵλου αἰνεῖν   tu as préféré approuver (choisir)
τὸ κάκιον   la chose plus mauvaise
δαίμονος λώονος.   *plutôt* qu'un sort meilleur.

(Ἀντιστροφὴ αʹ)   (*Antistrophe 1.*)

Φιλοκτητης.   Philoctète.
Ὦ τλάμων   O malheureux,
τλάμων ἄρα ἐγὼ   malheureux *que je suis* en effet,
καὶ λωβατὸς μόχθῳ, et outragé par la souffrance,
ὃς ὀλοῦμαι ἤδη   qui périrai maintenant
ἐνθάδε ναίων   ici *ne* demeurant
μετὰ οὐδενὸς ἀνδρῶν avec aucun des hommes
ὕστερον εἰσοπίσω   plus tard dorénavant,
τάλας, αἰαῖ αἰαῖ,   infortuné *que je suis*, ah ! ah !
οὐ προσφέρων ἔτι φορβὰν, ne *me* procurant plus de nourriture
μετὰ χερσὶ κραταιαῖς avec *mes* mains vigoureuses
ἀπὸ ἐμῶν ὅπλων πτανῶν par *mes* armes ailées

ἴσχων· ἀλλά μοι ἄσκοπα
κρυπτά τ' ἔπη δολερᾶς ὑπέδυ φρενός·
ἰδοίμαν δέ νιν,
τὸν τάδε μησάμενον, τὸν ἴσον χρόνον
ἐμᾶς λαχόντ' ἀνίας.   1115

ΧΟΡΟΣ.

Πότμος, πότμος σε δαιμόνων τάδ', οὐδὲ σέ γε δόλος
ἔσχ' ὑπὸ χειρὸς ἐμᾶς. Στυγερὰν ἔχε
δύσποτμον ἀρὰν ἐπ' ἄλλοις.   1120
Καὶ γὰρ ἐμοὶ τοῦτο μέλει, μὴ φιλότητ' ἀπώσῃ.

ΦΙΛΟΚΤΗΤΗΣ.
(Στροφὴ β'.)

Οἴμοι μοι, καί που πολιᾶς   1123
πόντου θινὸς ἐφήμενος,
γελᾷ μου, χερὶ πάλλων   1125
τὰν ἐμὰν μελέου τροφὰν,
τὰν οὐδείς ποτ' ἐβάστασεν.
Ὦ τόξον φίλον, ὦ φίλων
χειρῶν ἐκβεβιασμένον,
ἦ που ἐλεινὸν¹ ὁρᾷς, φρένας εἴ τινας   1130
ἔχεις, τὸν Ἡράκλειον

---

abusant de ma confiance, m'a séduit par de trompeuses paroles. Puissé-je voir l'auteur de cette trame souffrir les mêmes tourments aussi longtemps que moi !

LE CHOEUR. C'est la volonté des dieux et non la ruse des hommes qu'il faut accuser de tes douleurs. Réserve à d'autres ces cruelles imprécations; nous avons à cœur que tu ne rejettes pas notre amitié.

PHILOCTÈTE. Hélas! hélas! assis sur le rivage blanchi par les flots, il rit de mon désespoir, en agitant dans sa main cet arc, le soutien de ma vie, et que nul n'a jamais touché. Arc chéri, toi qu'on a ravi de mes mains, si tu as quelque sentiment, n'es-tu pas indigné de passer des mains du compagnon chéri d'Hercule

οὐκ ἴσχων·	ne *les* ayant pas ;
ἀλλὰ ἔπη	mais *ces* paroles
ἄσκοπα κρυπτά τε	obscures (perfides) et cachées
φρενὸς δολερᾶς	d'un cœur rusé
ὑπέδυ μοι·	ont-pénétré dans moi ;
ἰδοίμαν δέ νιν,	mais puissé-je voir lui,
τὸν μησάμενον τάδε	le ayant-tramé ces choses,
λαχόντα	ayant reçu-en-partag·
ἐμὰς ἀνίας	mes souffrances
χρόνον τὸν ἴσον.	*pendant* un temps égal.
ΧΟΡΟΣ.	LE CHŒUR.
Πότμος	Le sort,
πότμος δαιμόνων	le sort des dieux
σε τάδε,	*t'a fait* ces choses,
οὐδὲ δόλος σέ γε ἔσχε	certes la ruse ne t'a pas pris
ὑπὸ ἐμᾶς χειρός.	par ma main,
Ἔχε ἐπὶ ἄλλοις	Détourne sur d'autres
ἀρὰν στυγερὰν	une malédiction fâcheuse
δύσποτμον.	de-mauvais-présage.
Καὶ γὰρ τοῦτο μέλει ἐμοί,	Car ceci est-à-cœur à moi,
μὴ ἀπώσῃ φιλότητα.	que tu ne rejettes pas *leur* amitié.
(Στροφὴ β´.)	(Strophe II.)
ΦΙΛΟΚΤΗΤΗΣ.	PHILOCTÈTE.
Οἴμοι μοι,	Hélas ! hélas !
καὶ ἐφήμενός που	et assis en quelque-endroit
πολιᾶς θινὸς πόντου,	du blanc rivage de la mer,
γελᾷ μου,	il rit de moi,
πάλλων χερὶ	agitant dans *sa* main
τὰν τροφὰν	le soutien-de-la-vie
ἐμὰν μελέου,	de-moi infortuné,
τὰν οὐδεὶς	*ce soutien* que personne
ἐβάστασέ ποτε.	n'a touché jamais.
Ὦ τόξον φίλον,	O arc chéri,
ὦ ἐκβεβιασμένον	ô *arc* arraché-par-la-violence
χειρῶν φίλων	des mains amies,
ἦ που ὁρᾷς	sans doute tu vois
ἐλεινόν,	*étant* compatissant,
εἰ ἔχεις τινὰς φρένας,	si tu as quelque sentiment,
τὸν Ἡράκλειον	le compagnon-d'Hercule

ἄρθμιον ὧδέ σοι
οὐκέτι χρησόμενον τὸ μεθύστερον
ἔτ᾽, ἀλλ᾽ ἐν μεταλλαγᾷ
πολυμηχάνου ἀνδρὸς ἐρέσσει,   1135
ὁρῶν μὲν αἰσχρὰς ἀπάτας, στυγνὸν δὲ φῶτ᾽ ἐχθοδοπὸν,
μυρί᾽ ἀπ᾽ αἰσχρῶν ἀνατέλλονθ᾽ ὅσ᾽ ἐφ᾽ ἡμῖν κάκ᾽ ἐμήσατ᾽
οὐδείς.

ΧΟΡΟΣ.

Ἀνδρός τοι τὸ μὲν εὖ δίκαιον εἰπεῖν,   1140
εἰπόντος δὲ μὴ φθονερὰν
ἐξῶσαι γλώσσας ὀδύναν.
Κεῖνος δ᾽ εἷς ἀπὸ πολλῶν
ταχθεὶς τῶνδ᾽ ἐφημοσύνᾳ
κοινὰν ἤνυσεν ἐς φίλους ἀρωγάν.   1145

ΦΙΛΟΚΤΗΤΗΣ.
(Ἀντιστροφὴ β΄.)

Ὦ πταναὶ θῆραι χαροπῶν τ᾽
ἔθνη θηρῶν, οὓς ὅδ᾽ ἔχει
χῶρος οὐρεσιβώτας,
φυγᾷ μ᾽ οὐκέτ᾽ ἀπ᾽ αὐλίων
πελᾶτ᾽ [1]· οὐ γὰρ ἔχω χεροῖν   1150

dans celles d'un homme artificieux, de voir ses fraudes honteuses, et cet être odieux, exécrable, faisant naître de ces ruses honteuses mille maux qu'il a tramés contre moi?

LE CHOEUR. Le devoir de l'homme est de dire à propos la vérité et, quand il l'a dite, de ne pas y ajouter les traits acérés d'une langue envieuse. Seul entre tous les Grecs, Ulysse a travaillé au salut commun de ses amis en exécutant les ordres qui lui ont été donnés.

PHILOCTÈTE. Oiseaux qui étiez ma proie, et vous sauvages habitants des montagnes de cette île, ne craignez plus de sortir de vos retraites et d'approcher de moi. Mes mains, hélas! n'ont plus

ἄρθμιον

οὐκέτι ἔτι χρησόμενόν σοι

τὸ μεθύστερον ὧδε,

ἀλλὰ ἐρέσσει

ἐν μεταλλαγᾷ

ἀνδρὸς πολυμηχάνου,

ὁρῶν μὲν

ἀπάτας αἰσχράς,

φῶτα δὲ ἐχθοδοπὸν

στυγνὸν

ἀνατέλλοντα

ἀπὸ αἰσχρῶν

κακὰ μυρία

ὅσα οὐδεὶς ἐμήσατο ἐπὶ ἡμῖν.

ΚΟΡΟΣ.

Ἀνδρός τοι

εἰπεῖν μὲν

τὸ εὖ δίκαιον

εἰπόντος δὲ

μὴ ἐξῶσαι

ὀδύναν φθονερὰν γλώσσας.

Κεῖνος δὲ

εἷς ἀπὸ πολλῶν

ταχθεὶς

ἤνυσεν ἀρωγὰν κοινὰν

ἐς φίλους

ἐφημοσύνᾳ

τῶνδε.

(Ἀντιστροφὴ β΄.)

ΦΙΛΟΚΤΗΤΗΣ.

Ὦ θῆραι πταναὶ

ἔθνη τε θηρῶν

χαροπῶν,

οὓς ὅδε χῶρος ἔχει

οὐρεσιβώτας,

οὐκέτι πελᾶτέ με

φυγᾷ

ἀπὸ αὐλίων·

οὐ γὰρ ἔχω χεροῖν

ami

ne devant plus se servir de toi

désormais ainsi (comme autrefois),

mais tu es allé   [sion)

dans le changement (en la posses-

d'un homme artificieux,

voyant d'un côté

des fraudes honteuses,

de l'autre un homme odieux

et haïssable,

faisant surgir

de ces ruses honteuses

des maux sans nombre

que personne a tramées contre nous.

LE CHŒUR.

Certes il est d'un homme

de dire d'un côté

à propos la vérité,

de l'autre côté, lui l'ayant dite,

de ne pas proférer

la douleur jalouse de la langue.

Mais celui-là (Ulysse)

seul de beaucoup de Grecs

ayant-reçu-l'ordre

a accompli (porté) un secours com-

à ses amis   [mun

par l'exécution-de-l'ordre (la sou-

de ceux-ci (des Grecs).   [mission)

(Antistrophe II.)

PHILOCTÈTE.

O proies ailées (oiseaux),

et vous, races d'animaux

au-regard-étincelant,

que cette contrée a (renferme)

paissant-sur-la-montagne,

vous n'approcherez plus de moi

avec fuite (pour fuir)

venant de vos tanières,

car je n'ai pas dans mes mains

τὰν πρόσθεν βελέων ἀλκάν,
ὦ δύστανος ἐγὼ τανῦν,
ἀλλ' ἀνέδην ὅδε χῶρος ἐρύκεται,
οὐκέτι φοβητὸς ὑμῖν.
Ἕρπετε, νῦν καλὸν   1155
ἀντίφονον κορέσ ι στόμα πρὸς χάριν
ἐμᾶς σαρκὸς[1] αἰόλας.
Ἀπὸ γὰρ βίον αὐτίκα λείψω.
Πόθεν γὰρ ἔσται βιοτά; Τίς ὧδ' ἐν αὔραις[2] τρέφεται,   1160
μηκέτι μηδενὸς κρατύνων ὅσα πέμπει βιόδωρος αἶα;

ΧΟΡΟΣ.

Πρὸς θεῶν, εἴ τι σέβει ξένον, πέλασσον,
εὐνοίᾳ πάσᾳ πελάταν[3] ·
ἀλλὰ γνῶθ' εὖ γνῶθ' ὅτι σὸν   1165
κῆρα τανδ' ἀποφεύγειν.
Οἰκτρὰ γὰρ βόσκειν, ἀδαὴς δ'
ἔχειν μυρίον ἄχθος, ᾧ ξυνοικεῖ.

ΦΙΛΟΚΤΗΤΗΣ.

Πάλιν πάλιν παλαιὸν ἄλγημ' ὑπέμνασας, ὦ   1170
λῷστε τῶν πρὶν ἐντόπων.
Τί μ' ὤλεσας; τί μ' εἴργασαι;

ces flèches qui faisaient ma force. Ce lieu vous est ouvert et n'est plus à craindre pour vous. La vengeance est facile ; venez vous rassasier de mes membres livides. Je vais bientôt mourir ; car où trouverai-je des aliments? Comment vivre, quand la terre me refuse ses productions?

LE CHOEUR. Au nom des dieux, si tu as quelque respect, quelques égards pour l'hôte qui est venu vers toi avec bienveillance, ne le fuis pas. Sache, sache bien qu'il dépend de toi de finir tes maux. Il est déplorable de nourrir un mal toujours renaissant et qu'on ne saurait apprendre à supporter.

PHILOCTÈTE. Ah! tu renouvelles mes anciennes douleurs, ô le plus humain de ceux qui ont abordé dans cette île! Que m'as-tu fait! Pourquoi m'assassiner?

τὰν ἀλκὰν πρόσθεν — la puissance d'auparavant
βελέων, — de *mes* flèches,
ὦ δύστανος ἐγὼ τανῦν, — ô infortuné *que* je *suis* maintenant,
ἀλλὰ ὅδε χῶρος — mais cet endroit
ἐρύκεται — est défendu
ἀνέδην, — à-l'abandon (par la solitude),
οὐκέτι φοβητὸς ὑμῖν. — n'*étant* plus à-craindre pour vous.
Ἕρπετε, καλὸν νῦν — Venez, *il est* opportun maintenant
κορέσαι πρὸς χάριν — de rassasier à *votre* gré
στόμα ἀντίφονον — *votre* bouche meurtrière-à-son-tour
σαρκὸς ἐμᾶς — de la chair mienne
αἰόλας. — tachée *par la maladie.*
Ἀπολείψω γὰρ — Car je quitterai
αὐτίκα βίον. — sur-le-champ la vie.
Πόθεν γὰρ ἔσται βιοτά; — Car d'où sera la nourriture?
Τίς τρέφεται — Qui est nourri (vit)
ὧδε ἐν αὔραις, — ainsi par les airs (de l'air),
μηκέτι κρατύνων — n'étant plus-maître   [ne),
μηδενὸς ὅσα πέμπει — d'aucune *des choses* qu'envoie (don-
αἶα βιόδωρος; — la terre nourricière?
Χορος. Πρὸς θεῶν, — Le Chœur. Au nom des dieux,
εἰ σέβει τι ξένον — si tu as quelque respect pour l'hôte.
πελάταν — qui-est-venu *vers toi*
πάσᾳ εὐνοίᾳ, — avec toute bienveillance,
πέλασσον· — va vers *lui*;
ἀλλὰ γνῶθι γνῶθι εὖ — mais sache, sache bien
ὅτι σὸν — qu'*il est* à-toi
ἀποφεύγειν τάνδε κῆρα. — d'échapper à cette maladie-fatale.
Οἰκτρὰ γὰρ βόσκειν, — Car elle *est* triste à nourrir,
ᾧ δὲ ξυνοικεῖ — et *celui* avec qui elle habite
ἀδαὴς ἔχειν — est incapable de soutenir
ἄχθος μύριον. — la souffrance immense.
ΦΙΛΟΚΤΗΤΗΣ. — Philoctète.
Ὑπέμνασα; — Tu as rappelé
πάλιν πάλιν — de nouveau, de nouveau,
ἄλγημα παλαιόν, — *ma* douleur ancienne,
ὦ λῷστε — ô le meilleur   [ravant.
τῶν ἐντόπων πρίν. — de ceux qui-sont-venus-ici aupa-
Τί ὤλεσάς με; — Pourquoi as-tu tué moi?
τί εἴργασαί με; — qu'as-tu fait à moi?

ΧΟΡΟΣ.

Τί τοῦτ' ἔλεξας ;

ΦΙΛΟΚΤΗΤΗΣ.

Εἰ σὺ τὰν ἐμοὶ στυγερὰν
Τρωάδα γᾶν μ' ἤλπισας ἄξειν. 1175

ΧΟΡΟΣ.

Τόδε γὰρ νοῶ κράτιστον.

ΦΙΛΟΚΤΗΤΗΣ.

Ἀπό νύν με λείπετ' ἤδη.

ΧΟΡΟΣ.

Φίλα μοι, φίλα ταῦτα παρήγγειλας ἑκόντι τε πράσσειν.
Ἴωμεν ἴωμέν
ναὸς ¹ ἵν' ἡμῖν τέτακται. 1180

ΦΙΛΟΚΤΗΤΗΣ.

Μὴ, πρὸς ἀραίου Διὸς, ἔλθῃς, ἱκετεύω.

ΧΟΡΟΣ.

Μετρίαζε.

ΦΙΛΟΚΤΗΤΗΣ.

Ὦ ξένοι,
μείνατε, πρὸς θεῶν.

ΧΟΡΟΣ.

Τί θροεῖς ; 1185

ΦΙΛΟΚΤΗΤΗΣ.

Αἰαῖ αἰαῖ, δαίμων δαίμων.
Ἀπόλωλ' ὁ τάλας ·
ὦ πούς πούς, τί σ' ἔτ' ἐν βίῳ

LE CHOEUR. Qu'as-tu dit?

PHILOCTÈTE. Espères-tu m'emmener à cet odieux rivage de
Troie?

LE CHOEUR. Ce serait pourtant le parti le plus sage.

PHILOCTÈTE. Pars, laisse-moi.

LE CHOEUR. Ce que tu m'invites à faire m'est agréable, et je
me rendrai volontiers à cette invitation. Retirons-nous, allons
prendre chacun notre place sur le vaisseau.

PHILOCTÈTE. Au nom de Jupiter, dieu du serment, ne partez
pas, je vous en conjure.

LE CHOEUR. Modère tes transports.

PHILOCTÈTE. O étrangers, demeurez, au nom des dieux.

LE CHOEUR. Que veulent dire ces cris?

PHILOCTÈTE. Hélas! hélas! destin cruel! Je me meurs, malheu-

ΧΟΡΟΣ,

Τί τοῦτο ἔλεξας;

ΦΙΛΟΚΤΗΤΗΣ.

Εἰ σὺ ἤλπισας
ἄξειν με
τὰν γᾶν Τρῳάδα
στυγερὰν ἐμοί,

ΧΟΡΟΣ.

Νοῶ γὰρ
τόδε κράτιστον.

ΦΙΛΟΚΤΗΤΗΣ.

Ἀπολείπετέ νυν
ἤδη με.

ΧΟΡΟΣ.

Ταῦτα παρήγγειλας
πράσσειν φίλα,
φίλα μοι,
ἑκόντι τε.
Ἴωμεν ἴωμεν
ἵνα ναὸς
τέτακται ἡμῖν.

ΦΙΛΟΚΤΗΤΗΣ.

Ἱκετεύω
πρὸς Διὸς ἀρκίου,
μὴ ἔλθῃς.

ΧΟΡΟΣ.

Μετρίαζε.

ΦΙΛΟΚΤΗΤΗΣ.

Ὦ ξένοι,
πρὸς θεῶν, μείνατε.

ΧΟΡΟΣ.

Τί θροεῖς;

ΦΙΛΟΚΤΗΤΗΣ.

Αἰαῖ αἰαῖ,
δαίμων δαίμων.
Ἀπόλωλα
ὁ τάλας·
ὦ ποὺς ποὺς,
τί τεύξω ἔτι σε
ἐν βίῳ

Le Chœur.

Qu'est-ce *que* tu as dit?

Philoctète.

Si toi tu as espéré
devoir conduire moi
à la terre de-Troie
odieuse à moi.

Le Chœur.

C'est que je sais
cela *étant* le mieux.

Philoctète.

Laissez donc
maintenant moi.

Le Chœur.

Ces choses *que* tu m'as invité
à faire *sont* agréables,
agréables à moi,
et à *moi* le voulant bien.
Allons, allons
dans-l'endroit du vaisseau où
la-place-est-assignée à nous.

Philoctète.

Je *l'en* conjure
par Jupiter, dieu-des-serments,
ne t'en-va pas.

Le Chœur.

Modère-toi.

Philoctète.

O étrangers,
au nom des dieux, restez.

Le Chœur.

Pourquoi cries-tu?

Philoctète.

Ah! ah!
sort, sort!
Je suis perdu,
infortuné!
O pied, pied,
que ferai-je encore de toi
dans la vie

τεύξω τῷ μετόπιν τάλας;
Ὦ ξένοι, ἔλθετ' ἐπήλυδες αὖθις [1].　　　　　　1190

ΧΟΡΟΣ.
Τί ῥέξοντες ἀλλοκότῳ
γνώμᾳ τῶν πάρος, ὧν προύφαινες;

ΦΙΛΟΚΤΗΤΗΣ.
Οὔτοι νεμεσητόν
ἁλύοντα χειμερίῳ
λύπᾳ καὶ παρὰ νοῦν θροεῖν.　　　　　　1195

ΧΟΡΟΣ.
Βᾶθί νυν, ὦ τάλαν, ὥς σε κελεύομεν.

ΦΙΛΟΚΤΗΤΗΣ.
Οὐδέποτ' οὐδέποτ', ἴσθι τόδ' ἔμπεδον,
οὐδ' εἰ πυρφόρος ἀστεροπητὴς
βροντᾶς αὐγαῖς μ' εἶσι φλογίζων.
Ἐρρέτω Ἴλιον, οἵ θ' ὑπ' ἐκείνῳ　　　　　　1200
πάντες ὅσοι τόδ' ἔτλασαν ἐμοῦ ποδὸς ἄρθρον ἀπῶσαι.
Ἀλλ', ὦ ξένοι, ἕν γέ μοι εὖχος ὀρέξατε.

ΧΟΡΟΣ.
Ποῖον ἐρεῖς τόδ' ἔπος;

ΦΙΛΟΚΤΗΤΗΣ.
Ξίφος, εἴ ποθεν,
ἢ γένυν, ἢ βελέων τι, προπέμψατε.　　　　　　1205

reux! O douleur, comment pourrai-je désormais te supporter? Revenez, étrangers, revenez.

LE CHOEUR. Que ferons-nous? as-tu changé de résolution?

PHILOCTÈTE. Pardonnez cet égarement à l'excès de ma douleur.

LE CHOEUR. Infortuné, viens donc avec nous, comme nous t'en prions.

PHILOCTÈTE. Jamais, jamais; ma résolution est inébranlable : non, quand même Jupiter armé de feux viendrait me foudroyer. Périsse Ilion et tous ceux qui l'assiégent, et les cruels qui ont osé me rejeter à cause de ma blessure! Mais, ô étrangers, je ne vous demande qu'une seule grâce.

LE CHOEUR. Que veux-tu dire.

PHILOCTÈTE. Si vous avez une épée, une hache, quelque arme enfin, donnez-la-moi.

τῷ μετόπιν	celle d'ensuite,
τάλας;	malheureux *que je suis?*
Ὦ ξένοι, ἔλθετε	O étrangers, venez
ἐπήλυδες αὖθις	approchant de nouveau.
ΧΟΡΟΣ.	LE CHŒUR.
Τί ῥέξοντες;	Quoi devant-faire
γνώμᾳ ἀλλοκότῳ	dans une attente autre
τῶν πάρος,	que les choses d'auparavant,
ὧν προὔφαινες;	lesquelles tu avais manifestées?
ΦΙΛΟΚΤΗΤΗΣ.	PHILOCTÉTE.
Οὔτοι	*Il n'est* certes pas
νεμεσητὸν	digne-de-reproche
καὶ θροεῖν	même de parler
παρὰ νοῦν	contre le bon-sens,
ἀλύοντα	étant (quand on est) égaré
λύπᾳ χειμερίῳ.	par une douleur qui-trouble.
ΧΟΡΟΣ. Ὦ τάλαν,	LE CHŒUR. O infortuné,
βᾶθι νυν,	viens donc,
ὡς κελεύομέν σε.	comme nous engageons toi.
ΦΙΛΟΚΤΗΤΗΣ.	PHILOCTÉTE.
Οὐδέποτε οὐδέποτε,	Jamais, jamais,
ἴσθι τόδε ἔμπεδον,	sache cela avec-certitude, [dre
οὐδὲ εἰ ἀστεροπητὴς	pas même si celui-qui-lance-la-fou-
πυρφόρος	qui-porte-le-feu,
εἶσι φλογίζων με	vient brûlant moi
αὐγαῖς βροντᾶς.	des éclairs du tonnerre.
Ἐρρέτω Ἴλιον,	Périsse Ilion
πάντες τε οἱ ὑπὸ ἐκείνῳ	et tous ceux *étant* sous elle
ὅσοι ἔτλασαν ἀπῶσαι	qui eurent-la-dureté de rejeter
τόδε ἄρθρον ἐμοῦ ποδός.	cette articulation de mon pied.
Ἀλλά, ὦ ξένοι,	Mais, ô étrangers,
ὀρέξατέ μοι	accordez à moi
ἕν γε εὖχος.	au moins une demande.
ΧΟΡΟΣ. Ποῖον	LE CHŒUR. Quelle *est*
τόδε ἔπος ἐρεῖς;	cette parole *que* tu-vas-dire?
ΦΙΛΟΚΤΗΤΗΣ.	PHILOCTÉTE.
Προπέμψατε	Envoyez-vers *moi*
ξίφος, εἰ ποθεν,	une épée, *s'il en est* quelque part,
ἢ γένυν,	ou une hache,
ἤ τι βελέων.	ou quelqu'une des armes.

ΧΟΡΟΣ.

Ὡς τίνα δὴ ῥέξῃς παλάμαν ποτέ;

ΦΙΛΟΚΤΗΤΗΣ.

Κρᾶτ' ἀπὸ πάντα καὶ ἄρθρα τέμω χερί·
φονᾷ φονᾷ νόος ἤδη.

ΧΟΡΟΣ.

Τί ποτε;

ΦΙΛΟΚΤΗΤΗΣ.

Πατέρα ματεύων,   1210

ΧΟΡΟΣ.

Ποῖ γᾶς;

ΦΙΛΟΚΤΗΤΗΣ.

Ἐς Ἅιδου·
οὐ γὰρ ἐν φάει γ' ἔτι.
Ὦ πόλις ὦ πόλις πατρία,
πῶς ἂν εἰσίδοιμ' ἄθλιός σ' ἀνήρ,
ὅς γε σὰν λιπὼν ἱερὰν λιϐάδ' [1],   1215
ἐχθροῖς ἔϐαν Δαναοῖς
ἀρωγός· ἔτ' οὐδέν εἰμι.

ΧΟΡΟΣ.

Ἐγὼ μὲν ἤδη καὶ πάλαι νεὼς ὁμοῦ
στείχων ἂν ἦ σοι τῆς ἐμῆς, εἰ μὴ πέλας
Ὀδυσσέα στείχοντα τόν τ' Ἀχιλλέως   1220
γόνον πρὸς ἡμᾶς δεῦρ' ἰόντ' ἐλεύσσομεν.

ΟΔΥΣΣΕΥΣ.

Οὐκ ἂν φράσειας ἥντιν' αὖ παλίντροπος
κέλευθον ἕρπεις ὧδε σὺν σπουδῇ ταχύς;

LE CHOEUR. Que prétends-tu faire?

PHILOCTÈTE. Me couper la tête et les membres. La mort, la mort! je n'ai plus que ce désir.

LE CHOEUR. Et pourquoi mourir?

PHILOCTÈTE. Pour aller retrouver mon père.

LE CHOEUR. En quels lieux?

PHILOCTÈTE. Aux enfers; car sans doute il n'est plus. O ma patrie, ô ma patrie! Que ne puis-je te revoir, hélas! moi qui abandonnai tes fontaines sacrées pour secourir les Grecs que j'abhorre, et maintenant je me meurs!

LE CHOEUR. Nous t'aurions déjà quitté pour retourner au vaisseau, si nous n'apercevions Ulysse et le fils d'Achille qui s'avancent vers nous.

ULYSSE. Pourrais-tu me dire quel motif te fait revenir si précipitamment sur tes pas?

Χορος.	LE CHŒUR.
Ὡς ῥέξῃς	Afin que tu fasses
τίνα παλάμαν δή ποτε;	quel coup donc enfin?
ΦΙΛΟΚΤΗΤΗΣ.	PHILOCTÈTE.
Ἀποτέμω χερὶ	Que je coupe de ma main
κρᾶτα πάντα	ma tête entière
καὶ ἄρθρα·	et les articulations du cou;
νόος φονᾷ	mon esprit désire-la-mort,
φονᾷ ἤδη.	désire-la-mort maintenant.
Τορος.	LE CHŒUR.
Χί ποτε;	Pourquoi donc?
ΦΙΛΟΚΤΗΤΗΣ.	PHILOCTÈTE.
Ματεύων πατέρα	Cherchant mon père.
Χορος.	LE CHŒUR.
Ποῖ γᾶς;	En-quel-endroit de la terre?
ΦΙΛΟΚΤΗΤΗΣ.	PHILOCTÈTE.
Ἐς Ἀίδου·	Dans la demeure de Pluton;
οὐ γὰρ ἔτι	car il n'est plus
ἐν φάει γε.	à la lumière certes.
Ὦ πόλις ὦ πόλις πατρία,	O ville, ô ville de-mes-pères,
πῶς ἂν εἰσίδοιμί σε,	comment pourrais-je voir toi,
ἀνὴρ ἄθλιος,	moi homme infortuné,
ὅς γε λικὼν σὰν λιβάδα ἱερὰν,	qui, ayant quitté ta source sacrée
ἔβαν ἀρωγὸς	suis allé comme allié
Δαναοῖς ἐχθροῖς·	aux Grecs odieux?
εἰμὶ ἔτι οὐδέν.	je ne suis plus rien!
Χορος.	LE CHŒUR.
Ἐγὼ μὲν	Moi à la vérité
ἂν ἦ σοὶ	je serais pour toi
ἤδη καὶ πάλαι	maintenant et depuis-longtemps,
στείχων ὁμοῦ νεὼς τῆς ἐμῆς,	marchant près du vaisseau mien,
εἰ μὴ ἐλεύσσομεν	si nous ne voyions pas
Ὀδυσσέα στείχοντα πέλας,	Ulysse marchant près,
τόν τε γόνον Ἀχιλλέως	et le fils d'Achille
ἰόντα δεῦρο πρὸς ἡμᾶς.	venant ici vers nous.
ΟΔΥΣΣΕΥΣ.	ULYSSE.
Οὐκ ἂν φράσειας	Ne pourrais-tu pas me dire
ἤντινα κέλευθον ἕρπεις	quel chemin tu vas
παλίντροπος αὖ	rebroussant-chemin de nouveau
ταχὺς ὧδε σὺν σπουδῇ;	prompt ainsi avec (par) zèle?

ΝΕΟΠΤΟΛΕΜΟΣ

Λύσων ὅσ' ἐξήμαρτον ἐν τῷ πρὶν χρόνῳ.

ΟΔΥΣΣΕΥΣ.

Δεινόν γε φωνεῖς· ἡ δ' ἁμαρτία τίς ἦν;   1225

ΝΕΟΠΤΟΛΕΜΟΣ.

Ἣν σοὶ πιθόμενος τῷ τε σύμπαντι στρατῷ....

ΟΔΥΣΣΕΥΣ.

Ἔπραξας ἔργον ποῖον ὧν οὔ σοι πρέπον;

ΝΕΟΠΤΟΛΕΜΟΣ.

Ἀπάταισιν αἰσχραῖς ἄνδρα καὶ δόλοις ἑλών [1].

ΟΔΥΣΣΕΥΣ.

Τὸν ποῖον; ὤμοι· μῶν τι βουλεύει νέον;

ΝΕΟΠΤΟΛΕΜΟΣ.

Νέον μὲν οὐδὲν, τῷ δὲ Ποίαντος τόκῳ   1230

ΟΔΥΣΣΕΥΣ.

Τί χρῆμα δράσεις; ὥς μ.' ὑπῆλθέ τις φόβος.

ΝΕΟΠΤΟΛΕΜΟΣ.

Παρ' οὗπερ ἔλαβον τάδε τὰ τόξ', αὖθις πάλιν

ΟΔΥΣΣΕΥΣ.

Ὦ Ζεῦ, τί λέξεις; οὔ τί που δοῦναι νοεῖς;

ΝΕΟΠΤΟΛΕΜΟΣ.

Αἰσχρῶς γὰρ αὐτὰ κοὐ δίκη λαβὼν ἔχω.

ΟΔΥΣΣΕΥΣ.

Πρὸς θεῶν, πότερα δὴ κερτομῶν λέγεις τάδε;   1235

NÉOPTOLÈME. Je veux réparer la faute que j'ai commise.

ULYSSE. Quel surprenant langage! De quelle faute parles-tu?

NÉOPTOLÈME. De t'avoir obéi à toi et à toute l'armée.

ULYSSE. Qu'as-tu fait qui soit indigne de toi?

NÉOPTOLÈME. J'ai trompé un héros par la ruse et par un lâche artifice.

ULYSSE. Qui donc? O ciel! Quel étrange projet médites-tu!

NÉOPTOLÈME. Rien d'étrange. Je vais au fils de Péan....

ULYSSE. Que prétends-tu faire? Je tremble.

NÉOPTOLÈME. J'ai reçu de lui ces armes, et je veux....

ULYSSE. O Jupiter! que vas-tu dire? Voudrais-tu les lui rendre?

NÉOPTOLÈME. Oui, car je les dois à une honteuse injustice.

ULYSSE. Au nom des dieux, veux-tu plaisanter?

ΝΕΟΠΤΟΛΕΜΟΣ. λύσων
ὅσα
ἐξήμαρτον
ἐν τῷ χρόνῳ πρίν.

NÉOPTOLÈME. Devant-défaire (ré-
tes choses dans lesquelles [parer)
j'ai mal-agi
dans le temps d'auparavant.

ΟΔΥΣΣΕΥΣ. Φωνεῖς
δεινόν γε·
τίς δὲ ἦν
ἡ ἁμαρτία;

ULYSSE. Tu dis
une chose étonnante ;
mais quelle était
celle mauvaise action ?

ΝΕΟΠΤΟΛΕΜΟΣ.
Ἣν πιθόμενος σοὶ
τῷ τε στρατῷ σύμπαντι.

NÉOPTOLÈME.
Celle que, obéissant à toi
et à l'armée tout-entière,....

ΟΔΥΣΣΕΥΣ.
Ποῖον ἔργον ὧν
οὐ πρέπον σοὶ
ἔπραξας ;

ULYSSE.
Quelle action de celles que
il ne convient pas à toi de faire
as-tu fait ?

ΝΕΟΠΤΟΛΕΜΟΣ. Ἑλὼν ἄνδρα
ἀπάταισιν αἰσχραῖς
καὶ δόλοις.

NÉOPTOLÈME. Ayant pris un homme
par des tromperies honteuses
et par des ruses.

ΟΔΥΣΣΕΥΣ. Τὸν ποῖον ;
ὤμοι· μῶν βουλεύει
τι νέον ;

ULYSSE. Quel homme ?
ô ciel ! est-ce que tu médites
quelque chose de nouveau !

ΝΕΟΠΤΟΛΕΜΟΣ.
Οὐδὲν μὲν νέον·
τῷ δὲ τόκῳ Ποίαντος·

NÉOPTOLÈME.
Rien de nouveau à-la-vérité ;
mais au fils de Péan...

ΟΔΥΣΣΕΥΣ. Τί χρῆμα
δράσεις ; ὥς τις φόβος
ὑπῆλθέ με.

ULYSSE. Quelle chose
feras-tu ? comme une peur
est-entrée-dans moi !

ΝΕΟΠΤΟΛΕΜΟΣ. παρ' οὗπερ
ἔλαβον τάδε τὰ τόξα,
αὖθις πάλιν,

NÉOPTOLÈME. de qui
j'ai reçu cet arc,
de nouveau en retour...

ΟΔΥΣΣΕΥΣ. Ὦ Ζεῦ,
τί λέξεις ;
οὔ τι νοεῖς που
δοῦναι ;

ULYSSE. O Jupiter,
que vas-tu dire !
tu ne songes pas sans-doute
à le rendre ?

ΝΕΟΠΤΟΛΕΜΟΣ. Ἔχω γὰρ
λαβὼν αὐτὰ
αἰσχρῶς καὶ οὐ δίκῃ.

NÉOPTOLÈME. Si, car je l'ai
ayant reçu lui
honteusement et non par la justice.

ΟΔΥΣΣΕΥΣ. Πρὸς θεῶν,
πότερα δὴ λέγεις τάδε
κερτομῶν ;

ULYSSE. Au nom des dieux !
est-ce donc que tu dis ces choses
en raillant ?

ΝΕΟΠΤΟΛΕΜΟΣ.

Εἰ κερτόμησίς ἐστι τἀληθῆ λέγειν.

ΟΔΥΣΣΕΥΣ.

Τί φής, Ἀχιλλέως παῖ; τίν' εἴρηκας λόγον;

ΝΕΟΠΤΟΛΕΜΟΣ.

Δὶς ταὐτὰ βούλει καὶ τρὶς ἀναπολεῖν μ' ἔπη;

ΟΔΥΣΣΕΥΣ.

Ἀρχὴν κλύειν ἂν οὐδ' ἅπαξ ἐβουλόμην.

ΝΕΟΠΤΟΛΕΜΟΣ.

Εὖ νῦν ἐπίστω πάντ' ἀκηκοὼς λόγον.   1240

ΟΔΥΣΣΕΥΣ.

Ἔστιν τις ἔστιν ὅς σε κωλύσει τὸ δρᾶν.

ΝΕΟΠΤΟΛΕΜΟΣ.

Τί φής; τίς ἔσται μ' οὑπικωλύσων τάδε;

ΟΔΥΣΣΕΥΣ.

Ξύμπας Ἀχαιῶν λαὸς, ἐν δὲ τοῖς ἐγώ.

ΝΕΟΠΤΟΛΕΜΟΣ.

Σοφὸς πεφυκὼς οὐδὲν ἐξαυδᾷς σοφόν.

ΟΔΥΣΣΕΥΣ.

Σὺ δ' οὔτε φωνεῖς οὔτε δρασείεις σοφά.   1245

ΝΕΟΠΤΟΛΕΜΟΣ.

Ἀλλ' εἰ δίκαια, τῶν σοφῶν κρείσσω τάδε.

ΟΔΥΣΣΕΥΣ.

Καὶ πῶς δίκαιον, ἅ γ' ἔλαβες βουλαῖς ἐμαῖς,
πάλιν μεθεῖναι ταῦτα;

NÉOPTOLÈME. Si c'est plaisanter que de dire la vérité.

ULYSSE. Que dis-tu, fils d'Achille? Quel mot t'est échappé?

NÉOPTOLÈME. Faut-il le redire cent fois?

ULYSSE. Je voudrais ne pas l'avoir entendu.

NÉOPTOLÈME. Grave-le donc dans ton esprit : je n'ai rien à ajouter.

ULYSSE. Il est, il est quelqu'un qui pourra bien l'empêcher

NÉOPTOLÈME. Que dis-tu? Qui l'empêchera?

ULYSSE. L'armée entière et moi.

NÉOPTOLÈME. Pour un homme habile ton langage ne l'est guère.

ULYSSE. Ce que tu dis, ce que tu vas faire n'est pas plus sage.

NÉOPTOLÈME. S'il est juste, la justice vaut mieux que la sagesse.

ULYSSE. Et quelle justice y a-t-il à rendre ce que tu dois à mes conseils ?

ΝΕΟΠΤΟΛΕΜΟΣ. Εἰ	NÉOPTOLÈME. *Oui*, si
λέγειν τὰ ἀληθῆ	dire des choses vraies
ἐστὶ κερτόμησις·	est une raillerie.
ΟΔΥΣΣΕΥΣ. Τί φής,	ULYSSE. Que dis-tu,
παῖ Ἀχιλλέως ;	fils d'Achille?
τίνα λόγον εἴρηκας ;	quel discours as-tu dit?
ΝΕΟΠΤΟΛΕΜΟΣ. Βούλει	NÉOPTOLÈME. Veux-tu
μὲ ἀναπολεῖν δὶς καὶ τρὶς	moi répéter deux fois et trois fois
τὰ αὐτὰ ἔπη ;	les mêmes paroles?
ΟΔΥΣΣΕΥΣ. Ἐβουλόμην ἂν	ULYSSE. J'aurais voulu [dues
ἀρχὴν κλύειν	absolument *ne pas les* avoir enten-
οὐδὲ ἅπαξ.	pas même une fois.
ΝΕΟΠΤΟΛΕΜΟΣ.	NÉOPTOLÈME.
Ἐπίστω εὖ νῦν	Sache *que tu es* bien maintenant
ἀκηκοὼς πάντα λόγον.	ayant entendu tout le discours.
ΟΔΥΣΣΕΥΣ. Ἔστιν	ULYSSE. Il est,
ἔστι τις	il est quelqu'un
ὅς κωλύσει σε	qui empêchera toi
τὸ δρᾶν.	de faire *ce que tu dis*
ΝΕΟΠΤΟΛΕΜΟΣ. Τί φής ;	NÉOPTOLÈME. Que dis-tu?
τίς ἔσται	quel sera [ces choses?
ὁ ἐπικωλύσων με τάδε ;	le devant-empêcher moi *de faire*
ΟΔΥΣΣΕΥΣ.	ULYSSE.
Ξύμπας λαὸς Ἀχαιῶν,	Toute l'armée des Achéens,
ἐν δὲ τοῖς ἐγώ.	et parmi ceux-ci moi.
ΝΕΟΠΤΟΛΕΜΟΣ.	NÉOPTOLÈME.
Πεφυκὼς σοφὸς	Étant-naturellement habile
ἐξαυδᾷς οὐδὲν σοφόν.	tu ne dis rien d'habile.
ΟΔΥΣΣΕΥΣ. Σὺ δὲ	ULYSSE. Et toi
οὔτε φωνεῖς	ni tu ne dis [ges.
οὔτε δρασείεις σοφά.	ni tu ne veux-faire des choses sa-
ΝΕΟΠΤΟΛΕΜΟΣ. Ἀλλὰ	NÉOPTOLÈME. Mais
εἰ δίκαια,	*elles sont* justes,
τάδε κρείσσω	ces choses *sont* meilleures
τῶν σοφῶν.	que les choses sages.
ΟΔΥΣΣΕΥΣ.	ULYSSE.
Καὶ πῶς δίκαιον	Et comment *est-il* juste
μεθεῖναι πάλιν ταῦτα	de rendre de nouveau ces choses
ἅ γε ἔλαβες	que tu as prises
βουλαῖς ἐμαῖς ;	par des conseils miens?

ΝΕΟΠΤΟΛΕΜΟΣ.
      Τὴν ἁμαρτίαν
αἰσχρὰν ἁμαρτὼν ἀναλαβεῖν πειράσομαι.

ΟΔΥΣΣΕΥΣ.
Στρατὸν δ' Ἀχαιῶν οὐ φοβεῖ, πράσσων τάδε;   1250

ΝΕΟΠΤΟΛΕΜΟΣ.
Ξὺν τῷ δικαίῳ τὸν σὸν οὐ ταρβῶ φόβον[1].

ΟΔΥΣΣΕΥΣ.
$\cup — \cup — \cup — \cup — \cup — \cup —$

ΝΕΟΠΤΟΛΕΜΟΣ.
Ἀλλ' οὐδέ τοι σῇ χειρὶ πείθομαι τὸ δρᾶν.

ΟΔΥΣΣΕΥΣ.
Οὔ τἄρα Τρωσὶν, ἀλλὰ σοὶ μαχούμεθα.

ΝΕΟΠΤΟΛΕΜΟΣ.
Ἔστω τὸ μέλλον.

ΟΔΥΣΣΕΥΣ.
      Χεῖρα δεξιὰν ὁρᾷς
κώπης ἐπιψαύουσαν;

ΝΕΟΠΤΟΛΕΜΟΣ.
       Ἀλλὰ κἀμέ τοι   1255
ταὐτὸν τόδ' ὄψει δρῶντα κοὐ μέλλοντ' ἔτι.

ΟΔΥΣΣΕΥΣ.
Καίτοι σ' ἐάσω· τῷ δὲ σύμπαντι στρατῷ
λέξω τάδ' ἐλθών, ὅς σε τιμωρήσεται.

NÉOPTOLÈME. J'ai commis une action honteuse; je vais la réparer.

ULYSSE. Ne crains-tu pas l'armée des Grecs, en agissant ainsi?

NÉOPTOLÈME. Quand j'ai pour moi la justice, je ne ressens pas la crainte que tu essayes de m'inspirer.

ULYSSE....

NÉOPTOLÈME. Je n'obéirai pas non plus à tes ordres.

ULYSSE. Ce ne sera donc plus contre les Troyens, mais contre toi que nous combattrons.

NÉOPTOLÈME. Eh bien, advienne que pourra.

ULYSSE. Vois-tu cette main sur la garde de mon épée?

NÉOPTOLÈME. La mienne l'imitera bientôt, et ne se fera pas attendre.

ULYSSE. Je te laisse; je vais instruire toute l'armée de ta conduite; elle saura te punir

ΝΕΟΠΤΟΛΕΜΟΣ.
Πειράσομαι ἀναλαβεῖν
τὴν ἁμαρτίαν
ἁμαρτὼν αἰσχράν.

NÉOPTOLÈME.
J'essayerai de réparer
la faute
ayant fait-une-faute honteuse

ΟΔΥΣΣΕΥΣ.
Οὐ φοβεῖ δὲ
στρατὸν Ἀχαιῶν,
πράσσων τάδε ;

ULYSSE.
Mais ne crains-tu pas
l'armée des Achéens,
en faisant ces choses?

ΝΕΟΠΤΟΛΕΜΟΣ.
Ξὺν τῷ δικαίῳ
οὐ ταρβῶ
τὸν σὸν φόβον.

NÉOPTOLÈME.
Avec la justice,
je ne redoute pas
la crainte tienne (que tu veux m'in- [spirer].

ΟΔΥΣΣΕΥΣ. ***

ULYSSE. ***

ΝΕΟΠΤΟΛΕΜΟΣ.
Ἀλλά τοι
πείθομαι οὐδὲ
σῇ χειρὶ
τὸ δρᾶν.

NÉOPTOLÈME.
Mais assurément
je *ne* suis persuadé pas même
par la main
au point de faire *ce que tu veux.*

ΟΔΥΣΣΕΥΣ.
Οὔ τε ἄρα μαχούμεθα
Τρωσίν,
ἀλλὰ σοί.

ULYSSE.
Nous ne combattrons donc pas
les Troyens,
mais toi.

ΝΕΟΠΤΟΛΕΜΟΣ.
Τὸ μέλλον ἔστω.

NÉOPTOLÈME.
Que ce-qui-doit-être soit.

ΟΔΥΣΣΕΥΣ.
Ὁρᾷς
χεῖρα δεξιὰν
ἐπιψαύουσαν κώπης;

ULYSSE.
Vois-tu
ma main droite
touchant la garde?

ΝΕΟΠΤΟΛΕΜΟΣ.
Ἀλλὰ ὄψει.
καὶ ἐμέ τοι
δρῶντα τόδε τὸ αὐτὸ
καὶ οὐ μέλλοντα ἔτι.

NÉOPTOLÈME.
Mais tu verras
moi aussi assurément
faisant la même chose
et n'hésitant plus.

ΟΔΥΣΣΕΥΣ.
Καίτοι
ἐάσω σε·
ἐλθὼν δὲ
λέξω τάδε
τῷ σύμπαντι στρατῷ,
ὃς τιμωρήσεταί σε.

ULYSSE.
Cependant
je laisserai toi ;
mais étant allé
je dirai ces choses
à toute l'armée,
laquelle punira toi

ΝΕΟΠΤΟΛΕΜΟΣ.

Ἐσωφρόνησας· κἂν τὰ λοίφ' οὕτω φρονῇς,
ἴσως ἂν ἐκτὸς κλαυμάτων ἔχοις πόδα.   1260
Σὺ δ', ὦ Ποίαντος παῖ, Φιλοκτήτην λέγω,
ἔξελθ', ἀμείψας τάσδε πετρήρεις στέγας.

ΦΙΛΟΚΤΗΤΗΣ.

Τίς αὖ παρ' ἄντροις θόρυβος ἵσταται βοῆς;
τί μ' ἐκκαλεῖσθε; τοῦ κεχρημένοι, ξένοι;
Ὤμοι· κακὸν τὸ χρῆμα. Μῶν τί μοι μέγα   1265
πάρεστε πρὸς κακοῖσι πέμποντες κακόν;

ΝΕΟΠΤΟΛΕΜΟΣ.

Θάρσει· λόγους δ' ἄκουσον οὓς ἥκω φέρων.

ΦΙΛΟΚΤΗΤΗΣ.

Δέδοικ' ἔγωγε. Καὶ τὰ πρὶν γὰρ ἐκ λόγων
καλῶν κακῶς ἔπραξα, σοῖς πεισθεὶς λόγοις.

ΝΕΟΠΤΟΛΕΜΟΣ.

Οὔκουν ἔνεστι καὶ μεταγνῶναι πάλιν;   1270

ΦΙΛΟΚΤΗΤΗΣ.

Τοιοῦτος ἦσθα τοῖς λόγοισι χὤτε μου
τὰ τόξ' ἔκλεπτες, πιστός, ἀτηρὸς λάθρα.

NÉOPTOLÈME. Te voilà devenu raisonnable; si tu as toujours
cette prudence, il est à croire que tes jours seront en sûreté. Mais
toi, fils de Péan, Philoctète, viens, sors de cette caverne.

PHILOCTÈTE. Quels cris viennent encore retentir dans ma
grotte? Pourquoi m'appelez-vous? Que voulez-vous de moi,
étrangers? Hélas! c'est sans doute pour mon malheur. Venez-vous
ajouter encore à mes maux?

NÉOPTOLÈME. Écoute avec confiance les paroles que je viens
t'apporter.

PHILOCTÈTE. Je tremble : c'est déjà ce doux langage, c'est ma
confiance en toi qui m'a perdu.

NÉOPTOLÈME. N'est-il pas permis de se repentir?

PHILOCTÈTE. Tu parlais ainsi quand tu me dérobais mes
armes ; ta sincérité feinte cachait une perfidie.

ΝΕΟΠΤΟΛΕΜΟΣ.
'Εσωφρόνησα; '
καὶ ἐὰν φρονῇς οὕτω
τὰ λοιπὰ,
ἔχοις ἂν ἴσως πόδα
ἐκτὸς κλαυμάτων.
Σὺ δέ,
ὦ παῖ Ποίαντος,
λέγω Φιλοκτήτη,
ἔξελθε, ἀμείψας
τάσδε στέγας πετρήρεις.
ΦΙΛΟΚΤΗΤΗΣ. Τίς
θόρυβο; βοή;
ἵσταται αὖ παρὰ ἄντροις ;
Τί ἐκκαλεῖσθέ με ;
τοῦ κεχρημένοι, ξένοι ;
'Ωμοι ' τὸ χρῆμα κακόν.
Μῶν πάρεστε
πέμποντές μοι
τί μέγα κακὸν
πρὸς κακοῖσιν;
ΝΕΟΠΤΟΛΕΜΟΣ. Θάρσει '
ἄκουσον δὲ λόγους,
οὓς φέρων ἥκω.
ΦΙΛΟΚΤΗΤΗΣ. Δέδοικα ἔγωγε.
Καὶ γὰρ τὰ πρὶν
ἔπραξα κακῶς
ἐκ λόγων καλῶν,
πεισθεὶς
σοῖς λόγοις.
ΝΕΟΠΤΟΛΕΜΟΣ.
Οὔκουν ἔνεστι
καὶ μεταγνῶναι
πάλιν ;
ΦΙΛΟΚΤΗΤΗΣ. 'Ησθα
τοιοῦτος τοῖς λόγοισι
καὶ ὅτε ἔκλεπτες
τὰ τόξα μου '
πιστὸς,
λάθρα ἀτηρός;.

NÉOPTOLÉME
Tu es-devenu-raisonnable :
et si tu es prudent ainsi
dans a suite,
tu auras probablement le pied
hors des lamentations.
Mais toi,
ô fils de Péan,
je dis Philoctète,
sors, ayant changé (quitté)
ces demeures de-pierre.
PHILOCTÈTE. Quel
tumulte de cris
s'élève de nouveau près de l'antre?
Pourquoi appelez-vous-dehors moi?
de quoi ayant-besoin, étrangers?
Hélas! la chose est mauvaise.
Est-ce que vous êtes-présents
apportant à moi
quelque grand mal
en-sus-de mes maux?
NÉOPTOLÉME. Aie-courage ;
mais écoute les discours
qu'apportant je suis venu.
PHILOCTÈTE. J'ai-peur moi.
Car auparavant
je me-suis-trouvé mal
de discours beaux,
ayant été persuadé
par tes discours.
NÉOPTOLÉME.
N'est-il-donc-pas-possible
aussi de changer-de-sentiment
de nouveau?
PHILOCTÈTE. Tu étais
tel dans les discours,
même lorsque tu volais
l'arc de moi ;
digne-de-confiance,
secrètement funeste.

ΝΕΟΠΤΟΛΕΜΟΣ.

Ἀλλ' οὔ τι μὴν νῦν· βούλομαι δέ σου κλύειν,
πότερα δέδοκταί σοι μένοντι καρτερεῖν,
ἢ πλεῖν μεθ' ἡμῶν.

ΦΙΛΟΚΤΗΤΗΣ.

Παῦε, μὴ λέξῃς πέρα.   1275
Μάτην γὰρ ἂν εἴπῃς γε πάντ' εἰρήσεται.

ΝΕΟΠΤΟΛΕΜΟΣ.

Οὕτω δέδοκται;

ΦΙΛΟΚΤΗΤΗΣ.

Καὶ πέρα γ', ἴσθ', ἢ λέγω.

ΝΕΟΠΤΟΛΕΜΟΣ.

Ἀλλ' ἤθελον μὲν ἄν σε πεισθῆναι λόγοις
ἐμοῖσιν· εἰ δὲ μή τι πρὸς καιρὸν λέγων
κυρῶ, πέπαυμαι.

ΦΙΛΟΚΤΗΤΗΣ.

Πάντα γὰρ φράσεις μάτην.   1280
Οὐ γάρ ποτ' εὔνουν τὴν ἐμὴν κτήσει φρένα,
ὅστις γ' ἐμοῦ δόλοισι τὸν βίον λαβὼν
ἀπεστέρηκας· κᾆτα νουθετεῖς ἐμὲ
ἐλθών, ἀρίστου πατρὸς αἴσχιστος γεγώς.
Ὄλοισθ', Ἀτρεῖδαι μὲν μάλιστ', ἔπειτα δὲ   1285
ὁ Λαρτίου παῖς, καὶ σύ.

NÉOPTOLÈME. Il n'en est plus de même. Je veux seulement savoir de toi si ta résolution est de rester ici ou de partir avec nous.

PHILOCTÈTE. Arrête, n'en dis pas davantage. Tous tes discours seraient inutiles.

NÉOPTOLÈME. Tu es bien déterminé?

PHILOCTÈTE. Oui, et plus encore que je ne puis le dire.

NÉOPTOLÈME. Je voudrais te persuader; mais si mes discours t'importunent, je me tais.

PHILOCTÈTE. Tu fais bien; car tu parlerais vainement. Jamais tu ne gagneras mon cœur, toi qui m'as trompé, qui m'as arraché la vie, et qui viens me donner des conseils, fils indigne du plus généreux père. Puissiez-vous tous périr, les Atrides, le fils de Laërte, et toi!

NΕΟΠΤΟΛΕΜΟΣ
Ἀλλὰ μὴν νῦν
οὐ τι·
βούλομαι δὲ κλύειν σου,
πότερα δέδοκταί σοι
καρτερεῖν μένοντι,
ἢ πλεῖν μετὰ ἡμῶν.
ΦΙΛΟΚΤΗΤΗΣ. Παῦε,
μὴ λέξῃς πέρα.
Πάντα γὰρ
ἃ ἂν εἴπῃς γε
εἰρήσεται μάτην.
ΝΕΟΠΤΟΛΕΜΟΣ.
Δέδοκται οὕτω;
ΦΙΛΟΚΤΗΤΗΣ.
Καὶ πέρα γε, ἴσθι,
ἢ λέγω.
ΝΕΟΠΤΟΛΕΜΟΣ.
Ἀλλὰ ἤθελον μὲν ἄν
σε πεισθῆναι
λόγοις ἐμοῖσιν·
εἰ δὲ μὴ κυρῶ
λέγων τι πρὸς καιρόν,
πέπαυμαι.
ΦΙΛΟΚΤΗΤΗΣ.
Φράσεις γὰρ
πάντα μάτην.
Οὐ γὰρ κτήσει ποτὲ
τὴν ἐμὴν φρένα εὔνουν,
ὅστις γε ἀπεστέρηκας
τὸν βίον ἐμοῦ
λαβὼν δόλοισι,
καὶ εἶτα ἐλθὼν
νουθετεῖς ἐμὲ,
γεγὼς αἴσχιστος
πατρὸς ἀρίστου.
Ὄλοισθε,
μάλιστα μὲν Ἀτρεῖδαι,
ἔπειτα δὲ ὁ παῖς Λαρτίου
καὶ σύ.

NÉOPTOLÈME.
Mais vraiment maintenant
je ne suis en rien *tel* ;
mais je veux entendre de toi
s'il a-été-résolu à toi
de persévérer en restant,
ou de naviguer avec nous.
PHILOCTÈTE. Cesse,
ne parle pas au delà.
Car toutes les choses
que tu pourrais dire
seront dites vainement.
NÉOPTOLÈME.
A-t-il-été-résolu ainsi ?
PHILOCTÈTE.
Et certes plus-loin, sache-*le*,
que je *ne* dis.
NÉOPTOLÈME.
Mais à la vérité, j'aurais voulu
toi te laisser-persuader
par les discours miens ;
mais si je ne me trouve pas
disant quelque chose à propos,
j'ai cessé *de parler*.
PHILOCTÈTE.
Oui, car tu diras
toutes choses vainement.
En effet, tu n'acquerras jamais
le mien esprit bienveillant,
toi qui as privé *moi*
de la vie de moi,
l'ayant prise par des ruses,
et ensuite étant venu
tu exhortes moi,
étant-né très-méprisable
d'un père excellent.
Puissiez-vous-périr
d'une part avant-tout les Atrides,
de l'autre ensuite le fils de Laërte
et toi.

ΝΕΟΠΤΟΛΕΜΟΣ.
                    Μὴ 'πεύξῃ¹ πέρα·
λέγου δὲ χειρὸς ἐξ ἐμῆς βέλη τάδε.
                ΦΙΛΟΚΤΗΤΗΣ.
Πῶς εἶπας; ἆρα δεύτερον δολούμεθα;
                ΝΕΟΠΤΟΛΕΜΟΣ.
Ἀπώμοσ' ἁγνὸν Ζηνὸς ὑψίστου σέβας.
                ΦΙΛΟΚΤΗΤΗΣ.
Ὦ φίλτατ' εἰπὼν, εἰ λέγεις ἐτήτυμα.   1290

                ΝΕΟΠΤΟΛΕΜΟΣ.
Τοὔργον παρέσται φανερόν. Ἀλλὰ δεξιὰν
πρότεινε χεῖρα, καὶ κράτει τῶν σῶν ὅπλων.
                ΟΔΥΣΣΕΥΣ.
Ἐγὼ δ' ἀπαυδῶ γ', ὡς θεοὶ ξυνίστορες,
ὑπέρ τ' Ἀτρειδῶν τοῦ τε σύμπαντος στρατοῦ.

                ΦΙΛΟΚΤΗΤΗΣ.
Τέκνον, τίνος φώνημα, μῶν Ὀδυσσέως,   1295
ἐπῃσθόμην;
                ΟΔΥΣΣΕΥΣ.
                Σάφ' ἴσθι· καὶ πέλας γ' ὁρᾷς,
ὅς σ' ἐς τὰ Τροίας πεδί' ἀποστελῶ βίᾳ,
ἐάν τ' Ἀχιλλέως παῖς ἐάν τε μὴ θέλῃ.
                ΦΙΛΟΚΤΗΤΗΣ.
Ἀλλ' οὔ τι χαίρων, ἢν τόδ' ὀρθωθῇ βέλος.

NÉOPTOLÈME. Cesse tes imprécations, et reçois tes armes de ma main.

PHILOCTÈTE. Qu'as-tu dit? Ne me trompes-tu pas encore?

NÉOPTOLÈME. J'atteste la majesté sainte du grand Jupiter.

PHILOCTÈTE. O douces paroles, si elles sont sincères!

NÉOPTOLÈME. Les effets le prouveront. Tends la main et reprends tes armes.

ULYSSE. Et moi, devant les dieux qui m'écoutent, je m'y oppose au nom des Atrides et de toute l'armée.

PHILOCTÈTE. Mon fils, quelle est cette voix? N'est-ce pas Ulysse que j'entends?

ULYSSE. Oui, moi-même, tu le vois, moi qui t'emmènerai de force aux champs troyens, que le fils d'Achille s'y prête ou s'y refuse.

PHILOCTÈTE. Ce ne sera pas impunément, si cette flèche frappe au but.

ΝΕΟΠΤΟΛΕΜΟΣ.
Μὴ ἐπεύξῃ πέρα·
δέχου δὲ ἐξ ἐμῆς χειρὸς
τάδε βέλη.
ΦΙΛΟΚΤΗΤΗΣ.
Πῶς εἶπας;
ἆρα δολούμεθα
δεύτερον;
ΝΕΟΠΤΟΛΕΜΟΣ.
Ἀπώμοσα
ἁγνὸν σέβας;
ὑψίστου Ζηνός.
ΦΙΛΟΚΤΗΤΗΣ.
Ὦ εἰπὼν
φίλτατα,
εἰ λέγεις ἐτήτυμα.
ΝΕΟΠΤΟΛΕΜΟΣ. Τὸ ἔργον
παρέσται φανερόν.
Ἀλλὰ πρότεινε
χεῖρα δεξιάν,
καὶ κράτει τῶν σῶν ὅπλων.
ΟΔΥΣΣΕΥΣ. Ἐγὼ δὲ
ἀπαυδῶ γε,
ὡς θεοὶ ξυνίστορες,
ὑπέρ τε Ἀτρειδῶν
τοῦ τε στρατοῦ σύμπαντος;
ΦΙΛΟΚΤΗΤΗΣ.
Τέκνον,
τίνος ἐπῃσθόμην φώνημα;
μῶν Ὀδυσσέως;;
ΟΔΥΣΣΕΥΣ.
Ἴσθι σάφα·
καὶ ὁρᾷς γε πέλας,
ὃς ἀποστελῶ σε βίᾳ
ἐς τὰ πεδία Τροίας,
ἐάν τε παῖς Ἀχιλλέως θέλῃ
ἐάν τε μή.
ΦΙΛΟΚΤΗΤΗΣ. Ἀλλὰ
οὐ χαίρων τι,
ἢν τόδε βέλος ὀρθωθῇ.

NÉOPTOLÈME.
Ne maudis pas au-delà;
mais reçois de ma main
ces flèches.
PHILOCTÈTE.
Comment as-tu dit?
est-ce que nous sommes trompés
une seconde fois?
NÉOPTOLÈME.
Je jure *que non*
par l'inviolable majesté
du très-haut Jupiter.
PHILOCTÈTE.
O ayant dit
des choses très-agréables,
si tu dis des choses vraies!
NÉOPTOLÈME. Le fait
va-être évident.
Et-maintenant étends
la main droite,
et sois-maître des tiennes armes.
ULYSSE. Mais moi
certes je *le* défends,
comme les dieux *en sont* témoins,
et au nom des Atrides,
et de l'armée tout-entière.
PHILOCTÈTE.
Mon enfant,
de qui ai-je entendu la voix?
serait-ce *celle* d'Ulysse?
ULYSSE.
Sache-*le* clairement;
et tu vois certes de près *moi*
qui emmènerai toi de force
vers les plaines de Troie,
et si le fils d'Achille *le* veut
et s'*il* ne *le veut* pas.
PHILOCTÈTE. Mais
en ne te réjouissant aucunement,
si cette flèche va-droit.

ΝΕΟΠΤΟΛΕΜΟΣ.

Ἆ, μηδαμῶς, μὴ πρὸς θεῶν, μεθῇς βέλος.   1300

ΦΙΛΟΚΤΗΤΗΣ.

Μέθες με, πρὸς θεῶν, χεῖρα[1], φίλτατον τέκνον.

ΝΕΟΠΤΟΛΕΜΟΣ.

Οὐκ ἂν μεθείην.

ΦΙΛΟΚΤΗΤΗΣ.

Φεῦ· τί μ' ἄνδρα πολέμιον
ἐχθρόν τ' ἀφείλου μὴ κτανεῖν τόξοις ἐμοῖς;

ΝΕΟΠΤΟΛΕΜΟΣ.

Ἀλλ' οὔτ' ἐμοὶ τοῦτ' ἐστὶν οὔτε σοὶ καλόν.

ΦΙΛΟΚΤΗΤΗΣ.

Ἀλλ' οὖν τοσοῦτόν γ' ἴσθι, τοὺς πρώτους στρατοῦ,   1305
τοὺς τῶν Ἀχαιῶν ψευδοκήρυκας[2], κακοὺς
ὄντας πρὸς αἰχμήν, ἐν δὲ τοῖς λόγοις θρασεῖς.

ΝΕΟΠΤΟΛΕΜΟΣ.

Εἶεν. Τὰ μὲν δὴ τόξ' ἔχεις, κοὐκ ἔσθ' ὅτου
ὀργὴν ἔχοις ἂν οὐδὲ μέμψιν εἰς ἐμέ.

ΦΙΛΟΚΤΗΤΗΣ.

Ξύμφημι. Τὴν φύσιν δ' ἔδειξας, ὦ τέκνον,   1310
ἐξ ἧς ἔβλαστες[3], οὐχὶ Σισύφου πατρὸς,
ἀλλ' ἐξ Ἀχιλλέως, ὃς μετὰ ζώντων ὅτ' ἦν
ἤκου' ἄριστα, νῦν δὲ τῶν τεθνηκότων.

NÉOPTOLÈME. Arrête, au nom des dieux, ne lance point cette flèche.

PHILOCTÈTE. Au nom des mêmes dieux, laisse-moi faire, mon fils.

NÉOPTOLÈME. Je ne le souffrirai pas.

PHILOCTÈTE. Ah! pourquoi m'empêcher de percer de mes flèches un ennemi, un être odieux?

NÉOPTOLÈME. Ce serait une honte et pour toi et pour moi.

PHILOCTÈTE. Connais au moins ces chefs de l'armée des Grecs, ces hérauts du mensonge, lâches au combat et braves en paroles.

NÉOPTOLÈME. Soit. Mais enfin tu possèdes tes armes, et tu n'as plus contre moi aucun sujet de colère ni de plainte.

PHILOCTÈTE. Je l'avoue, ô mon fils. Tu as montré de quel sang tu es sorti; tu n'es pas le fils de Sisyphe, mais d'Achille, qui fut durant sa vie le plus renommé des héros, et qui l'est encore aujourd'hui parmi les morts.

ΝΕΟΠΤΟΛΕΜΟΣ. Ἀ,
μηδαμῶς,
πρὸς θεῶν,
μὴ μεθῆς βέλος.
ΦΙΛΟΚΤΗΤΗΣ. Πρὸς θεῶν,
μέθες με χεῖρα,
τέχνον φίλτατον.
ΝΕΟΠΤΟΛΕΜΟΣ.
Οὐκ ἂν μεθείην.
ΦΙΛΟΚΤΗΤΗΣ. Φεῦ·
τί ἀφείλου με
μὴ κτανεῖν
τόξοις ἐμοῖς
ἄνδρα πολέμιον ἐχθρόν τε ;
ΝΕΟΠΤΟΛΕΜΟΣ. Ἀλλὰ
τοῦτο ἐστὶ καλὸν
οὔτε ἐμοὶ οὔτε σοι.
ΦΙΛΟΚΤΗΤΗΣ. Ἀλλὰ
ἴσθι οὖν τοσοῦτόν γε,
τοὺς πρώτους στρατοῦ,
τοὺς ψευδοκήρυκας
τῶν Ἀχαιῶν,
ὄντας κακοὺς πρὸς αἰχμήν,
θρασεῖς δὲ ἐν τοῖς λόγοις.
ΝΕΟΠΤΟΛΕΜΟΣ. Εἶεν.
Ἔχεις μὲν δὴ τὰ τόξα,
καὶ οὐκ ἔστιν ὅτου
ἔχοις ἂν εἰς ἐμὲ
ὀργὴν οὐδὲ μέμψιν.
ΦΙΛΟΚΤΗΤΗΣ. Ξύμφημι.
Ἔδειξας δὲ τὴν φύσιν,
ὦ τέχνον, ἐξ ἧς
ἔβλαστες, οὐχὶ πατρὸς
Σισύφου,
ἀλλὰ ἐξ Ἀχιλλέως
ὃς ἤκουεν
ἄριστα
ὅτε ἦν μετὰ ζώντων,
νῦν δὲ
τῶν τεθνηκότων.

NÉOPTOLÈME. Ah !
en-aucune-façon,
au nom des dieux,
ne lance pas la flèche.
PHILOCTÈTE. Au nom des dieux,
lâche moi la main,
mon enfant très-cher.
NÉOPTOLÈME.
Je ne saurais-*te*-lâcher.
PHILOCTÈTE. Ah !
pourquoi as-tu empêché moi
au point de ne pas tuer
avec mon arc
un homme ennemi et odieux ?
NÉOPTOLÈME. Mais
cela *n'*est beau
ni pour moi ni pour toi.
PHILOCTÈTE. Mais
sache donc autant *que cela* :
les premiers de l'armée,
les hérauts-de-mensonges
des Achéens
étant (être) lâches pour la lance,
et hardis dans les paroles.
NÉOPTOLÈME. Soit.
Tu as certes *ton* arc,
et il n'y a pas *motif* dont
tu pourrais avoir contre moi
ni colère ni sujet-de-plainte.
PHILOCTÈTE. J'*en* conviens.
Et tu as montré le caractère
ô *mon* enfant, duquel
tu es né, *étant né* non d'un père
tel que Sisyphe,
mais d'Achille
qui entendait *dire de lui*
les meilleures-choses
lorsqu'il était avec les vivants,
et maintenant   [bien de lui.
avec les morts *il entend parler*

ΝΕΟΠΤΟΛΕΜΟΣ.

Ἥσθην πατέρα τὸν ἀμὸν εὐλογοῦντά σε
αὐτόν τέ μ᾽· ὧν δέ σου τυχεῖν ἐφίεμαι   1315
ἄκουσον. Ἀνθρώποισι τὰς μὲν ἐκ θεῶν
τύχας δοθείσας ἔστ᾽ ἀναγκαῖον φέρειν·
ὅσοι δ᾽ ἑκουσίοισιν ἔγκεινται βλάβαις,
ὥσπερ σὺ, τούτοις οὔτε συγγνώμην ἔχειν
δίκαιόν ἐστιν οὔτ᾽ ἐποικτείρειν τινά.   1320
Σὺ δ᾽ ἠγρίωσαι, κοὔτε σύμβουλον δέχει,
ἐάν τε νουθετῇ τις εὐνοίᾳ λέγων,
στυγεῖς, πολέμιον δυσμενῆ θ᾽ ἡγούμενος.
Ὅμως δὲ λέξω· Ζῆνα δ᾽ ὅρκιον καλῶ·
καὶ ταῦτ᾽ ἐπίστω, καὶ γράφου φρενῶν ἔσω.   1325
Σὺ γὰρ νοσεῖς τόδ᾽ ἄλγος ἐκ θείας τύχης,
Χρύσης πελασθεὶς φύλακος, ὃς τὸν ἀκαλυφῆ
σηκὸν φυλάσσει κρύφιος οἰκουρῶν ὄφις.
Καὶ παῦλαν ἴσθι τῆσδε μή ποτ᾽ ἂν τυχεῖν
νόσου βαρείας, ἕως ἂν αὐτὸς ἥλιος   1330
ταύτῃ μὲν αἴρῃ, τῇδε δ᾽ αὖ δύνῃ πάλιν,
πρὶν ἂν τὰ Τροίας πεδί᾽ ἑκὼν αὐτὸς μόλῃς,

NÉOPTOLÈME. Il m'est doux de t'entendre louer et mon père et moi; mais écoute ce que je voudrais obtenir de toi. Les hommes doivent se soumettre aux maux que les dieux leur envoient; se créer, comme toi, des maux volontaires, c'est se rendre indigne d'excuse et de pitié. Ton cœur aigri rejette les conseils; et si quelqu'un par bienveillance veut te donner un avis, tu le hais, tu le regardes comme un ennemi. Je parlerai toutefois, en invoquant Jupiter qui préside aux serments. Écoute mes paroles, et grave-les dans ton esprit. Le mal que tu souffres est l'ouvrage des dieux. Ils te punissent d'avoir approché du serpent, gardien caché du temple de Chrysa. Sache que tant que le soleil parcourra les cieux de l'aurore au couchant, tu n'obtiendras aucun soulagement à ton mal, si tu ne vas volontairement aux champs troyens.

ΝΕΟΠΤΟΛΕΜΟΣ. Ἥσθην
σὲ εὐλογοῦντα
τὸν πατέρα ἁμόν μέ τε αὐτόν·
ἄκουσον δὲ
ὧν ἐφίεμαι τυχεῖν σου.
Ἔστιν ἀναγκαῖον ἀνθρώποισι
φέρειν μὲν τὰς τύχας
δοθείσας ἐκ θεῶν·
ὅσοι δὲ ἔγκεινται
βλάβαις ἑκουσίοισιν,
ὥσπερ σὺ, τούτοις ἐστὶ δ᾽
οὔτε τινὰ ἔχειν συγγνώμην
οὔτε ἐποικτείρειν.
Σὺ δὲ ἠγρίωσαι,
καὶ οὔτε δέχει σύμβουλον,
ἐάν τέ τις νουθετῇ
λέγων εὐνοίᾳ,
στυγεῖς, ἡγούμενος
πολέμιον δυσμενῆ τε.
Ὅμως δὲ λέξω·
καλῶ δὲ Ζῆνα
ὅρκιον·
καὶ ἐπίστω ταῦτα, καὶ γράφου
ἔσω φρενῶν.
Σὺ γὰρ νοσεῖς τόδε ἄλγος
ἐκ τύχης θείας,
πελασθεὶς
φύλακος Χρύσης,
ὃς ὄφις φυλάσσει
οἰκουρῶν κρύφιος
τὸν σηκὸν ἀκαλυφῆ.
Καὶ ἴσθι παῦλαν
τῆσδε νόσου βαρείας
μή ποτε ἂν τυχεῖν,
ἕως ἂν ὁ αὐτὸς ἥλιος
αἴρῃ μὲν ταύτῃ,
δύνῃ δὲ αὖ πάλιν τῇδε,
πρὶν ἂν μόλῃς
αὐτὸς ἑκὼν
τὰ πεδία Τροίας,

NÉOPTOLÈME. Je me réjouis
de toi disant-du-bien
du père mien et de moi-même ;
mais écoute *les choses*
que je désire obtenir *de* toi.
Il est nécessaire aux hommes
de supporter d'une part les desti-
données par les dieux ;   [nées
de l'autre tous-ceux-qui se trouvent
dans des torts (maux) volontaires,
comme toi, pour ceux-là il est juste
ni quelqu'un avoir indulgence,
ni *quelqu'un les* plaindre.
Mais toi tu es-aigri,
et tu n'admets pas un conseil
et si quelqu'un *t'*exhorte
en parlant avec bienveillance,
tu te-fâches, *le* croyant
hostile et malintentionné.
Mais cependant je *le* dirai ;
et j'invoque Jupiter
dieu-du-serment ;
et *toi* sache ces choses, et grave-*les*
dans-l'intérieur de *ton* esprit.
Car tu es-malade de cette maladie
par suite d'une destinée divine,
t'étant approché
du gardien de Chrysa,
lequel serpent garde
surveillant caché
l'enclos non-couvert.
Et sache la cessation
de cette maladie grave
ne devoir jamais arriver
tant que le même soleil
d'un côté se lèvera ici,   [là,
de l'autre côté se couchera ensuite
avant que tu n'ailles
toi-même volontairement
aux plaines de Troie,

καὶ τοῖν παρ' ἡμῖν ἐντυχὼν Ἀσκληπιδαῖν
νόσου μαλαχθῆς τῆσδε, καὶ τὰ πέργαμα
ξὺν τοῖσδε τόξοις ξύν τ' ἐμοὶ πέρσας φανῆς.   1335
Ὡς δ' οἶδα ταῦτα τῇδ' ἔχοντ' ἐγὼ φράσω.
Ἀνὴρ γὰρ ἡμῖν ἐστιν ἐκ Τροίας ἁλοὺς,
Ἕλενος ἀριστόμαντις, ὃς λέγει σαφῶς
ὡς δεῖ γενέσθαι ταῦτα· καὶ πρὸς τοῖσδ' ἔτι,
ὡς ἔστ' ἀνάγκη τοῦ παρεστῶτος θέρους   1340
Τροίαν ἁλῶναι πᾶσαν· ἢ δίδωσ' ἑκὼν
κτείνειν ἑαυτὸν, ἢν τάδε ψευσθῇ λέγων.
Ταῦτ' οὖν ἐπεὶ κάτοισθα, συγχώρει θέλων·
Καλὴ γὰρ ἡ 'πίκτησις, Ἑλλήνων ἕνα
κριθέντ' ἄριστον, τοῦτο μὲν παιωνίας   1345
ἐς χεῖρας ἐλθεῖν, εἶτα τὴν πολύστονον
Τροίαν ἑλόντα κλέος ὑπέρτατον λαβεῖν.

ΦΙΛΟΚΤΗΤΗΣ.

Ὦ στυγνὸς αἰὼν, τί με, τί δῆτ' ἔχεις ἄνω
βλέποντα, κοὐκ ἀφῆκας εἰς Ἅιδου μολεῖν;
Οἴμοι, τί δράσω; πῶς ἀπιστήσω λόγοις   1350

Tu trouveras dans le camp les fils d'Esculape, qui guériront ta blessure, et avec ces armes et le secours de mon bras, tu renverseras la citadelle de Troie. Comment suis-je instruit de ces décrets du sort, je vais te le dire. Un Troyen est captif au milieu de nous ; c'est Hélénus, illustre devin, qui nous a dévoilé cet avenir; il ajoute que, cet été même, Troie doit succomber. Si ces oracles sont faux, il consent à périr. Puisqu'il en est ainsi, ne refuse plus de nous suivre. Quel avantage pour toi, après avoir été jugé le plus vaillant des Grecs, d'obtenir, avec la guérison, la gloire insigne de prendre cette Troie qui a coûté tant de larmes !

PHILOCTÈTE. Vie odieuse, pourquoi me retiens-tu encore sur la terre, et ne me laisses-tu pas descendre chez les morts? Hélas! que faire? Comment résister aux conseils d'une amitié si tendre?

καὶ ἐντυχὼν τοῖν Ἀσκληπιδαῖν	et *l*'ayant obtenu des Asclépiades,
παρὰ ἡμῖν	*qui sont* près de nous,
μαλαχθῇς τῆσδε νόσου,	tu sois délivré de cette maladie,
καὶ φανῇς	et tu sois-évident
πέρσας τὰ πέργαμα	ayant dévasté la citadelle *de Troie*
ξὺν τοῖσδε τόξοις ξύν τε ἐμοί.	avec cet arc et avec moi.
Ἐγὼ δὲ φράσω	Et moi je dirai [ainsi.
ὡς οἶδα ταῦτα ἔχοντα τῇδε.	comment je sais ces choses étant
Ἀνὴρ γάρ ἐστιν ἡμῖν	Car un homme est à nous
ἁλοὺς ἐκ Τροίας,	captif de Troie,
Ἕλενος ἀριστόμαντις,	Hélénus, illustre-devin,
ὃς λέγει σαφῶς	qui dit clairement
ὡς δεῖ ταῦτα γενέσθαι·	qu'il faut ces choses arriver;
καὶ πρὸς τοῖσδε ἔτι,	et outre ces choses encore,
ὡς ἔστιν ἀνάγκη	qu'il y a nécessité
Τροίαν ἁλῶναι πᾶσαν	Troie être prise tout-entière
τοῦ παρεστῶτος θέρους·	dans le présent été ;
ἢ δίδωσιν ἑαυτὸν κτείνειν	ou bien il donne lui-même à tuer
ἑκών,	volontairement,
ἣν ψευσθῇ,	s'il s'est trompé
λέγων τάδε.	en disant ces choses.
Ἐπεὶ οὖν κάτοισθα ταῦτα,	Puisque donc tu sais ces choses,
συγχώρει θέλων.	cède *le* voulant.
Ἡ γὰρ ἐπίκτησις καλή,	Car c'*est* une acquisition belle,
κριθέντα ἕνα	ayant été jugé seul
ἄριστον Ἑλλήνων,	le plus brave des Grecs,
τοῦτο μὲν ἐλθεῖν	d'une part venir
ἐς χεῖρας παιωνίας,	vers des mains qui-guérissent,
εἶτα λαβεῖν κλέος ὑπέρτατον	puis obtenir la gloire la plus élevée,
ἐλόντα τὴν Τροίαν	ayant pris Troie
πολύστονον.	faisant-beaucoup-gémir.
ΦΙΛΟΚΤΗΤΗΣ. Ὦ αἰὼν στυγνὸς,	PHILOCTÈTE. O vie odieuse,
τί, τί δῆτα	pourquoi, pourquoi donc
ἔχεις με	tiens-tu moi
βλέποντα ἄνω,	voyant (vivant) en haut,
καὶ οὐκ ἀφῆκας	et ne *m*'as-tu pas laissé
μολεῖν εἰς Ἅιδου ;	aller dans *la demeure* de Pluton
Οἴμοι, τί δράσω ;	Hélas ! que ferai-je ?
πῶς ἀπιστήσω	comment désobéirai-je
τοῖς λόγοις τοῦδε,	aux discours de celui-ci,

τοῖς τοῦδ', ὃς εὔνους ὢν ἐμοὶ παρήνεσεν;
Ἀλλ' εἰκάθω δῆτ'; εἶτα πῶς ὁ δύσμορος
εἰς φῶς¹ τάδ' ἔρξας εἶμι, τῷ προσήγορος²;
Πῶς, ὦ τὰ πάντ' ἰδόντες ἀμφ' ἐμοὶ κύκλοι³,
ταῦτ'⁴ ἐξανασχήσεσθε, τοῖσιν Ἀτρέως   1355
ἐμὲ ξυνόντα παισὶν, οἵ μ' ἀπώλεσαν;
πῶς τῷ πανώλει παιδὶ τῷ Λαερτίου;
Οὐ γάρ με τἄλγος τῶν παρελθόντων δάκνει,
ἀλλ' οἷα χρὴ παθεῖν με πρὸς τούτων ἔτι
δοκῶ προλεύσσειν. Οἷς γὰρ ἡ γνώμη κακῶν   1360
μήτηρ γένηται, τἄλλα παιδεύει κακούς.
Καὶ σοῦ δ' ἔγωγε θαυμάσας ἔχω τόδε·
χρῆν γάρ σε μήτ' αὐτόν ποτ' ἐς Τροίαν μολεῖν,
ἡμᾶς τ' ἀπείργειν, οἵ γέ σου καθύβρισαν,
πατρὸς γέρας συλῶντες· εἶτα τοῖσδε σὺ   1365
εἶ ξυμμαχήσων, κἄμ' ἀναγκάζεις τόδε;

Mais, si je cède, comment me montrer au jour après une telle faiblesse? A qui oserai-je parler? O mes yeux, qui avez vu tous mes
maux, comment pourriez-vous me voir vivre avec ces Atrides qui
m'ont perdu, et avec l'exécrable fils de Laërte? Ce n'est pas le
souvenir de mes maux passés qui me tourmente, c'est la crainte
de ceux qui m'attendent encore, et que je ne prévois que trop.
Car un cœur que sa nature a disposé au crime en produit toujours
de nouveaux. Mais toi-même, ta conduite m'étonne. Loin d'aller
à Troie, tu devrais m'éloigner de ces perfides qui t'ont outragé,
qui avaient ravi à ton père le prix de sa valeur; et tu vas les secourir, et tu veux me forcer à te suivre! Non, mon fils, non. Sois

ὃς παρήνεσεν ἐμοὶ	qui a conseillé à moi
ὢν εὔνους;	étant bienveillant ?
Ἀλλὰ εἰκάθω δῆτα ;	Mais dois-je donc céder ?
εἶτα πῶς	puis comment
εἶμι εἰς φῶς	irai-je au jour (devant les hommes)
ὁ δύσμορος	infortuné,
ἔρξας τάδε,	ayant fait ces choses,
τῷ προσήγορος ;	à-qui *serai-je* adressant la parole?
Πῶς, ὦ κύκλοι	Comment, ô cercles *de mes yeux,*
ἰδόντες πάντα	ayant vu toutes
τὰ ἀμφὶ ἐμοῦ,	les choses *commises* autour de (con-
ἐξανασχήσεσθε ταῦτα,	endurerez-vous cela, [tre) moi
ἐμὲ ξυνόντα	moi étant-avec
τοῖσιν παισὶν Ἀτρέως	les fils d'Atrée,
οἳ ἀπώλεσάν με ;	qui ont perdu moi ?
πῶς	comment
τῷ πανώλει	*étant avec* le tout-pernicieux
παιδὶ τῷ Λαερτίου ;	enfant de Laërte ?
Τὸ γὰρ ἄλγος	Car la douleur
τῶν παρελθόντων	des choses passées
οὐ δάκνει με·	ne mord pas moi ;
ἀλλὰ δοκῶ προλεύσσειν	mais je crois voir-d'avance
οἷα χρή με ἔτι	quelles choses il faut moi encore
παθεῖν πρὸς τούτων.	souffrir de ceux-là. [pril
Οἷς γὰρ ἡ γνώμη	Car *ceux* à qui la disposition-d'es-
γένηται μήτηρ κακῶν,	a été mère de maux,
παιδεύει	elle *les* élève (rend)
κακοὺς τὰ ἄλλα.	mauvais dans les autres choses.
Καὶ ἔγωγε δὲ ἔχω	Et moi d'un autre côté j'ai
θαυμάσας	admiré
τόδε σοῦ·	cela (être avec les Atrides) de toi ;
χρῆν γάρ σε αὐτὸν	car il fallait toi même
μήτε μολεῖν ποτε	et ne venir jamais
ἐς Τροίαν	à Troie
ἀπείργειν τε ἡμᾶς,	et éloigner nous *des Atrides,*
οἵ γε καθύβρισάν σου	qui insultèrent toi
συλῶντες γέρας· πατρὸς·	en volant la récompense de *ton* père;
εἶτα σὺ εἶ	ensuite toi, tu es
ξυμμαχήσων τοῖσδε	devant être-auxiliaire à ceux-là,
καὶ ἀναγκάζεις ἐμὲ τόδε ;	et tu forces moi à *faire* cela !

Μὴ δῆτα, τέκνον· ἀλλά μ᾿, ὃ ξυνήνεσας,
πέμψον πρὸς οἴκους· καὐτὸς ἐν Σκύρῳ μένων
ἔα κακῶς αὐτοὺς ἀπόλλυσθαι κακούς.
Χοὕτω διπλῆν μὲν ἐξ ἐμοῦ κτήσει χάριν᾿,   1370
διπλῆν δὲ πατρός· κοὐ κακοὺς ἐπωφελῶν
δόξεις ὅμοιος τοῖς κακοῖς πεφυκέναι.

ΝΕΟΠΤΟΛΕΜΟΣ.

Λέγεις μὲν εἰκότ᾿, ἀλλ᾿ ὅμως σε βούλομαι
θεοῖς τε πιστεύσαντα τοῖς τ᾿ ἐμοῖς λόγοις
φίλου μετ᾿ ἀνδρὸς τοῦδε τῆσδ᾿ ἐκπλεῖν χθονός.   1375

ΦΙΛΟΚΤΗΤΗΣ.

Ἦ πρὸς τὰ Τροίας πεδία καὶ τὸν Ἀτρέως
ἔχθιστον υἱὸν τῷδε δυστήνῳ ποδί;

ΝΕΟΠΤΟΛΕΜΟΣ.

Πρὸς τοὺς μὲν οὖν σε τήνδε τ᾿ ἔμπυον βάσιν
παύσοντας ἄλγους κἀποσώσοντας νόσου.

ΦΙΛΟΚΤΗΤΗΣ.

Ὦ δεινὸν αἶνον αἰνέσας, τί φής ποτε;   1380

ΝΕΟΠΤΟΛΕΜΟΣ.

Ἃ σοί τε κἀμοὶ λῷσθ᾿ ὁρῶ τελούμενα.

plutôt fidèle à tes serments, ramène-moi dans ma patrie, et, de-meurant toi-même à Scyros, laisse ces ingrats périr comme ils le méritent. Par là tu mériteras doublement ma reconnaissance et celle de mon père, et en refusant ton secours à des méchants tu t'épargneras la honte de paraître leur ressembler.

NÉOPTOLÈME. Tu dis vrai; cependant je voudrais te voir céder aux dieux et à mes conseils, et quitter ce rivage avec un ami.

PHILOCTÈTE. Quoi! avec ce pied malheureux aller aux champs troyens et vers l'odieux fils d'Atrée?

NÉOPTOLÈME. Non, mais vers ceux qui calmeront les douleurs de ton ulcère et qui le guériront.

PHILOCTÈTE. Cruel conseil! Ah! que me proposes-tu?

NÉOPTOLÈME. Ce dont l'accomplissement sera heureux pour toi et pour moi.

Μὴ δῆτα,	Ne *fais* donc pas *cela*,
τέκνον·	*mon* enfant,
ἀλλὰ πέμψον	mais conduis *moi*
πρὸς οἴκους,	vers *mes* demeures,
ὃ ξυνήνεσας μοι·	ce que tu as promis à moi;
καὶ ἕα ἀπόλλυσθαι αὐτοὺς	et laisse périr eux
κακοὺς κακῶς,	misérables misérablement,
αὐτὸς μένων ἐν Σκύρῳ.	*toi*-même restant à Scyros.
Καὶ οὕτω	Et ainsi
κτήσει χάριν	tu acquerras une reconnaissance
διπλῆν μὲν ἐξ ἐμοῦ	double d'un côté de moi,
διπλῆν δὲ πατρός·	double de l'autre côté de *mon* père;
καὶ οὐ δόξεις πεφυκέναι	et tu ne paraîtras pas être-né
ὅμοιος τοῖς κακοῖς	semblable aux méchants,
ἐπωφελῶν κακούς.	en aidant des méchants.
ΝΕΟΠΤΟΛΕΜΟΣ. Λέγεις μὲν	NÉOPTOLÈME. Tu dis à la vérité
εἰκότα·	des choses naturelles;
ἀλλὰ ὅμως βούλομαί σε	mais cependant je veux *toi*
ἐκπλεῖν τῆσδε χθονὸς	naviguer-loin de cette terre,
μετὰ τοῦδε ἀνδρὸς φίλου,	avec cet homme (moi) ami,
πιστεύσαντα θεοῖς τε	ayant confiance et aux dieux
τοῖς τε ἐμοῖς λόγοις.	et aux miennes paroles.
ΦΙΛΟΚΤΗΤΗΣ. Ἦ πρὸς	PHILOCTÈTE. Est-ce *pour aller* vers
τὰ πεδία Τροίας	les plaines de Troie
καὶ τὸν ἔχθιστον υἱὸν Ἀτρέως	et le très-odieux fils d'Atrée,
τῷδε δυστήνῳ ποδί;	avec ce malheureux pied?
ΝΕΟΠΤΟΛΕΜΟΣ.	NÉOPTOLÈME.
Πρὸς τοὺς μὲν οὖν	*Non*, mais plutôt vers ceux
παύσοντας	devant-délivrer
ἄλγους	de la souffrance
σὲ τήνδε τε βάσιν ἔμπυον	toi et ce pied purulent
καὶ ἀποσώσοντας	et devant-sauver *toi*
νόσου.	de la maladie.
ΦΙΛΟΚΤΗΤΗΣ. Ὦ αἰνέσας	PHILOCTÈTE. O *toi* ayant conseillé
αἶνον δεινόν,	un conseil cruel,
τί φὴς ποτε;	que dis-tu donc?
ΝΕΟΠΤΟΛΕΜΟΣ. Ἃ	NÉOPTOLÈME. *Les choses* que,
τελούμενα	*une fois* accomplies,
ὁρῶ λῷστα	je vois les meilleures
σοί τε καὶ ἐμοί.	et à toi et à moi.

ΦΙΛΟΚΤΗΤΗΣ.

Καὶ ταῦτα λέξας οὐ καταισχύνει θεούς;

ΝΕΟΠΤΟΛΕΜΟΣ.

Πῶς γάρ τις αἰσχύνοιτ' ἂν ὠφελούμενος[1];

ΦΙΛΟΚΤΗΤΗΣ.

Λέγεις δ' Ἀτρείδαις ὄφελος, ἢ 'π' ἐμοὶ τόδε;

ΝΕΟΠΤΟΛΕΜΟΣ.

Σοί που φίλος γ' ὢν, χὠ λόγος τοιόσδε μου.   1385

ΦΙΛΟΚΤΗΤΗΣ.

Πῶς, ὅς γε τοῖς ἐχθροῖσί μ' ἐκδοῦναι θέλεις;

ΝΕΟΠΤΟΛΕΜΟΣ.

Ὦ τᾶν, διδάσκου μὴ θρασύνεσθαι κακοῖς.

ΦΙΛΟΚΤΗΤΗΣ.

Ὀλεῖς με, γιγνώσκω σε, τοῖσδε τοῖς λόγοις.

ΝΕΟΠΤΟΛΕΜΟΣ.

Οὔκουν ἔγωγε· φημὶ δ' οὔ σε μανθάνειν.

ΦΙΛΟΚΤΗΤΗΣ.

Ἐγὼ οὐκ Ἀτρείδας ἐκβαλόντας οἶδά με;   1390

ΝΕΟΠΤΟΛΕΜΟΣ.

Ἀλλ' ἐκβαλόντες εἰ πάλιν σώσουσ' ὅρα.

ΦΙΛΟΚΤΗΤΗΣ.

Οὐδέποθ' ἑκόντα γ', ὥστε τὴν Τροίαν ἰδεῖν.

PHILOCTÈTE. Et en parlant ainsi tu ne rougis pas devant les dieux?

NÉOPTOLÈME. Comment rougir de ce qui sert nos intérêts?

PHILOCTÈTE. Parles-tu des intérêts des Atrides ou des miens?

NÉOPTOLÈME. Des tiens : je suis ton ami, et mes paroles sont celles d'un ami.

PHILOCTÈTE. D'un ami? Comment! Toi qui veux me livrer à mes ennemis?

NÉOPTOLÈME. Cher Philoctète, que tes malheurs t'apprennent à montrer moins de fierté.

PHILOCTÈTE. Tu me perdras, je le vois, avec tes discours.

NÉOPTOLÈME. Non, sans doute; mais tu ne me comprends pas.

PHILOCTÈTE. Les Atrides m'ont banni; voilà ce que je sais.

NÉOPTOLÈME. Vois si tu veux permettre qu'ils te sauvent maintenant.

PHILOCTÈTE. Jamais, à cette condition, je n'irai volontairement à Troie.

ΦΙΛΟΚΤΗΤΗΣ.	**PHILCCTETE.**
Καὶ λέξας ταῦτα	Et ayant dit ces choses
οὐ καταισχύνει θεούς;	ne rougis-tu pas devant les dieux?
ΝΕΟΠΤΟΛΕΜΟΣ.	**NÉOPTOLÈME.**
Πῶς γὰρ	Comment donc [ainsı
αἰσχύνοιτο ἄν τις,	quelqu'un rougirait-il *de parler*
ὠφελούμενος;	*en* obtenant-un-avantage?
ΦΙΛΟΚΤΗΤΗΣ.	**PHILOCTÈTE.**
Λέγεις δὲ τόδε ὄφελος	Mais dis-tu cet avantage
ἐπὶ Ἀτρείδαις,	pour les Atrides
ἢ ἐμοί;	ou *pour* moi?
ΝΕΟΠΤΟΛΕΜΟΣ.	**NÉOPTOLÈME.**
Ὢν φίλος γε σοί που,	Étant ami certes à toi sans-doute
καὶ ὁ λόγος μοῦ	le discours aussi de moi
τοιόσδε.	*est* tel (d'un ami).
ΦΙΛΟΚΤΗΤΗΣ. Πῶς,	**PHILOCTÈTE.** Comment,
ὅς γε θέλεις ἐκδοῦναι με	*toi* qui veux livrer moi
τοῖς ἐχθροῖσιν;	à *mes* ennemis?
ΝΕΟΠΤΟΛΕΜΟΣ. Ὢ τᾶν,	**NÉOPTOLÈME.** O *mon* cher,
διδάσκου κακοῖς	apprends par tes malheurs
μὴ θρασύνεσθαι.	à ne pas t'enorgueillir.
ΦΙΛΟΚΤΗΤΗΣ.	**PHILOCTÈTE.**
Γιγνώσκω σε	Je devine toi
ὀλεῖς με	*que* tu perdras moi
τοῖσδε τοῖς λόγοις.	par ces discours.
ΝΕΟΠΤΟΛΕΜΟΣ. Οὔκουν	**NÉOPTOLÈME.** *Ce n'est* certes pas
ἔγωγε·	moi *qui te perdrai;*
φημὶ δὲ	mais je dis
σὲ οὐ μανθάνειν	toi ne pas comprendre *mes paro-*
ΦΙΛΟΚΤΗΤΗΣ.	**PHILOCTÈTE.** [*les.*
Ἐγὼ οὐκ οἶδα	Moi je ne sais pas
Ἀτρείδας ἐκβαλόντας με;	les Atrides ayant rejeté moi?
ΝΕΟΠΤΟΛΕΜΟΣ.	**NÉOPTOLÈME.**
Ἀλλὰ ὅρα	Mais vois
εἰ ἐκβαλόντες	si t'ayant rejeté
σώσουσι πάλιν.	ils sauveront *toi* en-revanche.
ΦΙΛΟΚΤΗΤΗΣ.	**PHILOCTÈTE.**
Οὐδέποτε ὥστε ἰδεῖν	Jamais à-la-condition-de voir
τὴν Τροίαν	Troie,
ἑκόντα γε.	*moi le* voulant au moins.

ΝΕΟΠΤΟΛΕΜΟΣ.

Τί δῆτ' ἂν ἡμεῖς δρῶμεν, εἰ σέ γ' ἐν λόγοις
πείσειν δυνησόμεσθα μηδὲν ὧν λέγω;
Ὡς ῥᾷστ' ἐμοὶ μὲν τῶν λόγων λῆξαι, σὲ δὲ   1395
ζῆν ὥσπερ ἤδη ζῇς ἄνευ σωτηρίας.

ΦΙΛΟΚΤΗΤΗΣ.

Ἔα με πάσχειν ταῦθ' ἅπερ παθεῖν με δεῖ.
Ἃ δ' ᾔνεσάς μοι δεξιᾶς ἐμῆς θιγὼν,
πέμπειν πρὸς οἴκους, ταῦτά μοι πρᾶξον, τέκνον,
καὶ μὴ βράδυνε μηδ' ἐπιμνησθῇς ἔτι   1400
Τροίας· ἅλις γάρ μοι τεθρήνηται γόοις.

ΝΕΟΠΤΟΛΕΜΟΣ.

Εἰ δοκεῖ, στείχωμεν.

ΦΙΛΟΚΤΗΤΗΣ.
                    Ὦ γενναῖον εἰρηκὼς ἔπος.

ΝΕΟΠΤΟΛΕΜΟΣ.

Ἀντέρειδέ νυν βάσιν σήν.

ΦΙΛΟΚΤΗΤΗΣ.
                    Εἰς ὅσον γ' ἐγὼ σθένω.

ΝΕΟΠΤΟΛΕΜΟΣ.

Αἰτίαν δὲ πῶς Ἀχαιῶν φεύξομαι;

NÉOPTOLÈME. Que faire, si mes paroles ne peuvent rien sur toi? Le plus aisé est de me taire, et de te laisser vivre, comme tu vis maintenant, sans guérison.

PHILOCTÈTE. Laisse-moi souffrir ce qu'il faut que je souffre; mais la promesse que tu m'as faite, en saisissant ma main droite, de me conduire dans ma patrie, accomplis-la, mon fils. Ne tarde pas; ne me parle plus de Troie; elle m'a coûté assez de larmes.

NÉOPTOLÈME. Si tu le veux, partons.

PHILOCTÈTE. O généreuse parole!

NÉOPTOLÈME. Appuie-toi sur moi.

PHILOCTÈTE. Autant que je le puis.

NÉOPTOLÈME. Mais comment échapperai-je aux reproches des Grecs?

ΝΕΟΠΤΟΛΕΜΟΣ.

Τί δῆτα δρῷμεν ἂν ἡμεῖς,
εἰ δυνησόμεσθα πείσειν
ἐν λόγοις; σέ γε μηδὲν
ὧν λέγω;
Ὡς ῥᾷστα
ἐμοὶ μὲν
λῆξαι τῶν λόγων,
σὲ δὲ ζῆν
ὥσπερ ζῇς ἤδη
ἄνευ σωτηρίας.

ΦΙΛΟΚΤΗΤΗΣ.

Ἔα με πάσχειν ταῦτα
ἅπερ δεῖ με παθεῖν.
Ἃ δὲ ἤνεσάς μοι
θιγὼν ἐμῆς δεξιᾶς,
πέμπειν πρὸς οἴκους,
πρᾶξόν μοι ταῦτα,
τέκνον,
καὶ μὴ βράδυνε
μηδὲ ἐπιμνησθῇς
ἔτι Τροίας·
ἅλις γὰρ
τεθρήνηταί
μοι γόοις

ΝΕΟΠΤΟΛΕΜΟΣ.

Εἰ δοκεῖ,
στείχωμεν.

ΦΙΛΟΚΤΗΤΗΣ.

Ὧ εἰρηκὼς
ἔπος γενναῖον

ΝΕΟΠΤΟΛΕΜΟΣ.

Ἀντέρειδέ νυν
βάσιν σήν.

ΦΙΛΟΚΤΗΤΗΣ.

Εἰς ὅσον γε
ἐγὼ σθένω.

ΝΕΟΠΤΟΛΕΜΟΣ.

Πῶς δὲ
φεύξομαι αἰτίαν Ἀχαιῶν;

NÉOPTOLÈME.

Quoi donc ferons-nous, nous,
si nous ne pouvons persuader
par des paroles à toi aucune
des choses que je dis?
De sorte que *il est* très-facile
à moi d'une part
de cesser *mes* discours,
à toi de l'autre, de vivre
comme tu vis déjà
sans salut.

PHILOCTÈTE.

Laisse-moi souffrir ces choses
qu'il faut moi souffrir.   [moi
Mais celles que tu as consenties à
ayant touché ma *main* droite,
de *me* conduire à *mes* demeures,
accomplis pour moi ces choses,
mon enfant,
et ne tarde pas
et ne fais-mention
plus de Troie ;
car suffisamment
elle a été déplorée
par moi par mes gémissements.

NÉOPTOLÈME.

S'il *te* semble-bon,
partons.

PHILOCTÈTE.

O ayant dit
une parole généreuse !

NÉOPTOLÈME.

Appuie donc *sur moi*
la marche tienne.

PHILOCTÈTE.

Autant que certes
moi j'ai de force.

NÉOPTOLÈME.

Mais comment
éviterai-je l'accusation des Achéens ;

ΦΙΛΟΚΤΗΤΗΣ.

Μὴ φροντίσῃς.

ΝΕΟΠΤΟΛΕΜΟΣ.

Τί γὰρ, ἐὰν πορθῶσι χώραν τὴν ἐμήν;

ΦΙΛΟΚΤΗΤΗΣ.

Ἐγὼ παρὼν   1405

ΝΕΟΠΤΟΛΕΜΟΣ.

Τίνα προσωφέλησιν ἔρξεις;

ΦΙΛΟΚΤΗΤΗΣ.

Βέλεσι τοῖς Ἡρακλέους

ΝΕΟΠΤΟΛΕΜΟΣ.

Πῶς λέγεις;

ΦΙΛΟΚΤΗΤΗΣ.

Εἴρξω πελάζειν.

ΝΕΟΠΤΟΛΕΜΟΣ.

Στεῖχε προσκύσας χθόνα.

ΗΡΑΚΛΗΣ.

Μήπω γε, πρὶν ἂν τῶν ἡμετέρων
ἀΐῃς μύθων, παῖ Ποίαντος·   1410
φάσκειν¹ δ᾽ αὐδὴν τὴν Ἡρακλέους
ἀκοῇ τε κλύειν λεύσσειν τ᾽ ὄψιν.
Τὴν σὴν δ᾽ ἥκω χάριν οὐρανίας
ἕδρας προλιπὼν,
τὰ Διός τε φράσων βουλεύματά σοι,   1415
κατερητύσων θ᾽ ὁδὸν ἣν στέλλει·
σὺ δ᾽ ἐμῶν μύθων ἐπάκουσον.
Καὶ πρῶτα μέν σοι τὰς ἐμὰς λέξω τύχας,

PHILOCTÈTE. Ne t'en inquiète point.
NÉOPTOLÈME. Et s'ils ravagent mes États?
PHILOCTÈTE. Je serai près de toi, et....
NÉOPTOLÈME. Que feras-tu pour ma défense?
PHILOCTÈTE. Avec les flèches d'Hercule....
NÉOPTOLÈME. Eh bien?
PHILOCTÈTE. Je les empêcherai d'approcher.
NÉOPTOLÈME. Salue cette terre et suis-moi.
HERCULE. Auparavant, écoute-moi, fils de Péan, et sache que c'est Hercule que tu entends et que tu vois. C'est pour toi que je viens : j'ai quitté les demeures célestes pour te faire connaître les ordres de Jupiter et t'arrêter dans la route que tu veux suivre. Prête l'oreille à mes paroles. Je te rappellerai d'abord par quelles

ΦΙΛΟΚΤΗΤΗΣ.	PHILOCTÈTE.
Μὴ φροντίσῃς.	Ne t'en inquiète pas.
ΝΕΟΠΤΟΛΕΜΟΣ.	NÉOPTOLÈME.
Τί γὰρ,	Comment donc,
ἐὰν πορθῶσι	s'ils dévastent
τὴν ἐμὴν χώραν ;	le mien pays?
ΦΙΛΟΚΤΗΤΗΣ.	PHILOCTÈTE.
Ἐγὼ παρὼν	Moi étant-présent....
ΝΕΟΠΤΟΛΕΜΟΣ.	NÉOPTOLÈME.
Τίνα προσωφέλησιν ἔρξεις ;	Quel secours procureras-tu ?
ΦΙΛΟΚΤΗΤΗΣ.	PHILOCTÈTE.
τοῖς βέλεσι Ἡρακλέους	avec les flèches d'Hercule...
ΝΕΟΠΤΟΛΕΜΟΣ.	NÉOPTOLÈME.
Πῶς λέγεις ;	Comment dis-tu ?
ΦΙΛΟΚΤΗΤΗΣ.	PHILOCTÈTE.
εἴρξω πελάζειν.	je les empêcherai d'approcher.
ΝΕΟΠΤΟΛΕΜΟΣ. Στεῖχε,	NÉOPTOLÈME. Marche,
προσκύσας χθόνα.	ayant adoré cette terre.
ΗΡΑΚΛΗΣ.	HERCULE.
Μήπω γε,	Pas encore, du moins,
πρὶν ἂν ἀΐῃς	avant que tu entendes
τῶν ἡμετέρων μύθων,	les paroles de nous,
παῖ Ποίαντος·	fils de Péan ;
φάσκειν δὲ	et sache
κλύειν τε ἀκοῇ	et toi entendre avec l'ouïe
τὴν αὐδὴν Ἡρακλέους,	la voix d'Hercule
λεύσσειν τε ὄψιν.	et voir son visage.
Ἥκω δὲ	Or je viens
τὴν χάριν σὴν	à-cause de-toi
προλιπὼν	ayant abandonné
ἕδρας οὐρανίας,	les demeures célestes,
φράσων τέ σοι	et devant-dire à toi
τὰ βουλεύματα Διὸς,	les volontés de Jupiter,
κατερητύσων τε ὁδὸν	et devant-empêcher le voyage
ἣν στέλλει·	que tu prépares ;
σὺ δὲ ἐπάκουσον	mais toi écoute
μύθων ἐμῶν.	les paroles miennes.
Καὶ πρῶτα μὲν	Et d'abord d'un côté
λέξω σοι	je dirai à toi
τὰς τύχας ἐμὰς,	les destinées miennes,

ὅσους πονήσας καὶ διεξελθὼν πόνους
ἀθάνατον ἀρετὴν ἔσχον, ὡς πάρεσθ' ὁρᾶν.　　　　　1420
Καὶ σοὶ, σάφ' ἴσθι, τοῦτ' ὀφείλεται παθεῖν,
ἐκ τῶν πόνων τῶνδ' εὐκλεᾶ θέσθαι βίον.
Ἐλθὼν δὲ σὺν τῷδ' ἀνδρὶ πρὸς τὸ Τρωϊκὸν
πόλισμα, πρῶτον μὲν νόσου παύσει λυγρᾶς,
ἀρετῇ τε πρῶτος ἐκκριθεὶς στρατεύματος,　　　　1425
Πάριν μὲν, ὃς τῶνδ' αἴτιος κακῶν ἔφυ,
τόξοισι τοῖς ἐμοῖσι νοσφιεῖς βίου,
πέρσεις τε Τροίαν, σκῦλά τ' εἰς μέλαθρα σὰ
πέμψεις, ἀριστεῖ' ἐκλαβὼν στρατεύματος,
Ποίαντι πατρὶ πρὸς πάτρας Οἴτης πλάκα.　　　　1430
Ἃ δ' ἂν λάβῃς σὺ σκῦλα τοῦδε τοῦ στρατοῦ
τόξων ἐμῶν μνημεῖα, πρὸς πυρὰν ἐμὴν
κόμιζε. Καὶ σοὶ ταῦτ', Ἀχιλλέως τέκνον,
παρήνεσ'· οὔτε γὰρ σὺ τοῦδ' ἄτερ σθένεις
ἑλεῖν τὸ Τροίας πεδίον οὔθ' οὗτος σέθεν.　　　　1435

infortunes, par combien de rudes épreuves j'ai acquis l'immortalité dont tu me vois jouir; apprends que ta destinée est la même et qu'après tant de maux tu dois illustrer ta vie. Va donc à Troie avec ce guerrier : tu y trouveras la guérison de ta blessure, et après avoir été jugé le plus vaillant des Grecs, tu perceras de mes flèches Pâris, auteur de tous ces maux. Tu renverseras Troie, et recevras de riches dépouilles, prix de la valeur; tu les enverras dans ton palais à Péan ton père, dans les champs de l'OEta qui t'ont vu naître. Ensuite, ces dépouilles que tu auras reçues de l'armée, tu les porteras sur mon tombeau, comme un monument de la victoire due à mes flèches. Et toi, fils d'Achille, je te déclare que tu ne peux prendre Troie sans le secours de Philoctète, ni Philoctète sans le tien. Allez donc, comme deux

ὅσους πόνους	combien de labeurs
πονήσας	ayant endurés
καὶ διεξελθὼν,	et traversés,
ἔσχον ἀρετὴν ἀθάνατον,	j'obtins une gloire immortelle,
ὡς πάρεστιν ὁρᾶν.	comme il est loisible de voir.
Ὀφείλεται καὶ σοί,	Il est destiné aussi à toi,
ἴσθι σάφα,	sache-le clairement,
παθεῖν τοῦτο,	d'éprouver cela,
θέσθαι βίον εὐκλεᾶ	de rendre ta vie célèbre
ἐκ τῶνδε τῶν πόνων.	à-la-suite-de ces maux.
Ἐλθὼν δὲ	Et étant allé
σὺν τῷδε ἀνδρὶ	avec cet homme (Néoptolème)
πρὸς τὸ πόλισμα Τρωϊκὸν,	à la ville de-Troie,
παύσει μὲν πρῶτον	tu seras délivré d'abord d'un côté
νόσου λυγρᾶς,	d'une maladie funeste,
ἐκκριθείς τε	et ayant été jugé
πρῶτος στρατεύματος ἀρετῇ,	le premier de l'armée par ta valeur,
νοσφιεῖς βίου	tu priveras de la vie
τοῖς τόξοισι ἐμοῖσι	avec les flèches miennes
Πάριν μὲν,	Pâris d'un côté,
ὃς ἔφυ αἴτιος	qui fut cause
τῶνδε κακῶν,	de ces maux,
πέρσεις τε Τροίαν,	et tu renverseras Troie,
πέμψεις τε σκῦλα	et tu enverras les dépouilles
εἰς μέλαθρα σὰ,	dans le palais tien,
ἐκλαβὼν στρατεύματος	les ayant reçues de l'armée
ἀριστεῖα,	comme prix-de-la-valeur,
πατρὶ Ποίαντι,	à ton père Péan,
πρὸς πλάκα Οἴτης πάτρας.	vers la plaine de l'OEta ta patrie.
Ἃ δὲ σκῦλα	Mais les dépouilles que
σὺ ἂν λάβῃς	toi tu recevras
τοῦδε τοῦ στρατοῦ,	de cette armée
κόμιζε πρὸς πυρὰν ἐμὴν	porte-les au bûcher mien [sance
μνημεῖα	comme monuments-de-reconnais-
τόξων ἐμῶν.	des flèches miennes.
Τέκνον Ἀχιλλέως,	O fils d'Achille,
παρήνεσα καὶ σοὶ ταῦτα ·	j'ai conseillé à toi aussi ces choses :
οὔτε γὰρ σὺ σθένεις ἑλεῖν	car et toi tu ne peux prendre
τὸ πεδίον Τροίας ἄτερ τοῦδε,	la plaine de Troie sans celui-ci,
οὔτε οὗτος σέθεν.	ni celui-ci sans toi.

Ἀλλ' ὡς λέοντε συννόμω φυλάσσετον
οὗτος σὲ καὶ σὺ τόνδ'. Ἐγὼ δ' Ἀσκληπιὸν [1]
παυστῆρα πέμψω σῆς νόσου πρὸς Ἴλιον.
Τὸ δεύτερον γὰρ τοῖς ἐμοῖς αὐτὴν χρεὼν
τόξοις ἁλῶναι. Τοῦτο δ' ἐννοεῖθ', ὅταν   1440
πορθῆτε γαῖαν, εὐσεβεῖν τὰ πρὸς θεούς [2]
ὡς τἄλλα πάντα δεύτερ' ἡγεῖται πατὴρ
Ζεύς· ἡ γὰρ εὐσέβεια [3] συνθνήσκει βροτοῖς,
κἂν ζῶσι κἂν θάνωσιν, οὐκ ἀπόλλυται.

ΦΙΛΟΚΤΗΤΗΣ.

Ὦ φθέγμα ποθεινὸν ἐμοὶ πέμψας,   1445
χρόνιός τε φανείς,
οὐκ ἀπιθήσω τοῖς σοῖς μύθοις.

ΝΕΟΠΤΟΛΕΜΟΣ.

Κἀγὼ γνώμην ταύτῃ τίθεμαι.

ΗΡΑΚΛΗΣ.

Μή νυν χρόνιοι μέλλετε πράσσειν·
καιρὸς καὶ πλοῦς   1450
ὅδ' ἐπείγει γὰρ κατὰ πρύμναν.

ΦΙΛΟΚΤΗΤΗΣ.

Φέρε νυν στείχων χώραν καλέσω.
Χαῖρ', ὦ μέλαθρον ξύμφρουρον [4] ἐμοὶ,
Νύμφαι τ' ἔνυδροι λειμωνιάδες,

---

lions nourris ensemble, pour vous défendre l'un l'autre. J'enverrai Esculape à Troie pour guérir Philoctète. Les destins veulent que mes armes prennent Ilion une seconde fois. Mais, quand vous ravagerez cette ville, songez à respecter les dieux. Le puissant Jupiter préfère la piété à tout le reste. La piété suit les mortels dans la tombe; qu'ils vivent ou qu'ils meurent, c'est un bien qu'on ne saurait perdre.

PHILOCTÈTE. O toi dont j'entends la voix chérie, et que je revois après tant d'années, je ne désobéirai point à tes ordres.

NÉOPTOLÈME. Et moi aussi je suis prêt à obéir.

HERCULE. Ne différez donc plus : l'occasion et les vents favorables vous appellent.

PHILOCTÈTE. Allons, et en partant saluons cette terre. Adieu, rocher qui me servit d'asile! Adieu, nymphes de ces prairies hu-

Ἀλλὰ ὡς λέοντε	Mais, comme deux lions
συννόμω	nourris-ensemble,
φυλάσσετον	gardez
οὗτος σὲ καὶ σὺ τόνδε.	celui-ci toi et toi celui-là.
Ἐγὼ δὲ πέμψω	Mais moi j'enverrai
Ἀσκληπιὸν πρὸς Ἴλιον	Esculape à Ilion
παυστῆρα σῆς νόσου.	qui-apaisera ta maladie.
Χρεὼν γὰρ αὐτὴν ἀλῶναι	Car il *est* nécessaire elle être prise
τὸ δεύτερον τοῖς ἐμοῖς τόξοις.	une seconde fois par mes flèches.
Ἐννοεῖσθε δὲ τοῦτο,	Mais considérez ceci,
ὅταν πορθῆτε γαῖαν,	quand vous dévasterez la terre,
εὐσεβεῖν	d'être-pieux
τὰ πρὸς θεούς·	dans les choses envers les dieux ;
ὡς Ζεὺς πατὴρ	car Jupiter *mon* père
ἡγεῖται δεύτερα	estime *comme* secondaires
τὰ ἄλλα πάντα·	toutes les autres choses ;
ἡ γὰρ εὐσέβεια	car la piété
συνθνήσκει βροτοῖς,	suit-dans-la-mort les mortels ;
καὶ ἂν ζῶσι	et soit qu'ils vivent,
καὶ ἂν θάνωσιν,	et soit qu'ils meurent,
οὐκ ἀπόλλυται.	elle ne périt pas.
ΦΙΛΟΚΤΗΤΗΣ.	PHILOCTÈTE.
Ὦ πέμψας ἐμοὶ	O *toi* qui as envoyé à moi
φθέγμα ποθεινὸν	une voix désirée
φανείς τε χρόνιος	et qui as paru après-un-long-temps,
οὐκ ἀπιθήσω	je ne désobéirai pas
τοῖς μύθοις σοῖς.	aux paroles tiennes.
ΝΕΟΠΤΟΛΕΜΟΣ. Καὶ ἐγὼ τίθεμαι	NÉOPTOLÈME. Moi aussi je donne
γνώμην ταύτῃ.	*mon* avis de cette manière.
ΗΡΑΚΛΗΣ. Μή νυν μέλλετε	HERCULE. Ne tardez donc pas
χρόνιοι πράσσειν·	lents à agir ;
καιρὸς γὰρ	car l'opportunité
καὶ πλοῦς ὅδε	et la navigation que voici
ἐπείγει κατὰ πρύμναν.	pousse par la poupe.
ΦΙΛΟΚΤΗΤΗΣ. Φέρε νυν	PHILOCTÈTE. Eh bien donc [chant.
καλέσω χώραν στείχων.	que je salue *cette* terre en mar-
Χαῖρε, ὦ μέλαθρον	Adieu, ô habitation
ξύμφρουρον ἐμοὶ,	protectrice à moi,
Νύμφαι τε ἔνυδροι	et Nymphes humides
λειμωνιάδες,	de-la-prairie,

καὶ κτύπος ἄρσην πόντα , προβλὴς θ'   1455
οὗ πολλάκι δὴ τοὐμὸν ἐτέγχθη
κρᾶτ' ἐνδόμυχον πληγαῖσι νότου,
πολλὰ δὲ φωνῆς τῆς ἡμετέρας
Ἑρμαῖον ὄρος [1] παρέπεμψεν ἐμοὶ
στόνον ἀντίτυπον χειμαζομένῳ.   1460
Νῦν δ', ὦ κρῆναι Λύκιόν τε ποτὸν,
λείπομεν ὑμᾶς, λείπομεν ἤδη,
δόξης οὔ ποτε τῆσδ' ἐπιβάντες.
Χαῖρ', ὦ Λήμνου πέδον ἀμφίαλον
καί μ' εὐπλοίᾳ πέμψον ἀμέμπτως,   1465
ἔνθ' ἡ μεγάλη Μοῖρα κομίζει,
γνώμη τε φίλων [2], χὠ πανδαμάτωρ
δαίμων [3], ὃς ταῦτ' ἐπέκρανεν.

ΧΟΡΟΣ.

Χωρῶμεν δὴ πάντες ἀολλεῖς,
Νύμφαις ἁλίαισιν ἐπευξάμενοι   1470
νόστου σωτῆρας ἱκέσθαι.

mides! Adieu, vagues bruyantes, qui vous brisez avec fracas contre les bords escarpés de la mer, et qui, poussées par le notus, veniez jusque dans ma grotte mouiller ma tête de votre écume? Adieu, mont Herméum, dont les échos ont tant de fois répété les gémissements que m'arrachait la douleur! Adieu, source Lycienne, je vous quitte enfin, vous que j'avais cru ne jamais quitter. Adieu, terre de Lemnos, que la mer environne; permets qu'une heureuse navigation me conduise aux lieux où m'appellent une impérieuse destinée, le vœu de mes amis, et la volonté du tout-puissant qui a réglé tous ces événements.

LE CHOEUR. Partons tous ensemble, après avoir prié les nymphes de la mer de nous accorder une heureuse navigation.

καὶ κτύπος ἄρσην πόντου,	et bruit violent de la mer,
προβλῆς τε	et promontoire
οὖ πολλάκι δὴ	où souvent en-effet
τὸ κρᾶτα ἐμὸν	la tête mienne
ἐνδόμυχον	*étant* dans-l'intérieur-de-l'antre
ἐτέγχθη πληγαῖσι	fut humectée par les coups
νότου,	du vent-du-midi,
ὄρος δὲ Ἑρμαῖον	et *où* la montagne Herméenne
πολλὰ παρέπεμψεν	souvent renvoyait
ἐμοὶ χειμαζομένῳ	à moi agité-*par-la-souffrance*
στόνον ἀντίτυπον	le gémissement répercuté
τῆς ἡμετέρας φωνῆς.	de notre voix.
Νῦν δὲ, ὦ χρῆναι,	Et maintenant, ô fontaines,
ποτόν τε Λύκιον,	et boisson Lycienne,
λείπομεν ὑμᾶς,	nous quittons vous,
λείπομεν ἤδη,	nous quittons *vous* maintenant,
οὔ ποτε ἐπιβάντες	ne nous étant avancés jamais
τῆσδε δόξης.	jusqu'à cette opinion.
Χαῖρε, ὦ πέδον Λήμνου	Adieu, ô plaine de Lemnos
ἀμφίαλον,	entourée-de-la-mer,
καὶ πέμψον με	et envoie moi
ἀμέμπτως	sans-dommage
εὐπλοίᾳ,	par-une-heureuse-navigation
ἔνθα κομίζει	*là où nous* porte
ἡ μεγάλη Μοῖρα,	la grande destinée,
γνώμη τε φίλων,	et le conseil des amis,
καὶ ὁ δαίμων	et la divinité
πανδαμάτωρ,	qui-dompte-tout,
ὅς ἐπέκρανε ταῦτα.	qui a accompli ces choses.
ΧΟΡΟΣ. Χωρῶμεν δὴ	LE CHŒUR. Allons donc
πάντες ἀολλεῖς,	tous ensemble,
ἐπευξάμενοι	ayant prié
Νύμφαις ἁλίαισιν ἱκέσθαι	les Nymphes marines de venir
σωτῆρας νόστου.	*comme* protectrices du retour.

NOTES

SUR PHILOCTÈTE.

———

Page 4 : 1. La particule μέν se rapporte à ἀλλά qui se trouve au v. 15. Le poëte veut dire : *Nous voici à la vérité arrivés sur la côte de Lemnos; mais ce n'est pas tout : il s'agit maintenant de découvrir l'endroit où se trouve Philoctète.*

— 2. Λήμνου est une apposition à τῆς περιρρύτου χθονός.

— 3. Βροτοῖς ἄστιπτος, οὐδ' οἰκουμένη. Cf. *Œd. Col.*, 39 : ἄθικτος, οὐδ' οἰκητός. Du reste le poëte ne veut pas représenter l'île entière comme étant inhabitée (les traditions homériques disaient le contraire); il ne parle que de la côte où Philoctète a été abandonné.

— 4. Πατρός est une prolepse motivée par τραφείς. On se serait attendu à ἀνδρός.

— 5. Τραφείς est ici substantif, et, comme tel, il gouverne le génitif. Cf. *Œd. Col.*, 1322 ; Eur., *Orest.*, 491.

— 6. Νεοπτόλεμος se prononce ici comme s'il ne formait que quatre syllabes. On sait que Néoptolème avait été élevé à Scyros par son aïeul Lycomède.

— 7. Μηλιᾶ. Le poëte a préféré la forme ionique de ce nom, parce que, les Maliens étant Doriens, Μαλιᾶ aurait été la forme vulgaire.

— 8. Νόσῳ καταστάζοντα. La maladie de Philoctète était une espèce de cancer (φαγέδαινα).

— 9. Λοιβή se dit des libations. Hésychius interprète θυμᾶ· ἱερεῖον, σφάγιον, ὁλοκαύτωμα. La dernière signification, qui s'applique au sacrifice tout entier, est celle qui convient à notre passage.

Page 6 : 1. Μὴ καί, *ne adeo*. Καί sert à mettre en relief une idée *d'avertissement* ou de *crainte*.

— 2. Ἐκχέω, métaphore tirée de ceux qui en trayant laissent échapper une partie du lait.

— 3. Ἔργον est opposé à λόγων; *conseiller*, était l'affaire d'Ulysse, *agir*, celle de Néoptolème.

— 4. Ὑπηρετεῖν est intransitif.

Page 6 : 5. Πέτρα a souvent, chez les poëtes tragiques, la signification de ἄντρου. La grotte de Philoctète avait une ouverture à l'orient et une autre à l'occident ; de sorte que, quand il faisait froid, il pouvait se réchauffer au soleil, le matin et le soir ; tandis que, pendant l'été, un courant d'air maintenait la fraicheur dans son habitation.

— 6. Βαιὸν δ' ἔνεοθεν, c'est-à-dire, τοῦ ἄντρου.

— 7. Le pronom ἅ est le sujet du verbe ἔχει. Ulysse dit à Néoptolème de s'approcher sans bruit, et de lui faire savoir si la caverne qu'il vient de décrire se trouve à l'endroit où ils sont, ou s'il faut la chercher ailleurs.

Page 8 : 1. Στίβου οὐδεὶς κτύπος signifient bien, suivant l'explication de Wunder, *aucun bruit de pas qui approchent.*

— 2. Ὅρα μὴ κυρῇ a le sens de *cave ne, vereor ne ; ὅρα μὴ κυρεῖ* devrait se traduire : *vide num,* etc.

— 3. Ἐναυλίζοντι : *stratum facienti.* Ἐναυλιζομένῳ serait : *stationem* ou *stratum habenti.*

— 4. Ἄλλα.... ῥάκη, non pas d'autres haillons, mais d'autres objets qui sont des haillons.

Page 10 : 1. Τὸν οὖν παρόντα. Ulysse parle de l'un de ces domestiques qui, sur le théâtre des anciens, accompagnaient toujours les rois et les grands personnages.

— 2. Voy. note 1 de la p. 6.

— 3. Ἔρχεται se trouve encore, avec la signification de *s'en aller,* au vers 1181 ; *Ant.,* 99. Φυλάξεται est pour φυλαχθήσεται.

— 4. Δευτέρῳ λόγῳ se rapporte aux projets d'Ulysse sur la personne même de Philoctète. Dans le πρῶτος λόγος, il n'avait été question que de l'habitation de ce héros.

— 5. Σὲ δεῖ ὅπως. Cette construction anormale est motivée par la signification de ἐπιμελεῖσθαι ou σκοπεῖν, que renferme δεῖ. Cf. *Aj.,* 556.

— 6. Λέγειν est régi par δεῖ.

Page 12 : 1. Ἔχθος ἐχθήρας μέγα, sous-entendu αὐτούς.

— 2. Après ἠξίωσαν, sous-entendez σέ. L'infinitif δοῦναι est explicatif, absolument comme s'il était précédé de ὥστε.

— 3. Dardanus, fils de Jupiter et d'Électre, était considéré comme le chef de la dynastie des princes troyens. Il avait, suivant Homère, fondé, au pied de l'Ida, une ville à laquelle il avait donné son nom.

— 4. Ἔνορκος οὐδενί. On sait que tous les princes de la Grèce avaient juré à Tyndare de porter secours à l'époux qu'il donnerait à Hélène, dans le cas où un ravisseur attenterait à ses droits. Voy. Eur., *Iphig. Aul.,* 56 et suiv.

— 5. Ξυνών. En prose, il faudrait ξυνόντα.

Page 14 : 1. Κτῆμα λαβεῖν, périphrase assez usitée chez les tragiques, pour κτᾶσθαι. Cf. 536, θέαν λαβεῖν pour θεᾶσθαι.

— 2. Il ne faut pas prendre Λαερτίου pour un adjectif ; Eustathe
l'a déjà remarqué : διφορεῖται γὰρ τοῦτο· καὶ οὐ μόνον Λαέρτης
λέγεται, ἀλλὰ καὶ Λαέρτιος, ὡς δηλοῖ καὶ Σοφοκλῆς.

— 3. Τοσούσδε se rapporte au nombreux cortége d'Ulysse et de
Néoptolème.

Page 16 : 1. Ψευδῆ, *ea quæ falsa sunt.*

Page 18 : 1. Τροία désigne ici non-seulement la ville, mais aussi
le territoire de Troie. Il en est de même au v. 941 ; et dans
l'*Aj.*, 994.

— 2. Ἴτω est impersonnel chez les Attiques, et équivaut à ἔστω ;
il peut se traduire par *eh bien donc, soit.*

— 3. Σάφ' ἴσθι. Néoptolème, poussé par son amour de la gloire,
a cédé aux séductions d'Ulysse. Mais il regrette bientôt la promesse qu'il a faite de commettre une action honteuse, et il se
fâche quand Ulysse la lui rappelle.

Page 20 : 1. Τὸν σκοπὸν. C'est le même homme dont il a été
question au vers 45.

— 2. Le temple de *Minerve victorieuse* se trouvait sur l'acro-
pole à Athènes. Cette déesse n'était adorée sous ce nom que dans
l'Attique, tandis que le surnom de Πολιάς lui était donné aussi à
Sparte et en Crète. Jupiter était aussi regardé comme protecteur
des villes, et on lui donnait également le nom de Πολιεύς.

— 3. Τέχνα γὰρ τέχνας ἑτέρας προύχει. Ces mots peuvent servir
à expliquer le v. 380, de l'*Œd. Roi.*

— 4. Παρ' ὅτῳ.... ἀνάσσεται. Il y a ici un changement de construction ; le poëte semble avoir voulu mettre παρ' ὅτῳ.... ἔστιν.
Cf. *Œd. Col.*, 1111.

— 5. Τό pour διό, *quamobrem*, ainsi qu'on le trouve souvent
chez les poëtes épiques.

Page 22 : 1. Δεινὸς ὁδίτης τῶνδ' ἐκ μελάθρων. En prose il faudrait : ὁ δεινῶς ὁδεύων ἐκ τῶνδε μελάθρων ; car δεινὸς se rapporte à
la marche pénible de Philoctète, et ὁδίτης τῶνδ' ἐκ μελάθρων à ses
fréquentes allées et venues. Μέλαθρα est son point de départ et
l'endroit où il revient. Cf., pour la signification de ὁδίτης (qui, du
reste, était originairement adjectif, puisqu'on trouve chez Homère :
ἀνὴρ ὁδίτης), *Œd. Col.*, 1016 ; *Philoct.*, 677.

— 2. Φρουρεῖν ὄμμα (*avoir l'œil attentif, vigilant*), est une
tournure propre à Sophocle ; cf. *Trach.*, 914 ; *ibid.*, 225.

— 3. Matthiæ remarque avec raison que αὐλάς et ἕδρα désignent
la demeure de Philoctète, et χῶρος ou τόπος l'endroit où il se
trouve dans le moment.

Page 22 : 4. Πετρίνης κοίτης est régime de οἶκον.

Page 24 : 1. Ἐπινωμᾶν, *approcher*, comme προσενώμα, v. 717.

— 2. Τηλεφανής. Cf. 202, 216 ; *Œd. R.*, 186.

— 3. Ὑπόκειται, *subjacet ejus querelæ, i. e. ex ea pendet.* (Bothe.) Τηλεφανής aurait, d'après Dübner, le sens actif.

Page 26 : 1. Παθήματα Χρύσης, la blessure faite à Philoctète par le serpent caché près de l'autel de la nymphe Chrysa, autel que les Grecs avaient vainement cherché, et qu'il venait de découvrir.

— 2. Τοῦ μή, sous-entendu ἕνεκα.

— 3. Τεῖναι.... βέλη, licence poétique ; c'est l'arc et non les flèches, que l'on tend. Cf. cependant Horat., *Od.* I, xxix, 9 : *Doctus sagittas tendere Sericas arcu paterno ;* Virg., *Æn.* IX, 590.

Page 28 : 1. Στολῆς Ἑλλάδος, pour Ἑλληνικῆς, comme au vers 256 γῆς Ἑλλάδος ; le substantif pour l'adjectif, tournure d'un usage fréquent chez les poëtes.

Page 30 : 1. Il faut une virgule après κάπηλον, et traduire καλούμενον par : *qui vous appelle, qui invoque votre secours.* Car ce n'est pas un passif, mais un moyen.

— 2. Φεῦ est ici une exclamation de plaisir. Avec τό devant l'infinitif sous-entendez : *qu'il est doux,* dont le sens est implicitement contenu dans φεῦ.

— 3. Γένος est un accusatif ; c'est une tournure homérique ; Virgile l'a imitée, *Æn.* I, 378 :

Sum pius Æneas.... genus ab Jove summo.

Achille, caché à Scyros, sous des habits de femme, avait rendu mère Deïdamie, fille de Lycomède ; le fils que cette princesse mit au monde fut Néoptolème.

Page 34 : 1. Il résulte d'un passage d'Homère (*Il.* β´, 631) que l'on comprenait de son temps, sous le nom de Céphalléniens, tous les habitants des îles situées vis-à-vis de l'Acarnanie et de l'Élide. La plus grande de ces îles était *Samos* ou *Same,* qui ne reçut que plus tard le nom de *Céphallénie.* Il s'y faisait un commerce considérable, et les habitants se livraient à la piraterie. On concevra maintenant la portée des mots : ὦ ξένε Κεφαλλήν, par lesquels Philoctète désigne Ulysse, roi des Céphalléniens.

— 2. Ξὺν ᾗ, sous-entendu νόσῳ.

— 3. Chrysa, petite île voisine de Lemnos. Voy. Pausan., VIII, 33.

Page 36 : 1. Χρόνος διὰ χρόνου : *die diem excipiente.*

— 2. Διακονεῖσθαι est le terme propre pour exprimer le service de la table et de tout ce qui regarde la préparation des mets.

Page 36 : 3. Αὐτός. Philoctète n'avait pas de chien comme les autres chasseurs.

Page 38 : 1. Cf. Virg., *Georg.* I, 135.

— 2. Avec ἔσχε, dit ici pour προσέσχε, sous-entendez πλοῦν.

Page 40 : 1. Le chœur parle obscurément ; Philoctète croit qu'il a pitié de ses malheurs ; mais les spectateurs comprennent qu'il veut agir comme tous ceux qui ont précédemment abordé dans l'ile, lesquels, tout en plaignant l'infortuné, ont refusé de le secourir.

Page 42 : 1. Τοξευτὸς ἐν Φοίβου δαμείς. Le participe τοξευτός est ici subordonné au participe δαμείς, à l'égard duquel il forme une espèce d'apposition. Le sens est le même que s'il y avait τόξοις Φοίβου δαμείς.

Page 44 : 1. Δῖος, à cause de la dignité royale dont Ulysse était revêtu. Phénix avait élevé Achille.

— 2. Εἴτε.... εἴτ' ἄφ' οὖν. La particule οὖν se joint souvent à εἴτε : cf. Matthiæ, *Gr. gr.*, p. 1136.

— 3. Πέργαμα est dit pour Τροίας πέργαμα. Cf. 353 et 1334.

— 4. Εἰδόμεν est pour εἶδον. Sophocle emploie souvent le moyen pour l'actif ; c'est ainsi qu'il dit αὐδᾶσθαι pour αὐδᾶν, etc.

— 5. Ἔκειτο. Le corps d'Achille était exposé aux regards des Grecs ; il n'était pas encore enseveli.

Page 46 : 1. Ὦ σχέτλιε. Néoptolème apostrophe celui des Atrides qui vient de lui parler.

— 2. Cf. Ovide, *Met.*, XIII, 284.

Page 48 : 1. Κἀκ κακῶν, sous-entendu ὄντος ; parce qu'on croyait Ulysse fils de Sisyphe. Cf. pour la tournure de la phrase 873 : Εὐγενὴς κἀξ εὐγενῶν.

— 2. Ὀρεστέρα. Cette invocation s'adresse à la Terre, ou à Cybèle, ou à Rhéa, trois noms qui désignent la même déesse. Le scholiaste rapporte qu'on célébrait ses mystères sur les montagnes. Son culte était surtout répandu en Phrygie, et par conséquent chez les Troyens.

— 3. On sait que le Pactole avait la réputation de rouler du sable d'or.

— 4. Κἀκεῖ, c'est-à-dire devant Troie.

— 5. Σέβας ὑπέρτατον, les armes d'Achille, que les Atrides avaient données à Ulysse.

Page 50 : 1. Αἴας ὁ μείζων. On appelait ainsi Ajax, fils de Télamon, pour le distinguer d'Ajax, fils d'Oïlée. Le premier était parent d'Achille.

Page 50 : 2. Voici ce que dit le scholiaste sur la naissance d'Ulysse : ἐκ Σισύφου γὰρ κύουσα ἡ Ἀντίκλεια ἐγαμήθη Λαέρτῃ· καὶ διὰ τοῦτό φησιν αὐτὸν ὥσπερ πεπρᾶσθαι, ἐπειδὴ Λαέρτης πολλὰ δοὺς χρήματα ἠγάγετο τὴν Ἀντίκλειαν.

Page 52 : 1. Antiloque, suivant Homère (*Od. δ′*, 188, γ′, 111), avait été tué par Memnon en défendant son père.

Page 54 : 1. Εἶπον exprime ici une intention qui n'a pas été remplie. *Ce n'est pas lui que je voulais nommer.*

— 2. Le scholiaste rapporte, d'après Arctinus, que Thersite ayant outragé le cadavre de Penthésilée, tuée par Achille, celui-ci, qui s'était épris de la belle Amazone, après lui avoir donné la mort, la vengea aussitôt en assommant Thersite à coups de poing.

— 3. Ἀναστρέφοντες. C'est une allusion à Sisyphe qui, suivant une tradition, était parvenu à s'échapper des enfers, et à revenir à la vie.

Page 56 : 1. Ἡ πετραία Σκῦρος. L'exiguïté du royaume de Néoptolème était passée en proverbe, et l'on disait ἀρχὴ Σκυρία de toute possession sans rapport et sans importance.

Page 58 : 1. Cf. *Il.* β′, 536, sq. Le tombeau de Chalcodon existait encore du temps de Pausanias (IX, 19). Εὐβοίας σταθμά est pour Εὐβοϊκὰ σταθμά; comme, au vers 1430, πάτρας Οἴτης πλάκα est pour Οἰταίαν πλάκα πάτρας.

Page 60 : 1. Τὰ τῶν διακόνων et οἱ διάκονοι ne signifient pas tout à fait la même chose. L'article, placé devant le génitif du substantif, donne à ce dernier un sens plus général; il en fait une sorte de nom abstrait.

Page 62 : 1. Τὸ κείνων κακόν, *l'injustice des Atrides.* Ἔνθαπερ ἐπιμέμονεν se rapporte à ἐς δόμους. Cf. Horat., I, *Epist.*, I, 14, 8 : *Istuc mens animusque fert.*

— 2. Αἰσχρά, attique, pour αἰσχρόν.

Page 64 : 1. Le personnage qui se présente comme ἔμπορος, est le même qui avait joué le rôle d'espion au commencement de la pièce (cf. 127).

Page 66 : 1. Péparèthe est une île de la mère Égée, célèbre dans l'antiquité pour la bonté de son vin, d'où son ancien nom : *Evœnus.* Elle est située non loin de Scyros.

— 2. Θησέως κόροι, *Acamas* et *Démophon.* Homère, dans son catalogue, nomme à leur place Mnesthée.

Page 74 : 1. Dans la *Petite Iliade* de Leschès, c'est encore Ulysse qui fait prisonnier Hélénus; mais, quand celui-ci a indiqué les moyens par lesquels seuls Troie pourra être prise, c'est Diomède, et non pas Ulysse, qui va chercher Philoctète à Lemnos.

Page 76 : 1. Ὥσπερ οὑκείνου πατήρ, c'est-à-dire, comme Sisyphe. D'après une ancienne tradition, Sisyphe, étant sur le point de mourir, avait ordonné à sa femme de le laisser sans sépulture. Puis, en arrivant chez Pluton, il l'avait accusée de lui avoir refusé les derniers honneurs, et avait demandé la permission de revenir sur la terre pour la punir. Cette permission lui avait été accordée ; mais une fois sorti des enfers, il n'avait plus voulu y retourner, et il avait fallu l'y contraindre par la force. Ἐκ πατρὸς οὖν πανοῦργος Ὀδυσσεύς, ajoute le scholiaste. Voici donc le sens de ce que dit Philoctète : *Il n'est pas plus probable qu'Ulysse me conduise à Troie, qu'il n'est probable que je revienne à la vie après ma mort comme cela est arrivé à son père.*

Page 78 : 1. Ὁ μὴ νεώς γε τῆς ἐμῆς ἔνι s'explique par un changement de construction ; le poète voulait dire sans doute : ὁ μὴ νεώς γε τῆς ἐμῆς ἐστι καὶ νηὶ τῇ ἐμῇ ἔνεστιν.

— 2. Τόξα signifie ici, comme presque partout dans cette tragédie, *l'arc, les flèches, et tout ce qui se rapporte à l'arc.*

Page 80 : 1. Ὥστε comme le latin *vel, adeo.*

Page 82 : 1. Ὃς οὔτ' ἔρξας τιν' οὔτε νοσφίσας. Les verbes ἔρδειν et νοσφίζειν ont tous deux la signification de *mal faire ;* mais le premier veut dire, *mal faire en faisant ce qu'il ne faut pas,* et le second, *mal faire en ne faisant pas ce qu'il faut.*

Page 84 : 1. Βάσιν est la *faculté de marcher, facultas eundi,* comme, au vers 61, ἅλωσιν est la *faculté de prendre la ville, facultas expugnandi.*

— 2. Στόνος signifie tantôt *un gémissement,* tantôt *une chose dont on gémit.*

Page 86 : 1. Ὅς, comme si, au lieu de ψυχά, il y avait Φιλοκτήτης ; c'est la figure que les grammairiens appellent πρὸς τὸ σημαινόμενον.

— 2. Μηδέ exprime l'opinion du chœur ; *Qui peut-être n'a pas même joui,* etc. Cf. 1069, μηδ' (pour οὐδ') ἐπιθύειν χερί.

— 3. Ὑπαντᾶν gouverne ordinairement le datif ; mais le génitif s'explique ici par l'idée de τυχών, renfermée dans ὑπαντήσας.

— 4. Les *Maliens* habitaient dans le voisinage de Trachine, ville située près du mont Œta. Le Sperchius est un fleuve qui se jette dans le golfe Maliaque.

Page 92 : 1. Ἑκόντα μήτ' ἄκοντα. Dans les phrases semblables, les poètes et les prosateurs ioniens omettent souvent la négation du premier membre ; il faut alors la suppléer mentalement avec celle du deuxième et du troisième membre.

Page 96 : 1. Τρέφοιτε pour ἔχοιτε, tournure fréquente chez Sophocle. Cf. *Antig.*, 1088.

— 2. L'île de Lemnos était regardée comme renfermant les forges de Vulcain. C'est évidemment aux traces de volcans que contenait cette île, que cette légende doit son origine.

Page 98 : 1. Par ἐκεῖσε, Philoctète désigne sa grotte, où il désire être conduit avant que le sommeil ne s'empare de lui. Il ajoute ἄνω, parce que cette grotte est sur une hauteur ; voy. 20.

Page 102 : 1. 'Ὁρᾷς ἤδη, *vides jam* (*hunc somno sopitum jacere*).

— 2. Τάδε, *cela*, c'est-à-dire comment il faudra emmener Philoctète.

Page 104 : 1. 'Ὁρᾷ, employé comme verbe intransitif, comme l'anglais *to look* (avoir l'air), n'est pas rare chez les poëtes.

— 2. Τὸ δ' ἁλώσιμον est un nominatif absolu.

Page 108 : 1. Les Grecs disaient : αἰνῶ, ἐπαινῶ, ἔχει κάλλιστα, πάνυ καλῶς, quand ils adressaient des remercîments pour une chose qu'ils n'acceptaient pas, ou quand ils priaient quelqu'un de cesser ses instances.

Page 110 : 1. Néoptolème s'est déjà reproché d'avoir, pour se rendre maître des flèches d'Hercule, trompé Philoctète, en lui promettant de le ramener dans sa patrie. Maintenant il hésite à se rendre coupable d'une seconde tromperie (δεύτερον), en le faisant monter sur son vaisseau pour le conduire à Troie, au lieu de le mener dans sa patrie.

Page 116 : 1. Πρὸς σέ. C'est avec intention que le poëte n'a pas mis εἰς σέ ; Philoctète parle à sa caverne comme à une personne.

Page 120 : 1. Τολμήστατε contracté de τολμηέστατε, superlatif de τολμήεις.

— 2. Τὸ παγκρατὲς σέλας. Le nominatif joint à l'article a souvent la valeur du vocatif ; cf. Théocr., *Idyll.*, IV, 45 : σίτθ' ὁ λέπαργος, comme qui dirait en français : holà, *l'ami !*

Page 122 : 1. Γῆς τόδ' αἰπεινὸν βάθρον n'est pas dit pour γῆς τῆσδε αἰπεινὸν βάθρον, mais bien pour : τόδε αἰπεινὸν βάθρον χθόνιον. Βάθρον γῆς doivent être considérés comme un seul mot.

Page 124 : 1. Συνθηρώμεναι veut dire tout simplement : *prises, saisies*, sans qu'il faille penser à des fers.

— 2. Συνδήσας est une exagération, pour συλλαβών.

Page 126 : 1. Ulysse, pour ne pas prendre part à l'expédition contre Troie, feignait d'être fou et attelait à sa charrue un cheval à côté d'un bœuf. Palamède, pour convaincre sa folie de fausseté, jeta Télémaque, âgé de trois ans, dans le sillon à tracer. Le père alors s'arrêta et souleva la charrue ; mais c'était faire preuve de bon sens, et il lui fut désormais impossible de refuser son secours aux chefs alliés.

— 2. Ὡς σὺ φής· κεῖνοι δὲ σέ. Schol. : ὡς σὺ φής, οἱ Ἀτρεῖδαί με ἐξέβαλον· ὡς δὲ φασὶν ἐκεῖνοι, σύ. Voy. un exemple semblable, Œd. Col., 1182.

Page 130 : 1. Remarquez la singulière prolepse πλὴν εἰς σέ. Les mots νῦν δὲ σοί γ' ἑκὼν ἐκστήσομαι semblent faire suite à χρήζων ἔργον ; sans cela la particule δέ serait inexplicable.

— 2. Πάρεστι παρ' ἡμῖν. Παρεῖναί τινι signifie paratum esse alicui, adjuvare aliquem ; mais Ulysse, voulant appuyer sur la présence de Teucer au milieu des Grecs, dit παρ' ἡμῖν au lieu du simple ἡμῖν.

— 3. Ἐγώ τε est plus modeste que πάρειμι δὲ ἐγώ, expression dont Ulysse aurait dû se servir, s'il avait tenu à ne pas changer la construction de sa phrase. Du reste, le roi d'Ithaque avoue lui-même, dans l'Odyssée (θ', 219), qu'il n'est pas de la force de Philoctète dans l'art de tirer de l'arc.

Page 132 : 1. Τὰ ἐκ νεώς, les objets qu'en arrivant on avait portés sur le rivage, et qu'on devait reporter sur le vaisseau avant de remettre à la voile.

Page 134 : 1. Ἀπὸ μείζονος est l'explication de ἄλλοθεν.
— 2. Εὖτέ γε, quum quidem. Cf. Aj., 716.

Page 136 : 1. Ἐλεινόν n'est pas adverbe, mais adjectif ; il faut sous-entendre ὄν.

Page 138 : 1. Πελᾶτε régit l'accusatif μέ.

Page 140 : 1. Σαρκός est régi par κορέσαι.
— 2. Ἐν αὔραις est pour le simple datif αὔραις. Cf. 60, ἐν λιταῖς στείλαντες.
— 3. Ξένον et πελάταν se rapportent à Néoptolème.

Page 142 : 1. Le génitif ναός est régi par l'adverbe de lieu ἵνα ; τέτακται ἡμῖν est ici impersonnel.

Page 144 : 1. Ἐπήλυδες αὖθις, revertentes ; le chœur est, en effet, sur le point de se diriger vers le vaisseau.

Page 146 : 1. Λιβάδα, le fleuve Sperchius.

Page 148 : 1. Sous-entendez ἔπραξα ἔργον οὔ μοι πρέπον.

Page 152 : 1. Il y a ici une lacune.

Page 158 : 1. Ἐπεύχεσθαι a ici la signification de *maudire*. Cf. Esch., *Sept.*, 452, ὄλοιθ' ὅς πόλει μεγάλ' ἐπεύχεται. Εὐχάς se trouve de même pour ἀράς, dans *les Phéniciennes* d'Euripide, v. 67 ; on sait d'ailleurs que les Grecs employaient aussi ἐλπίς et ἐλπίζω, pour δέος et δέδοικα.

Page 160 : 1. Μέθες με χεῖρα ; c'est la figure que les grammairiens appellent καθ' ὅλον καὶ μέρος ; elle consiste à joindre à un verbe actif, indépendamment de l'objet propre (χεῖρα), un autre accusatif, qui est ordinairement celui d'un pronom (μέ), et qui exprime *le tout*, dont cet objet n'est que *la partie*.

— 2. Philoctète appelle les chefs des Grecs, et surtout Ulysse, ψευδοκήρυκας, parce que ce dernier avait cherché, en contrefaisant l'insensé, à échapper à la nécessité de prendre part à la guerre de Troie.

— 3. Τὴν φύσιν δ' ἔδειξας ἐξ ἧς ἔβλαστες : *Quali natura præditus pater fuerit.* [Ellendt.] Exemple de métonymie.

Page 166 : 1. Εἰς φῶς εἰμι. Cf. Cicéron, *De Senect.*, IV (12) : *Nec vero ille in luce modo atque in oculis civium magnus, sed intus domitiæ præsentior.*

— 2. Τῷ προσήγορος équivaut à la fois à τίς με προσαγορεύσει et à τίνα προσαγορεύσω.

— 3. Κύκλοι, *les yeux* de Philoctète. Remarquez la force du membre de phrase, τὰ πάντα ἀφ' ἐμοῦ ἰδόντες ; *comment*, dit-il, *mes yeux qui ont vu tant de maux, pourront-ils*, etc. Cf. *Œd. roi*, 1270 ; *Ant.*, 974.

— 4. Ταῦτα, suivi d'un seul fait ou d'un singulier ; cf. Eurip., *Androm.*, 370 : μεγάλα γάρ κρίνω τάδε, λέχους στέρεσθαι, *Œd. Col.*, 1118.

Page 168 : 1. Χάριν διπλῆν, une double reconnaissance : 1° pour l'avoir ramené dans sa patrie ; 2° pour avoir abandonné les Atrides.

Page 170 : 1. Après αἰσχύνοιτ' ἄν, sous-entendez ταῦτα λέξαι ; après ὠφελούμενος, τούτοις.

Page 174 : 1. Φάσκειν. Remarquez cet emploi homérique de l'infinitif pour l'impératif, emploi que l'on trouve rarement chez les prosateurs.

Page 178 : 1. Suivant l'auteur de la *Petite Iliade*, ce fut Machaon, fils d'Esculape, qui guérit Philoctète.

— 2. Εὐσεβεῖν τὰ πρὸς θεούς. C'est une allusion au crime que Néoptolème devait commettre en tuant Priam au pied de l'autel de Jupiter Hercéus ; ce crime ne devait pas être impuni ; car Néoptolème fut tué plus tard lui-même au pied de l'autel d'Apollon, et l'expression Νεοπτολέμειος τίσις, devenue proverbiale dans la Grèce, servit à désigner le sort d'un coupable victime à son tour d'un crime semblable à celui qu'il avait commis; voy. Pausan., IV, 17, 3.

Page 178 : 3. Εὐσέβεια signifie quelquefois, comme ici et dans *Électre*, 968 : *laus pietatis*, et δυσσέβεια, *crimen impietatis*, comme dans *Antig.*, 924 : τὴν δυσσέβειαν εὐσεβοῦσ' ἐκτησάμην.

— 4. Ξύμφρουρον ἐμοί pour φρουρὸν ξυνὸν ἐμοί.

Page 180 : 1. Le scholiaste fait observer que toutes les montagnes étaient consacrées à Mercure, ὅτι νόμιος ὁ θεὸς καὶ ὄρειος ὁ Ἑρμῆς; mais il y avait réellement à Lemnos une montagne qui portait le nom de Ἕρμαιον, de même qu'une source appelée Λύκιον.

— 2. Φίλων, Néoptolème et Hercule, qui avait été homme et dont Philoctète avait été le compagnon. Philoctète peut d'ailleurs, par ses actions, parvenir aussi à une gloire immortelle; voy. 1421 : καὶ σοὶ ὀφείλεται εὐκλεᾶ θέσθαι βίον.

— 3. Δαίμων πανδαμάτωρ, Jupiter. Hercule lui-même n'était venu que par l'ordre de ce dieu.

FIN.

NOTICE

DE

LIVRES CLASSIQUES

A L'USAGE

DE L'ENSEIGNEMENT SECONDAIRE CLASSIQUE

(LYCÉES, COLLÈGES, SÉMINAIRES, INSTITUTIONS ET PENSIONS)

ET DE L'ENSEIGNEMENT SUPÉRIEUR

———————

PARIS

LIBRAIRIE HACHETTE ET Cie

79, BOULEVARD SAINT-GERMAIN, 79

———

1901

TABLE DES MATIÈRES

On adressera franco aux personnes qui en feront la demande :

Le catalogue des livres d'éducation et d'enseignement;
Le catalogue des livres de littérature générale et de connaissances utiles;
Le catalogue des livres reliés pour les distributions de prix;
Le catalogue des livres à l'usage des bibliothèques populaires;
Le catalogue des livres pour étrennes;
Le catalogue des publications et matériel à l'usage des écoles maternelles;
Le catalogue des publications et matériel à l'usage des écoles primaires;
Le catalogue des livres espagnols.

NOTICE
DE LIVRES CLASSIQUES
A L'USAGE DE L'ENSEIGNEMENT SECONDAIRE CLASSIQUE
ET DE L'ENSEIGNEMENT SUPÉRIEUR

1° PÉDAGOGIE

Bréal (Michel), inspecteur général de l'instruction publique, *Quelques mots sur l'instruction publique en France*. 1 vol. in-16, broché.   3 fr. 50

— *De l'enseignement des langues anciennes*, 1 vol. in-16, broché.   2 fr.

— *De l'enseignement des langues vivantes*, 1 vol. in-16, broché.   2 fr.

— *Causeries sur l'orthographe française*. 1 vol. in-16, broché.   1 fr.

— *Essai de sémantique*, Science des significations. 1 vol. in-8, br.   7 fr. 50

Compayré. *Histoire critique des doctrines de l'éducation en France depuis le XVI° siècle*. 2 vol. in-16, brochés. 7 fr.

— *Études sur l'enseignement et sur l'éducation*. 1 vol. in-16, broché.   3 fr. 50

— *L'évolution intellectuelle et morale de l'enfant*. 1 vol. in-8, br.   5 fr.

Fouillée (A.), membre de l'Institut. *L'enseignement au point de vue national*. 1 vol. in-16, broché.   3 fr. 50

Gréard (O.), vice-recteur de l'Académie de Paris. *Éducation et instruction*. 3 vol. in-16, brochés :

— *Enseignement secondaire*. 2 vol.   7 fr.

— *Enseignement supérieur*. 1 vol. 3 fr. 50

Chaque ouvrage se vend séparément.

Jouvency (le P.), *De la manière d'apprendre et d'enseigner*, trad. H. Ferté, in-16, broché.   1 fr.

— *L'élève de rhétorique* au collège Louis-le-Grand, trad. H. Ferté, in-16, br.   1 fr.

Martin, *L'éducation du caractère*. 1 vol. in-16, broché.   3 fr. 50

Rochard (D² Jules), *L'éducation de nos filles*. 1 vol. in-16, broché.   3 fr. 50

2° PROGRAMMES ET MANUELS POUR DIVERS EXAMENS

Livret scolaire à l'usage de l'enseignement secondaire classique, in-4°, cart. 60 c.

Livret scolaire à l'usage de l'enseignement secondaire moderne, in-4°, cart. 60 c.

Ces livrets existent soit pour les lycées et collèges, soit pour les établissements libres.

Mémento du baccalauréat de l'enseignement secondaire classique. Édition entièrement refondue et ré igée conformément aux derniers programmes, 10 vol. format petit in-16, cartonnés.

PREMIÈRE PARTIE

Littérature, par M. Albert Le Roy. 1 vol.   5 fr.

Histoire, par M. G. Ducoudray. 1 v. 2 fr.

Géographie, par MM. Schrader et Gallouédec. 1 vol.   2 fr.

Partie scientifique, par MM. Bos et Barré. 1 vol. petit in-16, cart. 2 fr.

SECONDE PARTIE
PREMIÈRE SÉRIE

Philosophie, par M. R. Thamin. 1 v. 2 fr.

Histoire contemporaine 1789-1889, par G. Ducoudray, 1 vol.   2 fr.

Éléments de Physique et de Chimie, notation atomique par M. Banet-Rivet, professeur au lycée Saint-Louis, 1 v. 2 fr.

DEUXIÈME SÉRIE

Mathématiques, par MM. Bos, Bezodis, Pichot et Mascart, agrégés de l'Université. 1 vol.   5 fr.

Physique et Chimie, notation atomique par M. Banet-Rivet. 1 vol.   3 fr. 50

Éléments de philosophie scientifique et morale. Histoire contemporaine, par MM. B. Worms et G. Ducoudray. 1 vol.   2 fr.

Plan d'études et programmes de l'enseignement secondaire classique dans les lycées et collèges. Brochure in-16. 1 fr. 25

Plan d'études et programmes de l'enseignement secondaire moderne, arrêtés le 15 juin 1891. Brochure in-16. 1 fr. 25

Plan d'études et programmes de l'enseignement secondaire des jeunes filles, arrêtés le 27 juillet 1897. Brochure in-16. 1 fr.

Programme des examens du baccalauréat de l'enseignement secondaire classique. In-16. 30 c.

Programme de l'examen du baccalauréat de l'enseignement secondaire moderne In-16. 30 c.

Programme des conditions d'admission à l'École spéciale militaire de Saint-Cyr. brochure in-16. 30 c.

Programme pour l'admission à l'École polytechnique. In-16. 30 c.

Programme des conditions d'admission à l'École navale. Brochure in-16. 30 c.

3° ÉTUDE DE LA LANGUE FRANÇAISE

Albert (Paul), ancien professeur au Collège de France. La Poésie, études sur les chefs-d'œuvre des poètes de tous les temps et de tous les pays. 1 vol. in-16, broché. 3 fr. 50

— La Prose, études sur les chefs-d'œuvre des prosateurs de tous les temps et de tous les pays. 1 vol. in-16, br. 3 fr. 50

— La littérature française, des origines à la fin du XVI° siècle. 1 vol. in-16, br. 3 fr. 50

— La littérature française au XVII° siècle. 1 vol. in-16, broché. 3 fr. 50

— La littérature française au XVIII° siècle. 1 vol. in-16, broché. 3 fr. 50

— La littérature française au XIX° siècle. 2 vol. in-16, brochés. 7 fr.

Variétés. 1 vol. in-16, broché. 3 fr. 50

Barrau. Méthode de composition et de style, ou principes de l'art d'écrire en français, suivie d'un choix de modèles. 1 vol. in-16, cartonné. 2 fr. 75

Berthet (J.), professeur au lycée Condorcet : La composition française à l'examen de Saint-Cyr. 1 vol. in-16, broché. 2 fr.

Bigot. Lectures choisies de français moderne. 1 vol. in-16, cart. toile. 1 fr. 50

Brachet (Auguste), lauréat de l'Académie française. Nouvelle grammaire française, fondée sur l'histoire de la langue. 1 vol. in-16, cartonné. 1 fr. 50

Brachet (Auguste) (suite). Exercices sur la nouvelle grammaire française, par M. Dussouchet, agrégé de grammaire : Livre de l'élève. 1 v. in-16, cart. 1 fr. 50.

— Petite grammaire française. 1 vol. in-16, cartonné. 80 c.

— Exercices sur la petite grammaire française, par M. Dussouchet : Livre de l'élève. 1 vol. in-16, cart. 80 c.

Brachet (A.) et Dussouchet, professeur au lycée Henri IV : Cours de grammaire française, conforme au programme de l'enseignement secondaire classique et à l'arrêté du 26 février 1901 concernant la simplification de l'orthographe. 12 vol. in-16, cartonnage toile :

Cours préparatoire.
Grammaire et exercices. 1 vol. 1 fr.
Corrigé des exercices. 1 vol. 2 fr.

Cours élémentaire.
Grammaire et exercices. 8° édition. 1 vol. 1 fr. 20
Corrigé des exercices. 2° ed. 1 vol. 2 fr. 50
Exercices complémentaires. 1 vol. 1 fr.
Corrigé des exerc. complém. 1 vol. 2 fr.

Cours moyen.
Grammaire. 10° édition. 1 vol. 1 fr. 20
Exercices. 7° édition. 1 vol. 1 fr.
Corrigé des exercices et exercices complém. avec corr. 1 vol. 2 fr. 75

Cours supérieur.
Grammaire. 9° édition. 1 vol. 2 fr. 50
Exercices. 1 vol. 1 fr. 50
Corrigé des exercices et exercices complém. avec corrigés. 1 vol. 2 fr. 75

Cahen (A.), professeur de rhétorique au lycée Louis-le-Grand : *Morceaux choisis des auteurs français*, prose et vers, publiésconformesaux programmes de l'enseignement secondaire classique, avec des notices et des notes, 7 vol. in-16, cart. toile:

Classe de Huitième. Lectures courantes, 1re série, 1 vol   1 fr. 50
Classe de Septième. Lectures courantes, 2e série, 1 vol.   2 fr.
Classe de Sixième. 1 vol.   2 fr.
Classe de Cinquième. 1 vol.   2 fr. 50
Classe de Quatrième. 1 vol.   3 fr.
Classes de Troisième, Seconde et Rhétorique. 2 vol. ;
Prose, 1 vol.   4 fr.
Poésie, 1 vol.   3 fr. 50

— *Morceaux choisis des auteurs français classiques et contemporains*, à l'usage de l'enseignement moderne, avec des notices et des notes Classes de 6e, 5e et 4e. 1 vol, in-16, cart. toile.   4 fr.

Chassang, ancien inspecteur général de l'instruction publique. *Modèles de composition française*, empruntés aux écrivains classiques, à l'usage des classes supérieures et des aspirants au baccalauréat. 1 vol. in-16, cart.   2 fr.

Classiques français. Nouvelle collection format petit in-16, publiée avec des notices, des arguments analytiques et des notes, par les auteurs dont les noms sont indiqués entre parenthèses.

Boileau : Œuvres poétiques (Brunetière). Prix :   1 fr. 50
— Poésies, Extraits des œuvres en prose (Brunetière).   2 fr.
— L'art poétique (Brunetière).   30 c.
— Le Lutrin (Brunetière).   30 c.
— Les Épîtres (Brunetière).   60 c.
Bossuet : Sermons choisis (Rébelliau). Prix :   3 fr.
— De la connaissance de Dieu (De Lens). Prix :   1 fr. 60
— Oraisons funèbres (Rébelliau). 2 fr. 50
Buffon : Morceaux choisis (E. Dupré). Prix :   1 fr. 50
— Discours sur le style.   30 c.
Chanson de Roland. Extraits (G. Pàris.). Prix :   1 fr. 50
Chateaubriand : Extraits (Brunetière). Prix :   1 fr. 50
Chefs-d'œuvre poétiques de Marot, Ronsard, etc. (Lemercier).   2 fr.
Choix de lettres du XVIIe siècle (Lanson). Prix :   2 fr. 50
Choix de lettres du XVIIIe siècle (Lanson). Prix :   2 fr. 50

Chrestomathie du Moyen âge (Pâris et Langlois)   3 fr.
Corneille : Le Cid (Petit de Julleville). Prix :   1 fr.
— Cinna (Petit de Julleville).   1 fr.
— Horace (Petit de Julleville).   1 fr.
— Nicomède (Petit de Julleville).   1 fr.
— Le Menteur (Petit de Julleville).   1 fr.
— Polyeucte Petit de Julleville).   1 fr.
— Scènes choisies (Petit de Julleville). 1 fr.
— Théâtre choisi (Petit de Julleville). 3 fr.
Diderot : Extraits (Texte).   2 fr.
Extraits des chroniqueurs (Pâris et Jeanroy).   2 fr. 50
Extraits des historiens du XIXe siècle (Jullian).   3 fr. 50
Extraits des moralistes des XVIIe, XVIIIe et XIXe siècles (Thamin).   2 fr. 50
Fénelon : Fables (A. Regnier).   75 c.
— Lettre à l'Académie (Cahen). 1 fr. 50
— Sermon pour la fête de l'Epiphanie (G. Merlet).   60 c.
— Télémaque (Chassang).   1 fr. 80
Florian : Fables (Geruzez).   75 c.
Joinville : Histoire de saint Louis (Natalis de Wailly).   2 fr.
La Bruyère : Caractères (G. Servois et Rébelliau).   2 fr. 50
La Fontaine : Fables (Thirion). 1 fr. 60
Lamartine : Morceaux choisis.   2 fr.
Molière : L'Avare (Lanson).   1 fr.
— Le Misanthrope (Lavigne).   1 fr.
— Le Tartufe (Lavigne).   1 fr.
— Les Femmes savantes (Lanson). 1 fr.
— Les Précieuses ridicules (Lanson) 1 fr.
— Scènes choisies (Thirion).   1 fr. 50
— Théâtre choisi (Thirion).   3 fr.
Montaigne : Principaux chapitres et Extraits (Jeanroy).   2 fr. 50
Montesquieu : Grandeur et decadence des Romains (Jullian).   1 fr. 80
— Extraits de l'Esprit des Lois et des œuvres diverses (Jullian).   2 fr.
— Livre Ier de l'Esprit des Lois (Jullian). Prix :   25 c.
Pascal : Provinciales I, IV, XIII et Extraits (Brunetière).   1 fr. 50
— Pensées et Opuscules (Brunschwicg). Prix :   3 fr. 50
Portraits et récits extraits des prosateurs du XVIe siècle (Huguet). 2 fr. 50
Racine : Andromaque (Lanson).   1 fr.
— Britannicus (Lanson).   1 fr.
— Esther (Lanson).   1 fr.
— Iphigénie (Lanson).   1 fr.
— Les Plaideurs (Lanson).   1 fr.
— Mithridate (Lanson).   1 fr.
— Théâtre choisi (Lanson).   3 fr.
Récits extraits des prosateurs et poètes du Moyen âge (G. Pâris). 1 fr. 50

Rousseau : Extraits en prose (Brunel).
Prix :   2 fr.

— Lettre sur les spectacles (Brunel).
Prix :   1 fr. 50

— *Scènes, récits et portraits extraits des écrivains français des XVII° et XVIII° siècles* (Brunel).   2 fr.

Sévigné : Lettres choisies (Ad. Regnier).
Prix :   1 fr. 80

Théâtre classique (Ad. Regnier).   3 fr.

Voltaire : Charles XII (Waddington). 2 fr.

— Siècle de Louis XIV (Bourgeois).
Prix :   2 fr. 75

— Extraits en prose (Brunel).   2 fr.

— Choix de lettres (Brunel).   2 fr. 25

Voir *Auteurs français* de Philosophie, page 12.

Classiques françals, format in-16. Editions annotées par les auteurs dont les noms sont indiqués entre parenthèses.

Bossuet : Discours sur l'histoire universelle (Olleris).   2 fr. 50

Fénelon : Dialogues des morts (B. Jullien).   1 fr. 60

— Dialogues sur l'éloquence (Delzons).
Prix :   80 c.

Massillon : Carême (Colincamp). 1 fr. 25

Rousseau (J.-B.) : Œuvres lyriques (Geruzez).   1 fr. 50

Voltaire : Théâtre choisi (Geruzez).
Prix :   2 fr. 50

Delon. *La grammaire française d'après l'histoire.* 1 volume in-16, cartonnage toile.   3 fr.

Demogeot, agrégé de la Faculté des lettres de Paris. *Histoire de la littérature française depuis ses origines jusqu'à nos jours.* 1 vol. in-16, broché.   4 fr.

— *Textes classiques de la littérature française,* extraits des grands écrivains français, avec notices, appréciations et notes ; recueil servant de complément à l'*Histoire de la littérature française.* Nouvelle édition, revue et augmentée. 2 vol. in-16, cartonnes.   6 fr.

  I. *Moyen âge,* XVI° et XVII° siècles. 3 fr.

  II. XVIII° et XIX° siècles.   3 fr.

Fllon (A.). *Éléments de rhétorique française.* 1 vol. in-16, cartonné.   2 fr. 50

— *Nouvelles narrations françaises,* avec des arguments, à l'usage des candidats au baccalauréat. In-16, broché.   3 fr. 50

Labbé, ancien professeur au collège Rollin, *Morceaux choisis des classiques français* (prose et vers), 3 vol. in-16, cart. :
  Cours élémentaire. 1 vol.   1 fr.
  Cours moyen. 1 vol.   1 fr. 50
  Cours supérieur. 1 vol.   2 fr. 50

Lafaye. *Dictionnaire des synonymes de la langue française.* 4° édition, suivie d'un supplément. 1 vol. gr. in-8, broché. 25 fr.

Le cartonnage en percaline gaufrée se paye en sus 2 fr. 75 c.; la demi-reliure en chagrin, 4 fr. 50.

Lanson, maître de conférences à la Faculté des lettres de Paris : *Conseils sur l'art d'écrire.* Principes de composition et de style à l'usage des élèves des lycées et collèges et des candidats au baccalauréat. 3° édit. 1 vol. in-16, cart. toile.   2 fr. 50

— *Études pratiques de composition française,* sujets préparés et commentés pour servir de complément aux *Conseils sur l'art d'écrire.* 2° édit. 1 vol. in-16, cartonnage toile.   2 fr.

— *Histoire de la littérature française,* depuis ses origines jusqu'à nos jours, 5° édit. 1 vol. in-16, broché.   4 fr.
  Cartonné toile.   4 fr. 50

Lehugeur (A.). *La chanson de Roland,* traduite en vers modernes, avec le texte ancien. 1 vol. in-16, broché.   3 fr. 50

Littré. *Dictionnaire de la langue française,* contenant la nomenclature la plus étendue, la prononciation et les difficultés grammaticales, la signification des mots avec de nombreux exemples et les synonymes, l'histoire des mots depuis les premiers temps de la langue française jusqu'au XVI° siècle, et l'étymologie comparée et augmentée d'un *Supplément.* 5 vol. gr. in-4 à 3 colonnes, brochés.   112 fr.

La reliure en demi-chagrin se paye en sus 24 fr.

Littré et Beaujean, ancien inspecteur de l'Académie de Paris. *Abrégé du Dictionnaire de la langue française de Littré,* contenant tous les mots qui se trouvent dans le dictionnaire de l'Académie française, plus un grand nombre de néologismes et de termes de science et d'art; 9° édit. entièrement refondue et conforme, pour l'orthographe, à la dernière édition du dictionnaire de l'Académie française. 1 vol. grand in-8, broché.   13 fr.
  Cartonné toile.   14 fr. 50
  Relié en demi-chagrin.   17 fr.

— *Petit dictionnaire universel,* ou Abrégé du dictionnaire de la langue française de Littré, avec une partie mythologique, historique, biographique et géographique, fondue alphabétiquement avec la partie française; 8ᵉ édition. 1 vol. grand in-16, cartonné. 2 fr. 50

Marais. *Recueil de compositions françaises.* Lettres, récits, discours, dissertations, sujets et développements, à l'usage des candidats au baccalauréat et à l'école de Saint-Cyr. 1 volume in-16, broché. 1 fr. 50

Merlet, ancien professeur de rhétorique au lycée Louis-le-Grand. *Études littéraires sur les classiques français des classes supérieures et du baccalauréat,* revues, continuées et mises au courant des derniers programmes par M. E. Lintilhac, maître de conférences à la Faculté des lettres de Paris. 2 vol. in-16, brochés. 8 fr.
  I. Corneille. — Racine. — Molière. — La Fontaine. — Boileau. 1 vol. 4 fr
  II. Chanson de Roland. — Villehardouin. — Joinville. — Froissart. — Commynes. — Marot — Ronsard. — J. du Bellay. — D'Aubigné. — M. Régnier. — Montaigne. — Pascal. — Bossuet. — Fénelon. — La Bruyère. — Montesquieu. — Buffon. — Voltaire. — Diderot. — J. J. Rousseau. — Lettres du XVIIᵉ et du XVIIIᵉ siècle. — Chateaubriand. — Lamartine. — Victor Hugo. — Michelet. 1 vol. 4 fr.

Morceaux choisis des grands écrivains français du XVIᵉ siècle, accompagnés d'une grammaire et d'un dictionnaire de la langue du XVIᵉ siècle, par M. Auguste Brachet, 7ᵉ édit., 1 vol. in-16 cartonné. 3 fr. 50

Orateurs politiques de la France des origines à nos jours (Les). Choix de discours prononcés dans les Assemblées politiques françaises, recueillis et annotés par MM. Chabrier et Pellisson. 2 vol. in-16, brochés. 8 fr.
  Des origines à 1830, par M. Chabrier, 1 vol. 4 fr.
  De 1830 à nos jours, par M. Pellisson. 1 vol. 4 fr.

Pellissier, ancien professeur à Ste-Barbe. *Morceaux choisis des classiques français,* en prose et en vers. Recueils composés à l'usage des classes de grammaire et d'humanités. 6 vol. in-16, cartonnés :
  Classe de Sixième, 1 vol. 1 fr.
  Classe de Cinquième, 1 vol. 1 fr.
  Classe de Quatrième, 1 vol. 1 fr.
  Classe de Troisième, 1 vol. 2 fr.
  Classe de Seconde, 1 vol. 2 fr.
  Classe de Rhétorique, 1 vol. 2 fr.
— *Premiers principes de style et de composition.* (Abrégé de la rhétorique française.) 1 vol. in-16, cartonné. 1 fr. 50

Pellissier (suite). *Sujets et modèles de composition française,* à l'usage des classes élémentaires. 1 vol. in-16, cart. Prix : 1 fr. 50
— *Principes de rhétorique française.* 1 vol. in-16, cartonné. 2 fr. 50
— *Sujets et modèles de composition française,* à l'usage des classes supérieures et des candidats au baccalauréat. 1 vol. in-16, cart. 2 fr. 50
— *Les grandes leçons de l'antiquité classique* (Tableau des origines de la civilisation gréco-romaine), avec extraits. 1 vol. in-16, broché. 4 fr.
— *Les grandes leçons de l'antiquité chrétienne.* (Tableau des origines de la civilisation moderne.) 1 v. in-16, broché. 5 fr.

Petitjean (J.), professeur agrégé au lycée Buffon. *Tableau d'analyse logique* (français, latin et grec), in-16, br. 80 c.

Pressard, professeur honoraire au lycée Louis-le-Grand. *Lectures littéraires et morales,* à l'usage des classes élémentaires. 1 vol. petit in-16, cartonné. 1 fr. 25

Quicherat (L.). *Petit traité de versification française.* In-16, cartonné. 1 fr.

Quinet (Edgar). *Pages choisies,* à l'usage des lycées et collèges. 1 vol. in-16, cartonné. 2 fr.

Sommer. *Petit dictionnaire des rimes françaises.* In-18, cart. 1 fr. 80
— *Petit dictionnaire des synonymes français.* 1 vol. in-18, cart. 1 fr. 80
— *Manuel de style,* ou préceptes et exercices sur l'art de composer et d'écrire en français. 1 vol. gr. in-18, broché. 1 fr. 50
Voir *Méthode uniforme pour l'enseignement des langues,* pages 19 et 23.

Soulice (Th.). *Petit dictionnaire de la langue française.* In-18, cart. 1 fr. 50

Soulice et Sardou. *Petit dictionnaire raisonné des difficultés et exceptions de la langue française.* In-18, cart. 2 fr.

Tridon-Péronneau. *Recueil de compositions françaises.* 1 vol. in-16, br. 2 fr.
— *Nouveau Recueil de compositions françaises.* 1 vol. in-16, br. 1 fr. 50
— *Questions de littérature et d'histoire.* 1 vol. in-16, br. 1 fr.

Vapereau, inspecteur général honoraire de l'instruction publique. *Esquisse d'histoire de la littérature française.* 2ᵉ édition. 1 vol. in-16, cart. toile. 1 fr. 50
— *Éléments d'histoire de la littérature française.* 2 vol. in-16, cartonnage toile.
  Tome Iᵉʳ : *Des origines au règne de Louis XIII.* 1 vol. 3 fr. 50
  Tome II : *Règnes de Louis XIII et de Louis XIV.* 1 vol. 3 fr. 50

4° HISTOIRE, CHRONOLOGIE, MYTHOLOGIE

Berthelot (A.), maître de conférences à l'École des Hautes-Études. *Les grandes scènes de l'histoire grecque*, morceaux choisis des auteurs anciens et modernes. 1 vol. in-16 avec figures, cartonnage toile. 　　　　　　　　2 fr. 50

Bouillet. *Dictionnaire universel d'histoire et de géographie*. Édition entièrement refondue, par M. Gourraigne, professeur agrégé d'histoire et de géographie. 1 vol. gr. in-8, br. 　　21 fr.
　La reliure en demi-chagrin, plats en toile, se paye en sus, 4 fr.

Ducoudray, agrégé d'histoire, *Histoire contemporaine, de 1789 à 1875*, à l'usage de la classe de Philosophie. 1 fort vol. in-16, avec cartes, cart. toile. 　6

— *Histoire de la civilisation.* 1 fort vol. in-16, broché. 　　　　　7 fr. 50

Duruy (G.), professeur à l'École polytechnique. *Biographies d'hommes célèbres*, rédigées conformément au programme de 1885, à l'usage de la classe Préparatoire. 1 vol. in-16, avec gravures, cart. 　1 fr

— *Histoire sommaire de la France, depuis l'origine jusqu'à la mort de Louis XI* conforme au programme de 1890, pour la classe de Huitième. 1 vol. in-16, avec cartes et gravures, cartonné. 　1 fr

— *Histoire sommaire de la France, depuis la mort de Louis XI jusqu'à 1815*, conforme au programme de 1890, pour la classe de Septième. 1 vol. in-16, avec cartes et gravures, cart. 　1 fr. 50
　Les deux parties réunies en un seul vol. cartonné. 　　　2 fr. 50

Duruy (V.), *Cours d'histoire*, nouvelle édition, refondue conformément au programme du 28 janvier 1890, sous la direction de M. E. Lavisse, professeur à la Faculté des lettres de Paris. 6 vol. in-16, avec gravures et cartes, cartonnage toile.
　Classe de Sixième. *Histoire de l'Orient.* par M. Moret. 1 vol. 　　　3 fr
　Classe de Cinquième. *Histoire grecque*, par M. Hausson hier. 1 vol. 　3 fr. 50
　Classe de Quatrième : *Histoire romaine*, par M. Parmentier. 1 vol. 　　4 fr.

Classe de Troisième : *Histoire de l'Europe et de la France jusqu'en 1270*, par M. Parmentier. 1 vol. 　　4 fr. 50
Classe de Seconde : *Histoire de l'Europe et de la France, de 1270 à 1610*, par M. Mariéjo. 1 vol. 　　5 fr.
Classe de Rhétorique : *Histoire de l'Europe et de la France, de 1610 à 1789*, par M. Lacour-Gayet. 1 vol. 　5 fr.

Duruy (V.) (suite) *Petit cours d'histoire universelle.* Nouvelle édition avec des cartes et des gravures. Format in-16, cartonné :
Petite histoire ancienne. 　　1 fr.
Petite histoire grecque. 　　1 fr.
Petite histoire romaine. 　　1 fr.
Petite histoire du moyen âge. 　1 fr.
Petite histoire moderne. 　　1 fr.
Petite histoire de France. 　　1 fr.
Petite histoire générale. 　　1 fr.

— *Petite histoire sainte.* In-18, cart. 80 c.

— *Histoire des Grecs*, depuis les temps les plus reculés jusqu'à la réduction de la Grèce en province romaine. 2 vol. in-8, brochés 　　　　12 fr.

— *Histoire des Romains*, depuis les temps les plus reculés jusqu'à Dioclétien. 7 vol. in-8, brochés. 　　　62 fr. 50

Extraits des Historiens du XIX° siècle (*Chateaubriand — Guizot — Thiers — Mignet — Michelet — Tocqueville — Quinet — Duruy — Renan — Taine — Fustel de Coulanges*), publiés avec une introduction, des notices et des notes, par M. Camille Jullian, professeur à la Faculté des lettres de Bordeaux. 1 vol. pet. in-16, cart. 　　　　　3 fr. 50

Fougères, professeur à la Faculté des lettres de Paris. *La vie privée et publique des Grecs et des Romains.* Album contenant 885 gravures d'après les monuments. 1 vol. grand in-4, cart. toile. 　　15 fr.

Fustel de Coulanges. *La cité antique.* 1 vol. in-16, broché 　　　3 fr. 50

Gasquet, recteur de l'Académie de Nancy. *Précis des institutions politiques et sociales de l'ancienne France.* 2 vol. in-16, br. 　　　　　8 fr.

Géruzez. *Petit cours de mythologie*, nouv. édit. avec 48 grav. In-16, cartonné. 　　　　　1 fr. 25

Histoire universelle, publiée par une société de professeurs et de savants, sous la direction de M. V. Duruy. Format in-4 .

La Terre et l'homme, par M. Maury. 6 fr.
Chronologie universelle, par M. Dreyss. 2 vol. 12 fr.
Histoire générale, par M. Duruy. 4 fr.
Histoire sainte d'après la Bible, par M. Duruy. 3 fr.
Histoire ancienne des peuples de l'Orient, par M. Maspero. 6 fr.
Histoire grecque, par M. Duruy. 4 fr.
Histoire romaine, par M. Duruy. 4 fr.
Histoire du moyen âge par M. Duruy. 4 fr.
Histoire des temps modernes, de 1453 jusqu'à 1789, par M. Duruy. 4 fr.
Histoire de France, par M. Duruy, 2 volumes. 8 fr.
Histoire d'Angleterre, par M. Fleury, 4 fr.
Histoire d'Italie, par M. Zeller. 5 fr.
Histoire de Russie, par M. Rambaud. 6 fr.
Histoire de l'Autriche-Hongrie, par M. Louis Léger. 5 fr.
Histoire de l'Empire ottoman, par M. de la Jonquière. 6 fr.
Histoire de la littérature grecque, par M. Pierron. 4 fr.
Histoire de la littérature romaine, par M. Pierron. 4 fr.
Histoire de la littérature française, par M. Demogeot. 4 fr
Histoire des littératures étrangères, par M. Demogeot. 2 vol. 8 fr.
Histoire de la littérature anglaise, par M. Augustin Filon. 6 fr
Histoire de la littérature italienne, par M. Etienne. 4 fr.
Histoire de la physique et de la chimie, par M. Hœfer. 4 fr.
Histoire de la botanique, de la minéralogie et de la géologie, par M. Hœfer, 4 fr.
Histoire de la zoologie, par M. Hœfer, 4 fr.
Histoire de l'astronomie, par M. Hœfer, Prix : 4 fr.
Histoire des mathématiques par M. Hœfer. 4 fr.

Dictionnaire historique des institutions, mœurs et coutumes de la France. par M. Chéruel, 2 vol. 12 fr

Joran, professeur d'histoire au collège Stanislas. Programme développé d'histoire des temps modernes et d'histoire littéraire, à l'usage des candidats à l'école spéciale milit. de St-Cyr. 1 v. in-16, cart. 4 fr 50

Jullian (C.), professeur à la Faculté des lettres de Bordeaux. Gallia. Tableau sommaire de la Gaule sous la domination romaine. 1 vol. in-16, cart. toile. 3 fr.

Ouvrage couronné par l'Académie française.

Lalanne (Ludovic). Dictionnaire historique de la France. 1 vol. gr. in-8, br. 21 fr.
Le cartonnage se paye en sus 2 fr. 75.

La Ville de Mirmont (H. de), professeur à la Faculté des lettres de Bordeaux. Mythologie élémentaire des Grecs et des Romains, précédée d'un précis des mythologies orientales. 1 vol. in-16 avec 45 figures d'après l'antique, cartonnage toile. 1 fr. 50

Lavisse, professeur à la Faculté des lettres de Paris. Histoire de France, depuis les origines jusqu'à la Révolution, 8 volumes petit in-4.
Paraît par fascicules de 96 pages depuis octobre 1900. Chaque fascicule. 1 fr. 50

Lectures historiques, rédigées conformément au programme du 28 janvier 1890 à l'usage des lycées et collèges 6 v. in-16 avec gravures, cart. toile.
Histoire ancienne (Egypte, Assyrie), à l'usage de la classe de Sixième, par M. G. Maspero, membre de l'Institut. 1 vol. 5 fr.
Histoire grecque (Vie privée et vie publique des Grecs), à l'usage de la classe de Cinquième, par M. P. Guiraud, maître de conférences à l'École normale supérieure. 1 vol. 5 fr.
Histoire romaine (Vie privée et vie publique des Romains), à l'usage de la classe de Quatrième, par M. Guiraud, 1 vol. 5 fr.
Histoire du moyen âge. à l'usage de la classe de Troisième, par M. Ch.-V. Langlois, maître de conférences à la Faculté des lettres de Paris. 2e édition refondue. 1 vol. 5 fr.
Histoire du moyen âge et des temps modernes, à l'usage de la classe de Seconde, par M. Mariéjol, professeur à la Faculté des lettres de Lyon. 1 vol. 5 fr.
Histoire des temps modernes, à l'usage de la classe de Rhétorique, par M. Lacour-Gayet, professeur au lycée Saint-Louis. 1 vol. 5 fr.

Luchaire, professeur à la Faculté des lettres de Paris. Manuel des Institutions françaises (Période des Capétiens directs). 1 vol. in-8, broché. 15 fr.

Maspero, membre de l'Institut. Histoire de l'Orient (classe de Sixième). 1 vol. in-16, illust. de 48 grav. et de 6 cartes en couleurs, cart. toile. 2 fr. 50

Van den Berg. Petite histoire ancienne des peuples de l'Orient. 1 vol. petit in-16, avec cartes et gravures, cart. toile. 3 fr. 50
— Petite histoire des Grecs, 1 vol. petit in-16, avec 19 cartes et 85 gravures, cartonné toile. 4 fr. 50

5° GÉOGRAPHIE

Cortambert, *Cours de géographie*, comprenant la description physique et politique, et la géographie historique des diverses contrées du globe. 1 vol. in-16, cart. **4 fr. 25**

— *Petit cours de géographie moderne.* 1 vol. in-16, cartonné. **1 fr. 50**

Atlas (petit) de géographie moderne (20 cartes). Gr. in-8, cart. **3 fr. 50**

Joanne (P.). *Géographies départementales de la France et de l'Algérie.* 88 v. in-16, cart.

La description de chaque département, accompagnée d'une carte et de gravures, et suivie d'un dictionnaire alphabétique des communes, se vend séparément. 1 fr.

Le département de la Seine. **1 fr 50**

L'Algérie, 1 vol. **1 fr. 50**

Meissas et Michelot. *Atlas et cartes.*

PETITS ATLAS FORMAT IN-8°

A. *Atlas élémentaire de géographie moderne* (10 cartes écrites). **2 fr. 50**

B. *Le même,* avec 8 cartes muettes (18 cartes), cartonné. **3 fr. 50**

C. *Atlas universel de géographie moderne* (17 cartes écrites), cart. **5 fr.**

D. *Le même,* avec 8 cartes muettes (25 cartes), cartonné. **6 fr.**

E. *Atlas de géographie ancienne et moderne* (36 cartes écrites), cart. **9 fr.**

F. *Le même,* avec 8 cartes muettes (44 cartes), cartonné. **10 fr.**

G. *Atlas universel de géographie ancienne, du moyen âge et moderne et de géographie sacrée* (54 cartes écrites), cartonné. **14 fr.**

H. *Le même,* avec cartes muettes (62 cartes), cartonné. **15 fr.**

Atlas de géographie ancienne (19 cartes écrites), cartonné. **5 fr.**

Atlas de géographie du moyen âge (10 cartes écrites). cart. **3 fr. 50**

Atlas de géographie sacrée (8 cartes écrites), cartonné. **2 fr.**

Chacune des cartes écrites séparément. **35 c.**

GRANDS ATLAS FORMAT IN-FOLIO.

A. *Atlas élémentaire* (8 cartes écrites). 6 fr.

B. *Le même,* avec 8 cartes muettes (16 cartes), cartonné. **11 fr. 50**

C. *Atlas universel* (12 cartes écrites), cartonné. **10 fr. 50**

D. *Le même,* avec 9 cartes muettes (20 cartes), cartonné. **15 fr.**

E. *Atlas universel* (19 cartes écrites). 15 fr.

Chaque carte séparément. **1 fr.**

GRANDES CARTES MURALES.

Chaque carte murale est accompagnée d'un questionnaire qui est donné gratuitement aux acquéreurs de la carte à laquelle il se réfère. Chaque questionnaire se vend en outre séparément 30 c.

Les cartes en 16 feuilles ont 1 m. 80 de hauteur sur 2 m. 30 de largeur. Celles en 20 feuilles ont 1 m. 80 de hauteur sur 2 m. 80 de largeur.

Le collage sur toile, avec gorge et rouleau, se paye en sus : 1° pour les cartes en 16 feuilles, 12 fr. ; 2° pour les cartes en 20 feuilles, 14 fr.

Géographie ancienne.

Empire romain écrit. 16 feuilles. 10 fr.

Géographie moderne.

Europe écrite. 16 feuilles. **9 fr.**

France, Belgique et Suisse écrites. 16 feuilles. **9 fr.**

Mappemonde écrite. 20 feuilles. **12 fr.**

Mappemonde muette. 20 feuilles. **10 fr.**

— *Nouvelles grandes cartes murales* indiquant le relief du terrain, tirées en couleur sur 12 feuilles jésus mesurant 2 mètres de haut sur 2 mètres 10 de large.

Le collage sur toile, avec gorge et rouleau, se paye en sus. 12 fr.

Europe muette ou écrite. **15 fr.**

France muette ou écrite. **15 fr.**

— *Petites cartes murales* (voir la *Notice des livres élémentaires*).

— *Géographie ancienne.* In-16. **2 fr. 50**

— *Petite géographie ancienne.* In-18. 1 fr.

— *Géographie sacrée.* In-18, cart. 1 fr. 25

Reclus (Élisée) : *Nouvelle géographie universelle*, 19 vol. grand in-8, avec de nombreuses cartes et gravures, brochés
Prix. 515 fr.

Tome Ier. *L'Europe méridionale* (Grèce, Turquie, Roumanie, Serbie, Italie, Espagne, et Portugal). 1 vol. 30 fr.

Tome II. *La France*, 1 vol. 30 fr.

Tome III. *L'Europe centrale* (Suisse, Austro-Hongrie, Allemagne), 1 v. 30 fr.

Tome IV. *L'Europe du Nord-Ouest* (Belgique, Hollande et Iles Britanniques. 1 vol. 30 fr.

Tome V. *L'Europe scandinave et russe*. 1 volume. 30 fr.

Tome VI. *L'Asie russe*, 1 vol. 30 fr.

Tome VII. *L'Asie orientale*, 1 vol. 30 fr.

Tome VIII. *L'Inde et l'Indo-Chine*, 1 vol. 30 fr.

Tome IX. *L'Asie antérieure*. 1 vol. 30 fr.

Tome X. *L'Afrique septentrionale*, 1re partie. 1 vol. 20 fr.

Tome XI. *L'Afrique septentrionale*, 2e partie. 1 vol. 30 fr.

Tome XII. *L'Afrique méridionale*, 1 volume. 25 fr.

Tome XIII. *L'Afrique occidentale*, 1 volume. 30 fr.

Tome XIV. *Océans et terres océaniques*, 1 vol. 30 fr.

Tome XV. *Amérique boréale*, 1 v. 20 fr.

Tome XVI. *États-Unis*, 1 vol. 25 fr.

Tome XVII. *Indes occidentales*, 1 volume, 30 fr.

Tome XVIII. *L'Amérique du Sud, Régions andines*. 1 vol. 25 fr.

Tome XIX. *L'Amazonie et la Plata*, 1 vol. 30 fr.

Tableaux statistiques de tous les États comparés. 1890 à 1893. 1 vol. grand in-8, broché. 3 fr.

Reclus (Élisée et Onésime). *L'Afrique australe*. 1 vol. petit in-4° avec 25 cartes en noir et 2 cartes en couleurs, broché. 10 fr.

Reclus (Onésime). *Géographie* : la terre à vol d'oiseau. 2 vol. in-16, brochés. 10 fr.
Le même ouvrage, gr. in-8, ill., br. 12 fr.
La France et ses colonies. 2 vol. grand in-8 ill.

Tome Ier. *En France*. 1 vol. br. 8 fr.

Tome II. *Nos Colonies*. 1 vol. br. 8 fr.

Le plus beau royaume sous le ciel, notre belle France. 1 vol. petit in-4°, broché. 12 fr.

Schrader, directeur des travaux cartographiques à la librairie Hachette et Cie. *Atlas de géographie historique*. 55 cartes doubles en couleurs, avec texte au dos. 1 vol. in-folio, relié. 35 fr.

— *Atlas de poche*, contenant 51 cartes en couleurs, in-16, cart. toile. 3 fr. 50

Schrader et **Gallouédec**, professeur d'histoire au lycée d'Orléans. *Nouveau cours de géographie* rédigé conformément aux programmes de 1890 pour l'Enseignement secondaire classique. 6 vol. in-16, avec gravures, cartes.

Classe de Sixième. 1 vol. 2 fr. 50
Classe de Cinquième. 1 vol. 3 fr.
Classe de Quatrième. 1 vol. 3 fr. 50
Classe de Troisième. 1 vol. 3 fr. 50
Classe de Seconde. 1 vol. 3 fr. 50
Classe de Rhétorique 1 vol. 3 fr. 50

— *Cours général de géographie*, 1 vol. in-16, cart. 6 fr.

— *Petit cours de géographie*. 1 vol. in-16, avec cartes et grav., cart. 2 fr.

— *Petit atlas de géographie*, contenant 65 cartes en couleur, 32 pages in-4°. cartonné. 3 fr. 50

Schrader et **Prudent**. *Grandes cartes murales*. Ces cartes sont imprimées en couleurs et mesurent 1 mètre 60 sur 1 mètre 90. En vente :

Amérique du Sud écrite; — France politique écrite; — France physique. Chaque carte en feuilles, 9 fr.; collée sur toile avec œillets, 15 fr.; collée sur toile avec gorge et rouleau, 16 fr.

Schrader, **Prudent** et **Anthoine**. *Atlas de géographie moderne*, 64 cartes in-f° imprimées en couleurs et accompagnées d'un texte géographique, statistique et ethnographique, et d'un grand nombre de cartes de détail, figures, diagrammes, etc., relié. 25 fr.

— *Atlas à l'usage de l'enseignement secondaire classique*. Extraits de l'Atlas de géographie in-folio :

Classe de Quatrième (16 cartes). 7 fr.
Classe de Troisième (19 cartes). 7 fr. 50
Classe de Seconde (18 cartes). 7 fr. 50
Classe de Rhétorique (11 cartes). 5 fr.

6° PHILOSOPHIE, DROIT, ÉCONOMIE POLITIQUE

AUTEURS FRANÇAIS

Bossuet : *De la connaissance de Dieu et de soi-même; Métaphysique*, ou Traité des causes. Édition publiée avec une introduction et des notes par M. de Lens, ancien inspecteur de l'Académie. 1 vol. petit in-16, cart.   1 fr. 60

Condillac. *Traité des sensations*, livre I. Nouvelle édition, annotée par M. Charpentier, professeur de philosophie au lycée Louis-le-Grand. 1 vol. pet. in-16, br. 1 fr. 50

Descartes : *Discours de la Méthode; première méditation*. Nouvelle édition classique, annotée par M. Charpentier. 1 vol petit in-16, cart.   1 fr. 50

— *Les principes de la philosophie*, livre I. Nouvelle édition, annotée par le même auteur. 1 vol. petit in-16, br.   1 fr. 50

Extraits des Moralistes des XVII°, XVIII° et XIX° siècles, publiés avec une introduction, des notices et des notes, par M. R. Thamin, recteur de l'Académie de Rennes. 1 vol.   2 fr. 50

Fénelon : *Traité de l'existence de Dieu*, précédé d'un Essai sur Fénelon par M. Villemain, avec des notes par M. Danton. 1 vol. in-16, broché.   1 fr. 60

Leibniz : *Extraits de la Théodicée*, publiés et annotés par M. P. Janet, de l'Institut. 1 vol. petit in-16, cart. 2 fr. 50

— *Nouveaux essais sur l'entendement humain*, avant-propos et livre I, publié d'après les meilleurs manuscrits, avec des notes, par M. P. Lachelier, professeur de philosophie au lycée Janson-de-Sailly. 1 vol. petit in-16, cart.   1 fr 75

— *La monadologie*, publiée d'après les manuscrits de la bibliothèque de Hanovre, avec notes, par le même. Pet. in-16, c. 1 fr.

Malebranche : *De la recherche de la vérité*, livre II, annoté par M. R. Thamin, 1 vol. petit in-16, cart.   1 fr. 50

ascal : *Opuscules philosophiques* publiés par M. Adam, recteur de l'Académie de Dijon. 1 vol. petit in-16, cart. 1 fr. 50

— *Pensées et Opuscules*, publiés par M. Brunschwicg, professeur au lycée Condorcet. 1 vol. pet. in-16 cart.   3 fr. 50

AUTEURS LATINS

Cicéron : *De natura Deorum*, livre II. Texte latin, annoté par M. Thiaucourt, professeur à la Faculté des lettres de Nancy. 1 vol. petit in-16, cart.   1 fr. 50

Le même ouvrage, trad. franç. de J.-V.

Le Clerc, sans le texte. 1 vol. petit in-16, br.   1 fr.

— *De Officiis*, libri tres. Texte latin, annoté par M. H. Morchand. 1 v. in-16, cart. 1 fr.

Le même ouvrage, traduction franç. par M. Sommer, sans le texte, 1 vol. in-16, broché.   1 fr. 50

— *Extraits des œuvres morales et philosophiques*, texte latin annoté par M. E. Thomas. 1 vol. pet. in-16, cart. 2 fr.

Lucrèce : *De natura rerum*, livre V. Texte latin, annoté par MM. Benoist et Lantoine. 1 vol. petit in-16, cart.   90 c.

— *De la nature*, traduction française, par M. Patin. 1 vol. in-16, broché. 3 fr. 50

Sénèque : *Lettres à Lucilius* (les seize premières). Texte latin, annoté par M. Aubé, ancien professeur de philosophie au lycée Condorcet. 1 vol. petit in-16, cartonné.   75 c.

Le même ouvrage, traduction française par M. Baillard, sans le texte. 1 vol. in-16, broché.   1 fr.

— *Œuvres complètes*, traduites en français, avec des notes, par M. J. Baillard. 2 vol. in-16, brochés.   7 fr.

AUTEURS GRECS

Aristote : *Morale à Nicomaque*, livres VIII et X. Texte grec, annoté par M. Hannequin, professeur au lycée de Lyon. Chaque livre, 1 vol. petit in-16, cart. 1 fr. 50

Le même ouvrage, traduction française de Fr. Thurot avec une introduction et des notes, par Ch. Thurot. 1 vol. petit in-16, broché.   75 c.

Épictète : *Manuel*. Texte grec, publié avec des notes et un vocabulaire, par M. Thurot. 1 vol petit in-16, cart. 1 fr.

Le même ouvrage, traduction française, par M. Fr. Thurot, sans le texte grec. 1 vol. petit in-16, broché.   1 fr.

Platon : *Gorgias*, texte grec annoté par M. Sommer. 1 vol. in-16, cart.   1 fr. 50

Le même ouvrage, trad. franç. par M. Thurot, sans le texte, 1 vol. petit in-16, broché.   1 fr. 60

— *Phédon*, texte grec annoté par M. Couvreur. 1 vol. petit in-16, cart. 1 fr. 50

Le même ouvrage, trad. franç. par M. Thurot, a col. texte, 1 vol. in-16 1 fr. 60

— *République*, 6° livre. Texte grec, annoté par M. Aubé. 1 vol. petit in-16, cart. 1 fr. 50

Le même ouvrage, traduction française, par M. Aubé. 1 v. petit in-16, br. 1 fr.

Platon (suite), *République*, 7ᵉ *livre*. Texte grec, annoté par M. Aubé. Petit in-16, cartonné. 1 fr. 50
Le même ouvrage, traduction française, par M. Aube. 1 vol. p. in-16, br. 1 fr. 50
— *République*, 8ᵉ *livre*. Texte grec, annoté par M. Aubé. Petit in-16, cart. 1 fr. 50
Le même ouvrage, traduction française, par M. Aubé. 1 vol. petit in-16, br. 1 fr.

Xénophon : *Mémorables*, livre I. Texte grec, annoté par M. Lebègue. 1 vol. petit in-16, cartonné. 1 fr.
— *Entretiens mémorables de Socrate*, trad. franç. par M. Sommer, sans le texte. 1 vol. petit in-16, br. 1 fr. 75

OUVRAGES DIVERS

Adam, recteur de l'Académie de Dijon. *Etudes sur les principaux philosophes*. 1 vol. in-16, broché. 4 fr.
Bouillier, membre de l'Institut. *Du plaisir et de la douleur*. 1 vol. in-16. 3 fr. 50
— *La vraie conscience*. 1 v. in-16, br. 3 f. 50
— *Etudes familières de psychologie et de morale*. 2 vol. in-16, brochés. 7 fr.
Chaque volume se vend séparément.
— *Questions de morale pratique*. 1 vol. in-16, broché. 3 fr. 50
Caro, ancien professeur à la Faculté des lettres de Paris. *L'idée de Dieu et ses nouveaux critiques*. 1 vol. in-16, broché. 3 fr. 50
— *Le matérialisme et la science*. 1 volume in-16, broché. 3 fr. 50
— *Etudes morales sur le temps présent*. 2 vol. in-16, brochés. 7 fr.
— *La philosophie de Gœthe*. In-16. 3 fr. 50
— *Problèmes de morale sociale*. 1 vol. in-16, broché. 3 fr. 50
— *Philosophie et philosophes*. 1 volume in-16. 3 fr. 50
Carrau, ancien maître de conférences à la Faculté des lettres de Paris. *Etude sur la théorie de l'évolution*. In-16, br. 3 fr. 50
Fouillée, membre de l'Institut. *L'idée moderne du droit en Allemagne, en Angleterre et en France*. 1 v. in-16, br. 3 fr. 50
— *La science sociale contemporaine*. 1 vol. in-16, broché. 3 fr. 50
— *La philosophie de Platon*. 4 volumes in-16, brochés. 14 fr.
Franck, membre de l'Institut. *Dictionnaire des sciences philosophiques*. 1 fort vol. grand in-8, broché. 35 fr.
Le cartonnage se paye en sus 2 fr. 75.
— *Essais de critique philosophique*. 1 vol. in-16, broché. 3 fr. 50
Jacques, Jules Simon et **Saisset**. *Manuel de philosophie*. 1 vol. in-8. 8 fr.

Joly, professeur à la Faculté des lettres de Paris *Psychologie comparée : l'homme et l'animal*. 1 vol. in-16, br. 3 fr. 50
— *Psychologie des grands hommes*. 1 vol. in-16. broché. 3 fr. 50
Le socialisme chrétien. 1 vol. in-16, broché. 3 fr. 50
Jouffroy (Th.). *Cours de droit naturel*. 2 vol. in-16, brochés. 7 fr.
— *Mélanges philosophiques*. 1 volume in-16, broché. 3 fr. 50
— *Nouveaux mélanges philosophiques*. 1 vol. in-16, br. 3 fr. 50
Jourdain (C.). *Notions de philosophie, comprenant des notions d'économie politique*. 18ᵉ édition, refondue. 1 vol. in-16, broché. 5 fr.
Lalande. *Lectures sur la philosophie des sciences*, in-16, cart. toile. 3 fr. 50
Rabier (E.), directeur de l'enseignement secondaire. *Leçons de philosophie*. 2 vol. in-8, br. :
  Tome Iᵉʳ. *Psychologie*. In-8. 7 fr. 50
  Ouvrage couronné par l'Institut.
  Tome II. *Logique*. 1 vol. 5 fr.
Ravaisson. *La philosophie en France au* xixᵉ *siècle*. 1 vol. in-8, broché. 7 fr. 50
Simon (Jules) *La religion naturelle*. 1 vol. in-16, broché. 3 fr. 50
— *Le devoir*. 1 vol. in-16, br. 3 fr. 50
Taine. *Les philosophes classiques du* xixᵉ *siècle en France*. In-16, br. 3 fr. 50
De l'intelligence. 2 vol. in-16, br. 7 fr.
Tridon-Péronneau. *Recueil de dissertations philosophiques*. 1 v. in-16, br. 4 fr.
— *Nouveau recueil de dissertations philosophiques*. 1 vol. in-16, broché. 2 fr.
Worms (R.), agrégé de philosophie, docteur ès lettres *Précis de philosophie*, rédigé conformément aux programmes officiels pour la classe de philosophie, d'après les *Leçons de philosophie* de M. Rabier. 1 vol. in-16, br. 4 fr.
— *Eléments de philosophie scientifique et de philosophie morale*, à l'usage des candidats aux Baccalauréats classique et moderne. 1 vol. in-16, br. 1 fr. 50
— *La morale de Spinoza*. 1 v. in-16. 3 fr. 50
Ouvrage couronné par l'Institut.
Zeller *La philosophie des Grecs*, traduite de l'allemand, par M. E. Boutroux, maître de conférences à l'Ecole normale supérieure, et par ses collaborateurs :
  Tomes I et II. *La philosophie des Grecs avant Socrate*, par M. Boutroux. 2 vol. in-8, br. (Tome Iᵉʳ épuisé.)
  Tome II. 10 fr.
  Tome III. *Socrate et les socratiques*, par M. Belot. 1 vol. in-8, br. 10 fr.

7° SCIENCES ET ARTS

§ 1. *Arithmétique et applications diverses.*

Bertrand (Joseph). *Traité d'arithmétique.* 1 vol. in-8, broché.   4 fr.

Cahen (Eug.), professeur au lycée Condorcet. *Cours d'arithmétique* à l'usage des candidats au baccalauréat. 1 vol. in-16, cart.   2 fr.

Degranges (Edmond). *Arithmétique commerciale et pratique.* In-8, broché. 5 fr.

— *La tenue des livres.* In-8, broché. 5 fr.

Dupuis. *Tables de logarithmes* à sept décimales. 1 vol. gr. in-8, cart. toile. 10 fr.

— *Tables de logarithmes* à cinq décimales. 1 vol. grand in-18, cart. toile.   2 fr. 50

Tables de logarithmes à quatre décimales. 1 vol. petit in-16, cartonné.   75 c.

Hoefer. *Histoire des mathématiques.* 1 v. in-16, broché.   4 fr.

Mondiet et **Thabourin.** *Cours élémentaire d'arithmétique.* 1 v. in-8, br. 3 fr. 50

Plchot, censeur honoraire du lycée Condorcet. *Arithmétique,* à l'usage des classes de Septième, Sixième et Cinquième. In-16, cart.   2 fr. 50

— *Arithmétique élémentaire,* à l'usage des classes de lettres. 1 vol. in-16, cart.   2 fr.

— *Éléments d'arithmétique* à l'usage de la classe de mathématiques élémentaires. 1 vol. in-8, broché.   3 fr.

Sonnet. *Problèmes et exercices d'arithmétique et d'algèbre.* 2 vol. in-8, br. 5 fr.

— *Dictionnaire des mathématiques appliquées.* 1 vol. grand in-8, broché. 30 fr.

Le cartonnage se paye en sus 2 fr. 75.

Tombeck. *Traité d'arithmétique.* 1 vol. in-8, broché.   4 fr.

Vintéjoux, professeur honoraire au lycée Saint-Louis. *Éléments d'arithmétique, de géométrie et d'algèbre,* rédigés conformément aux programmes officiels de l'enseignement moderne, jusqu'à la classe de Seconde. 5ᵉ édition. 1 vol. in-16, cart. toile.   2 fr. 50

— *Corrigé des exercices et problèmes,* par G. Manuel. 1 vol. in-16 cart. toile. 2 fr.

§ 2. *Géométrie; Arpentage; Dessin.*

Bécourt, professeur au lycée St-Louis, et **Pillet,** inspecteur de l'enseignement du dessin. *Le dessin technique,* cours professionnel de dessin géométrique. 60 cahiers in-4° oblong, chaque cahier.   1 fr.

En vente 22 cahiers.

— *Exercices gradués de dessin topographique* à l'usage des candidats à l'École de Saint-Cyr, album oblong de 15 planches et texte, avec carnet de papier quadrillé. (*Voir* § 3, *ci-dessous.*)   4 fr.

Bos, anc. inspecteur d'Académie. *Géométrie élémentaire,* conforme aux programmes de 1890, à l'usage des classes de lettres. 1 vol. in-16, cart.   2 fr.

Bos et **Roblère.** *Éléments de géométrie,* à l'usage de la classe de mathématiques élémentaires. 1 vol. in-8, broché.   7 fr.

Bougueret, professeur de dessin au lycée Saint-Louis. *Cours de dessin et notions de géométrie,* à l'usage des classes élémentaires de dessin. 50 planches in-4.   7 fr. 50

On vend séparément :

Dessin et géométrie des figures planes. 23 planches.   3 fr. 50

Dessin et géométrie des solides. 12 planches.   1 fr. 75

Constructions géométriques et lavis. 15 planches.   2 fr. 25

Briot et **Vacquant.** *Arpentage, levé des plans, nivellement.* 1 vol. in-16, avec des figures et des planches, broché.   3 fr.

— *Éléments de géométrie: Application.* In-8, avec figures.   3 fr. 50

Sonnet. *Géométrie théorique et pratique.* 2 vol. in-8, texte et planches, br.   6 fr.

Tombeck. *Traité de géométrie élémentaire.* 1 vol. in-8, broché.   5 fr.

— *Précis de levé des plans, d'arpentage et de nivellement.* In-8, broché.   1 fr. 50

§ 3. *Algèbre; Géométrie analytique; Géométrie descriptive; Trigonométrie.*

Bécourt. *Choix d'épures de géométrie descriptive et de géométrie cotée,* à l'usage des candidats à l'École de Saint-Cyr, à l'École navale, à l'Institut agronomique et des élèves de la classe de mathématiques élémentaires. In-4, cartonné.   6 fr.

Bécourt et **A. Morel,** professeur à l'École Lavoisier. *Choix d'Épures de géométrie descriptive* à l'usage des candidats aux Écoles polytechnique, normale et centrale et aux Écoles des Mines et des Ponts et Chaussées, et des Élèves de la classe de Mathématiques spéciales, 1 vol. in-4° cart.   7 fr. 50

Bertrand (Joseph), membre de l'Institut. *Traité d'algèbre :*

1ʳᵉ *partie,* à l'usage des classes de Mathématiques élémentaires. In-8, br. 5 fr.

2ᵉ *partie*, à l'usage des classes de Mathématiques spéciales. 1 vol. in-8, br.   5 fr.

Bos. *Éléments d'algèbre*, à l'usage de la
classe de Mathématiques élémentaires et
des candidats au baccalauréat. 1 vol. in-8,
broché   7 fr.

Briot et Vacquant. *Éléments de géométrie descriptive*, à l'usage des classes
de Mathématiques élémentaires et des
candidats au baccalauréat. 1 vol. in-8,
avec figures, broché.   3 fr. 50

Dessenon. *Éléments de géométrie analytique*, 2ᵉ édition, à l'usage des candidats
aux Écoles navale et centrale et des élèves
de première année de la classe de Mathématiques spéciales. 1 vol. in-8, avec figures,
broché.   7 fr. 50

Kœs. *Traité élémentaire de géométrie
descriptive :*
  1ʳᵉ *partie*, à l'usage des classes de Mathématiques élémentaires et des candidats
  au baccalauréat. 1 vol. in-8 de texte et
  1 vol. in-8 de planches, brochés.   7 fr.
  2ᵉ *partie*, à l'usage des classes de Mathématiques spéciales et des candidats aux
  Écoles normale supérieure, polytechnique et centrale. 1 vol. in-8 de texte et
  1 vol. in-8 de planches, brochés.   10 fr.

Launay, professeur hon. au lycée Saint-
Louis. *Éléments d'algèbre*, à l'usage des
classes de lettres. 1 vol. in-16, avec fig.,
cartonnage toile.   3 fr.

Launay (suite). *Compléments d'algèbre* à
l'usage des candidats aux différentes écoles
du gouvernement. 1 vol. in-8, br   7 fr. 50

Pichot. *Algèbre élémentaire*, à l'usage
des classes de lettres. 7ᵉ édition, revue par
M. Ducatel, professeur au lycée Condorcet. 1 vol. in-16, cart.   3 fr.

Pichot (suite). *Éléments de trigonométrie rectiligne*, à l'usage de la classe de
Mathématiques élémentaires. Nouvelle
édition revue par M. Ducatel. 1 vol. in-8,
broché.   3 fr. 50

Pichot et de Batz de Trenquelléon.
Géométrie descriptive, à l'usage des candidats au baccalauréat. 1 vol. in-8, avec
figures, broché.   3 fr.
— *Complément de géométrie descriptive*,
1 vol. in-8, avec figures, broché.   3 fr. 50

Sonnet. *Premiers éléments de calcul in-
finitésimal*. 5ᵉ édit. 1 vol. in-8, br.   6 fr.

Sonnet et Frontera. *Éléments de géométrie analytique*, rédigés conformément
au dernier programme d'admission à
l'École normale supérieure. In-8, br. 8 fr.

Tombeck. *Traité élémentaire d'algèbre*,
à l'usage des classes de Mathématiques
élémentaires. 1 vol. in-8, broché.   4 fr.
— *Cours de trigonométrie rectiligne*. 1 vol.
in-8, broché.   2 fr. 50
— *Traité élémentaire de géométrie descriptive*. 1 vol. in-8, broché.   2 fr. 50

§ 4. Mécanique.

Collignon, inspecteur de l'École des ponts
et chaussées. *Traité de mécanique*. 5 vol.
in-8, avec figures, brochés.   37 fr. 50
  1ʳᵉ *partie, Cinématique*. 1 vol.   7 fr. 50
  2ᵉ *partie, Statique*. 1 vol.   7 fr. 50
  3ᵉ *partie, Dynamique*. Liv. I à IV. 7 fr. 50
  4ᵉ *partie, Dynamique*. Livres I à IV.
  1 volume.   7 fr. 50
  5ᵉ *partie, Compléments*. 1 vol.   7 fr. 50

Maneuvrier, docteur ès sciences. *Traité
de mécanique rationnelle et appliquée*.
1 vol. in-16, cart.   4 fr.

Mascart, professeur au Collège de France.
Éléments de mécanique, rédigés conformément au programme de l'enseignement scientifique dans les lycées. In-8,
broché.   3 fr.

Mondiet et Thabourin : *Cours élémentaire de mécanique*, avec des énoncés et
des problèmes, à l'usage de la classe de
Mathématiques élémentaires. 2 vol. in-8,
avec figures, brochés :
  1ʳᵉ *fascicule. Statique*. 1 vol.   2 fr. 50
  2ᵉ *fascicule. Cinématique*. 1 v. 2 fr. 50
Traité des Mécanismes. 1 v. in-8 br., 3 fr.
Traité des Moteurs. 1 vol. in-8 r.   6 fr.
— *Problèmes élémentaires de mécanique*.
1 vol. in-8, broché.   5 fr.

Pichot et de Batz de Trenquelléon.
Éléments de mécanique, à l'usage de la
classe de Mathématiques élémentaires.
1 vol. in-8, avec figures, broché.   3 fr. 50

Tombeck. *Notions de mécanique*, à l'u-
sage des élèves des lycées. 1 vol. in-8. 2 fr.

§ 5. Cosmographie.

Guillemin (Am.). *Éléments de Cosmographie*, conformes au programme de
1890, à l'usage de la classe de Rhétorique.
In-16, avec fig., cartonnage toile.   3 fr.

Pichot. *Traité élémentaire de cosmographie*, à l'usage de la classe de Mathématiques élémentaires. 1 vol. in-8, avec

207 figures et 2 planches, broché.   6 fr.

— *Cosmographie élémentaire*, à l'usage
de la classe de Rhétorique. 1 vol. in-16,
avec 147 fig., cart. toile.   2 fr. 50

Tombeck. *Cours de cosmographie*. 1 vol.
in-8, avec figures, broché.   3 fr. 50

§ 6. *Physique; Chimie.*

Angot, ancien professeur de physique au lycée Condorcet. *Traité de physique élémentaire*, à l'usage des classes de Mathématiques élémentaires et des candidats à l'Ecole polytechnique. 1 vol. in-8, broché. 8 fr.
Cartonné toile. 9 fr.

Banet-Rivet, professeur au lycée Michelet. *Cours de physique*, à l'usage des candidats à l'Ecole de Saint-Cyr. 1 vol. in-16, avec fig., broché. 5 fr.

— *Problèmes de physique et de chimie*, à l'usage des candidats aux divers baccalauréats. 1 vol. in-16, broché. 3 fr.

Dupont (A.) et **Freundler**, chef des travaux pratiques du laboratoire d'enseignement de la chimie appliquée à la Faculté des sciences de Paris : *Manuel opératoire de chimie organique*. 1 vol. in-8° avec figures, cart. toile. 10 fr.

Ganot. *Traité élémentaire de physique*; 21e édit., refondue et complétée par M. Maneuvrier, docteur ès sciences, agrégé des sciences physiques. 1 fort vol. in-16, avec 1025 fig., broché. 8 fr.
Cartonné toile. 8 fr. 50

— *Cours de physique purement expérimentale et sans mathématiques*; 9e édition, complètement refondue et rédigée à

nouveau, par M. Maneuvrier. 1 vol. in-16, avec 589 fig., broché. 6 fr.
Cartonné toile. 6 fr. 50

Gay, professeur de physique au lycée Louis-le-Grand ; *Lectures scientifiques* (physique, chimie), 1 fort vol. in-16, avec fig., cartonnage toile. 5 fr.

Gossin, proviseur honoraire du lycée de Lyon. *Cours de physique*, 4e édition, à l'usage de la classe de Philosophie. 1 vol. in-16, avec figures, cart. toile. 4 fr.

Joly, professeur à la Faculté des sciences de Paris. *Eléments de chimie*, notation atomique, à l'usage de la classe de Philosophie. 1 vol. in-16, avec fig., cart. toile. 3 fr.

— *Cours élémentaire de chimie*, notation atomique, à l'usage des candidats aux baccalauréats classique et moderne, aux Ecoles du Gouvernement et à la licence physique. 3 vol. in-16, cartonnage toile.
Chimie générale, métalloïdes. Notions sur les métaux et les matières organiques, 4e édition, revue par M. Lespieau, professeur au collège Chaptal. 1 vol. 5 fr. 50
Métaux et chimie organique. 2e édition. 1 vol. 5 fr. 50
Manipulations chimiques. 1 vol. 3 fr.

— *Précis de chimie*, à l'usage de l'enseignement moderne. 1 vol. in-16, cart. 3 fr.

§ 7. *Histoire naturelle.*

Gervais. *Eléments de zoologie*, comprenant l'anatomie, la physiologie, la classification et l'histoire naturelle des animaux; 4e édit. 1 v. in-8, avec 604 figures et 3 planches, broché. 9 fr.

Leclerc du Sablon, professeur à la Faculté des sciences de Toulouse. *Lectures scientifiques sur l'histoire naturelle*. 1 vol. in-16, cartonnage toile. 5 fr.

Mangin, professeur au lycée Louis-le-Grand. *Cours élémentaire de botanique*, à l'usage de la classe de Cinquième. 1 vol. in-16, avec 446 fig., cart toile. 3 fr. 50

— *Anatomie et physiologie végétales*, à l'usage de la classe de Philosophie. 1 vol. in-16, avec fig., cart. toile. 5 fr.

— *Eléments d'hygiène*, à l'usage de la classe de Philosophie. 1 vol. in-16 avec gravures, cartonnage toile. 3 fr.

Perrier, professeur au Muséum d'histoire naturelle de Paris. *Eléments de zoologie*, à l'usage de la classe de Sixième. 1 vol.

in-16, avec 328 fig., cart. toile. 3 fr.

Perrier (suite). *Anatomie et physiologie animales*, à l'usage de la classe de Philosophie. 1 vol. in-8 avec 328 figures, broché. 8 fr.

Rettier, professeur agrégé à la Faculté de Médecine de Paris : *Anatomie et physiologie animales*, à l'usage de l'enseignement secondaire classique et moderne. Classes de Philosophie et de Première. 1 vol. in-16, avec fig., cart. toile. 6 fr.

Seignette, professeur au lycée Condorcet : *Notions préliminaires de géologie*, cl. de 5e classique et moderne. 1 vol. in-16, avec 78 figures, cartonnage toile 1 fr. 50

— *Conférences de géologie* classique et moderne. 1 vol. avec 177 figures et une carte en couleur, cart. toile. 1 fr. 50

— *Leçons de paléontologie animale*, cl. de Philosophie, de Première moderne et de Mathématiques élem. 1 vol. avec 70 fig. cart. toile. 1 fr.

8° ÉTUDE DE LA LANGUE LATINE

Anthologie des poètes latins (à l'exclusion des ouvrages compris dans les programmes) (*Silius, Stace, Ausone, Claudien,* — *Perse, Juvénal, Martial,* — *Catulle, Tibulle, Properce; Ovide*), publiée et annotée par M. A. Waltz, professeur à la Faculté des lettres de Bordeaux. 1 vol. petit in-16, cart. **2 fr**

Auteurs latins (les) expliqués d'après une méthode nouvelle par deux traductions françaises, l'une littérale et *juxtalinéaire,* présentant le mot à mot français en regard des mots latins correspondants ; l'autre correcte et précédée du texte latin ; par une société de professeurs et de latinistes. Format in-16, broché :

Cette collection comprend les principaux auteurs qu'on explique dans les classes.

César : Guerre des Gaules, 2 vol. **9 fr.**
 Chaque volume se vend séparément.
— Guerre civile, livre I. **2 fr. 25**
Cicéron : Brutus. **4 fr.**
— Catilinaires (les quatre). **2 fr.**
— Des lois, livre I. **1 fr. 50**
— Des devoirs. **6 fr.**
— Dialogue sur l'amitié. **1 fr. 25**
— Dialogue sur la vieillesse. **1 fr. 25**
— Discours pour la loi Manilia. **1 fr. 50**
— Discours pour Ligarius. **75 c.**
— Discours pour Marcellus. **75 c.**
— Discours sur les statues. **3 fr.**
— Discours sur les supplices. **3 fr.**
— Seconde philippique. **2 fr.**
— Plaidoyer pour Archias. **90 c**
Cicéron : Plaidoyer pour Milon. **1 fr. 50**
— Plaidoyer pour Muréna. **2 fr. 50**
— Songe de Scipion. **75 c.**
Cornelius Nepos. **5 fr.**
Epitome historiæ græcæ. **3 fr. 50**
Heuzet : Histoires choisies des écrivains profanes, 2 vol. **6 fr.**
Horace : Art poétique. **75 c.**
— Épitres. **2 fr.**
— Odes et Épodes, 2 vol. **4 fr. 50**
 Les livres I et II Odes. **2 fr.**
 Les livres III et IV des Odes et les Épodes. **2 fr. 50**
— Satires. **2 fr.**
Justin : Histoires philippiques. 2 v. **12 fr.**
 Chaque volume séparément. **6 fr.**
Lhomond : Abrégé de l'histoire sainte. **3 fr.**
— Sur les hommes illustres de la ville de Rome **4 fr. 50**
Lucrèce : Morceaux choisis de M. Poyard. Prix. **3 fr. 50**
Ovide : Choix des métamorphoses. **6 fr.**
Phèdre : Fables. **2 fr.**

Plaute : L'Aululaire. **1 fr. 75**
Quinte-Curce : Histoire d'Alexandre le Grand, 2 vol. **12 fr.**
 Chaque volume se vend séparément. **6 fr.**
Salluste : Catilina. **1 fr. 50**
— Jugurtha. **2 fr. 50**
Sénèque : De la vie heureuse. **1 fr. 50**
Tacite : Annales, 4 vol. **18 fr.**
 Chaque volume se vend séparément
— Germanie (la). **1 fr. 50**
— Histoires, Livres I et II. **5 fr.**
— Vie d'Agricola. **1 fr. 75**
Térence : Adelphes. **2 fr.**
— Adrienne. **2 fr. 50**
Tite-Live. Livres XXI et XXII. **5 fr.**
— Livres XXIII, XXIV et XXV. **7 fr. 50**
Virgile : Bucoliques (les). **1 fr.**
— Géorgiques (les). **2 fr.**
— Enéide : 4 volumes. **16 fr.**
 Chaque volume séparément. **4 fr.**
 Chaque livre séparément. **1 fr. 50**
Bloume. *Une première année de latin;* 8° édition. 1 vol. in-16, cartonne. **2 fr.**
Bréal, professeur de grammaire comparée au Collège de France, et **Person** (Léonce), ancien professeur au lycée Condorcet. *Grammaire latine élémentaire.* 1 v. in-16, cartonnage toile. **2 fr.**
— *Grammaire latine,* cours élémentaire et moyen. 1 volume in-16, cartonnage toile. Prix. **2 fr. 50**
— *Exercices.* Voyez *Pressard.*
Bréal et Bailly, professeur honoraire au lycée d'Orléans. *Leçons de mots :* les mots latins groupés d'après le sens et l'étymologie :
 Cours élémentaire, à l'usage de la classe de Sixième. In-16 cart. **1 fr. 25**
 Exercices sur le Cours élémentaire. Voyez *Person.*
 Cours intermédiaire, à l'usage des classes de Cinquième et de Quatrième. 1 vol. in-16, cartonné. **2 fr. 50**
 Cours supérieur. Dictionnaire étymologique latin. 1 vol. in-8, cart. **5 fr.**
Chassang, ancien inspecteur général de l'instruction publique. *Modèles de composition latine,* avec des arguments, des notes et des préceptes sur chaque genre de composition. 1 vol. in-16, cart. **2 fr.**
Chatelain, chargé de cours à la Faculté des lettres de Paris. *Lexique latin-français,* rédigé conformément au décret du 19 juin 1880, à l'usage des candidats au baccalauréat ; nouvelle édition. 1 vol. in-16, cart. **6 fr.**
 Reconnu conforme à la note officielle du 29 janvier 1881.

Classiques latins; nouvelle collection, format petit in-16, publiée avec des notices, des arguments analytiques et des notes en français.

Anthologie des poètes latins (Waltz). 2 fr.

César: Commentaires (Benoist et Dosson). 1 vol.   2 fr. 50

Cicéron : Extraits des discours (F. Ragon).   2 fr. 50
— Morceaux choisis tirés des traités de rhétorique (E. Thomas).   2 fr. 50
— Extraits des œuvres morales et philosophiques (E. Thomas).   2 fr.
— Choix de lettres (V. Cucheval).   2 fr.
— De amicitia (E. Charles).   75 c.
— De finibus bonorum et malorum, libri I et II (E. Charles).   1 fr. 50
— De legibus, livre I (Lucien Lévy). 75 c.
— De natura Deorum (Thiaucourt). 1 fr. 50
— De republica (E. Charles).   1 fr. 50
— De signis (E. Thomas).   1 fr. 50
— De senectute (E. Charles).   75 c.
— De suppliciis (E. Thomas).   1 fr. 50
— In M. Antonium oratio philippica secunda (Gantrelle).   1 fr.
— In Catilinam orationes (Noël).   75 c.
— Orator (C. Aubert).   1 fr.
— Pro Archia poeta (E. Thomas).   60 c.
— Pro lege Manilia (Noël).   60 c.
— Pro Ligario (Noël).   30 c.
— Pro Marcello (Noël).   30 c.
— Pro Milone (Monet).   90 c.
— Pro Murena (Noël).   75 c.
— Somnium Scipionis (V. Cucheval). 30 c.

Cornelius Nepos (Monginot).   90 c.

Élégiaques romains (Waltz).   1 fr. 80

Epitome historiæ græcæ (Julien Girard).   1 fr. 50

Heuzet : Selectæ e profanis scriptoribus historiæ. Édition simplifiée (Leconte). Prix.   1 fr. 80

Horace: De arte poetica (M. Albert). 60 c.

Jouvency : Appendix de diis et heroibus (Edeline).   70 c.

Lhomond : De viris illustribus urbis Romæ (L. Duval).   1 fr. 50
— Epitome historiæ sacræ (Pressard). 75 c.

Lucrèce De rerum natura liber I (Benoist et Lantoine).   90 c.
— De rerum natura, liber V (Benoist et Lantoine).   90 c.
— Morceaux choisis (Poyard).   1 fr. 50

Narrationes (Riemann et Uri).   2 fr. 50

Ovide : Morceaux choisis des métamorphoses (Armengaud).   1 fr. 80

Pères de l'Église latine : Morceaux choisis (Nourrisson).   2 fr. 25

Phèdre : Fables (Havet).   1 fr. 80

Plaute : L'aululaire (Benoist).   80 c.
— Morceaux choisis (Benoist).   2 fr.

Pline le Jeune : Choix de lettres (Waltz). Prix :   1 fr. 80

Quinte-Curce (Dosson et Pichon). 2 fr. 25

Quintilien : De institutione oratoria (Dosson).   1 fr. 80

Salluste (Lallier).   1 fr. 80

Sénèque : De vita beata (Delaunay). 75 c.
— Lettres à Lucilius, I à XVI (Aubé). 75 c.
— Extraits (P. Thomas),   1 fr. 80

Tacite : Annales (Jacob).   2 fr. 50
— Annales liv. I, II et III (Jacob). 1 fr. 50
— Dialogue des Orateurs (Goelzer). 1 fr.
— Germanie (La) (Gœlzer).   1 fr.
— Hist., livres I et II (Gœlzer).   1 fr. 80
— Vie d'Agricola (Jacob).   75 c.

Térence : Adelphes (Psichari).   80 c.

Théâtre latin (Ramain).   2 fr. 50

Tite-Live (Riemann et Benoist).
    Livres XXI et XXII. 1 vol   2 fr.
    Livres XXIII, XXIV et XXV. 1 v. 2 fr. 50
    Livres XXVI à XXX. 1 vol.   3 fr. »

Virgile (Benoist et Duvau).   2 fr. 25

Classiques latins, format in-16. Éditions publiées avec des notes en français, par les auteurs dont les noms sont indiqués entre parenthèses.

Cicero : De officiis (H. Marchand). 1 fr.
— De oratore (Bétolaud),   1 fr. 50
— Tusculanarum quæstionum libri V (Jourdain).   1 fr. 50

Horatius: Opera (Sommer).   2 fr.

Justinus : Historiæ philippicæ (Pessonneaux).   1 fr. 50

Pline l'Ancien : Morceaux extraits de l'Histoire naturelle (Chassang). 1 fr. 50

Pline le Jeune : Panégyrique de Trajan (Bétolaud).   75 c.

Sénèque : Choix de lettres morales à Lucilius (Sommer).   1 fr. 25

Voir ci-dessus *Classiques latins* (nouvelle collection, format petit in-16).

Comte (Ch.), professeur agrégé au lycée Carnot. *Exercices latins à l'usage des commençants.* Recueil de versions et de thèmes écrits ou oraux sur l'Abrégé de Grammaire latine de M. L. Havet, avec un vocabulaire. 1 v. in-16, cart. toile. 2 fr.

Contiones latinæ. Discours tirés de *César, Salluste, Tite-Live, Tacite, Ammien Marcellin* et fragments de discours originaux publiés et annotés par M. P. Guiraud, professeur à la Faculté des lettres de Paris. 1 vol. in-16, cartonnage toile.   2 fr. 50

Éditions à l'usage des professeurs.
Textes latins publiés d'après les travaux les plus récents de la philologie, avec des commentaires critiques et explicatifs, des introductions et des notices. Format grand in-8, broché. En vente :

Cicéron : Discours pour le poète Archias, par M. Emile Thomas, professeur à la Faculté des lettres de Lille. 1 vol. 2 fr. 50
— De suppliciis, par M. E. Thomas. 1 vol.
Prix : 4 fr.
— De signis, par M. E. Thomas, 1 vol. 4 fr.
— Divinatio in Q. Cæcilium, par M. E. Thomas, 1 vol. 2 fr. 50
— Verrines, Divinatio in Q. Cæcilium et actionis secundæ, Libri IV et V, De signis et De suppliciis, par M. E. Thomas. 1 vol. 8 fr.
— Brutus, par M. J. Martha, maître de conférences à l'Ecole normale supérieure. 1 vol. 6 fr.
Cornelius Nepos, par M. Monginot, professeur au lycée Condorcet. 1 vol. 6 fr.
Horace : L'Art poétique, par M. M. Albert, prof. au lycée Condorcet. 1 vol. 2 fr. 50
Lucrèce : De la nature des choses, liv. V, par MM. Benoist et Lantoine. 1 vol. 4 fr.
Salluste : Guerre de Jugurtha, par M. Lallier, ancien professeur à la Faculté des lettres de Paris. 1 vol. 4 fr.
— Catilina, par M. Antoine. 1 vol. 6 fr.
Tacite : Annales, par M Jacob, professeur au lycée Louis-le-Grand. 2 vol. 15 fr.
— Dialogue des orateurs, par M Gœlzer, maître de conférences à la Faculté des lettres de Paris. 1 vol. 4 fr.
Virgile, par M. Benoist. 3 vol. :
Bucoliques et Géorgiques. 1 vol. 7 fr. 50
Enéide ; 3e tirage. 2 vol. 15 fr.
Chaque volume séparément 7 fr. 50

Gow (Dr J.) principal du collège de Nottingham, et S. **Reinach :** *Minerva,* introduction à l'étude des classiques scolaires grecs et latins. Ouvrage adapté aux besoins des écoles françaises. 2e édit. 1 vol. in-16, cartonnage toile. 3 fr.

Havet (L.), prof. de philologie latine au Collège de France. *Abrégé de grammaire latine,* à l'usage des classes de grammaire. 1 vol. in-16, cart. toile. 1 fr. 50
— *Exercices.* Voyez Comte.

Le Roy. *Sujets et développements de compositions* données dans les Facultés de 1860 à 1873, avec des observations de M. Dübner. 2e édit. 1 vol. in-8, br. 4 fr.

Lhomond. *Eléments de la grammaire latine.* 1 vol. in-16, cartonné. 80 c.

Marais. *Recueil de versions latines* dictées dans les Facultés, depuis 1874 jusqu'en 1881, pour l'examen du baccalauréat ès sciences ; *textes et traductions.* 2 vol. in-8, brochés. 6 fr.
Chaque volume séparément. 3 fr.

Merlet. *Etudes littéraires sur les grands classiques latins,* avec des extraits empruntés aux meilleures traductions. 1 vol. in-16, broché. 4 fr.

Méthode uniforme pour l'enseignement des langues, par E. Sommer.
Abrégé de grammaire latine. In-16, cartonné. 1 fr. 25
Exercices sur l'Abrégé de grammaire latine. 1 vol. in-16, cartonné. 1 fr. 25
Corrigé desdits exercices. In-16. 1 fr. 50
Cours de versions latines extraites du recueil de Jacobs. 1re et 2e parties. 2 vol. in-16, cartonnés. Chaque vol. 1 fr.

Noël. *Dictionnaire français-latin* ; nouvelle édition revue par M. Pessonneaux, professeur au lycée Henri IV. 1 vol. grand in-8, cartonnage toile. 8 fr.
— *Dictionnaire latin-français ;* nouvelle édition revue par M. Pessonneaux. 1 vol. grand in-8, cartonnage toile. 8 fr.
— *Gradus ad Parnassum,* nouv. édit., revue par M. de Parnajon, profess. au lycée Henri IV. 1 vol. gr. in-8, cart. toile. 8 fr.

Patin. *Etudes sur la poésie latine.* 2 vol. in-16, brochés. 7 fr.

Petitjean (J.), professeur agrégé au lycée Buffon. *Tableau d'analyse logique* (français, latin et grec), in-16, br. 80 c.

Person (Léonce), ancien professeur au lycée Condorcet : *Exercices de traduction et d'application* (thèmes et versions) sur les mots latins de MM. Bréal et Bailly. Cours élémentaire. 1 vol. in-16, cart. 1 fr.

Pichon (R.), professeur au lycée Condorcet. *Histoire de la littérature latine,* des origines à la fin du ve siècle après Jesus-Christ. 1 vol. in-16, br. 5 fr. Cart. t. 5 fr. 50

Pierron *Histoire de la littérature romaine.* 1 vol. in-16, broché. 4 fr.

Pressard, professeur honoraire au lycée Louis-le-Grand : *Premières leçons de latin.* 1 vol. in-16, cartonné. 2 fr. 50
— *Exercices latins,* thèmes, versions, questionnaires et exercices oraux sur la Grammaire latine élémentaire de MM. Bréal et Person. 2 vol.
1re partie : Exercices sur les déclinaisons, les conjugaisons et les mots invariables. Thèmes et versions sur les éléments de la syntaxe, avec des listes de mots. 1 vol. in-16, cartonnage toile. 2 fr. 50
2e partie : Exercices sur la syntaxe et exercices généraux avec un vocabulaire. 1 vol. in-16, cartonnage toile. 2 fr. 50

Quicherat (L.). *Dictionnaire français-latin.* Nouvelle édit. refondue par M. Chatelain. Grand in-8, cartonnage toile 9 fr. 50
— *Thesaurus poeticus linguæ latinæ.* 1 vol. grand in-8, carton toile. 8 fr. 50
— *Nouvelle prosodie latine.* 1 vol. in-16, cartonné. 1 fr.
— *Traité de versification latine.* 1 vol. in-16, cartonné. 3 fr.

Quicherat et Daveluy. *Dictionnaire latin-français.* Nouvelle édition entièrement refondue par M. Chatelain. Grand in-8, cartonnage toile. 9 fr 50

Sommer. *Lexique français-latin,* à l'usage des classes élémentaires, extrait du dictionnaire français-latin de M. Quicherat; nouvelle edition revue et complétée par M. Chatelain. 1 vol. in-8, cartonnage toile. 3 fr. 75
— *Lexique latin-français,* à l'usage des classes élémentaires, extrait du Dictionnaire latin-français de MM. Quicherat et Daveluy; nouvelle édition revue et complétée par M. Chatelain. 1 vol. in-8, cartonnage toile. 3 fr. 75
Voir *Méthode uniforme pour l'enseignement des langues,* page 23.

Thurot et Chatelain. *Prosodie latine.* 1 vol. in-16, cart. 1 fr. 25

Traductions françaises des chefs-d'œuvre de la littérature latine, sans le texte latin. In-16, br. Chaque volume. 3 fr. 50
Le nom des traducteurs est indiqué entre parenthèses.
Juvénal et Perse (E. Despois), 1 vol.
Lucrèce (Patin), 1 vol.
Plaute (E. Sommer), 2 vol.
Sénèque (J. Baillard), 2 vol.
Tacite (J.-L. Burnouf), 1 vol.
Tite-Live (Gaucher), 4 vol.
Virgile (Cabaret-Dupaty), 1 vol.

Tridon-Péronneau. *Cours de Versions latines,* 125 textes précédés de notices sur les auteurs, et de notes grammaticales, historiques et littéraires, à l'usage des candidats au baccalauréat. Textes latins. 1 vol. in-16, broché. 2 fr.
Traduction française. 1 v. in-16, br. 1 fr 50

Uri (J.). *Recueil de versions latines,* dictées à la Sorbonne et dans les facultés des départements pour les examens du baccalauréat ès lettres, de 1893 à 1898. 2 vol. in-16; *textes et traductions,* br. 3 fr.

9° ÉTUDE DE LA LANGUE GRECQUE ANCIENNE

Alexandre (C.). *Dictionnaire grec-français,* suivi d'un *Vocabulaire grec-français des noms propres de la langue grecque,* par A. Pillon. 1 vol. grand in-8, cartonnage toile. 15 fr.
— *Abrégé du dictionnaire grec-français,* par le même auteur. 1 vol. grand in-8, cartonnage toile. 7 fr. 50

Alexandre, Planche et Defauconpret. *Dictionnaire français-grec.* 1 vol. gr. in-8 cartonnage toile. 15 fr.

Auteurs grecs (les) expliqués d'après une méthode nouvelle, par deux traductions françaises, l'une littérale et *juxtalinéaire,* présentant le mot à mot français en regard des mots grecs correspondants, l'autre correcte et précédée du texte grec, avec des sommaires et des notes en français, par une société de professeurs et d'hellénistes. Format in-16.
Cette collection comprend les principaux auteurs qu'on explique dans les classes.

Aristophane : Plutus. 2 fr. 25
— Morceaux choisis de M. Poyard. 6 fr
Aristote : Morale à Nicomaque, livre VIII. 1 vol. 1 fr. 50
— Morale à Nicomaque, liv. X. 1 fr. 50
— Poétique. 2 fr. 50
Babrius : Fables. 4 fr.
Basile (S.) : De la lecture des auteurs

profanes. 1 fr. 25
— Contre les usuriers. 75 c.
— Observe-toi toi-même. 90 c.
Chrysostome (S. Jean) : Homélie en faveur d'Eutrope. 60 c.
— Homélie sur le retour de l'évêque Flavien 1 fr.
Démosthène : Discours contre la loi de Leptine. 3 fr. 50
— Discours pour Ctésiphon ou sur la couronne. 3 fr. 50
— Harangue sur les prévarications de l'ambassade. 6 fr.
— Les trois Olynthiennes. 1 fr. 50
— Les quatre Philippiques. 2 fr.
Denys d'Halicarnasse : Première lettre à Ammée. 1 fr. 25
Eschine : Discours contre Ctésiphon. 4 fr.
Eschyle : Prométhée enchaîné. 3 fr.
— Sept (les) contre Thèbes. 1 fr. 25
— Morceaux choisis de M. Weil. 5 fr.
Ésope : Choix de fables. 1 fr. 25
Euripide : Alceste. 2 fr.
— Électre. 3 fr.
— Hécube. 2 fr.
— Hippolyte. 3 fr. 50
— Iphigénie à Aulis. 3 fr.
— Médée. 3 fr.
Grégoire de Nazianze (S.) : Éloge funèbre de Césaire. 1 fr. 25
— Homélie sur les Macchabées. 90 c.

Grégoire de Nysse (S.) : Contre les usu-
  riers.   75 c.
— Éloge funèbre de saint Mélèce.   75 c.
Hérodote : Morceaux choisis.   7 fr. 50
Homère : Iliade. 6 volumes.   20 fr.
  Chaque volume séparément.   3 fr. 50
  Chaque chant séparément.   1 fr.
— Odyssée, 6 vol.   24 fr.
  Chaque volume séparément.   4 fr.
  Chaque chant séparément.   1 fr.
Isocrate : Archidamus.   1 fr. 50
— Conseils à Démonique.   75 c.
— Éloge d'Évagoras.   1 fr.
— Panégyrique d'Athènes.   2 fr. 50
Luc (S.) : Évangile.   3 fr.
Lucien : Dialogues des morts.   2 fr. 25
— Le songe, ou le coq.   1 fr. 50
— De la manière d'écrire l'histoire. 2 fr.
— Extraits.   3 fr. 50
Pères grecs (choix de discours tirés des).
  Prix :   7 fr. 50
Pindare : Isthmiques (les).   2 fr. 50
— Néméennes (les).   3 fr.
Pindare : Olympiques (les).   3 fr. 50
— Pythiques (les).   3 fr. 50
Platon : Alcibiade (le 1ᵉʳ).   2 fr. 50
— Apologie de Socrate.   2 fr.
— Criton.   1 fr. 25
— Gorgias.   6 fr.
— Ion.   » fr. »
— Ménexène.   1 fr. 50
— Phédon.   5 fr.
— République, livre VI.   2 fr. 50
— République, livre VIII.   2 fr. 50
Plutarque : De la lecture des poètes, 3 fr.
— Sur l'éducation des enfants.   2 fr.
— Vie d'Alexandre.   3 fr.
— Vie d'Aristide.   2 fr.
— Vie de César.   2 fr.
— Vie de Cicéron.   3 fr.
— Vie de Démosthène.   2 fr. 50
— Vie de Marius.   3 fr.
— Vie de Périclès.   3 fr.
— Vie de Pompée.   5 fr.
— Vie de Solon.   3 fr.
Plutarque (suite). Vie de Sylla.   3 fr.
— Vie de Thémistocle.   2 fr.
Sophocle : Ajax.   2 fr. 50
— Antigone.   2 fr. 25
— Électre.   3 fr.
— Œdipe à Colone.   2 fr.
— Œdipe roi.   1 fr. 50
— Philoctète.   2 fr. 50
— Trachiniennes (les).   2 fr. 50
Théocrite : Œuvres complètes.   7 fr. 50
Thucydide : Guerre du Péloponèse :
  Livre I.   6 fr.
  Livre II.   5 fr.
— Morceaux choisis de M. Croiset. 5 fr.

Xénophon : Anabase (les 7 liv.), 2 v. 12 fr.
  Chaque livre séparément.   2 fr.
— Apologie de Socrate.   60 c.
— Cyropédie, livre I.   1 fr. 25
—   —   livre II.   1 fr. 25
— Économique.   3 fr. 50
— Entretiens mémorables de Socrate (les
  quatre livres).   7 fr. 50
— Extraits des Mémorables.   2 fr. 50
— Extraits de la Cyropédie.   1 fr. 25
— Morceaux choisis de M. de Parnajon.
  Prix :   7 fr. 50
Bailly (A.), correspondant de l'Institut,
professeur honoraire au lycée d'Orléans :
Dictionnaire grec-français, rédigé avec
le concours de M. É. Egger, à l'usage des
Lycées et des Collèges, contenant le voca-
bulaire complet de la langue grecque
classique ; l'étymologie ; les noms propres
placés à leur ordre alphabétique ; une
liste des racines, etc. 3ᵉ édition. 1 vol.
grand in-8 de 2200 pages, cart. toile.   15 fr.
  Voir *Bréal et Bailly*.
Bréal, professeur de grammaire comparée
au Collège de France, et **Bailly** : *Leçons
de mots* : les mots grecs groupés d'après le
sens et l'étymologie. 1 v. in-16, cart. 1 fr. 50
  Voy. *Person* : Exerc. de trad. et d'applic.
Classiques grecs, nouvelle collection,
format petit in-16, publiée avec des no-
tices, des arguments analytiques et des
notes en français.
Aristophane : Morceaux choisis (Poyard,
  professeur au lycée Henri IV).   2 fr.
Aristote : Morale à Nicomaque, livre
  VIII (Lucien Lévy).   1 fr.
— Morale à Nicomaque, livre X (Hanne-
  quin).   1 fr. 50
— Poétique (Egger).   1 fr.
Babrius : Fables (Desrousseaux). 1 fr. 50
Démosthène : Discours de la couronne
  (Weil, membre de l'Institut).   1 fr. 25
— Les trois Olynthiennes (Weil).   60 c.
— Les quatre Philippiques (Weil).   1 fr.
— Sept Philippiques (H. Weil).   1 fr. 50
Denys d'Halicarnasse : Première lettre à
  Ammée (Weil).   60 c.
Élien : Morceaux (J. Luchaire) 1 fr. 10
Épictète : Manuel (Thurot).   1 fr.
Eschyle : Morceaux choisis (Weil). 1 fr. 60
— Les Perses (Weil).   1 fr.
— Prométhée enchaîné (Weil).   1 fr.
Ésope : Choix de fables (Allègre).   1 fr.
Euripide : Théâtre (Weil). Alceste ; —
Électre ; — Hécube ; — Hippolyte ; —
Iphigénie à Aulis ; — Iphigénie en
Tauride ; — Médée. Chaque tragédie. 1 fr.
Extraits des orateurs attiques (Bo-
  din).   2 fr. 50
Hérodote : Morceaux choisis (Tournier).
  1 vol.   2 fr.

Homère : Iliade (A. Pierron). 3 fr. 50
Les chants 1, 2, 6, 9, 10, 18, 22 et 24 se vendent séparément, chacun 25 c.
— Odyssée (A. Pierron). 3 fr. 50
Les chants 1, 2, 4, 11, 22 et 23 se vendent séparément, chacun 25 c.
Lucien : De la manière d'écrire l'histoire (Lehugeur). 75 c.
— Dialogues des morts (Tournier et Desrousseaux). 1 fr. 50
— Morceaux choisis des Dialogues des morts, des dieux, etc. (Tournier et Desrousseaux). 2 fr.
— Extraits : Timon d'Athènes. Le songe, etc. (V. Glachant). 1 fr. 30
— Le songe, ou le coq (Desrousseaux). 1 fr.
Platon : Criton (Ch. Waddington). 50 c.
— Extraits (Dalmeyda). 2 fr. 50
— Ion (Mertz). 75 c.
— Menexène (Luchaire). 75 c.
— Phédon (Couvreur). 1 fr. 50
— République, livre VI (Aubé). 1 fr. 50
— République, livre VII (Aubé). 1 fr. 50
— République, livre VIII (Aubé). 1 fr. 50
— Morceaux choisis (Poyard). 2 fr.
Plutarque : Vie de Cicéron (Graux). 1 fr. 50
— Vie de Démosthène (Graux). 1 fr.
— Vie de Périclès (Jacob). 1 fr. 50
— Extraits suivis des vies parallèles (Bessières). 2 fr.
— Morceaux choisis des biographies (Talbot) 2 vol. :
1° Les Grecs. 1 vol. 2 fr.
2° Les Romains. 1 vol. 2 fr.
— Morceaux choisis des œuvres morales (V. Bétolaud). 1 vol. 2 fr.
Sophocle : Théâtre (Tournier). Ajax ; — Antigone — Electre; — Œdipe à Colone; — Œdipe roi; — Philoctète; — les Trachiniennes. Chaque tragédie. 1 fr.
Le même théâtre, sans notes. 2 fr.
— Morceaux choisis (Tournier). 2 fr.
Thucydide : Morceaux choisis (A. Croiset). 2 fr.
Xénophon : Anabase 7 livres (Couvreur) Prix : 3 fr.
— Morceaux choisis (de Parnajon). 2 fr.
— Économique (Graux et Jacob). 1 fr. 50
— Extraits de la Cyropédie (Petitjean). 1 fr. 50
— Ext. des Mémorables (Jacob). 1 fr. 50
— Mémorables, livre I (Lebègue). 1 fr.
Classiques grecs, format in-16. Édilions publiées avec des notes en français.
Aristophane : Plutus (Ducasau). 1 fr.
Basile (S.) : Discours sur la lecture des auteurs profanes (Sommer). 50 c.
— Homélie sur le précepte : Observe-toi toi-même (Sommer). 30 c.

Chrysostome (S. Jean) : Discours sur l'évêque Flavien (Sommer). 40 c.
— Homélie en faveur d'Eutrope (Sommer). 30 c.
Démosthène : Discours contre la loi de Leptine (Stiévenart). 90 c.
Eschyle : Sept contre Thèbes (les) (Materne). 1 fr.
Grégoire (S.) de Nazianze : Homélie sur les Marchabées (Sommer). 40 c.
Hérodote : Livre I (Sommer). 1 fr. 50
Isocrate : Archidamus (Leprévost). 50 c.
— Éloge d'Évagoras (Sommer). 50 c.
— Panégyrique d'Athènes (Sommer). 80 c.
Lucien. Nigrinus (C. Leprévost). 40 c.
— Songe (le) ou le Coq (de Sinner). 50 c.
Pères grecs : Choix de discours (Sommer). 1 fr. 75
Pindare : Isthmiques (les) (Fix et Sommer). 60 c.
— Néméennes (les) (id.). 90 c.
— Olympiques (les) (id.). 1 fr. 50
— Pythiques (les) (id.). 1 fr. 50
Platon : Alcibiade (le premier). 85 c.
— Alcibiade (le second) (Mablin). 50 c.
— Apologie de Socrate (Talbot). 60 c.
— Gorgias (Sommer). 1 fr. 50
Plutarque : De la lecture des poètes (Ch. Aubert). 75 c.
— De l'éducat. des enfants (C. Bailly). 60 c.
— Vie d'Alexandre (Bétolaud). 1 fr.
— Vie d'Aristide (Talbot). 1 fr.
— Vie de César (Materne). 1 fr.
— Vie de Pompée (Druon). 1 fr.
— Vie de Solon (Deltour). 1 fr.
— Vie de Thémistocle (Sommer). 1 fr.
Théocrite : Idylles choisies (L. Renier). Prix : 1 fr. 25
Thucydide : Guerre du Péloponèse :
Livre I (Legouëz). 1 fr. 60
Livre II (Sommer). 1 fr. 60
Xénophon : Anabase, livre II à VII, Chaque livre séparément. 75 c.
— Cyropédie, livre I (Huret). 75 c.
— Cyropédie, livre II (Huret). 75 c.
— Entretiens mémorables de Socrate (Sommer). 2 fr.
Croiset (A.) et Petitjean, professeur agrégé au lycée Buffon. *Premières leçons de grammaire grecque,* rédigées conformément au programme de la classe de Cinquième. 1 vol. in-16, cart. toile. 1 fr. 50
— *Abrégé de grammaire grecque,* in-16, cart. toile. 2 fr. 50
— *Grammaire grecque* à l'usage des classes de grammaire et de lettres. 1 vol. in-16, cart. toile. 3 fr.
— Exercices d'application, voir *Petitjean* et *Glachant.*

Denys d'Halicarnasse. *Jugement sur Lysias*, texte et traduction française publiés avec un commentaire critique et explicatif par MM. Desrousseaux, directeur adjoint à l'Ecole des Hautes Études, et Egger, professeur agrégé au collège Stanislas. 1 vol. in-8, broché.   4 fr.

Dübner. *Lexique français-grec*, à l'usage des classes élémentaires. 1 vol. in-8, cartonnage toile.   6 fr.

— *Lhomond grec*, ou premiers éléments de la grammaire grecque. 1 volume in-8, cartonné.   1 fr. 50

— *Exercices* ou versions et thèmes sur les premiers éléments de la grammaire grecque, précédés d'un traité élémentaire d'accentuation. 1 vol. in-8, cart.   2 fr.

— *Corrigé des Exercices.* In-8, br.   1 fr.

Éditions à l'usage des professeurs. Textes grecs, publiés d'après les travaux les plus récents de la philologie, avec des commentaires critiques et explicatifs et des notices. Format gr. in-8, br. En vente:

Démosthène : Les harangues, par M. H. Weil, membre de l'Institut; 2e édition. 1 vol.   8 fr.

— Les plaidoyers politiques, par M. H. Weil. 2 vol.   16 fr.

Euripide : Sept tragédies, par M. H. Weil; 2e édition. 1 vol.   12 fr.

Homère : L'Iliade, par M. A. Pierron; 3e édit 2 vol.   16 fr.

— L'Odyssée, par M. A. Pierron; 2e édit. 2 vol.   16 fr.

Sophocle : Tragédies, par M. Tournier, maître de conférences à l'Ecole normale supérieure; 2e édit. 1 vol. 12 fr.

Thucydide : Guerre du Péloponèse. Livres I et II, par M. Alfred Croiset, doyen de la Faculté des lettres de Paris. 1 vol. in-8, broché.   8 fr.

Girard (J.), membre de l'Institut : *Etudes sur l'éloquence attique* (Lysias, Hypéride, Démosthène) ; 3e édit., in-16, br. 3 fr. 50

— *Le sentiment religieux en Grèce, d'Homère à Eschyle*, 3e édit. in-16, br. 3 fr. 50
Ouvrage couronné par l'Académie française.

— *Etudes sur la poésie grecque* (Epicharme — Pindare — Sophocle — Théocrite — Apollonius), in-16, broché.   3 fr. 50

— *Essai sur Thucydide*, in-16, br. 3 fr. 50
Ouvrage couronné par l'Académie française.

Henry (V.), chargé de cours à la Faculté des lettres de Paris. *Précis de grammaire comparée du grec et du latin.* 1 vol. in-8, broché.   7 fr. 50

Merlet : *Etudes littéraires sur les grands classiques grecs*, avec des extraits empruntés aux meilleures traductions. 1 vol. in-16, broché.   4 fr.

Méthode uniforme pour l'enseignement des langues, par E. Sommer:

Abrégé de grammaire grecque. In-16, cartonné.   1 fr. 50

Exercices sur l'Abrégé de grammaire grecque. 1 vol. in-16, cart. 1 fr. 50

Cours de versions grecques, extraites du Recueil de Jacobs. 2e partie. 1 vol. in-16, cartonné.   1 fr.

Corrigé. 1 vol. in-16, broché.   1 fr. 25

Cours de thèmes grecs. In-16. 1 fr. 50

Cours complet de grammaire grecque. 1 vol. in-8, cartonné.   3 fr.

Exercices sur le Cours complet de grammaire grecque. In-8, cart.   3 fr.

Corrigé desdits. In-8, cart.   3 fr. 50

V. p. 19 pour la *langue latine*

Ozaneaux. *Nouveau dictionnaire français-grec.* 1 vol. in-8, cart. toile.   15 fr.

Patin. *Études sur les tragiques grecs*, ou examen critique d'Eschyle, de Sophocle et d'Euripide, 4 vol. in-16, br.   14 fr.

Person (Léonce), ancien professeur au lycée Condorcet : *Exercices de traduction et d'application sur les mots grecs*, de MM. Bréal et Bailly, groupés d'après la forme et le sens. 1 vol. in-16, cart. 1 fr. 50.
Voyez *Bréal* et *Bailly*.

Petitjean (J.), professeur agrégé au lycée Buffon. *Tableau d'analyse logique* (français, latin et grec), in-16, br.   80 c.

Petitjean et V. Glachant, professeur au lycée Charlemagne : *Exercices d'application sur les Premières leçons de grammaire grecque* de MM. Croiset et Petitjean. 1 vol. in-16, cartonne toile.   2 fr.

— *Exercices* sur l'abrégé de Grammaire grecque de MM. Croiset et Petitjean. 1 vol. in-16 cart. toile.   2 fr. 80
Voir *Croiset* et *Petitjean*.

Pierron. *Histoire de la littérature grecque.* 1 vol. in-16, broché.   4 fr.

Planche. *Dictionnaire grec-français*, refondu entièrement par Vendel-Heyl et A. Pillon. Nouvelle édition augmentée d'un vocabulaire des noms propres, par A. Pillon. 1 vol. grand in-8, cart.   5 fr.

Quicherat (L.), *Chrestomathie* ou premiers exercices de traduction grecque, avec un lexique. Grand in-18, cart.   1 fr. 25

Sommer. *Lexique grec-français*, à l'usage des classes élément. 1 vol. in-16, cart. 6 fr.
Voir *Méthode uniforme* pages 19 et 23.

Tournier, ancien maître de conférer. à l'Ecole normale supérieure. *Clef du vocabulaire grec.* 1 vol. in-16, cartonné.   2 fr. 50

— *Cours de Thèmes grecs.* 1 vol. in-16 cartonné.   1 fr. 50

— *Corrigé du Cours de Thèmes grecs.* 1 vol in-16 cart.   1 fr. 50

Tournier et Riemann, *Premiers éléments de grammaire grecque.* 1 vol. in-8, cartonné. 1 fr. 50

Traductions françaises des chefs-d'œuvre de la littérature grecque sans le texte grec. In-16, broché. Chaque volume. 3 fr. 50

Le nom des traducteurs est indiqué entre parenthèses.

Anthologie grecque, 2 vol.
Aristophane (C. Poyard), 1 vol.
Diodore de Sicile (F. Hœfer), 4 vol.
Eschyle (Ad. Bouillet), 1 vol.

Euripide (Hinstin), 2 vol.
Hérodote (P. Giguet), 1 vol.
Homère (P. Giguet), 1 vol.
Lucien (E. Talbot), 2 vol.
Plutarque, Vies des hommes illustres (E. Talbot), 4 vol.
— Œuvres morales (Bétolaud), 5 vol.
Sophocle (Bellaguet), 1 vol.
Thucydide (E. Bétant), 1 vol.
Xénophon (E. Talbot), 2 vol.

Vernier (Em.), professeur à la Faculté des lettres de Besançon *Petit traité de métrique grecque et latine.* 1 vol. in-16, cartonnage toile, 3 fr.

10° ÉTUDE DES LANGUES VIVANTES

1° LANGUE ALLEMANDE

Auerbach, *Choix de récits villageois de la Forêt-Noire.* Texte allemand, publié et annoté par M. B. Lévy, ancien inspecteur général de l'instruction publique; 1 vol. petit in-16, cartonné. 2 fr. 50
Le même ouvrage, traduction française, par M. Lang, sans le texte. 1 vol. petit in-16, broché. 3 fr. 50

Bacharach. *Grammaire allemande,* à l'usage des classes supérieures. In-16. 3 f. 75
— *Cours de thèmes allemands,* accompagnés de vocabulaires. In-16, cart. 3 fr. 25

Benedix. *Le procès,* comédie. Texte allemand, annoté par M. Lange, chargé de conférences à la Faculté des lettres de Paris. 1 vol. petit in-16, cart. 60 c.
Le même ouvrage, traduction française de Mme Boullenot avec le texte. 1 vol. in-16, broché. 75 c.
Le même ouvrage, traduction juxtalinéaire, par M. Lange. In-16 br. 1 fr. 50
— *L'entêtement.* Texte allemand, annoté par M. Lange. Petit in-16, cart. 60 c.
Le même ouvrage, traduction française par M. Lange. 1 vol in-16, broché 75 c.
Le même ouvrage, traduct. juxtalinéaire, par M. Lange. 1 vol. in-16, br. 1 fr. 50
— *Scènes choisies du Théâtre de famille,* texte allemand, publié avec une introduction, des notices et des notes, par M. Feuillié, professeur au lycée Janson-de-Sailly. 1 vol petit in-16, cart. 1 fr. 50
Le même ouvrage, traduction française par M. Feuillié. 1 vol. pet in-16, br 2 fr.

Bossert, inspecteur général de l'instruction publique. *Traité élémentaire de la formation des mots allemands.* 1 vol. in-16, cartonnage toile. 1 fr. 40
— *Histoire abrégée de la littérature allemande* depuis les origines jusqu'en 1870,

avec un choix de morceaux traduits, des notices et des analyses. 1 vol. in-16, cart. toile. 4 fr.
— *Histoire de la littérature allemande* depuis les origines jusqu'à nos jours. 1 fort vol. in-16 de (100 pages, broché. 5 fr.
Cartonné toile. 5 fr. 50

Bossert et Beck, *Le premier livre d'allemand,* règles, listes de mots et exercices. 1 vol. in-16, ill., cart. toile. 1 fr. 20
— *Le deuxième livre d'allemand.* 1 vol. in-16, cart. toile. 2 fr.
— *Grammaire élémentaire de la langue allemande;* 1 v. in-16, cart. toile. 1 fr. 50
— *Exercices sur la grammaire élémentaire de la langue allemande,* en 2 parties. 2 vol. in-16, cartonnage toile :
1re partie 1 vol. 1 fr. 50
2e partie 1 vol 1 fr. 50
— *Les mots allemands groupés d'après le sens.* 1 vol. in-16, cart. toile. 1 fr. 50
— *Exercices sur les mots allemands groupés d'après le sens.* 1 v. in-16, cart. 1 fr. 50
— *Les mots allemands groupés d'après l'étymologie.* 1 vol. in-16, cart. toile. 4 fr.
— *Lectures enfantines allemandes,* à l'usage des classes préparatoires. 1 vol. in-16 avec grav. cart. toile. 1 fr.
— *Lectures élémentaires allemandes,* à l'usage des classes élémentaires. 1 vol. in-16, cart. toile. 1 fr. 50

Braeunig et Dax. *Exercices pratiques de langue allemande,* format in-16, cart.
Classe Préparatoire 1 vol. 1 fr. 50
Classe de Huitième. 1 vol. 1 fr. 50
Classe de Septième. 1 vol. 1 fr. 50
Classes de Grammaire. 1 vol. 1 fr. 75

Campe. *Le jeune Robinson.* Texte allemand. 1 vol. in-16, cartonné. 2 fr. 50

Chamisso. *Pierre Schlemihl.* Texte allemand, annoté par M. Koll, professeur au lycée Louis-le-Grand. Petit in-16, c. 1 fr.
Le même ouvrage, traduction française. 1 vol. petit in-16, broché. 1 fr.

Chasles et Eguemann, *Les mots et les genres de la langue allemande.* 1 vol. in-8, cartonné. 2 fr. 50
Voir Eguemann

Choix de fables et de contes en allemand, recueillis et publiés avec une introduction, des notices et des notes, par M. Mathis, professeur au lycée de Toulouse. 1 vol. petit in-16, cart. 1 fr. 50

Contes et morceaux choisis de Schmid, Krummacher, Liebeskind, Lichtwer, Hebel, Herder et Campe. Texte allemand, annoté par M. Scherdlin, ancien professeur au lycée Charlemagne. Petit in-16, cart. 1 fr. 50

Contes populaires tirés de Grimm, Musæus, Andersen et des *Feuilles de palmier* par Herder et Liebeskind. Texte allemand, annoté par M. Scherdlin. 1 vol. petit in-16, cart. 2 fr. 50

Desfeuilles. *Abrégé de grammaire allemande.* In-16, cartonné. 1 fr. 50
— *Exercices* sur l'Abrégé de grammaire allemande. In-16, cartonné. 1 fr. 50
— *Corrigé* des exercices. In-16, br. 2 fr.

Eguemann. *Le premier livre des mots, des racines et des genres en allemand.* 1 vol. in-18, cartonné. 75 c.
Voir Chasles et Eguemann.

Elohhff *Morceaux choisis* en prose et en vers des classiques allemands. 3 vol. in-16, cart. :
Ier vol. : Cours de Troisième. 1 fr. 50
IIe vol. : Cours de Second e. 2 fr. 50
IIIe vol. : Cours de Rhétorique. 3 fr.

Gœthe. *Gœtz de Berlichingen.* Texte allemand, annoté par M. Lichtenberger, professeur à la Faculté des lettres de Paris; à l'usage des professeurs. 1 vol. grand in-8, broché. 10 fr.
— *Campagne de France.* Texte allemand, annoté par M. Levy. 1 vol. petit in-16, cartonné. 1 fr. 50
Le même ouvrage, traduction française, par M. Porchat, sans le texte. 1 vol. petit in-10, broché. 2 fr.
— *Faust*, Ier partie. Texte allemand, annoté par M. Büchner, professeur à la Faculté des lettres de Caen. In-16, cart. 2 fr.
Le même ouvrage, traduction française, par M. Porchat, sans le texte allemand. 1 vol. petit in-16, broché. 2 fr.
— *Hermann et Dorothée.* Texte allemand annoté par M. Lévy. In-16, cart. 1 fr.

Gœthe (suite). *Hermann et Dorothée,* trad. française, par M. Lévy, avec le texte et des notes. 1 vol. in-16. br. 1 fr. 50
Le même ouvrage, traduction *juxtalinéaire*, par M. Lévy. In-16, br. 3 fr. 50
— *Iphigénie en Tauride.* Texte allemand, annoté par M. Lévy. Petit in-16, c. 1 fr. 50
Le même ouvrage, traduction française, par M. Lévy, avec le texte allemand et des notes. 1 vol. in-16, broché. 2 fr.
Le même ouvrage, traduction *juxtalinéaire*, par M. Lang. In-16. br. 3 fr. 50
— *Le Tasse*, Texte allemand, annoté par M. Lévy. 1 vol. petit in-16, cart. 1 fr. 80
Le même ouvrage, traduction française par M. Porchat, sans le texte allemand. 1 vol. in-16, broché. 2 fr.
Le même ouvrage, traduction *juxtalinéaire*, par M. Lang. In-16. br. 4 fr. 50
— *Morceaux choisis.* Texte allemand, annoté par M. Lévy. Petit in-16, cart. 3 fr.

Gœthe et Schiller : *Poésies lyriques,* Texte allemand publié avec une notice littéraire et des notes par M. H. Lichtenberger, maître de conférences à la Faculté des lettres de Nancy. 1 vol. petit in-16, cartonné. 2 fr. 50

Hauff. *Lichtenstein,* parties I et II. Texte allemand publié et annoté par M. Muller, professeur au collège Rollin. 1 vol. petit in-16, cartonné. 2 fr. 50
— *Lichtenstein,* traduction française par M. de Suckau. 1 vol. in-16, br. 1 fr.

Hebel : *Contes choisis (Schatzkästlein)* Texte allemand, publié avec une introduction, une notice, des notes, par M. Feuillié, professeur au lycée Janson-de-Sailly. 1 vol. petit in-16, cartonné. 1 fr. 60
Le même ouvrage, trad. française, sans le texte, par M. Feuillié. 1 v. p. in-16, b. 1 fr. 50
Voir *Contes et morceaux choisis.*

Heinhold. *Petit dictionnaire français-allemand et allemand-français.* 1 vol. in-16, cartonnage toile. 4 fr.

Henry (V.) *Précis de grammaire comparée de l'anglais et de l'allemand* rapportés à leur commune origine et rapprochés des langues classiques. 1 vol. in-8, broché. 7 fr. 50

Herder. *Idées sur la philosophie de l'histoire de l'humanité.* Texte allemand; édition complète. In-16, cart. 4 fr. 50

Hoffmann . *Le tonnelier de Nuremberg (Meister Martin).* Texte allemand, annoté par M. Bauer. Petit in-16, cart. 2 fr.
Le même ouvrage, traduction française par M. Malvoisin. Petit in-16, br. 1 fr.

Jehl, professeur au lycée de Lyon: *Chansons allemandes,* texte, musique et illustrations. 1 vol. in-16, cart. 1 fr. 50

Journal allemand (Le), *Deutsche Zeitung für die Französische Jugend*, Journal allemand pour les jeunes Français. Ce journal paraît le premier et le troisième samedi de chaque mois, à l'exception des mois d'août et de septembre. — Abonnement : 6 fr. par an.

Kleist : *Michaël Kohlhaas*, Texte allemand, annoté par M. Koch. 1 vol. petit in-16, cartonné. 1 fr.

Le même ouvrage, traduit en français par Mme Ida Becker, avec le texte allemand 1 vol. in-16, br. 2 fr. 50

Le même ouvrage, trad. juxtalinéaire par Mme Ida Becker. 1 vol. in-16, br. 4 fr.

Koch, professeur au lycée Saint-Louis : *Cours primaire d'allemand.* 1 vol. in-16, cartonné. 2 fr.

— *La classe en allemand*, nouveaux dialogues. Petit in-16, cartonné. 1 fr. 25

— *Lexique français-allemand*, rédigé conformément au décret du 19 juin 1880, à l'usage des candidats au baccalauréat. 1 vol. in-16, cartonnage toile. 4 fr.
Reconnu conforme à la note officielle du 29 janvier 1891.

— *Lexique allemand-français*, contenant un grand nombre de termes nouveaux et l'indication de la nouvelle orthographe allemande. 1 vol. in-16, cart. toile. 6 fr.

Kotzebue. *La petite ville allemande*, suivie d'extraits de *Misanthropie et Repentir*, et de *l'Épigramme*. Texte allemand, annoté par M. Bailly, professeur au lycée Condorcet. 1 vol. petit in-16, cart. 1 fr. 50

Le même ouvrage, traduction française par M. Desfeuilles, avec le texte allemand. 1 vol. in-16, broché. 2 fr.

Le même ouvrage, trad. juxtalinéaire par M. Desfeuilles 1 vol. in-16. br. 3 fr. 50

Lectures géographiques. Textes extraits des écrivains allemands, par M. Kuhff, avec exercices et cartes. In-16, cart. 3 fr.

Le Roy, *Recueil de versions allemandes.* Textes et traductions 2 vol. in-16. 2 fr.

Lessing. *Fables*, annotées par M. Boutteville. 1 vol. in-16, cartonné. 1 fr.

Le même ouvrage, trad. *juxtalinéaire*, par M. Boutteville. In-16. br. 1 fr. 50

— *Dramaturgie de Hambourg*. Extraits annotés par M. Cottler. 1 vol. petit in-16, cartonné. 1 fr. 50

Le même ouvrage, traduction française, par M. Desfeuilles, avec le texte en regard 1 vol. in-16, broché. 3 fr.

Le même ouvrage, trad. *juxtalinéaire*, par M Desfeuilles. 1 v. in-16. br. 7 fr. 50

— *Lettres sur la littérature moderne et lettres archéologiques*. Extraits annotés par M. Cottler. 1 vol. petit in-16, cartonné. 2 fr.

Lessing (suite). *Laocoon*. Texte allemand, annoté par M. Lévy. 1 vol. petit in-16, cartonné. 2 fr.

Le même ouvrage, trad. fr. par M. Courtin, sans le texte. 1 vol. petit in-16, br. 2 fr.

— *Minna de Barnheim*. Texte allemand, par M. Lévy. Petit in-16, cart. 1 fr.

Le même ouvrage, traduction française par M. Lang. 1 vol. petit in-16, br. 2 fr.

Lévy (B.), ancien inspecteur général de l'Instruction publique : *Exercices de conversation allemande.* 3 vol. in-16, cart.

I. *Exercices sur les parties du discours*, à l'usage des cours élémentaires. 1 volume. 1 fr. 25
Traduction française, par M. Hildt. 1 vol. in-16, broché. 1 fr. 50

II. *Sujets de conversation*, à l'usage des cours moyens. 1 vol. 1 fr. 75
Traduction française, par M. Schmitt. 1 vol. in-16, broché. 2 fr.

III. *Sujets de conversation*, à l'usage des cours supérieurs. 1 vol. 3 fr.
Traduction française, par M. Schmitt. 1 vol. in-16, broché. 3 fr. 50

— *Recueil de lettres allemandes*, avec notes en français. 1 vol. in-16, cartonné. 2 fr.
Le même ouvrage, reproduit en écritures autographiques. 1 vol. in-8, cart. 3 fr. 50

Martin (A.), professeur d'allemand au lycée et **Leray**, professeur au cours complémentaire de Rennes : *Idiotismes et proverbes de la conversation allemande*, classés d'après le plan des mots allemands de MM. Bossert et Beck. 1 vol. in-18, cart. toile. 1 fr. 50

— *Exercices sur les idiotismes et les proverbes de la conversation allemande.* 1 vol. in-16, cart., toile. 1 fr. 50

Niebuhr. *Histoires tirées des temps héroïques de la Grèce*. Texte allemand, annoté par M. Koch. 1 vol. petit in-16, cartonné. 1 fr. 50

Le même ouvrage, traduction française, par Mme Koch, avec le texte allemand. 1 vol. in-16, broché. 1 fr. 75

Le même ouvrage, traduction *juxtalinéaire*, par Mme Koch. In-16. 2 fr. 50

Riquiez, professeur agrégé d'allemand au lycée Louis-le-Grand. *Manuel de grammaire allemande*. Résumé des principales difficultés grammaticales enseignées par des exemples. 1 vol. in-16, cartonné. 1 fr. 50

— *Cours de thèmes allemands*. 1 vol. in-16, cartonné. 1 fr. 50

Rod (Ed.) *Morceaux choisis des littératures étrangères*. 1 vol. in-16, br. 6 fr.

Scherdlin, professeur au lycée Charlemagne. *Cours de thèmes allemands*, à l'usage des candidats au baccalauréat et à l'École Saint-Cyr. In-16, cart. 3 fr.
— *Traduction allemande* du Cours de thèmes. In-16, broché. 3 fr. 50
— *Cours élémentaire de thèmes allemands*, à l'usage des classes de 9e, 8e et 7e avec des éléments de grammaire et un lexique 1 vol. in-16, cart 2 fr.
— *Lectures enfantines*, à l'usage des classes Préparatoires. In-16, cartonné. 1 fr. 25
— *Morceaux choisis d'auteurs allemands*, en prose et en vers, publiés avec des notes et un vocabulaire; in-16, cart. :

Classe de Huitième. 1 vol.	75 c.
Classe de Septième. 1 vol.	75 c.
Classe de Sixième. 1 vol.	1 fr.
Classe de Cinquième. 1 vol.	1 fr.
Classe de Quatrième. 1 vol.	1 fr
Classe de Troisième. 1 vol.	1 fr. 50
Classe de Seconde. 1 vol.	1 fr. 50

Schiller, *Histoire de la guerre de Trente ans*. Texte allemand annoté par MM. Schmidt et Leclaire. 1 vol. petit in-16, cartonné. 2 fr. 50
Le même ouvrage, traduction française de M. Ad. Regnier, sans le texte allemand. 1 vol. petit in-16, br. 3 fr. 50
— *Histoire de la révolte qui détacha les Pays-Bas de la domination espagnole*, Texte allemand, annoté par M. Lange. 1 vol. petit in-16, cart 2 fr. 50
Le même ouvrage, traduction française, par M. Ad. Regnier, sans le texte. 1 vol. in-16, broché. 3 fr.
— *Jeanne d'Arc*. Texte allemand, annoté par M. Bailly. 1 vol. petit in-16, cart. 2 fr. 50
Le même ouvrage, traduction française, par M. Ad. Regnier, sans le texte, 1 v. petit in-16, br. 2 fr.
— *Guillaume Tell*, drame. Texte allemand, annoté par M. Th. Fix. 1 vol. in-16 cartonné. 1 fr. 50
Le même ouvrage, traduction française avec le texte en regard, par M. Fix. 1 vol. in-16, broché. 2 fr. 50
Le même ouvrage, traduction juxtalinéaire, par M. Fix, 1 v. in-16, br. 5 fr.
— *La fiancée de Messine*. Texte allemand, publié avec des notes par M. Scherdlin. 1 vol. petit in-16, cartonné. 1 fr. 50

Schiller (suite). *Le même ouvrage*, traduction française par M. Ad. Regnier, avec le texte. 1 vol. in-16. broché. 2 fr.
Le même ouvrage, traduction juxtalinéaire, par M. Schnaufer. 1 vol. in-16, broché. 3 fr. 50
— *Marie Stuart*, tragédie. Texte allemand, annoté par M. Fix. In-16, cart. 1 fr. 50
Le même ouvrage, traduction française avec le texte en regard, par M. Fix. 1 vol. in-16, broché. 4 fr.
Le même ouvrage, traduction juxtalinéaire, par M. Fix. 1 v. in-16, br. 6 fr.
— *Morceaux choisis*, publiés et annotés par M. Lévy. 1 vol. petit in-16, cartonné. 3 fr.
— *Oncle et neveu*, comédie. Texte allemand, annoté par M. Briois. 1 vol. petit in-16, cartonné. 1 fr.
Le même ouvrage, traduction française, sans le texte. 1 vol. petit in-16, br. 1 fr.
— *Wallenstein*. Texte allemand, annoté par M. Cottler. Petit in-16, cart 2 fr. 50
Le même ouvrage, traduction française, par M. Ad. Regnier, sans le texte. 1 vol. petit in-16, broché. 3 fr.

Schiller et Goethe. *Extraits de leur correspondance*. Texte allemand, annoté par M. B Lévy. Petit in-16, cart. 3 fr.
Le même ouvrage, trad. franc., par M. B. Lévy. 1 vol. petit in-16, br. 3 fr. 50
— *Poésies lyriques*, texte allemand publié et annoté par M. Lichtenberger, maître de conférences à la Faculté des lettres de Nancy. 1 vol. petit in-16, cart 2 fr. 50

Schmid. *Les œufs de Pâques*. Texte allemand, annoté par M. Scherdlin. 1 vol. petit in-16, cart. 1 fr. 25
— *Cent petits contes*. Texte allemand, annoté par M. Scherdlin, 1 vol. petit in-16, cartonné. 1 fr. 50
Le même ouvrage, trad. juxtalinéaire, par M. Scherdlin. 1 v. in-16. br. 2 fr.

Stœffler (R.), professeur d'allemand au lycée de Nantes : *Petite grammaire allemande en allemand*, 1 vol. in-16, cartonné. 1 fr.
— *Exercices sur la petite grammaire allemande en allemand.* 1 vol. in-16, cart. »

Suckau. *Dictionnaire allemand-français et français-allemand*, complètement refondu et remanié par M. Th. Fix. 1 fort vol. grand in-8, cartonnage toile. 15 fr.
Le Dictionnaire allemand-français et le Dictionnaire français-allemand se vendent chacun séparément, cart. toile. 8 fr.

2° LANGUE ANGLAISE

Aikin et Barbauld : *Soirées au logis* (Evenings at home). Extraits publiés avec des notices et des notes, par M. Tron-

chet, professeur au lycée de Lyon. 1 vol. petit in-16, cartonné. 1 fr. 50
Battier et Legrand, agrégés de l'Uni-

versité, *Lexique français-anglais*, rédigé conformément au décret du 19 juin 1880, à l'usage des candidats au baccalauréat. 1 vo. in-16, cart. toile.   4 fr.
   Reconnu conforme à la note officielle du 29 janvier 1881

Baume (P.) *Correspondance générale anglaise et française*. 1 vol. in-16, cartonnage toile.   3 fr. 50

Beljame (A.), professeur adjoint à la Faculté des lettres de Paris. *Première année d'anglais*. 1 vol. in-16, cart. 1 fr.
— *Deuxième année d'anglais*. 1 vol. in-16. cart.   1 fr. 25
— *First English reader*, à l'usage de la classe Préparatoire 1 vol. in-16, cart. toile. 1 fr.
— *Second English reader*, Classe de Huitième. 1 vol. in-16, cart toile.   1 fr. 25
— *Third English reader*, Classe de Septième. 1 vol. in-16, cart. toile. 1 fr. 50
— *Fourth English reader*, Classe de sixième, 1 vol. in-16, cart toile. 1 fr. 50
— *Exercices oraux de langue anglaise*, 1 vol. in-16, cartonne.   1 fr. 50
— *Cours pratique de prononciation anglaise*, 1 vol. in-8, cartonné.   2 fr.
— *Chansons anglaises* (English songs), 1 vol. avec musique et gravures, in-16, cart.   1 fr. 50

Bellows (J.) *Dictionnaire de poche anglais-français et français-anglais*, édition revue par M. Beljame, 1 vol, in-32, relié   13 fr. 50

Bossort et Beljame. *Les mots anglais groupés d'après le sens*, 1 vol. in-16, cart. toile.   1 fr. 50
V. Soult.

Byron. *Childe Harold*. Texte anglais, annoté par M. Emile Chasles, inspecteur général de l'instruction publique 1 vol. petit in-16, cartonné.   2 fr.
Le même ouvrage, traduction de M. Bellel, avec le texte. In-16, broché.   3 fr.
Le même ouvrage, traduction juxtalinéaire, par M. Bellel. 1 vol. in-16, 6 fr.
   Chacun des trois premiers chants. 1 fr 50
   Le quatrième chant.   2 fr. 50

Choix de contes anglais publié et annoté par M. Beaujeu, professeur au lycée Condorcet, 1 vol. petit in-16, cart. 1 fr. 50
Le même ouvrage, traduction française 1 vol. petit in-16, br.   1 fr. 50

Cook (le capitaine). *Voyages*. Texte anglais. Extraits annotés par M. Angellier. 1 vol. petit in-16, cartonné   2 fr.

Corner (Miss). *Histoire d'Angleterre*. Texte anglais. édition complète. In-16, cartonnage toile.   3 fr. 50
— *Abrégé de l'Histoire d'Angleterre*. Texte anglais, in-18, cartonnage toile.   2 fr.

Corner (Miss) (suite). *Histoire de la Grèce*. Texte anglais, édition complète. In-16, cart. toile.   3 fr. 50
— *Abrégé de l'Histoire de la Grèce*. Texte anglais, In-18, cartonnage toile.   2 fr.

Dickens. *David Copperfield* Texte anglais. In-16, cartonnage toile.   2 fr. 50
Le même ouvrage, trad. franç. 2 vol. in-16, br.   2 fr.
— *Nicolas Nickleby*. Texte anglais In-16, cartonnage toile.   2 fr. 50
Le même ouvrage, trad. franç. 2 vol. in-16, br.   2 fr.
— *Un conte de Noël* (A Christmas carol's). Texte anglais, publié et annoté par M. Fiévet, professeur au lycée Henri IV, 1 vol. petit in-16, cart.   1 fr 50
— *Contes de Noël*, trad. franç., in-16. 1 fr.

Edgeworth (Miss). *Contes choisis*, annotés par M. Motheré, professeur au lycée Charlemagne. 1 vol. petit in-16, cart. 2 fr.
— *Forester* Texte anglais, annoté par M A Beljame. Petit in-16, cart. 1 fr. 50
Le même ouvrage, traduction française de M. Beljame Petit in-16 br. 1 fr 50
— *Old Poz*. texte annoté par M. A. Beljame. 1 vol petit in 16, cart.   40 c.

Eichhoff *Morceaux choisis* en prose et en vers des classiques anglais. 3 vol. in-16, cartonnés :
  1er vol : Cours de Troisième. 1 fr. 50
  2e vol. : Cours de Seconde.   2 fr 50
  3e vol. : Cours de Rhétorique.   3 fr.

Éliot (G.). *Silas Marner*, Texte anglais, annoté par M. Malfroy, professeur au lycée Lakanal. Petit in-16, cart 2 fr. 50
Le même ouvrage, trad. française, 1 vol. in-16, broché.   1 fr.
— *Adam Bede*, texte anglais, 1 vol. in-16, cartonné.   3 fr.
Le même ouvrage, trad. franç. 2 vol. in-16, br.   2 fr.

Filon (Augustin). *Histoire de la littérature anglaise* 1 vol in-16, br.   6 fr.

Fleming. *Abrégé de grammaire anglaise*. 1 vol in-16, cartonné   1 fr. 25
  Exercices. In-16, cart.   1 fr. 25
  Corrigé des dits. In-16, broché. 1 fr. 50
  Cours complet de grammaire anglaise. 1 vol in-8, cartonné.   3 fr.
— *Exercices* par M. Aug. Beljame. In-8 3 fr.

Foe (Daniel de), *Vie et aventures de Robinson Crusoé*. Texte anglais, annoté par M. A. Beljame. Petit in-16, cart 1 fr. 50

Franklin (B.) : *Autobiographie*. Texte anglais, annoté par M. Fiévet, professeur au lycée Henri IV. 1 volume petit in-16, cartonné.   1 fr. 50
Le même ouvrage, traduction française p. M. Laboulaye. 1 v. pet. in-16, br. 1 fr. 50

Goldsmith. *Le vicaire de Wakefield.* Texte anglais, annoté par M. A. Beljame. 1 vol. petit in-16, cart. une. 1 fr. 50
Le même ouvrage, traduction française, seule 1 vo . in-16, broché. 1 fr.
— *Le voyageur; le village abandonné* Texte anglais, annoté par M. Mothere. 1 vol. petit in-16, cartonné. 75 c.
Le même ouvrage, traduction française de M. Legrand, avec le texte. 1 vol. in-16, broché 75 c.
Le même ouvrage, traduction juxtalinéaire, par M. Legrand. In-16. 1 fr. 50
— *Essais choisis.* Texte anglais, annoté par M. Mac-Enery. Petit in-16, cart. 1 fr. 50

Gousseau et Koch, *La classe en anglais,* Nouveaux dialogues. 1 vol. petit in-16, cartonné. 1 fr 25

Gray. *Choix de poésies.* Texte anglais, annoté par M. Legouis, maître de conférences à la Faculté des lettres de Lyon. 1 vol. petit in-16, cartonné. 1 fr. 50

Henry (V.). *Précis de grammaire comparée de l'anglais et de l'allemand rapportés à leur commune origine et rapprochés des langues classiques.* 1 vol. in-8, broché. 7 fr. 50

Irving (Washington). *Le livre d'esquisses* (The sketch book). Extraits publiés par M. Fi-vet, professeur au lycée Henri IV. 1 vol. petit in-16, cartonné. 2 r.
— *La vie et les voyages de Christophe Colomb.* Texte anglais, édition abrégée par M. E. Chasies, inspecteur général. 1 vol. petit in-16, cartonné. 2 fr.

Journal anglais (Le). *The English journal a periodical for French youth.* Journal anglais pour les jeunes Français Ce journal paraît le second et le quatrième samedi de chaque mois, à l'exception d'août et de septembre. — Abonnement : 6 fr. par an.

Korts (J.) : *Commercial terms.* Vocabulaire anglais-français et français-anglais. 1 vol. in-16, cartonnage toile. 2 fr.

Le Roy. *Recueil de versions anglaises* Textes et traductions. 2 vol. in-16, r. 2 fr

Longfellow. *Évangéline et poèmes choisis.* Texte anglais, publié et annoté par M. Malfroy. 1 vol. in-16, cartonnage toile. 3 fr.

Macaulay. *Morceaux choisis des Essais.* Texte anglais, annoté par M. A. Beljame. 1 vol. petit in-16, cart. 2 fr 50
— *Morceaux choisis de l'histoire d'Angleterre.* Texte anglais, annoté par M. Battier. 1 vol petit in-16, cart. 2 fr. 50

Mac Enery, professeur au lycée Condorcet. *L'anglais mis à la portée de tout le monde.* 1 vol. in-16, cartonné. 2 fr.

Meadmore, professeur agrégé au lycée Condorcet : *Les idiotismes et les proverbes de la conversation anglaise,* groupés d'après le plan des mots anglais de MM. Bossert et Beljame. 1 vol. in-16, cartonnage toile. 1 fr. 50
— *Exercices sur les idiotismes et les proverbes de la conversation anglaise.* 1 vol. in-16, cart. toile. 1 fr. 50

Milton. *Paradis perdu,* livres I et II. Texte anglais, annoté par M. A. Beljame. 1 vol. petit in-16, cartonné. 90 c.
Le même ouvrage, traduction juxtalinéaire, par M. Legrand. In-16. 2 fr. 50

Morel, professeur au lycée Louis-le-Grand. *Cours de thèmes anglais,* à l'usage des classes supérieures et des candidats au baccalauréat. 1 vol. in-16, cart. 3 fr. 50

Nugent. *Dictionnaire de poche français-anglais et anglais-français.* 1 vol. in-32, cart. toile. 3 fr. 50

Pope. *Essai sur la critique.* Texte anglais annoté par M. Mothere. Petit in-16. 75 c.
Le même ouvrage, traduction française, par M. Mothere, avec le texte. In-16. 1 fr.
Le même ouvrage, traduction juxtalinéaire, par M. Mothere. In-16. 1 fr. 50

Ragon. *Correspondance commerciale française et anglaise.* 1 vol. in-16, cartonnage toile. 3 fr. 50

Shakespeare. *Coriolan.* Texte anglais, annoté par M. Fleming. 1 vol. in-16, cartonné. 2 fr.
Le même ouvrage, trad. française, avec le texte, par M. Fleming. 1 vol. in-16, broché. 4 fr.
Le même ouvrage, traduction juxtalinéaire. 1 vol. in-16, broché. 6 fr.
— *Jules César.* Texte anglais, annoté par M. Fleming. Petit in-16, cart. 1 fr. 25
Le même ouvrage, traduction par M. Montegut, avec le texte. In-16. 1 fr. 50
Le même ouvrage, traduction juxtalinéaire, par M. Legrand. In-16. 2 fr. 50
— *Henri VIII.* Texte anglais, annoté par M. Morel. Petit in-16, cartonné. 1 fr. 25
Le même ouvrage, traduction française par M. Montégut. In-16, br. 1 fr. 50
Le même ouvrage, traduction juxtalinéaire, par M. Morel. In-16, br. 3 fr.
— *Macbeth.* Texte anglais, annoté par M. Morel. 1 vol. petit in-16, cart. 1 fr. 80
Le même ouvrage, trad. franç. de M. Montégut, avec le texte. 1 v. in-16, br. 1 fr. 50
Le même ouvrage, trad. juxtalinéaire, par M. Angellier. 1 v. in-16, br. 2 fr. 50

Shakespeare (suite). *Othello*, Texte anglais, annoté par M. Morel. 1 vol. petit in-16, cart. 1 fr. 80
Le même ouvrage, traduction française par M. Moutégut, avec le texte. 1 vol. in-16, broché. 1 fr. 50
Le même ouvrage, traduction juxtalinéaire, par M. Legrand, 1 vol. in-16 3 fr.
— *Richard III*, Texte anglais. In-18. 1 fr.
Le même ouvrage, traduction française par M. Bellet. In-16, broché. 2 fr.
Le même ouvrage, traduction juxtalinéaire, par M. Bellet. In-16, br. 4 fr.
Soult (Mⁿᵉ). *Exercices sur les mots anglais groupés d'après le sens* de MM. Bossert et Beljame. 1 volume in-16, cartonnage toile. 1 fr. 50

Stuart Mill. *La Liberté*. Texte anglais, 1 vol. in-16, cartonné. 1 fr. 60
Tennyson. *Enoch Arden*. Texte anglais, annoté par M. Al. Beljame. 1 v. petit in-16, cart. 1 fr.
Le même ouvrage, traduction française par le même. 1 vol. in-18, br. 50 c.
Walter Scott, *Extraits des contes d'un grand-père*. Texte anglais, annoté par M. Talandier. Petit in-16, cart. 1 fr. 50
— *Morceaux choisis* annotés par M. Battier. 1 vol. petit in-16, cartonné. 3 fr.
— *Les puritains d'Écosse* (Old mortality). Texte anglais, in-16, cartonné. 2 fr.
— *L'antiquaire*. Texte anglais. In-16, c. 2 fr.
— *Rob Roy*. Texte anglais. In-16, c. 2 fr.
— *Ivanhoë*. Texte anglais. In-16, c. 2 fr.

3° LANGUE ITALIENNE

Dante. *L'Enfer*, 1ᵉʳ chant. Texte italien, annoté par M. Melzi. Petit in-16. 75 c.
Le même ouvrage, traduction juxtalinéaire. 1 vol. in-16, broché. 1 fr.
Étienne, ancien recteur d'Académie : *Histoire de la littérature italienne*, depuis ses origines jusqu'à nos jours; 2ᵉ édition. 1 vol. in-18, broché. 4 fr.
Ouvrage couronné par l'Académie française
Guichard, professeur d'italien au lycée de Grenoble. *Les mots italiens groupés d'après le sens*. 1 vol. in-16, cart. 1 fr. 50
— *Exercices sur les mots italiens*, 1 vol. cart. toile. 1 fr. 50
Machiavel. *Discours sur la première décade de Tite-Live*. Texte italien, réduit

à l'usage des classes, et précédé d'une introduction en français, par M. de Tréverret, professeur à la Faculté des lettres de Bordeaux, 1 vol. in-16, br. 2 fr. 50
Manzoni. *Les fiancés*. Texte italien, précédé d'une introduction en français, par M. de Tréverret. 1 v. in-16. cart. 2 fr. 50
— *Le même ouvrage*, trad. franç. par M. Martinelli. 2 vol. in-16, br. 2 fr.
Morceaux choisis en prose et en vers des classiques italiens, publiés par M. Louis Ferri. 1 vol. petit in-16, cartonné. 1 fr.
Paoli. *Abrégé de grammaire italienne*. 1 vol. in-16, cartonné. 1 fr. 25
Rapelli. *Exercices sur l'abrégé de la grammaire italienne*. In-16, c. 1 fr. 25

4° LANGUE ESPAGNOLE

Bustamante (Corona). *Diccionario franceés-español*. 1 vol. in-8, relié. 17 fr.
Calderón de la Barca. *Le magicien prodigieux*. Texte espagnol, publié par M. Magnabal. 1 v. petit in-16, cart. 1 fr.
Cervantès. *Le captif*, texte espagnol extrait de *Don Quichotte*, publié avec des notes par M. J. Merson. In-16, cart. 1 fr.
Le même ouvrage, traduction française, avec le texte en regard, par M. J. Merson. In-16 broché. 2 fr.
Hernandez. *Abrégé de grammaire espagnole*. 1 vol. in-16, cartonné. 1 fr. 25
— *Exercices*. In-16, cartonné. 1 fr. 25
— *Cours complet de grammaire espagnole*. 1 vol. in-8, cartonné. 3 fr. 50

Lanquine et Baro, professeurs aux Écoles municipales supérieures de la Ville de Paris *Les mots espagnols groupés d'après le sens*. 1 vol. in-16, cart. toile. 1 fr. 50
— *Exercices sur les mots italiens groupés d'après le sens*. 1 vol. in-16, cart. 1 fr. 50
Mendoza (Hurtado de). *Morceaux choisis de la guerre de Grenade*. Texte espagnol, publié et annoté par M. Magnabal. 1 vol. petit in-16, cartonné. 90 c.
Morceaux choisis en prose et en vers des classiques espagnols, publiés par MM. Hernandez et Le Roy. 1 vol. petit in-16, cartonné. 2 fr.
Solís (Antonio de). *Morceaux choisis de la conquête du Mexique*. Texte espagnol, publié par M. Magnabal. 1 vol. petit in-16, cartonné. 1 fr. 80

NOUVEAU COURS
DE
GRAMMAIRE FRANÇAISE
Rédigé conformément au programme
DE L'ENSEIGNEMENT SECONDAIRE CLASSIQUE
ET A L'ARRÊTÉ DU 26 FÉVRIER 1901 RELATIF A LA SIMPLIFICATION DE L'ORTHOGRAPHE
PAR

A. BRACHET	**J. DUSSOUCHET**
Lauréat de l'Académie française	Agrégé des classes de grammaire,
et de l'Académie des Inscriptions.	Professeur au lycée Henri IV.

12 volumes in-16, cartonnage toile

COURS PRÉPARATOIRE

Grammaire française. Théorie et exercices, à l'usage de la classe de 9°, 1 vol. 1 fr. »
Corrigé des Exercices du Cours préparatoire de grammaire française. 1 vol. 2 fr. »

COURS ÉLEMENTAIRE

Grammaire française. Théorie et exercices à l'usage des classes de 8° et 7°, 1 vol. 1 fr. 20
Corrigé des Exercices du Cours élémentaire de grammaire française. 1 vol. 2 fr. 50
Exercices complémentaires sur le Cours élémentaire de grammaire française
1 vol. 1 fr. »
Corrigé des Exercices complémentaires sur le Cours élémentaire de gram-
maire française. 1 vol. 2 fr. »

COURS MOYEN

Grammaire française à l'usage des classes de 6° et de 5°, 1 vol. 1 fr. 20
Exercices sur le Cours moyen de grammaire française. 1 vol. 1 fr. »
Corrigé des exercices sur le Cours moyen de grammaire française. 1 vol. 2 fr. 75

COURS SUPÉRIEUR

Grammaire française à l'usage de la classe de 4° et des classes supérieures. 1 vol. 2 fr. 50
Exercices sur le Cours supérieur de grammaire française. 1 vol. 1 fr. 50
Corrigé des exercices sur le Cours supérieur de grammaire française. 1 vol. 2 fr. 75

MICHEL BRÉAL et	**LÉONCE PERSON**
Professeur au Collège de France	Ancien professeur au lycée Condorcet
# GRAMMAIRE LATINE	# GRAMMAIRE LATINE
### ÉLÉMENTAIRE	### COURS ÉLÉMENTAIRE ET MOYEN
1 vol. in-16, cartonnage toile. . . . 2 fr.	1 vol. in-16, cartonnage toile. . . 2 fr. 50

ALFRED CROISET	**PETITJEAN**
Doyen de la Faculté des lettres de Paris	Professeur agrégé au lycée Buffon

PREMIÈRES LEÇONS DE GRAMMAIRE GRECQUE
A l'usage de la classe de Cinquième
Un volume in-16, cartonnage toile. 1 fr. 50

ABRÉGÉ DE GRAMMAIRE GRECQUE
A l'usage des classes de grammaire
Un volume in-16, cartonnage toile. 2 fr. 50

GRAMMAIRE GRECQUE
A l'usage des classes de grammaire et de lettres
Un volume in-16, cartonnage toile. 3 fr.

Exercices d'application sur les premières leçons de Grammaire grecque,
par MM. PETITJEAN et V. GLACHANT. Un volume in-16, cartonnage toile. 2 fr.
Exercices d'application sur l'abrégé de la Grammaire grecque, par
MM. PETITJEAN ET GLACHANT. 1 vol. in-16, cartonnage toile. 2 fr. 80

DICTIONNAIRES
LATIN-FRANÇAIS ET FRANÇAIS-LATIN
De L. QUICHERAT
NOUVELLES ÉDITIONS, ENTIÈREMENT REFONDUES
Par M. CHATELAIN
chargé de cours à la Faculté des lettres de Paris.
2 volumes grand in-8, cartonnage toile. Chaque volume . . . . **9 fr. 50**

LEXIQUES
LATIN-FRANÇAIS ET FRANÇAIS-LATIN
Extraits des Dictionnaires de M. QUICHERAT
Par M. SOMMER
Nouvelles éditions refondues par M. CHATELAIN
2 volumes in-8, cartonnage toile. Chaque volume . . . . **3 fr. 75**

DICTIONNAIRE GREC-FRANÇAIS
Rédigé avec le concours de M. E. EGGER
A L'USAGE DES ÉLÈVES DES LYCÉES ET DES COLLÈGES
CONTENANT
un vocabulaire complet de la langue grecque classique, l'étymologie, les noms propres placés à leur ordre alphabétique, une liste de racines, etc.
Par M. A. BAILLY
correspondant de l'Institut, Professeur honoraire au lycée d'Orléans.
1 volume grand in-8 de 2200 pages, cartonnage toile. . . . . **15 fr.**

DICTIONNAIRE GREC-FRANÇAIS
Par M. C. ALEXANDRE
AVEC UN VOCABULAIRE DES NOMS PROPRES
Par A. PILLON
1 volume grand in-8, cartonnage toile . . . . **15 fr.**

ABRÉGÉ DU
DICTIONNAIRE GREC-FRANÇAIS
Par M. C. ALEXANDRE
1 volume grand in-8, cartonnage toile. . . . . **7 fr. 50**

DICTIONNAIRE FRANÇAIS-GREC
Par MM. ALEXANDRE, PLANCHE et DEFAUCONPRET
1 volume grand in-8, cartonnage toile. . . . . **15 fr.**

LEXIQUES
GREC-FRANÇAIS	FRANÇAIS-GREC
A L'USAGE DES CLASSES ÉLÉMENTAIRES	A L'USAGE DES CLASSES ÉLÉMENTAIRES
Par M. SOMMER	Par M. DUBNER
1 volume in-8, cartonnage toile. . . . **6 fr.**	1 volume in-8, cartonnage toile. . . . **6 fr.**

45629. — Imprimerie LAHURE, rue de Fleurus, 9, à Paris. — 5-1901. — 20000.